패럴
러렐
브월
스드
토
리

패럴렐 월드 러브 스토리

초판 1쇄 펴낸 날 2014년 5월 26일   6쇄 펴낸 날 2021년 6월 21일
지은이 히가시노 게이고 **옮긴이** 김난주 **펴낸이** 박설림 **펴낸곳** 도서출판 재인 **디자인** 오필민디자인
등록 2003. 7. 2 제300-2003-119 **주소** 서울시 강남구 도곡동 467-6 대림아크로텔 1812호
전화 02-571-6858 **팩스** 02-571-6857

ISBN 978-89-90982-53-7 03830 Copyright © 재인, 2014 Printed in Korea.

책값은 뒤표지에 표시되어 있습니다. 잘못된 책은 바꿔 드립니다.

패럴렐 월드 러브 스토리

Parallel World Love Story

히가시노 게이고

김난주 옮김

재인

차례

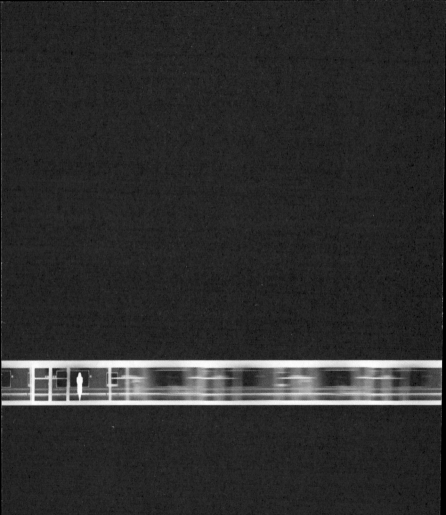

서
장

　노선이 전혀 다른 두 전철이 같은 방향으로, 그것도 똑같은 역에 정차하면서 나아가는 경우가 가끔 있다. 다바타와 시나가와 사이의 야마노테 선과 게힌도호쿠 선도 그런 경우의 하나이다.

　쓰루가 다카시는 대학원에 다닐 때, 일주일에 세 번 야마노테 선을 이용했다. 신바시에 있는 대학 자료실에 가기 위해서였다. 매일 아침 정해진 시간에 같은 전철을 탔다. 출근 시간대가 지났음에도 앉을 자리는 거의 없었다. 그는 언제나 출입문 옆에 서 있었다. 늘 똑같은 차량, 똑같은 문 옆이었다.

　그리고 창밖 경치를 바라본다. 너저분한 빌딩, 칙칙한 하늘, 어지러운 간판.

그런 풍경조차 나란히 달리는 게힌도호쿠 선 차량에 가리는 일이 많았다. 그 전철은 가까이 다가왔다가는 멀어지면서 같은 방향으로 달렸다. 속도도 거의 비슷해서 아주 가까이 다가왔을 때는 마치 한 차량 안에 있는 것처럼 건너편 차량의 승객들 모습을 볼 수 있었다. 물론 그쪽에서도 이쪽을 속속들이 볼 수 있을 것이다. 하지만 아무리 가까워져도 두 공간 사이에는 틈이 있다. 그쪽은 그쪽대로, 이쪽은 이쪽대로 하나의 세계가 완결돼 있다.

어느 날, 건너편 전철에 타고 있는 한 여성이 다카시 눈에 띄었다. 그녀는 다카시처럼 출입문 옆에 서서 밖을 바라보고 있었다. 머리가 길고 눈이 커다란 아가씨였다. 대학생일까. 캐주얼한 차림새를 보면서 다카시는 그렇게 짐작했다.

그 후 다카시는 그녀가 매주 화요일 같은 전철에 타고 있다는 것을 알아차렸다. 늘 똑같은 시간에 지나가는 전철이었다. 그리고 늘 같은 차량, 같은 문 옆에 서 있었다.

다카시는 화요일 아침을 기다리게 되었다. 그녀를 본 날은 왠지 하루 종일 기분이 좋았다. 반대로 어쩌다 그녀를 못 보는 날에는 웬일일까 싶어 여간 신경이 쓰이지 않았다. 요컨대 그는 그녀를 사랑하게 된 것이다.

마침내 다카시는 한 가지 중대한 깨달음을 얻게 되었다.

그녀 쪽도 자신을 보고 있지 않을까, 하는 것이었다.

양쪽의 문이 아주 근접하는 순간이 있다. 그때 두 사람은 거의 마주 보는 상태가 된다.

다카시는 물론 그녀를 보고 있다. 그런데 언제부터인가 그녀 쪽도 그를 보게 된 것이다. 불과 2, 3초 동안이지만 두 사람은 두 장의 유리창을 사이에 두고 마주 본다.

미소를 지어 볼까. 다카시는 몇 번이나 그런 생각을 했다. 하지만 실행에 옮기지는 못했다. 상대방도 이쪽을 보고 있으리란 건 순전히 착각일지도 모른다. 그녀는 그저 창밖을 보고 있는 것인지도 모른다는 생각이 들었기 때문이다.

결국 다카시는 그녀 따위는 안중에도 없다는 표정으로 서 있을 수밖에 없었다. 당연히 그녀 쪽에서 어떤 신호를 보내는 일도 없었다.

그렇게 1년 가까이 지났다. 다카시는 석사 과정을 끝내고 취직하게 되었다. 따라서 화요일에 야마노테 선을 타는 일도 없어지고 말았다.

마지막으로 야마노테 선을 타는 화요일, 그는 한 가지 모험을 시도했다.

게힌도호쿠 선을 타 보기로 한 것이다. 그리고 늘 그녀가 서 있는 자리를 찾아, 유리창 너머로밖에 볼 수 없었던 그녀 곁에 가 보기로 했다. 그녀는 어떤 반응을 보일까. 놀랄까, 아니면 눈 하나 깜짝하지 않고 무시할까. 그런 상상만으로도 심장이 두근거렸다.

그런데······.

늘 서 있던 자리에 그녀가 없었다. 차량을 잘못 짚었나 하고 다카시는 몇 번이나 전철 안을 오갔다. 그러나 역시 그녀의 모습은 보이지 않았다. 그녀는 그 전철에 타고 있지 않았다.

낙담한 다카시는 처음 자리로 돌아갔다. 유리창 너머로 언제나 그가 타는 야마노테 선 차량이 보였다. 멍하니 그쪽을 바라보면서 그는 저 전철이 이렇게 보였겠구나, 생각했다.

그의 눈이 휘둥그레진 것은 여느 때처럼 두 전철이 근접했을 때였다. 그쪽 전철 안에 그녀의 모습이 있었다. 그녀는 이쪽은 쳐다보지 않은 채 전철 안을 천천히 걸어가고 있었다.

전철이 다음 역에 서자마자 다카시는 얼른 뛰어내려 야마노테 선으로 바꿔 탔다. 그리고 다시 그녀의 모습을 찾았다.

그러나 조금 전까지 있던 그녀는 어디에도 없었다. 주위 승객들이 눈살을 찌푸리는데도 다카시는 좁은 전철 안을 마구 헤집고 다녔다. 아직 3월인데 관자놀이에서 식은땀이 뚝뚝 흘렀다.

끝내 그녀를 찾지 못했다. 그녀는 마치 신기루처럼 사라져 버리고 말았다.

다카시는 창밖을 보았다. 서서히 멀어지는 게힌도호쿠 선이 보였다.

저쪽은 이쪽의 패럴렐 월드인지도 모르겠군.

그렇게 생각했다.

SCENE 1

"패럴렐 월드를 만들고 있어."

내 설명에 나쓰에는 과일이 어지럽게 장식된 파르페를 스푼으로 젓다 말고 고개를 비스듬히 기울였다. 짙은 갈색 긴 머리가 덩달아 흔들렸다.

"가상현실 말이야. 버추얼 리얼리티라는 말 들어 봤어?"

나는 그렇게 보충 설명을 했다.

나쓰에는 그걸 왜 몰라, 하는 표정이었다. 그러고는 크림을 날름 핥았다.

"그 정도는 알지. 컴퓨터로 만든 화면을 사람에게 보여 주고 그 사람이 마치 화면 속에 있는 것처럼 생각하게 하는 거 잖아."

"보여 주는 게 다가 아니지. 소리도 들려주고 촉감도 느끼게 해 줘. 한마디로 인공적으로 만든 세계를 진짜 현실인 것처럼 착각하게 하는 거야. 비행사들의 훈련용 시뮬레이션 장치도 그 일종이지."

"텔레비전에서 본 적 있어, 아주 오래전이지만. 실험대에 오른 사람에게 커다란 고글과 장갑 같은 걸 끼게 하더라. 그 사람 눈에는 앞에 수도꼭지가 있는 것처럼 보인대. 수도꼭지를 잠그라고 하니까 열심히 수도꼭지를 돌리는 동작을 했어. 그 사람에게는 수도꼭지를 쥐고 있는 감각도 있다고 하던데."

"그것도 버추얼 리얼리티야. 극히 초보적인 거지만."

나는 커피를 다 마시고서 유리창 밖 거리를 바라보았다.

우리는 신주쿠 거리에서 조금 안쪽으로 들어간 곳에 있는 카페에 있었다. 오른 손목에 찬 시계는 잠시 후면 오후 5시를 가리킬 것이다. 금요일이라서 그런지 거리는 회사원과 학생인 듯한 젊은이들로 북적거렸다.

"그러니까 네가 연구하는 건 좀 더 단계가 높은 건가 보네?"

그리 맛있어 보이지 않는 멜론을 스푼으로 조심스럽게 떠먹으면서 나쓰에가 물었다.

"그렇지. '좀 더'라기보다 '아주 많이'라고 해야 하나……"

나는 팔짱을 꼈다.

"지금 네가 말한 것도 그렇지만, 현재의 리얼리티 공학은 어디까지나 인간의 감각 기관을 경유해서 현실감을 부여하는 시스템이야. 그런데 우리가 연구하는 테마는 그렇지 않거든. 직접 신경계를 자극해서 현실감을 만들어 내려고 하지."

"그게 무슨 뜻이야?"

나는 오른손을 내밀어 그녀의 왼쪽 손목을 살짝 잡았다. 보드랍고 조그만 손이었다.

"가령 이렇게 손을 잡으면 너는 왼손을 누가 잡았다고 인식하지. 그런데 실제로 인식하는 것은 왼손이 아니라, 왼손의 신호를 받은 뇌야. 그러니까 실제로 손을 잡지 않고 그런 신호만 뇌에 보내도 너는 왼손을 누가 잡았다고 생각하게 되는 거지."

"정말 그럴 수가 있는 거야?"

왼손을 잡힌 채로 나쓰에가 물었다.

"그럴 수 있지, 이론적으로는."

"그럼 아직 못하는 거구나."

"뇌를 노출시키면 가능해."

"노출시킨다고?"

"머리를 갈라서 뇌를 드러나게 하는 거. 그렇게 노출된 뇌에 전극을 붙이고, 프로그램에 따라 펄스 전류를 보내."

나쓰에는 소름 끼친다는 듯이 입술을 비틀었다.

"으윽, 징그러워."

"그러니까 그렇게 하지 않고도 뇌에 신호를 보낼 수 있는 방법을 개발하려는 거지."

"흐음, 그렇구나."

그녀는 조금 전 표정 그대로 남은 파르페를 휘젓다가, 불쑥 이쪽을 보았다. 문득 어떤 생각이 떠오른 것 같았다.

"그럼 그렇게 만든 세계가 현실과 똑같아?"

"그건 만든 사람의 취향에 따라 달라지겠지. 현실과 똑같이 만들고 싶으면 그렇게 하면 돼. 하지만 현실과 똑같은 패럴렐 월드에 무슨 의미가 있을지는 모르겠군."

"그럼 마지막에는 어느 쪽이 진짜 현실인지 헷갈리기도 하겠네."

나쓰에가 어깨를 으쓱하고는 장난스러운 표정을 지었다.

"아베 고보의 「완전 영화」라는 소설이 우리가 구상하는 시스템과 비슷한 테마를 다루고 있는데, 역시 현실과 가상현실을 혼동하는 인물이 등장해. 스토리의 묘미도 바로 거기에 있지. 그런데 실제로 그런 시스템을 구축하는 건 불가능해."

내 말이 끝나는 순간 나쓰에는 시시하다는 듯이 입술을 쑥 내밀었다.

"에이, 뭐야."

"그걸 가능하게 하려면 용량과 계산 능력이 엄청난 컴퓨터가 있어야 하는데, 아마 금세기 중에는 그런 컴퓨터가 개발되지 못할걸. 윌리엄 깁슨의 『모나리자 오버드라이브』에도 기억 용량이 무한대여서 현실 세계의 모든 정보를 담고 있는 바이오칩이 등장하지만, 현 단계에서는 공상에 지나지 않아.

패럴렐 월드에 등장하는 인간은 모두 마네킹 같을 테고, 그 배경도 디테일이 엉망일 거야."

"아, 그럼 현실과 혼동하는 일은 없겠네. 그래도 난 그 패럴렐 월드라는 거 보고 싶다."

"언제든 보여 줄 수 있다고 하고 싶지만, 현시점에서 너를 만족시키기는 어렵겠다. 우리가 지금 실험하고 있는, 뇌에 신호를 보내는 방법이래야 선으로 그린 아주 간단한 도형을 피험자의 시각에 인식시키는 게 고작이니까."

"애개, 실망이네."

나쓰에는 파르페 크림을 스푼으로 휘젓다가 말고 그렇게 말했다.

"오늘 여기 온다는 사람도 그런 연구를 하는 거야?"

"응. 나와 접근 방식은 다르지만 목적은 같다고 할 수 있지."

"고등학교 동창생이라고 했나?"

"중학교. 중학교 때부터 대학원까지 계속 같았어."

"대학원까지? 와, 진짜 마음이 잘 맞나 보네."

"오랜 벗이야."

내가 그렇게 말하자 나쓰에는 만화에 나오는 부엉이처럼 눈을 동그랗게 떴다. 고리타분한 단어를 들었다고 생각했을 것이다. 그러나 벗이라는 말 외에 우리 사이를 표현할 수 있는 말이 떠오르지 않으니 어쩔 수 없다.

"한 가지 말해 둘 게 있는데,"

나는 집게손가락을 들고서 나쓰에의 얼굴을 보았다.

"보면 알겠지만, 그 녀석이 오른쪽 다리를 좀 절어. 어렸을 때 열병을 심하게 앓았다는데 그 후유증인 것 같아."

"그렇구나. 안됐네."

그러더니 나쓰에가 손뼉을 짝 쳤다.

"알았다. 그 다리에 대해 절대로 말하지 않으면 되는 거지?"

나는 고개를 저었다.

"그럴 필요는 없어. 남이 그렇게 의식하는 걸 오히려 좋아하지 않으니까. 내가 하고 싶은 말은, 그가 오른쪽 다리를 저는 건 그냥 걸음걸이가 그럴 뿐이라는 거야. 그 녀석에게는 고통도 아니고 아무것도 아니거든. 그러니까 공연히 신경 쓸 필요도 없고, 물론 동정할 필요도 없어. 알았지?"

나쓰에는 내 말을 들으면서 천천히 고개를 끄덕이다가 그 속도를 빨리하며 말했다.

"그 사람의 특징 중 하나라고 생각하면 되겠네."

"그래."

나는 만족스럽게 고개를 끄덕이면서 손목시계를 보았다. 5시 5분 전이었다.

"어, 저 사람 아니야?"

나쓰에가 내 등 너머로 눈길을 보냈다. 뒤를 돌아보니, 회색 재킷을 걸치고 어깨에 가방을 멘 미와 도모히코가 카페 입구에서 두리번거리고 있었다. 그 옆에는 짧은 머리에 바지를 입은 여자가 서 있었다. 여자 얼굴은 잘 보이지 않는다.

나는 손을 살짝 들었다. 그가 우리 쪽을 알아본 듯했다. 이쪽을 보면서 어린애 같은 미소를 머금었다.

두 사람이 이쪽을 향해 걸어왔다. 도모히코는 늘 그렇듯이 오른쪽 다리를 약간 절었다.

"내가 이쪽에 앉는 게 좋겠다."

나쓰에가 그렇게 말하면서 내 옆으로 자리를 옮겼다.

도모히코와 여자가 우리가 앉은 테이블 가까이까지 왔다.

"늦어서 미안하다. 위치를 잘 몰라서."

도모히코가 선 채로 말했다.

"그런 건 상관없으니까 어서 앉기나 해."

"아, 그렇군."

도모히코는 여자를 먼저 앉히고 자신도 앉았다. 내 기억에 그가 누군가를 먼저 앉히는 장면은 없었다.

그리고 우리는 마주 보았다. 내 앞자리에는 여자가 앉았다. 나는 넌지시 그녀를 쳐다보았다. 그녀와 눈길이 마주쳤다.

그 순간 설마, 하고 생각했다.

도모히코가 그녀에게 말했다.

"이쪽이 중학교 때부터 내 벗인 쓰루가 다카시야."

그런 다음 내 쪽을 보면서 조금 쑥스러운 듯 말을 이었다.

"다카시, 이쪽은 쓰노 마유코 씨."

설마, 하고 나는 다시 한 번 마음속으로 중얼거렸다.

도모히코가 여자 친구를 소개하고 싶다고 말한 것은 어제였다. 학교 식당에서 점심을 먹다가 머뭇거리며 말을 꺼낸 것이다.

때마침 차를 마시던 나는 하마터면 뿜을 뻔했다.

"뭐, 정말이야?"

"정말이면 안 되나."

도모히코는 안경의 위치를 바꾸면서 몇 번이나 눈을 껌벅거렸다. 마음이 차분하지 않을 때 그가 보이는 버릇이다.

"안 되기는 왜 안 돼. 그래서, 어디 출신인데?"

도모히코가 말한 학교는 우리가 졸업한 곳과는 다른 사립 대학이었다. 그 학교 정보공학과를 올 3월에, 그러니까 지난달에 갓 졸업했다고 한다.

"언제 어디서 알게 되었는데?"

"그게, 작년 9월쯤이었나. 컴퓨터 대리점에서 만났어."

점원을 상대로 질문하는 여자가 있었는데, 내용이 너무 전문적이어서 점원이 쩔쩔매고 있었다. 그때 옆에서 도모히코가 거들었던 모양이다. 그 일을 계기로 친해졌고 데이트도 하게 되었다고 한다.

"야, 이 녀석 봐라."

그의 얘기가 끝나자 나는 일부러 목소리를 높였다.

"그렇게 오래 사귀었으면서 내겐 한마디도 안 했단 말이지. 거참, 너무한 거 아니야?"

정말 화가 난 것은 아니고 어디까지나 장난이었는데, 도모히코는 허둥지둥 변명을 늘어놓았다.

"그녀가 정말 나를 좋아해서 만나는지 확신할 수 없어서 말을 못했어. 전에도 그런 일이 있었잖아. 애인이라고 네게 소개했다가 나만의 착각이어서 창피스러웠던 일. 더는 실수하고 싶지 않아서."

그 말에 나는 순간적으로 입을 다물었다. 도모히코에게 그런 일이 실제로 있었다는 것은 누구보다 내가 잘 알기 때문이었다.

"그렇다면 말이야,"

나는 그의 어깨에 손을 얹었다.

"지금 그녀는 너를 정말 좋아한다, 그렇게 말하고 싶은 거군."

"음, 뭐……, 그렇게 자신이 있는 건 아니지만."

그러나 도모히코의 얼굴은 자신 없는 표정이 아니었다.

"잘됐네. 안 그래?"

내가 녀석의 등을 툭 치면서 말하자 도모히코는 머쓱하게 미소 지었다.

"그리고 실은 할 얘기가 한 가지 더 있는데."

"무슨 얘긴데?"

"저, 그게 말이야."

도모히코는 또다시 안경을 위아래로 몇 번이나 움직이면서 눈을 어지럽게 껌벅거렸다.

"그녀가 MAC에 들어오게 되었어."

그 말을 듣고서 나는 눈을 휘둥그렇게 떴다.

"MAC에? 그럼 바이테크에 입사했단 말이야?"

"그렇대. 어제 그녀에게서 연락이 왔는데, MAC에 들어오는 게 정식으로 결정되었다고……."

"야, 야, 너 정말, 그럴 수 있어? 뭐냐고, 이게?"

나는 테이블에 턱을 괴고서 말했다.

"야, 완전 끝내준다. 그런 얘기를 지금까지 잘도 숨기고 있었다, 너."

"그게 말이야 어제 정식으로 결정되었다니까."

"이 녀석."

나는 도모히코의 가슴을 툭 쳤다. 녀석은 기쁜 듯이, 그리고 약간은 미안하다는 듯이 머리를 긁적거렸다.

MAC는 현재 우리가 다니고 있는 학교다. MAC 기술 과학 전문학교가 정식 명칭이다. 단순한 전문학교가 아니라, 어느 기업이 최첨단 기술 연구와 사원의 영재 교육을 목적으로 세운 곳이다. 그 기업은 미국에 본사가 있는 바이테크 사이다. 하드웨어 부문에서는 슈퍼컴퓨터부터 가정용 컴퓨터까지 취급하고, 소프트웨어 개발 부문에서도 세계를 리드하는 종합 컴퓨터 회사이다.

나와 도모히코는 그 회사의 사원이다. 1년 전에 사립대학 대학원의 공학부를 졸업하고 입사했는데, 다행히 실력과 장래성을 인정받아 MAC에 배속된 것이다. 우리 같은 대학원 졸업생은 MAC에서 통상 2년을 지낸다. 그동안 회사에서 지정한 테마를 연구하면서 지식을 흡수하고 기술 향상을 꾀한다. 교육을 받으면서 월급까지 받으니, 연구자로 성공하고 싶은 우리에게는 더할 나위 없는 직장이다. 단, 연구의 진척 상황을 계속 점검하기 때문에, 어중간한 여느 대학과는 비교가 안 되게 빡빡하다.

그런 MAC에 도모히코의 애인이 들어온다는 것이다.

"그렇게 되면 학교 안에서 언제 얼굴을 마주칠지 모른다, 내게 들키는 것도 시간문제다, 그때 가서 허둥지둥 변명을 하느니 지금 털어놓는 게 좋겠다, 그런 거로군."

내가 그렇게 말하자 도모히코는 관자놀이 언저리를 집게손가락으로 몇 번 깎작거리더니 부끄러운 듯 이를 드러내고 미소 지었다. 내 말이 정곡을 찌른 것 같다.

"허 참, 대단한 연기다. 반년 이상이나 숨기다니."

"미안하다."

"할 수 없지."

나는 다시 한 번 도모히코의 어깨에 손을 얹고는 손가락 끝에 힘을 주었다. 그리고 녀석의 가녀린 어깨를 앞뒤로 흔들었다.

"그래도 잘된 거잖아."

"언제까지 계속될지는 모르지만."

"계속되게 해야지. 좋은 여자지?"

"응……. 내게는 과분할 정도라고 할 수 있지."

"할 말이 없군."

나는 두 손을 들어 항복한다는 포즈를 취했다. 그러면서도 진심으로 기뻤다. 이제야 그가 진정한 행복을 누릴 때가 왔는지도 모르겠다는 생각까지 했다. 그에 대해서 가장 잘 아는 사람이 나라는 자신감이 있었기 때문이다.

도모히코와 친해진 것은 중학교에 갓 입학했을 때부터였다. 점심시간에 과학 잡지를 읽고 있는 도모히코에게 내가 먼저 말을 걸었다.

"모노폴이라는 거, 정말 있다고 생각하나?"

그것이 우리 사이의 기념할 만한 첫 대화였다. 그는 곧바로 대답했다.

"존재한다고 가정해도 양자 물리학에서는 모순되지 않을 것 같은데."

서로를 인정한 순간이었다. 그리고 우리는 한동안 불꽃 튀는 토론을 벌였다. 중학교 1학년이 소립자론을 이해할 리 없었다. 주워들은 지식을 늘어놓으며 놀았을 뿐이다. 하지만 그 시간은 그때껏 느껴 본 적 없는 신선함과 흥분으로 가득한 것이었다. 우리는 금방 친구가 되었다.

그의 한쪽 다리가 불편하다는 것은 우리의 우정에 아무런 문제가 되지 않았다. 그는 내게 없는 것을 많이 갖고 있었다. 깊은 지식과 풍부한 감수성. 그는 늘 나를 자극하는 의견을 제시했고, 내가 자칫 평범한 길을 선택하려 할 때면 그 궤도를 수정해 주었다. 또 나는 자기 껍질 안에 틀어박히려는 도모히코에게 바깥세상의 바람을 쐬게 해 주었다. 우리의 관계는 대등했다.

그런데 그렇게 좋은 관계를 유지하던 우리에게도 딱 한 가지 메울 수 없는 간격이 있었다. 그런 게 있다는 것을 피차 눈치채고 있었지만 어느 쪽도 언급하려 하지 않았다.

바로 연애 문제였다.

나는 동아리 활동을 하는 등 교제 범위가 넓었기 때문에 언제나 주변에 여자 친구들이 있었다. 그중의 몇 명과는 연인이라고 할 수 있는 사이로 발전하기도 했다. 그러나 그녀들에 관한 얘기가 우리 사이에 화제가 된 일은 거의 없었다. 부담 없이 얘기해 보려 한 적도 있었지만 늘 분위기가 어색해지고 말았다. 그러다 보니 자연 연애 얘기는 둘 다 피하게 되었다.

도모히코에게 여자 친구가 한 명이라도 생기면 간단히 풀릴 문제였지만 그게 쉽지 않았다. 그는 체격이 빈약한 데다 도수 높은 안경을 끼고 있는 탓에 섬약한 인상을 풍겼다. 하지만 그보다 잘생기지 않았어도 예쁜 여자 친구를 데리고 다니는 남자를 나는 몇 명이나 알고 있었다. 젊은 여자들이 도모히코를 꺼리는 이유는 그가 짊어지고 있는 핸디캡에 있었다. 고등학교에 다닐 때 여학생들이 그에 대해 수군대는 것을 들은 적이 있는데 그때 한쪽 다리를 전다는 것이 얼마나 큰 감점 요인인지를 절감했다.

대학 시절에 딱 한 번 도모히코를 미팅에 데리고 나간 적이 있었다. 상대는 여자 대학에 다니는, 요즘 시대에 드물게 소탈하고 얌전한 학생들이라고 해서 그렇다면 도모히코도 섞일 수 있지 않을까 하고 기대했던 것이다. 그런데 그 기대는 불과 30분 만에 뭉개지고 말았다. 여대생들의 관심사는 오직 남자들이 스키를 얼마나 잘 타는지, 테니스를 얼마나 잘 치고 차는 어떤 걸 몰고 다니는지, 그런 것들뿐이었다. 도중에 도모히코가 전공에 대한 질문을 했지만 그녀들은 대답조차 제대로 하지 않은 채 무시하고 말았다. 한 친구가 신경을 써서 도모히코의 다리에 대한 애기를 꺼내자 다음 순간 숨 막히는 침묵이 우리를 덮쳤다. 도모히코는 참다못해 자리에서 일어섰다. 나도 그를 따라 일어섰다.

"다음부터는 미팅에 너 혼자 나가라."

나를 돌아보며 도모히코는 말했다. 나는 뭐라 대꾸할 말이 없었다.

그 후 도모히코와 애기하면서 연애가 화제에 오르는 일은 좀처럼 없었다. 둘이 대학원으로 진학한 지 얼마 되지 않아 도모히코가 같은 대학에 다니는 3학년 여자와 사귄 일이 있었다. 그러나 상대는 도모히코의 학력을 존경했을 뿐이었다. 그것을 애정으로 착각한 도모히코가 그녀를 내게 소개했다. 그 자리에서 그녀는 도모히코와 사귈 마음이 없다는 것을 분명히 했다. 그때의 민망함은 생각만 해도 끔찍하다.

그런 사연이 있기에 이번 도모히코의 고백에는 내가 오히려 흥분했다. 어떤 면에서는 내가 그보다 기뻤는지도 모른다.

쓰노 마유코라는 이름은 도모히코에게 들었다. 어떤 여자일지 도무지 상상이 가지 않았지만, 나는 그 미지의 여자에게 바랐다. 앞으로도 도모히코를 변함없이 사랑하고, 그 사랑을 꼭 이루기를.

그런데 쓰노 마유코를 만나는 순간 그런 마음이 싹 달아나고 말았다.

눈앞에 있는 여자는 바로 게힌도호쿠 선의 그 여자였다. 머리를 짧게 잘랐지만 틀림없었다. 약 1년 동안, 매주 그녀의 얼굴을 쳐다보았다. 그 후에도 나는 줄곧 그녀의 모습을 되새기고 있었다.

그녀도 나를 보고서 움찔 놀라는 듯했다. 우리의 눈길이 마주쳤다. 서로 다른 전철에서 마지막으로 마주 보았던 후로 처음이었다.

그러나 그녀는 이내 미소를 띠고서 말했다.

"잘 부탁해요."

너무 높지도 낮지도 않은, 귀에 잘 들어오는 목소리였다.

"저야말로 잘 부탁합니다."

나도 그렇게 말했다.

안타깝지만 그녀가 나를 기억하는지 기억하지 못하는지 알 수 없었다. 내게만 표정이 달라진 것처럼 보였는지도 몰랐다. 게다가 그 무렵 그녀가 나를 보고 있었는지, 그것조차 분명하지 않았다.

"다카시 씨도 차기형 리얼리티를 연구하고 있다면서요?"

소개가 끝나자 쓰노 마유코가 내게 물었다.

"아, 네, 그래요. 지금도 그 얘기를 하고 있었는데."

나는 그렇게 말하고서 나쓰에를 보았다.

"패럴렐 월드를 만들고 있다는데, 무슨 소린지 난 모르겠더라고요."

그리고 나쓰에는 남자들 쪽을 보면서 혀를 쏙 내밀었다.

좀 전까지 마유코를 보다가 나쓰에를 봐서 그런지, 그러는 나쓰에가 몹시 경박하게 느껴졌다. 나는 이 자리에 그녀를 데리고 나온 것을 후회하기 시작했다. 남자 둘에 여자가 하나면 밸런스가 맞지 않을 것 같아 옛날에 테니스 동아리에서 같이 활동했던 그녀를 불러냈다. 그러나 생각해 보면 밸런스 따위는 아무래도 상관없는 일이었다.

"뇌의 신호 계통도 밝혀내야 하잖아요?"

마유코가 물었다.

"아, 그게 바로 골칫거리죠. 그렇지?"

나와 도모히코는 마주 보며 웃었다.

컴퓨터로 만든 그림을 보여 주거나 소리를 들려주는 등, 실제로 인간의 감각 기관을 자극해서 만든 가상현실을 통상 버추얼 리얼리티라고 하는 데 반해, 아까 나쓰에게 설명했던 것처럼 뇌에 직접 신호를 입력해서 그 사람의 머릿속에 가상현실을 만들어 내는 것을 바이테크 사에서는 차기형 리얼리티라고 불렀다.

그리고 바이테크 사에서는 이 차기형 리얼리티 시스템의 개발을 최우선 연구 테마로 하고 있었다. 그 연구와 개발에 요구되는 지식은 컴퓨터에만 국한되지 않는다. MAC는 몇 년 전 뇌 기능 연구반을 신설했다. 나와 도모히코의 연구실도 그 연구반과 협력해서 연구를 진행하고 있다.

"실은 마유코도 리얼리티 공학에 배치될 것 같아."

도모히코가 약간 조심스럽게 말했다. 나와 도모히코가 몸담고 있는 곳이 바로 리얼리티 공학 연구실이다.

"정말? 그럼 같이 연구하게 될지도 모른다는 말이잖아."

"네, 하지만 희망 사항이 관철될지는 아직 몰라요."

그렇게 말하면서 마유코가 도모히코 쪽을 살짝 보았다.

"만약 같이 일하게 되면, 잘 부탁합니다. 지금 일손이 부족해서 스트레스 엄청 받고 있거든요."

"시청각 쪽은 꽤 성과를 올리고 있는 모양이던데,"

도모히코가 한숨 섞인 목소리로 말했다. 시청각 인식 시스템 연구반은 내가 소속된 곳이다. 도모히코는 기억 패키지 연구반 소속이다.

"도모히코 씨가 다카시 씨는 정말 굉장하다고 말하곤 했어요."

마유코가 그렇게 말하고는 똑바로 내 눈을 쳐다보았다. 그녀의 빛나는 눈동자에 내 안의 무언가가 쑥 빨려 들어가는 듯한 기분이었다.

"굉장하기는요."

나는 그 눈길을 피하며 말했다.

카페에서 나온 후에는 이탈리아 요리를 먹으러 갔다. 나와 나쓰에가 앞서서 걷고 도모히코와 마유코가 뒤따라 걸어왔다. 나는 도모히코의 걸음걸이를 염두에 두어 천천히 걸었고, 간혹 뒤를 돌아보았다. 그럴 때마다 도모히코는 마유코에게 열심히 무슨 말을 하고 있고, 마유코는 그의 얼굴을 보면서 듣고 있었다. 그의 말을 한마디도 놓치지 않으려는 듯 보였다.

"참 예쁘네."

내 옆에서 나쓰에가 말했다.

"뭐, 그런대로."

"솔직히 말해서 도모히코 씨 쪽이 좀 기우는 것 같은데, 그래도 괜찮은가 보네."

나쓰에가 소리 죽여 말했다.

"쓸데없는 소리 하지 마."

같은 생각을 하고 있던 나는 그 속내를 들키지 않으려고 그만 말투가 강경해지고 말았다. 농담 삼아 그렇게 말한 건지 나쓰에는 뾰로통한 표정을 지었다.

레스토랑에서는 오로지 취미 얘기만 했다. 마유코는 한 달에 한 번꼴로 뮤지컬이나 콘서트를 보러 간다고 했다. 그렇다면 도모히코와 마음이 맞을지도 모르겠다 싶었다. 도모히코는 어렸을 때 바이올린을 배웠고, 지금도 클래식 마니아다.

그런데 도모히코가 그 얘기를 꺼내자 어쩐 일인지 나쓰에가 관심을 보였다. 그녀도 바이올린을 배운 적이 있다는 것이다. 둘이서 곧 열기를 띠고 얘기를 시작하자 나와 마유코는 듣고만 있는 꼴이 되었다.

나는 넌지시 쓰노 마유코의 얼굴을 보았다. 과거 전철 유리창 건너로 봤을 때보다 그 매력이 한결 빛나고 있었다. 동글동글한 윤곽의 동양적인 미인인 것은 틀림없는데, 진정한 매력은 그것과는 전혀 다른 곳에서 풍겨 나오는 듯했다. 그녀의 입술은 더없는 자애와 어머니 같은 포용력을 느끼게 했고, 그 눈에는 지성미와 강한 의지가 드러나 있었다. 내면의 아름다움이 표정에서 우러난다는 말은 이런 여자를 두고 하는 말 같았다. 그제야 나는 알아차렸다. 도모히코의 훌륭함을 알아보고 그를 사랑하게 된 여자라면 당연히 그 내면에 빛나는 무엇을 품고 있으리란 것을.

다만 나는 전혀 다른 기분이 잿빛 베일처럼 내 마음을 뒤덮어 가는 것을 인정하지 않을 수 없었다. 나는 이렇게 생각하고 있었던 것이다.

왜 이 여자는 도모히코 같은 남자를 선택한 걸까.

스스로 생각해도 의외였다. 나는 이 사악한 생각을 떨쳐 내기 위해 감정을 통제했다.

"다카시 씨는 어떤 음악을 좋아해요?"

마유코가 물었다.

"이렇다 하게 좋아하는 게 없어요. 음악도 그렇고, 예술과는 통 인연이 없어서. 그 방면에는 재능이 없나 봅니다."

"어머, 그래요? 다카시 씨가 만들었다는 컴퓨터 그래픽을 봤는데 아주 멋지던데요. 예술적 재능이 없다니, 절대 그럴리 없어요."

학생 시절에 컴퓨터로 '다른 별의 식물'이라는 제목의 컴퓨터 그래픽을 만든 적이 있는데 그걸 말하는 듯했다.

"그렇게 말해 주니 고맙기는 한데, 컴퓨터 그래픽은 누가 만들어도 그럭저럭 보기 좋게 완성되거든요."

마유코는 고개를 저었다.

"그냥 예쁜 게 아니라 마음을 적시는 뭔가가 느껴졌어요. 그걸 보면서, 어쩌면 다카시 씨 눈에는 우주가 보일지도 모른다는 생각이 들었어요."

언제부터인지 그녀는 두 손을 열십자로 가슴에 꼭 얹고 있었다. 힘주어 말할 때의 버릇인지도 모르겠다고 생각했다. 내가 그 모습을 보고 있는데, 그녀가 퍼뜩 놀란 표정을 짓더니 두 손을 테이블 아래로 숨겼다. 그러고는 부끄러운 듯이 웃으며 다시 물었다.

"그렇지 않나요?"

"그렇게까지 칭찬해 주니 영광스럽기는 한데, 나는 잘 모르 겠습니다."

"나는 정말 대단하다고 생각했어요."

그녀는 단호하게 말하고는 예의 사람을 빨아들이는 듯한 눈빛을 보였다. 나는 몸을 움찔거리며 무릎에 놓인 냅킨만 접었다 폈다 했다. 물론 불쾌하지는 않았다.

야마노테 선을 타고 가며 눈여겨보았다는 얘기를 해 볼까. 어쩌면 그녀도 확인하고 싶을지 모른다고 내 멋대로 생각했 다. 그런데 정작 말을 꺼내자고 마음먹으면 망설여졌다. 도 모히코가 염려스럽기도 했지만, 그보다는 그녀가 나를 전혀 기억하지 못할 경우에는 비참하겠다는 생각이 들어서였다.

"장래에 대해서는, 생각하고 있나요?"

디저트로 케이크가 나왔을 때, 나쓰에가 마유코와 도모히 코의 얼굴을 번갈아 보면서 물었다.

도모히코는 케이크가 목에 걸렸는지 허둥대는 표정으로 물 을 마셨다.

"아니요, 아직은 전혀……."

"에이, 벌써 반년이나 사귀었다면서요."

나쓰에는 끈질기게 물어 댔다.

"미래는 아직 모르지."

도모히코가 그렇게 말하고서 마유코 쪽을 힐끔힐끔 보았다. 마유코는 일단 눈을 내리깔았다가 대답하듯 그를 보았다. 그러는 동안 그 고운 입술은 미소를 머금고 있었다. 그 모습을 보는 순간 내 안에서 뭐라 설명할 수 없는 초조함이 생겨났다.

"두 사람의 앞날을 위해 건배할까."

나는 에스프레소가 담긴 데미타스(보통 커피 잔 반 정도 크기의 작은 잔-옮긴이)를 내밀었다.

나쓰에가 눈을 동그랗게 떴다.

"무슨 소리야. 커피로 건배하자고?"

"아까 맥주 마실 때 건배하는 걸 깜박해서. 자, 도모히코!"

"응……, 그래."

도모히코도 에스프레소 잔을 들었다.

"이상하긴 하지만 그러지, 뭐."

그렇게 말하면서 나쓰에도 잔을 들었고, 마지막으로 마유코가 찻잔을 마주 들었다. 그때 나와 그녀의 손가락이 살짝 닿는 바람에 나도 모르게 그녀의 얼굴을 돌아보았다. 그녀 쪽은 닿은 줄도 모르는 듯했다.

레스토랑에서 나오자 도모히코는 마유코를 데려다 주겠노라고 했다. 나쓰에가 내게 한잔 더 하러 가자고 했지만 그럴

기분이 아니어서 신주쿠 역에서 헤어져 혼자 집으로 발길을
돌렸다.

전철 속에서 캄캄한 하늘을 올려다보며 나는 마유코의 얼
굴을 떠올리려 했다. 그런데 수도 없이 그려 보았을 그녀의
얼굴이 오늘따라 전혀 떠오르지 않았다. 그래서 시험 삼아
레스토랑에서 우리 옆 테이블에 앉았던 중년 커플 중 여자
쪽 얼굴을 떠올려 보았다. 몇 번이나 우리 쪽 요리를 힐끔거
린 탓에 거슬려서 참을 수가 없었던 여자였다. 그러다 몇 번
눈길이 마주쳤는데, 그녀의 얼굴은 금방 떠올랐다. 몽타주를
그릴 수 있을 정도였다.

다시 한 번 마유코의 얼굴에 도전해 보았다. 그러나 역시
소용없었다. 짧은 머리에 우아한 입매, 매력적인 눈동자. 그
런 부분 부분은 강렬하게 뇌리에 남아 있는데, 얼굴 전체는
도저히 떠올릴 수 없었다.

와세다에 있는 아파트에 도착한 것은 10시쯤이었다. 불을
켜자 기다렸다는 듯이 전화벨이 울렸다. 도모히코였다. 지금
막 그녀와 헤어졌다고 한다.

"어떻게 생각해?"

도모히코가 물었다.

"뭘?"

"그녀 말이야."

"아아……."

나는 침을 삼켰다.

"좋은 사람 같던데. 친절하고 미인이고 말이야."

"그렇지? 역시 너도 그렇게 생각하지?"

도모히코는 우쭐해하는 목소리였다.

"내게는 과분할 정도지?"

나는 대답할 말이 없었다. 그런데 그는 나의 침묵에 별다른 의미가 있다고는 생각지 않는 것 같았다. 그리고 바로 이렇게 말했다.

"그녀도 네가 마음에 든 것 같더라. 좋은 사람이라고 하던데."

"그거 고맙군."

"안심이야. 앞으로도 잘해 나갈 수 있을 것 같아서."

"그래, 결혼도 생각하고 있는 거야?"

과감하게 물어보았다. 아픈 어금니를 꾹 누르는 기분이었다.

"생각은 하고 있는데, 그녀에게 말한 적은 없어."

"그렇구나."

"그렇지만, 하고 싶어. 그녀가 아닌 여자는 생각조차 할 수 없어."

도모히코가 진지한 목소리로 말했다.

"그렇겠지."

"도와줄 거지?"

"그럼, 물론이지."

나는 반사적으로 대답했다. 전화를 끊고 나서 나는 한참이나 바닥에 주저앉아 있었다. 얼굴조차 제대로 떠오르지 않는데도 마유코 생각이 머리에서 떠나지 않았다.

또 다른 내가 말했다. 바보 같기는. 무슨 생각을 하는 거야. 실질적으로 쓰노 마유코를 만난 건 오늘이 처음이잖아. 그녀는 너를 기억조차 못하고 있을걸. 게다가 그녀는 도모히코의 애인이야. 가장 절친한 벗인 도모히코의.

문득 창문을 보니 내 모습이 유리창에 비쳐 있었다. 표면이 일그러진 게 아닐까 싶을 정도로 얼굴이 추악하게 뒤틀려 있었다.

질투하는 사내의 얼굴이었다.

제
1
장

위
화
감

잠에서 깨어났을 때 쓰루가 다카시는 위화감을 느꼈다.

뭔가가 평소와 다르다고 생각한 것이다. 그러나 뭐가 다른지는 알 수 없었다. 더블베드 위에 펼쳐진 이불도 여느 때처럼 흐트러져 있고, 커튼 틈새로 비치는 햇살의 각도도 어제와 크게 다르지 않았다. 의자에 걸쳐진 가운도 어젯밤 벗어놓은 그대로였다. 굳이 어제와 다른 점이 있다면 부엌에서 흘러나오는 냄새 정도뿐. 코를 발랑거리며 다카시는 오늘 아침은 핫케이크인 모양이라고 짐작했다. 하지만 그 냄새가 위화감의 원인이라고는 생각되지 않았다.

침대에서 기어 나온 그는 눈을 껌벅거리면서 옷을 갈아입었다. 바지와 와이셔츠를 입고 넥타이를 맨다. 그에게는 넥타이가 네 개밖에 없다. 그중 하나는 고향에 사는 친척이 취직 선물이라며 보내 준 허접한 것이라 별로 마음에 들지 않는다. 하지만 세 개만 가지고는 부족해서 그 넥타이도 번갈아 매고 있다. 오늘은 그 마음에 들지 않는 넥타이를 매야 하는 날이었다. 거울을 보면서 넥타이를 매고 있자니 다카시는 우울해지고 말았다.

"이 페이즐리 무늬, 아무래도 좀 이상하다니까."

양복 윗도리를 어깨에 걸치고 부엌으로 가면서 다카시가 말했다.

"아무리 좋게 보아도 미토콘드리아로밖에 보이지 않으니."

"잘 잤어?"

프라이팬에 핫케이크를 굽고 있던 쓰노 마유코가 그를 돌아보고는 쿡쿡 웃었다.

"또 그 소리. 그 넥타이 맬 때마다 똑같은 말을 하더라."

"내가 그랬나."

"하긴 지난주에는 연두벌레 같다고 했지."

다카시가 얼굴을 찡그렸다.

"미토콘드리아나 연두벌레나 별 볼일 없다는 점에서는 거기서 거기지, 뭐."

"넥타이를 새로 사면 될 텐데."

"낭비라는 생각이 들어서. 회사에 가서 작업복 입으면 넥타이는 보이지도 않아. 그러니까 출퇴근을 위해서만 매는 셈인데, 그러는 사람은 신입 사원 정도야."

"어쩔 수 없잖아. 정식으로 발령 난 지 두 달밖에 안 된 엄연한 신입 사원인걸."

둘이 먹을 핫케이크와 베이컨 에그를 테이블에 늘어놓으면서 마유코가 말했다. 이번 주의 아침 당번은 그녀이다.

"무슨 소리. 입사한 건 2년 반 전이라고. 그때 같이 들어간 동료들 중에는 벌써부터 중견입네 하는 놈도 있어. 그런데 그놈들도 걸핏하면 나를 신참 취급 한다니까. 거참, 어이가 없어서."

다카시는 포크로 핫케이크 한가운데를 찔렀다.

"그럼 MAC에 들어가지 말 걸 그랬나?"

마유코는 말하면서 다카시 앞에 놓인 컵에 커피를 따랐다.

다카시는 컵을 입으로 가져가다가 마시기 전에 아랫입술을 쑥 내밀고 고개를 옆으로 비틀었다.

"그런 뜻은 아니고."

"공부하면서 월급까지 받는데 신입 사원 취급 하는 정도는 참아야지."

"그거야 알지만 막상 당하고 보면 괴롭다니까. 마유코 당신도 내년이 되면 내 기분 알 거야."

다카시는 커피를 한 모금 마셨다. 그러고는 컵 속을 보며 고개를 살짝 기울였다.

"왜, 커피 맛이 이상해?"

그의 표정을 보고서 마유코도 커피를 마셨다.

"아니, 그런 게 아니라."

다카시는 컵을 살짝 돌렸다. 그러자 커피에 자잘한 파문이 생겼다. 그걸 한참이나 바라보았다. 뭔가가 생각날 듯 말 듯 했다. 아까 잠에서 깨어났을 때 느낀 위화감과 통하는 무엇이었다. 뭐지, 하고 그는 생각했다. 뭐가 이렇게 나를 안절부절못하게 하는 거지.

"당신, 왜 그래?"

조금 불안한 표정으로 마유코가 물었다.

다카시가 고개를 들었다.

"데미타스다."

"응, 뭐라고?"

"데미타스. 에스프레소 담는 조그만 커피 잔 말이야."

"그건 아는데, 데미타스가 왜?"

"꿈을 꿨어. 데미타스를 이렇게 들고……."

다카시는 컵을 눈높이까지 들고서 마유코의 얼굴을 보았다.

"당신도 있었던 것 같은데."

"어떤 꿈을 꿨는데?"

"모르겠어. 그런데 왠지 마음에 걸려. 무슨 깊은 뜻이 담긴 꿈 같은데."

다카시는 천천히 고개를 저었다.

"안 되겠어. 도무지 기억이 안 나."

그때까지 참고 있었는지 마유코가 후, 숨을 내쉬고 미소 지었다.

"당신, 요즘 연구 때문에 머리가 복잡해서 그런 기분이 드는 거 아닐까?"

"꿈이 연구와 무슨 관계가 있는데?"

"소설가나 화가들은 아이디어가 궁할 때 꿈을 꾸면 '아, 이건 소재로 쓸 수 있겠다' 하고 생각한대. 그래서 얼른 메모를 한다네. 잊어버리기 전에 말이야."

"하기야 연구가 벽에 부딪쳤던 유카와 박사도 그렇게 해서 중간자 이론을 발견했다던데. 그런 얘기를 어디선가 들은 적이 있어. 그렇지만 난 잠에서 깨어났을 때 이미 다 잊어버렸으니 메모할 새도 없었지."

"아쉬워할 거 없어. 예술가들도 그렇게 남긴 메모를 나중에 다시 읽어 보고는 왜 이런 걸 재미있다고 생각했는지 자기도 이상할 정도라고 했대. 결국 아무 쓸모가 없었다는 거야."

"하늘의 계시를 그렇게 쉬이 받을 수는 없다는 얘기군. 하기야 그렇겠지."

다카시는 핫케이크에 버터를 발라 한입 크기로 자르고는 그걸 입에 쏙 넣었다. 적당히 부드럽게 구워진 핫케이크는 마유코가 늘 만들어 주는 그것과 다르지 않았다.

커피 잔으로 손을 뻗었을 때, 다카시의 뇌리에 한 장면이 떠올랐다. 커피 잔 네 개를 마주치는 장면이다. 네 인물이 그걸 들고 있다.

"건배야."

다카시가 중얼거렸다.

"커피 잔으로 건배를 했어. 왜 그랬는지는 잘 기억나지 않지만……"

전후 장면은 떠오르지 않는데 커피 잔 네 개는 또렷하게 기억났다. 너무 선명해서 꿈속의 한 장면이라고 여겨지지 않을 정도였다.

다카시가 풋, 웃었다.

"실없는 짓이지. 꿈이 뭐라고. 따분하기 짝이 없는 그야말로 꿈같은 얘기일 뿐인데."

자조적으로 말하면서 다카시는 마유코를 보았다. 그녀도 어이없어하며 웃을 것이라고 생각했다.

그런데 그녀는 웃지 않았다. 핫케이크를 자르다 말고 아몬드 모양 눈을 부릅뜨고 있었다.

하지만 아주 잠깐이었다. 다카시가 '왜, 뭐가 잘못됐어?'

라고 말을 건네기 전에 그녀는 미소를 머금었다.

"당신 피곤한 거 아니야? 기분 전환을 좀 하는 게 좋겠네."

"그럴지도 모르지."

다카시는 고개를 끄덕이며 대답했다.

아침을 다 먹은 다카시는 뒷정리를 마유코에게 맡기고 한 발 앞서 집을 나섰다. 아파트에서 MAC까지는 걸어서 갈 수 있지만, 아카사카에 있는 바이테크 중앙 연구소에 가려면 전철을 두 번 갈아타야 하고 나가다초 역에서 내린 후에도 한참을 걸어야 한다.

연구소에 도착한 시간은 10시 조금 전이었다. 연구소는 플렉스타임제이기 때문에 오전 중 아무 때나 출근해도 된다. 그러나 직속 상사가 습관적으로 10시에 출근하기 때문에 일의 효율을 고려해서 그도 그 시간에 맞추고 있다.

다카시는 엘리베이터를 타고 7층으로 올라갔다. 엘리베이터에서 내리면 바로 문이 있고 그 문 옆에 ID 카드를 꽂는 슬릿과 숫자가 나열된 조그만 키보드가 설치되어 있다. 그는 카드를 슬릿에 밀어 넣은 후 자기만 아는 번호를 눌렀다. 도어 로크가 풀리는 소리가 찰칵 울렸다.

문을 열면 베이지색 긴 복도 양옆으로 주르르 문이 있다. 다카시는 바로 코앞에 있는 문 앞에 섰다. 거기에도 ID 카드를 꽂는 슬릿이 있다. 연구소는 외부인은 물론 내부인이라도 자신이 관계된 부서가 아니면 무단으로 출입할 수 없게 되어 있다.

그가 연 것은 리얼리티 시스템 개발부 섹션 9라는 명패가 붙어 있는 문이었다. 그것이 그가 소속된 부서명이다.

방으로 들어서자 부스럭부스럭 무언가가 움직이는 소리가 났다. 우리가 두 개 놓여 있고 그중 하나에 암컷 침팬지가 들어 있었다. 다른 우리는 비어 있다.

"안녕, 우피."

다카시는 침팬지에게 인사했다. 그러나 우리 한구석에 웅크리고 있는 우피는 그의 목소리에 반응하지 않은 채 어딘가 먼 곳을 바라보는 듯한 눈빛을 하고 있다. 오늘 아침만 그런 것이 아니다. 침팬지의 표정은 늘 그렇다.

실내 공간은 대충 둘로 나뉘어 있다. 다카시 팀이 사용하는 공간과 다른 연구 팀이 사용하는 공간이다. 하지만 물론 팀 간에는 교류도 있고, 칸막이도 아크릴 판이기 때문에 연구하는 서로의 모습을 볼 수 있다.

다른 연구 팀은 멤버 네 명이 벌써 출근해 일하고 있었다. 다카시는 회색 작업복으로 갈아입으면서 그쪽을 넘겨다보았다. 다카시와 입사 동기인 기리야마 게이코가 다카시를 보고는 살짝 손을 들었다. 다른 세 사람은 다카시를 힐금 쳐다보기만 했을 뿐이다.

정확하게 말하자면 아크릴 판 너머에 연구자 네 명만 있는 것이 아니다. 그들이 둘러앉아 있는 테이블 위에는 조그만 침대가 설치되어 있고, 그 위에 침팬지 한 마리가 사지를 결박당한 채 누워 있다. 추이라는 이름의 그 수컷 침팬지 머리에는 특수한 헬멧이 씌워져 있다. 헬멧에는 백 개에 달하는 선이 달라붙어 있고, 그 선은 또 펄스 컨트롤러와 애널라이저에 연결되어 있다.

시청각 정보의 직접 입력. 그것이 그들이 진행 중인 연구 과제이다. 즉 사물을 보여 주거나 소리를 들려주지 않고 뇌에 직접 정보를 보내는 실험을 하고 있는 것이다. 그리고 이는 사실 MAC 시절에 다카시가 했던 연구 과제이기도 하다. 2년 동안 그는 이 연구의 기초를 공부했다. 그러니 지난 4월 인사이동이 있을 때에도 그는 자신이 이 연구를 계속하게 될 것을 믿어 의심치 않았다.

그런데 발령은 예상과 크게 어긋난 것이었다. 같은 부서간의 이동이기는 했지만 그에게 주어진 과제는 전혀 다른 것이었기 때문이다. 그는 직속 상사를 찾아가 항의 차원의 질문을 했다. 그러나 스토라는 상사의 대답은 다카시로서는 도저히 납득할 수 없는 것이었다.

"그쪽 연구는 다른 사람도 할 수 있어. 그러나 이쪽 연구는 자네가 아니면 할 수 없다고. 그러니 자네가 해야지."

하지만 새 과제는 다카시에게 거의 미지의 분야였다.

"회사 방침이야. 자세한 건 나도 잘 모르겠군."

따져 물었지만 스토는 그렇게 대답할 뿐이었다.

그에게 새롭게 주어진 과제란 공상에 관한 것으로, 인간이 무언가를 공상할 때의 뇌의 회로를 컴퓨터로 해석하자는 것이었다. 궁극적으로는 공상하는 내용을 외부에서 제어한다, 그것이 연구 보고서의 첫 페이지에 기재된 최종 목표다. 하지만 다카시는 그런 날이 자신이 근무할 동안에는 절대 찾아오지 않을 것이라는 느낌을 받았다. 현재로서는 기껏해야 실험 대상인 침팬지 우피가 공상하는 상태에 있는지 아닌지를 판정할 수 있을 정도다.

또 가령 그 꿈같은 일이 가능하다 해도 거기에 과연 무슨 의미가 있는지 의문스러웠다. 공상 같은 건 컴퓨터의 힘 따위 빌리지 않더라도 누구나 할 수 있다. 게다가 공상만으로도 모자라 가상현실을 필요로 하는 것 아닌가. 그 가상현실을 만들어 내는 것이 리얼리티 시스템 개발부의 일이고. 그것이 다카시의 생각이었다.

인간의 뇌에 디스플레이 되는 완벽한 가상현실을 만들어 내는 연구를 진행 중인 기리야마 게이코 팀을 보면 다카시는 짜증이 솟구쳤다. 그들이 사용하는 참고 자료 중에 자신이 MAC 시절에 발표했던 리포트도 틀림없이 있을 것이라고 생각하면 더욱 그랬다.

다카시가 자리에서 자료를 정리하고 있는데 11시쯤 스토가 나타났다. 이 남자로서는 늦은 출근이었다. 서류 가방을 옆구리에 끼고 두 손을 바지 주머니에 넣은 여느 때의 모습으로 들어온 스토는 목과 눈만 움직여 아침 인사를 끝냈다.

스토는 다카시가 MAC에 있던 시절 지도 교관의 한 명이었다. 그러나 나이는 아직 삼십 대 중반인 듯하다. 학생 시절에 검도를 해서 그런지 실팍하고 건장한 체격이다. 하지만 그런 풍모와는 달리 다카시의 눈에는 다소 예민하게 비치는 일이 많았다. 말수도 적고 자기 기분을 겉으로 드러내지 않는 성격이라서 다카시로서는 탐탁지 않은 타입이었다.

"어제 자료야?"

다카시 앞에 있는 컴퓨터 화면을 보면서 스토가 물었다.

"그렇습니다."

"주목할 만한 차이는?"

"없습니다."

즉 결과가 좋지 않다는 뜻이다.

스토는 딱히 실망하는 기색 없이 고개를 한 번 끄덕이고는 의자에 앉았다. 그의 자리는 다카시 바로 옆이다. 단, 각자의 책상은 칸막이로 둘러싸여 있기 때문에 둘이 의자에 앉고 나면 서로의 모습은 시야에 들어오지 않는다.

"질문이 있는데요."

다카시가 말했다.

뭔데? 하고 묻는 대신 스토가 표정 없는 눈빛으로 그를 쳐다본다.

"지금 진행 중인 방식이 과연 공상할 때의 뇌 속 회로를 제어한다는 방침에 따른 것인지 의문스럽습니다."

스토의 오른쪽 눈썹이 피끗 움직였다.

"무슨 뜻이지?"

"왜 기억 회로를 간섭하려는 겁니까? 공상은 기억을 바탕으로 만들어지는 거잖아요. 말하자면 기초입니다. 그런데 기억에 손을 댄다면, 대체 어떤 데이터를 얻어 내겠다는 건지……"

"공상이나 기억이나 모두 사고 활동이야. 별개로 취급할 수는 없어."

"그건 압니다. 그러나 기억을 간섭하는 건 최소한으로 억제해야 하지 않을까요. 그러지 않으면 공상할 때 뇌의 회로가 어떻게 변화하는지 정확하게 포착할 수 없을 텐데요."

다카시는 지난 며칠 동안의 생각을 털어놓았다.

스토는 팔짱을 끼고서 잠시 생각하다가 팔을 내리고 다카시에게 말했다.

"자네가 무슨 말을 하려는지 알겠어. 고려하지. 다만 처음에 계획한 연구 프로그램이 있으니까 일단은 거기에 준해서 해야 해."

"하지만……"

"미안하네."

다카시의 말을 제지하듯 오른손을 내밀면서 스토는 일어났다.

"팀장이 오라고 해서 말이야. 그 얘기는 나중에 다시 듣기로 하지."

그러고는 책상에 놓인 파일을 집어 들고 다카시의 대답도 듣지 않은 채 방을 나가 버렸다. 문을 쾅 닫은 탓에 우리의 우피가 겁을 먹고 가는 소리로 울었다.

결국 그날 스토는 그렇게 자리를 뜬 후 7시가 되도록 돌아오지 않았다. 다카시는 7시까지 혼자 자료를 분석한 후에 연구소를 나왔다.

전철역으로 가는 길을 그는 별생각 없이 걸어갔다. 도중에 더워서 윗도리를 벗었다.

앞쪽에 한 남자가 걸어가고 있었다. 호리호리한 몸집에 키가 작았다. 그 뒷모습을 보다가 불쑥 한 인물이 떠올랐다.

미와 도모히코였다.

다카시는 자기도 모르게 걸음을 멈췄다. 뒤에서 걸어오던 직장인인 듯한 여자가 하마터면 그에게 부딪칠 뻔했는지 불쾌한 표정을 짓고서 그를 앞질러 갔다.

오랜만에 도모히코가 떠올랐던 것이다. 그 일 자체가 다카시에게는 뜻밖이었다. 그와는 중학교 때 이후로 줄곧 함께였다. 그를 잊은 적은 한 번도 없어야 했다.

그런데 한동안 통 떠오르지 않았다. 바빠서 그랬을까, 하고 다카시는 생각했다. 그러나 힘들 때 버팀이 되는 사람이 벗이 아닌가.

그 녀석이 지금 뭘 하고 있더라.

생각하다가 다카시는 화들짝 놀라고 말았다. 도모히코가 지금 어디서 뭘 하는지 자신이 전혀 모른다는 것을 깨달았기 때문이다.

다카시는 마지막으로 도모히코를 만난 게 언제였는지 기억해 내려 했다. 그런데 도무지 기억이 나지 않았다. 대체 언제부터 그를 만나지 않은 거지.

아니지, 하고 그가 눈을 부릅떴다. 바로 얼마 전에 만난 것 같은 기분이 들었다. 언제였지, 어디서였더라?

그러고서 헉, 하고 숨을 삼켰다.

어제 꾼 꿈이다. 꿈속에 그가 나왔다. 그러나 그게 정말 꿈이었을까. 그 꿈에는 마치 어제 일을 회상하는 듯한 리얼리티가 있었다.

멍청하기는, 하며 그는 이내 그 생각을 지웠다. 꿈이라는 증거가 있다. 현실과 크게 다른 부분이 있다는 게 떠올랐다.

도모히코는 마유코를 자신의 여자 친구라고 소개했다.

"말이 안 되잖아."

다카시는 중얼거리고서 다시 걸음을 내디뎠다.

SCENE 2

점심시간을 알리는 벨이 울렸지만 나는 방에 혼자 남아 컴퓨터로 시뮬레이션 프로그램을 수정하고 있었다. 당장 서둘러야 할 일은 아니었다. 하지만 사람들과 시간을 달리해 식당에 가고 싶었다. 엄밀하게 말하면 '사람들과'가 아니라 '그 두 사람'이지만.

5월이 되었다. 내가 앉아 있는 책상 너머 창문 바로 앞에는 꽃잎이 다 떨어진 벚나무가 서 있다. 펼쳐 놓은 노트가 펄럭거리지 않을 정도로 적당히 따뜻한 바람이 흘러든다. 창문을 열어 놓을 수 있는 것은 지금뿐이다. 조금 있으면 배를 채운 아마추어들이 정면에 보이는 테니스 코트에 모여들 것이다. 그들이 이리저리 뛰어다니기 시작하면 흙먼지가 일어 책상 위 그래프와 자료가 모래로 자글거리는 통에 창문을 열어 둘 수 없다.

노크 소리가 들렸다. 돌아보니 도모히코가 문을 열고 서 있었다. 그 뒤에 쓰노 마유코도 있었다.

"밥 먹으러 안 갈 거야?"

도모히코가 물었다.

"아, 아니, 가야지. 급히 해야 할 일이 좀 남아 있어서."

그렇게 말하면서 나는 마유코의 손을 보았다. 여느 때처럼 그녀는 커다란 쇼핑백을 들고 있었다.

"식사 시간을 까먹으면서까지 일할 건 없잖아? 그렇게 일하는 거 교관들이 금지하고 있을 텐데."

도모히코는 히죽거리면서 그 특유의 오른 다리를 저는 걸음으로 내게 다가왔다. 그리고 컴퓨터 화면을 들여다보았다.

"뭐야, 급한 일이라고 해서 보고서 쓰는 줄 알았더니 프로그램 만지작거리고 있잖아."

"그렇게 급한 건 아니지만."

"그럼 가자. 오늘은 치킨 샌드위치인가 보던데. 그렇지?"

도모히코가 마유코 쪽을 돌아보면서 말했다. 그녀가 쇼핑백을 약간 들어 보였다.

"맛이 있을지 자신은 없지만."

"괜찮아. 마유코 씨가 만든 거면 뭐든지."

도모히코는 그렇게 말하고서 내 어깨에 손을 올려놓았다.

"가자, 응?"

나는 도모히코와 마유코의 얼굴, 그리고 컴퓨터 화면을 차례대로 보고는 마지막으로 도모히코를 보면서 고개를 끄덕였다.

"알았어. 먼저 가 있어."

"바로 와야 해."

"그래."

그와 그녀가 나가는 것을 지켜본 후 나는 깊은 한숨을 쉬었다. 가슴에 똬리를 틀고 있는 응어리가 한숨으로 풀린다면 좋으련만, 아무런 효과가 없었다.

지난 4월, 이 나라의 수많은 학교가 그렇듯이 MAC 기술 과학 전문학교에도 신입생이 들어왔다. 고등학교 졸업자에서 대학원 졸업자까지 그 수를 합하면 무려 50명에 달했다. 그러나 그 숫자는 바이테크 사에 입사한 전체 신입 사원의 10퍼센트에 못 미친다.

신입생 중에서 고졸자 대부분은 기초 기술 양성 코스로 배치되었다. 전문 연구실에는 대학이나 대학원에서 뛰어난 성적을 인정받은 몇몇 인재만 들어올 수 있다.

우리가 속한 리얼리티 공학 연구실에는 두 남자와 한 여자가 들어왔다. 그 유일한 여자가 바로 쓰노 마유코였다. 리얼리티를 연구하고 싶다던 그녀의 희망이 이루어진 것이었다.

우리 연구실은 다섯 개의 반으로 구성되어 있다. 각 반에는 두 명에서 다섯 명의 연구원이 속해 있다. 연구원 수가 서로 다른 것은 연구 내용에 따라 일의 양에 차이가 있기 때문이다.

내가 있는 시청각 인식 시스템 연구반은 멤버가 네 명이지만, 신입생이 최소 두 명은 필요하다고 신청했다. 그런데 막상 뚜껑을 열어 보니 야나제라는 대학 졸업자 한 명만 배치되었을 뿐이다.

그 점에서 도모히코가 있는 기억 패키지 연구반은 운이 좋았다. 이렇다 할 실적도 없는 것 같은데 남은 두 명의 신입생, 그러니까 쓰노 마유코와 시노자키라는 대학 졸업자를 획득했다. 하기야 그 반은 지금까지 멤버가 부족하다는 소리가 많았다. 스토라는 교관과 도모히코 단둘로 구성된 반이었으니 이번 신입생 할당에 관해 다른 반에서 별다른 불만이 없는 것도 그런 배경이 있었기 때문이다.

이 같은 결과를 누구보다도 기뻐한 사람은 말할 필요도 없이 도모히코와 마유코였을 것이다. 사랑하는 두 사람이 같은 방에서 같은 교육을 받으며 같은 일을 하게 되었다. 그 이상 좋은 결과가 있을 수 있을까.

"축하한다. 정말 잘됐다. 행운의 여신에게 뇌물이라도 바친 거 아니냐, 어?"

신입생 배치가 발표된 날, 나는 도모히코의 자리까지 가서 축하해 주었다.

"고맙다."

도모히코는 이마가 벌겋게 달아 있었다. 그것은 흥분할 때면 그가 보이는 반응이었다. 그리고 그는 말했다.

"다카시가 같이 기도해 준 덕분인지도 모르지."

"그럼, 그렇고말고. 그러니까 한턱 쏴야 해."

나는 한쪽 눈을 찡긋 감았다. 그러면서 심한 질투와 자기혐오를 동시에 느꼈다.

솔직히 고백하자면, 나는 도모히코의 행운 따위는 바라지 않았다. 그래야 한다고 생각하면서도 그럴 수가 없었다. 내가 무의식중에 바란 상황은 전혀 그 반대였다. 마유코가 도모히코가 속한 연구반에 배치되는 것이 사실은 두려웠다.

동시에 이런 생각도 했다.

우리 반으로 오지는 않을까.

그렇게 되면 그녀를 매일 볼 수 있고, 같은 목표를 향해 공통의 일을 할 수 있다. 얘기도 나눌 수 있고 함께 있을 수도 있다. 온갖 망상이 내 머리에 떠올랐다. 망상의 끝에는 도모히코라는 존재를 무시한 환상이 피어올랐다. 언젠가는 그녀가 내 애인이 될 수도 있다.

그런 망상 하나하나가 오랜 벗에 대한 배신이라는 것을 깨달았을 때, 나는 자신에게 욕설을 퍼부었다. 너는 최악의 인간이다, 쓰레기다, 파렴치한 놈이다. 그러나 또 다른 나는 일

그러진 얼굴로 맥없는 반론을 펼쳤다. 사람을 좋아하는 게 뭐가 잘못이냐, 그녀는 아직 누구의 것도 아니다.

결국 나는 본능을 극복하지 못했다. 마유코가 기억 패키지 연구반으로 배치되었다는 것을 알았을 때, 온몸이 돌덩이처럼 묵직해지는 허탈감을 느꼈던 것이 그 증거다. 도모히코에게 축하한다고 말했을 때 목소리가 유난히 들떠 있었던 것도 삐뚤어진 심리의 반대급부에 지나지 않았다.

떨쳐 버려야지, 하고 생각했다. 이런 일은 하루빨리 털어 버려야지.

그러나 마유코가 MAC로 들어온 후, 반은 달라도 매일 얼굴을 마주하게 되자 마음이 흔들렸다. 그녀의 모습이 눈에 띄면 나는 일이 손에 잡히지 않았다. 복도에서 그녀 목소리가 들리면 내 청각 신경은 다른 모든 소리를 차단해 버렸다. 그녀를 생각하기 시작하면 나의 뇌는 출구 없는 미로가 되고 말았다. 그 안에서 나의 사고는 끝없이 같은 자리를 맴돌았다.

간혹 사소한 일로 그녀와 얘기를 나눌 때조차 내 심장은 쿵쿵 뛰었다. 내 귀에 그녀의 목소리는 음악처럼 들렸고, 빤히 쳐다보는 눈동자는 나를 옴짝달싹 못하게 했다. 그런 주제에 일부러 사무적인 말투로 대하고 그녀의 얼굴을 외면하곤 했다. 게다가 어디를 쳐다봐야 좋을지 모르는 눈은 1초라도 더 같이 있고 싶은 마음을 숨기느라 수시로 손목시계를 향했다.

헤어질 때면 그녀가 이렇게 사과했다.

"시간 뺏어서 미안해요."

집에 돌아와서도 그녀 생각이 머리를 떠나지 않았다. 아니, 혼자 있으면 온통 그녀 생각뿐이었다. 그녀의 얼굴을 떠올리면 손과 발까지 눈 속에 되살아났다. 자위를 할 때도 나는 간혹 그녀의 몸을 상상 속에서 안았다. 머릿속에서 만들어 낸 그녀는 풍만한 육체에 요염하기 이를 데 없는 창부였다. 그녀는 나를 위해 다양한 서비스를 해 주었다. 벗의 애인을 욕보이고 있다는 죄책감이 도착된 흥분감을 가져다주었다. 그 무렵에는 낮에 학교에서 그녀 얼굴을 마주하기만 해도 외설적인 정경이 떠오를 지경이었다. 망상은 그녀 옆에 도모히코가 있어도 막무가내로 찾아왔다.

나는 어떻게든 마유코를 잊어야 한다고 생각했다. 이대로 가다가는 내가 무슨 짓을 저지를지 불안했다. 또 그녀를 향한 마음이 이 이상으로 커지면 도모히코와 그녀가 결혼했을 때 찾아올 실연의 충격에서 도저히 헤어나지 못할 거라는 두려움 같은 것도 있었다.

식당은 건물 5층에 있다. 식당에 들어서자 창가 자리에서 도모히코가 손을 흔들었다. 줄줄이 놓인 테이블마다 거의 자리가 차 있는데 도모히코 건너편 자리는 비어 있었다. 물론 그들이 맡아 둔 것이었다.

"왜 이렇게 늦은 거야."

내가 다가가자 도모히코가 말했다.

"응, 좀."

일부러 꾸물거렸다고 말할 수는 없었다.

내가 의자에 앉는 것을 기다렸다가 "여기." 하면서 마유코가 네모난 플라스틱 용기를 내 쪽으로 내밀었다.

"미안하네요, 늘."

그녀의 얼굴을 힐금거리면서 손을 뻗었다.

"내 것까지 안 챙겨도 되는데."

"두 사람분을 만드나 세 사람분을 만드나 마찬가지니까."

마유코가 말하면서 살며시 웃었다. 웃는 얼굴에서 빛이 났다. 나는 뭐라고 대답을 하려다 그녀와 눈이 마주치는 바람에 어쩔 줄 몰라 말을 잃어버리고 말았다. 그 상황을 얼른 무마하려고 플라스틱 용기의 뚜껑을 열었다.

"야, 이거 맛있겠는데!"

그렇게 감탄하자 테이블에 턱을 괴고 있던 도모히코가 놀리듯 말했다.

"역시 만들어 오기를 잘했지?"

나는 그 말에 대꾸하는 대신 되물었다.

"아니, 벌써 다 먹은 거야?"

도모히코와 마유코 앞에는 빈 플라스틱 용기와 자판기 커피용 종이컵이 놓여 있었다.

"그래, 네가 하도 안 와서 말이야. 더 기다릴까 하다가."

"잘했어."

치킨 샌드위치를 한입 베어 물었다. 부드러운 고기에 소스 맛이 적당하게 배어 있었다.

"어때?"

도모히코가 물었다.

"맛있어."

"다행이다."

마유코가 가슴 앞에다 두 손을 모았다. 입술 사이로 보이는 앞니가 창문으로 비치는 햇살에 하얗게 빛났다.

"도모히코 씨 감상만 가지고는 불안했어요."

"나를 영 안 믿는다니까."

도모히코가 그렇게 말하면서 머리를 긁적거렸다.

2주일쯤 전부터 마유코가 가끔 도시락을 싸 왔다. 그런데 도모히코 몫을 싸 오는 것까지는 이해가 되는데 내 몫까지 싸 오는 데에는 놀랐다. 도모히코가 그렇게 해 달라고 부탁했을 리 없으니 그녀 생각으로 싸 오는 것일 텐데.

나는 그녀가 싸 온 도시락을 먹을 때마다 늘 마음이 복잡해졌다. 그녀가 손수 만든 음식을 먹는다는 기쁨과 함께 '앞으로도 도모히코 씨를 잘 부탁해요.' 하고 부탁을 받는 듯한 기분이 들어서였다.

"도모히코 씨, 커피 한 잔 더 마실래요?"

마유코가 애인에게 물었다.

"아, 그러지, 뭐. 그럴게. 동전 있어?"

"있어요. 쓰루가 씨도 커피 마실래요?"

그녀가 내 쪽을 보면서 싱긋 웃었다.

"아니, 내가 사 오죠."

그리고 엉덩이를 들썩거렸다.

"괜찮으니까 그냥 앉아 있어."

도모히코가 제지하듯 손바닥을 휘휘 내저었다. 나는 다시 의자에 앉았다.

마유코는 웃으면서 자리에서 일어났다. 그녀는 품이 넉넉한 블라우스를 입고 있었다. 창문을 등지고 있어서 빛이 얇은 옷감을 투과해 아주 잠깐 그녀의 몸 라인을 보여 주었다. 알몸으로 걸어간 그녀가 쟁반을 들고 자동판매기 앞에 줄을 섰다.

"아까 그녀가 좀 이상한 말을 하던데."

눈앞에 있는 친구가 설마 자기 애인의 알몸을 상상하고 있을 줄은 꿈에도 모를 도모히코가 소리 죽여 조심스럽게 말을 건넸다.

"이상한 말이라니?"

샌드위치를 먹으면서 나는 태연하게 그에게로 시선을 돌렸다.

그는 눈동자만 움직여 마유코 쪽을 슬쩍 보고는, 약간 주춤 거리며 말을 꺼냈다.

"다카시가 우리를 피하는 게 아닐까 하고 말이야."

나는 샌드위치를 입에 물고서 도모히코의 얼굴을 보며 천천히 입을 움직였다. 이러고 있으면 말을 하지 않아도 되니 그동안 뭐라 대답할지 생각하기로 했다.

"그럴 리 없다고 말은 했는데, 그녀는 아무래도 그런 기분이 드는 모양이야. 그리고 그녀 말이, 그 원인이 자기에게 있지 않나 싶다던데."

나는 움직임을 멈추고 그를 보면서 눈을 깜박거렸다. 얘기를 계속하라는 뜻이었다. 나도 그 원인이라는 것을 듣고 싶었다.

도모히코가 목소리를 더 죽였다.

"다카시, 그녀를 어떻게 생각해?"

나는 입안에 남은 샌드위치를 삼켰다. 목구멍에 누가 칼이라도 들이민 듯한 기분이었다.

"어떻게 생각하냐니, 뭘?"

가슴이 벌렁거렸다.

"그녀는,"

말을 꺼내 놓고 그는 또 마유코 쪽을 한 번 슬쩍 쳐다보고서 다시 말을 이었다.

"다카시 네가 자기를 싫어하는 게 아닐까 걱정하던데."

목이 멜 뻔했다.

"내가 그녀를? 왜?"

"모르지. 아무튼 그렇게 생각하고 있는 것 같아. 일 때문에 얘기할 때도 일부러 쌀쌀맞게 구는 것처럼 느껴진대. 내가 혼자 있을 때는 그러지 않지만 자기랑 같이 있을 때는 옆에도 오지 않는다면서."

말도 안 되는 오해였다.

"순전히 오해야, 그건."

"나도 그렇게 생각하지만 그녀는 신경이 쓰이나 보더라고."

"내가 그녀를 싫어할 이유가 뭐가 있겠어."

"그건 알 수 없지. 싫고 좋은 것은 감정적인 거잖아. 게다가 그녀 말이 아주 틀리지는 않은 것 같기도 하고."

"무슨 뜻이야?"

"오늘만 해도 그렇잖아."

도모히코가 고개를 옆으로 돌려 마유코가 아직 돌아오지 않는 것을 확인한 후에 말했다.

"우리와 같이 밥 먹는 거, 꺼리는 눈치였어."

나는 입을 다물었다. 역시 눈치를 챈 것인가. 하긴 눈치를 챌 만도 했다.

"다카시, 그녀에 대해 마음에 들지 않는 게 있으면 솔직하게 말해 주면 좋겠다. 그녀 때문에 우리 관계에 금이 가는 건 안타까운 일이야. 그렇다면 난 그녀와의 교제를 다시 생각해 봐야 해."

나의 침묵으로 마유코의 걱정이 단순한 노파심이 아니라고 확신한 듯, 도모히코가 다소 굳은 얼굴로 말했다.

"아니, 너 그게 무슨 말이야."

나는 두 팔을 벌리고 그의 얼굴 앞으로 내밀었다.

"오해라고 했잖아. 나는 그녀가 마음에 들지 않는다는 말, 한 번도 한 적 없어."

"그럼 왜 피하는데?"

"그건 말이지,"

말을 시작해 놓고서 아차 싶었다. 그렇게 말을 시작한 이상 무슨 이유든 짜내야 했다. 나는 테이블 끝을 손가락으로 톡톡 두드렸다. 한 가지 생각이 떠올랐다.

"일부러 사양하는 거야."

"뭐, 사양한다고?"

"그래. 너와 난 중학교 때부터 계속 같은 학교를 다녔잖아. 그러니까 서로가 아는 사람에 대한 화제도 많은데 너무 오래 같이 있으면 곤란하잖아. 우리 사이에만 통하는 화제가 늘어

나서 그녀가 소외감을 느낄지도 모르는 일 아니냐고. 그러면 안 되는 거잖아."

도모히코가 '그런 거였어.' 하는 표정을 지었다.

"그녀는 그런 애기도 재미있다고 하던데. 우리 옛날 애기 듣는 거 좋아해. 그런 일 때문에 소외당했다는 생각은 안 할 거야."

"그럼 다행이지만."

"그게 다야?"

도모히코가 내 얼굴을 빤히 쳐다보았다. 감수성이 풍부한 그의 눈은 '그게 다가 아닐 텐데.'라고 말하고 있었다.

"그리고 또."

나는 장난스러운 표정을 지었다.

"단둘이 있는 편이 훨씬 좋을 거 아냐. 그래서……"

그 순간 도모히코의 얼굴에서 의혹의 표정이 사라졌다.

"공연히 그런 신경은 안 써도 되는데."

그가 겸연쩍게 웃으면서 말했다.

"그래도 촌스러운 짓은 하고 싶지 않으니까."

"솔직히 난 다카시 네가 같이 있는 게 좋아. 나 혼자서는 할 애기도 많지 않고. 네가 싫지 않다면 말이야."

"싫을 건 없어, 전혀."

"그럼 앞으로는 괜한 신경 쓰지 말고 우리와 가깝게 지내

자. 괜찮지?"

"응, 아무튼 알았어."

"그래. 이 얘기는 이걸로 끝내자."

도모히코가 의자에 기대며 팔짱을 꼈다. 그 후련해하는 얼굴을 보면서 나는 또 죄책감에 시달렸다. 애인이 생기면 다른 남자와 가까이 지내는 걸 꺼리는 것이 보통 남자의 심리인데, 도모히코는 나를 완벽하게 믿고 있다. 내가 마유코의 알몸을 상상하면서 몸부림친다는 것을 그는 꿈에도 모른다. 매일 밤 그녀를 창부로 만들면서 자위에 빠진다는 것을 상상도 못하고 있다.

마유코가 커피 석 잔을 쟁반에 담아 들고 돌아왔다. 지금 막 생각났다는 듯이 도모히코가 말했다.

"오늘 밤, 오랜만에 우리 셋이 한잔하러 갈까?"

마유코의 얼굴이 환해졌다.

"난 좋은데."

"너도 괜찮지?"

도모히코가 이쪽을 보면서 물었다.

그런 얘기를 하고 난 후에 거절할 수는 없어서 "그래, 좋아." 하고 대답했다.

신주쿠 이세탄 백화점 근처에 있는 건물 5층에 '야자열매'

라는 이름의 가게가 있었다. 엘리베이터에서 내리자 눈앞에 커다란 야자나무 두 그루가 서 있는데, 그게 가게 입구를 겸한 것이었다. 우리는 벽 쪽에 있는 테이블로 안내받았다. 반대편 벽 쪽에 조그만 무대가 있고, 직업이 의심스러운 세 남자가 하와이 음악을 연주하고 있었다.

중국식 해물 요리 몇 가지와 맥주를 주문했다. 메뉴 내용과 하와이 음악이 전혀 어울리지 않았다.

"오늘 좀 재미있는 일이 있었어."

맥주를 한 모금 들이켜고서 도모히코가 말했다. 옆에 앉은 마유코는 표정으로 보아 재미있는 일이 뭔지 이미 알고 있는 듯했다.

"시노자키를 대상으로 측두엽 자극 실험을 해 봤거든. 너도 알고 있지? 예의 플래시백 효과를 확인하는 실험 말이야."

"옛날 기억을 불러내는 거 말이지?"

"응. 요즘 들어 겨우 안정적으로 플래시백이 가능해졌거든."

"그런데 그 실험은 뇌 기능 연구반의 입회 없이는 할 수 없는 거잖아. 특히 인간을 실험 대상으로 할 때는. 오늘은 그 사람들이 안 왔는데."

"나도 그렇게 말했거든요."

커다란 접시에 나온 전채를 작은 접시에 덜면서 마유코가 끼어들었다.

"괜찮아, 그 정도 전류는."

도모히코는 엄마에게 꾸중을 들은 아이처럼 입술을 삐죽거리며 말했다.

플래시백이란 피험자의 뇌를 전기로 자극해 과거 일을 상기하게 하는 작업이다. 캐나다의 뇌 생리학자 펜필드가 처음 개발했는데, 당시에는 지금 같은 비접촉식 자극법은 확립되어 있지 않았다. 노출된 뇌 표면에 전극을 붙이고 약한 전류를 보내는 원시적인 방법이었다.

"그래서, 시노자키가 무슨 재미있는 옛날 얘기라도 했다는 거야?"

올해 마유코와 함께 도모히코의 연구반에 들어온, 피부가 하얗고 인상 좋게 생긴 젊은이를 떠올리면서 내가 물었다.

도모히코는 문어 마리네이드를 입에 넣고는 껌처럼 질겅질겅 씹으면서 몸을 앞으로 쑥 내밀었다.

"딱히 재미있는 건 아니고, 좀 묘해. 다른 기억을 말했어."

"다른 기억?"

"응. 사실과는 다른 것을 사실이라고 착각한 거지."

"사실과 다르다는 것을 네가 어떻게 아는데?"

"그건,"

도모히코가 맥주를 마시고 양팔을 옆으로 살짝 벌렸다.

"전에는 다르게 대답했거든. 똑같은 질문에 대해서 말이야."

그리고 마유코 쪽을 돌아보며 재차 확인했다.

"그랬지, 분명히?"

그녀는 석연치 않다는 표정을 지으면서도 고개를 끄덕였다.

"시노자키가 어떤 기억을 떠올렸는데?"

나도 약간 흥미가 느껴져 물어보았다.

"초등학생 때 기억이야. 6학년 때라고 했지, 아마. 그 무렵의 교실 모습을 자세하게 얘기했어. 우선 앞쪽을 향해 있는 반 아이들의 뒤통수. 그의 자리가 꽤 뒤쪽이었나 보더군. 오른쪽 창가. 창밖으로는 고압선이 지나가는 철탑이 보이고, 교실은 3층이나 4층이었던 것 같고. 칠판에는 분필로 수학 문제가 쓰여 있어. 시노자키는 그 문제를 연필로 열심히 베끼고 있고. 담임은 칠판 옆에 서서 학생들을 죽 돌아보고 있어."

마치 자기 기억인 양 거기까지 일사천리로 얘기한 후에 그가 집게손가락을 들어 보였다.

"그런데 문제는 이 담임선생이 말이야."

"담임선생이?"

"지난번 실험 때에는 시노자키가 이 선생을 배가 툭 튀어나온 중년 아저씨라고 했거든. 그런데 오늘은 젊고 늘씬한 여선생이라는 거야. 이상하지 않아?"

나는 숨을 깊이 들이쉬고서 마유코를 보았다. 이어 도모히코를 본 다음 숨을 내쉬었다.

"어느 쪽이 맞는 건데?"

"중년 아저씨 쪽. 실험 후에 시노자키에게 확인해 봤어. 지난번 대답과 다른데 어느 쪽이 맞느냐고 말이야. 그랬더니 잠시 생각하고는 그렇게 대답하더라고. 자신이 왜 젊은 여선생이라고 대답했는지 모르겠다며 의아해 하더군."

"흐음."

"흥미롭지?"

"응. 그런데 그게 단순한 착각이 아니라면 기억이 개편되었다는 건데."

내가 말하자 도모히코가 테이블을 쾅 쳤다.

"그렇지? 너도 역시 그렇게 생각하지?"

흥분한 목소리였다. 그러더니 그녀는 반신반의하는 표정으로 고개를 갸웃거렸다.

"거봐, 다카시도 나와 생각이 같잖아."

"그런데 왜 그런 일이 생겼을까?"

"문제는 바로 그거야. 그걸 파헤쳐서 어떻게든 같은 현상을 재현해 보고 싶어. 그게 가능하다면 연구가 단숨에 진전을 보일 거야. 캄캄하고 긴 터널을 지나 겨우 환한 빛을 본 것 같은 기분이다."

도모히코는 맥주잔을 단숨에 비우고 마침 지나가던 웨이터에게 새로 한 잔을 주문했다.

우리 시청각 인식 시스템 연구반은 시신경과 청각 신경을 직접 자극해서 가상현실을 만들어 내려는 데 반해 도모히코의 기억 패키지 연구반은 외부에서 기억 중추에 정보를 입력해 가상현실을 만들어 내려 한다. 쉽게 말해서 우리는 피험자에게 가상현실을 실제로 체험하게 하지만, 그들은 가상현실을 체험했다는 기억만 피험자에게 부여하는 것이다. 그러나 뇌 구조가 상당 부분 규명된 오늘날에도 기억 메커니즘은 거의 미개척 분야이다. 도모히코의 연구반은 기억 정보를 어떤 형태로 패키지하면 좋은지, 그것조차 가닥을 못 잡은 단계였다.

술이 그리 세지 않은 도모히코가 오늘 밤은 평소의 두 배속도로, 평소의 세 배에 가까운 양을 마셨다. 또 말이 많았다. 물론 연구에서 한 가닥 희망을 본 것 때문에 기분이 한껏 고양되었을 테지만, 친구와 애인 앞에서 자신이 호스트 역할을 맡아야 한다는 부담감이 그답지 않은 행동을 유발하는 것 같았다. 도중에 우리 테이블로 알로하셔츠를 입은 남자가 다가와 가게에 전시할 사진을 찍고 싶다고 했을 때에도 도모히코는 쾌히 승낙한 것은 물론이요 남자가 내미는 레이를 아무거리낌 없이 목에 걸었다. 주위에서 성원하는 소리가 들리자, 손을 흔들어 답하기까지 했다. 그 모두가 평소의 그로서는 상상도 할 수 없는 일이었다.

그러나 익숙지 않은 일들의 연속에 끝내 심신이 지쳤는지, 도모히코는 잠시 후 벽에 기대어 그대로 곯아떨어지고 말았다.

"오늘 힘을 너무 썼나 봅니다. 잠깐 자게 놔두죠."

마유코는 고개를 끄덕이면서 후훗 웃었다. 그녀도 도모히코가 무리하고 있다는 것을 알아차렸던 것이다.

나는 버번 소다를 마시면서, 지금 이 자리에 적합한 재치 있는 화제가 없을까 잠시 생각해 보았다. 뜻하지 않게 찾아온, 그녀와 단둘이 얘기할 수 있는 기회였다. 그러나 내 안의 양심은 이렇게 다그쳤다. '그래서, 이 기회를 어떻게 해 보겠다는 거야?'

그녀는 살짝살짝 미소를 지으면서도 오렌지 주스가 절반 정도 남아 있는 유리잔만 내려다보았다. 도모히코에게 내가 그녀에게 나쁜 감정을 품고 있지 않다는 말을 들었을 텐데, 내가 먼저 말을 꺼내기 전에는 얼굴을 들기가 쉽지 않은지도 몰랐다.

"이제 연구실에는 웬만큼 익숙해졌나요?"

생각한 끝에 해도 그만 안 해도 그만인 질문을 했다.

"네, 많이 익숙해졌어요."

그녀가 얼굴을 들고 말했다. 미소를 짓고 있어 눈이 초승달 모양이었다.

"너무 바빠서 정신이 없지만요."

마음의 어두운 그림자가 하나도 느껴지지 않는 순수한 얼굴이었다. 그리고 그 표정은 내 마음까지 푸근하게 했다. 이 표정을 내 걸로 할 수 있다면. 또 말도 안 되는 생각이 내 마음을 스쳤다.

"적당히 꾀부려 가면서 해요. 기분 전환도 하고."

잠든 도모히코 쪽을 보았다.

"저 녀석과 함께 있으면 그럴 필요도 없으려나."

그렇게 말하고서 히죽 웃었다. 자신이 생각해도 혐오스러운 웃음이었다.

"리얼리티 연구실에는 테니스로 기분 전환 하는 사람이 많은 것 같던데요."

"그렇죠. 코트가 바로 코앞에 있으니까."

"쓰루가 씨는 테니스 안 치나요?"

"치고는 싶은데 경식은 좀."

"네?"

마유코가 놀라는 표정을 지었다.

"그럼 연식을 치나요?"

"아, 고등학교 시절에 좀 쳤죠."

내 말을 들은 그녀가 왠지 몸을 약간 움찔거렸다. 그녀는 도모히코의 옆얼굴을 보고서 그가 잠든 것이 확실하다는 걸 확인한 뒤에야 입을 열었다.

"저도 그, 그걸······."

"그걸?"

"그러니까 그, 연식 테니스를······. 중학교와 고등학교 때."

내 마음속에서, 지금까지 억지로 닫혀 있던 문 하나가 활짝 열렸다. 나는 반가움을 얼굴에 드러냈다.

"연식 테니스를, 마유코 씨도?"

"잘은 못해요."

그녀가 어깨를 으쓱하면서 입술 사이로 혀를 살짝 내보였다. 지금까지 보인 적이 없는 어린애 같은 표정이었다.

공통의 화제를 찾은 우리는 시간 가는 줄 모르고 열띤 대화를 나눴다. 실패담, 고생담. 내가 얘기를 하면 그 말을 받아 그녀가 얘기하고, 또 그 얘기를 내가 발전시켰다. 얘기가 끊기는 일도 없고 흥분이 잦아드는 일도 없이 우리는 대화를 주고받았다. 그 대화 속에서 나는 마유코가 도모히코에게는 연식 테니스 얘기를 한 적이 없다는 것과 그 앞에서는 스포츠 얘기를 애써 피한다는 것을 알게 되었다.

그 즐거웠던 시간이 갑자기 끝을 맞았다. 잠자던 도모히코가 속이 부대끼는지 몸부림치듯 뒤척거리기 시작한 것이다. 마치 약속이라도 한 것처럼 나도 마유코도 입을 닫았다.

나는 도모히코의 몸을 흔들어 깨웠다.

"일어나, 이제 슬슬 가야지."

그가 얼굴을 비비면서 말했다.

"아, 한숨 잘 잤다."

"너무 마셨어."

"그런 것 같군. 두 사람은 뭐하고 있었어?"

"주역이 없으니 할 수 없이 두서없는 얘기나 나눴지."

"그렇군. 미안해."

그가 얼굴을 계속 비비면서 말했다.

내가 술값을 치르고 가게에서 나오자 엘리베이터 앞에서 도모히코가 마유코에게 묻고 있었다.

"다카시와 무슨 얘기 했어?"

"이런저런 얘기. 학교 다닐 때 얘기도 하고, 영화 얘기도 하고."

그렇게 대답하다가 그녀가 이쪽을 돌아보았다. 나는 고개를 약간 끄덕여 보였다.

도모히코는 그 이상 아무것도 묻지 않았다.

엘리베이터에 사람이 많이 타고 있었다. 우리는 좁은 공간에 몸을 끼워 넣었다. 마유코의 얼굴이 바로 앞에 있었다. 그녀와 몸집이 작은 도모히코에게 부담이 가지 않도록 나는 그녀의 등 뒤 벽에 손을 대고 몸에 힘을 주고 있었다. 그녀의 입술이 희미하게 움직였다. 고마워요. 그런 모양이었다. 천만에요. 나는 눈으로 대답했다.

　사소하지만 그녀와 비밀을 공유하면서 내게 우월감 비슷한 감정이 생겨났다는 것을 자각했다. 동시에 이것이 도모히코에 대한 배신의 첫걸음일 듯한 기분이 느껴졌다.

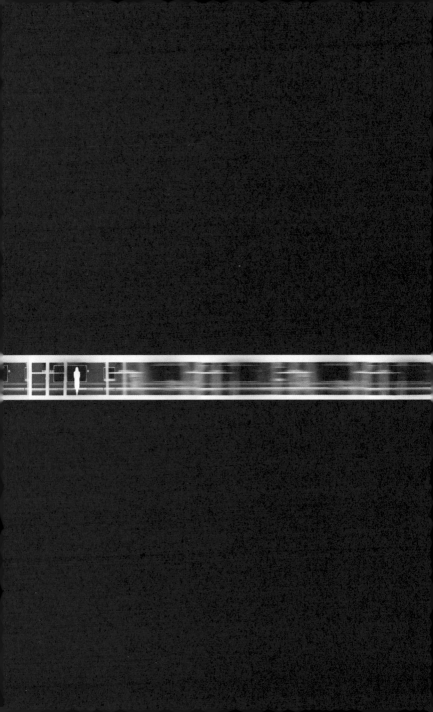

제 2 장

술렁거림

정신을 차리고 보니 회색 벽이 바로 옆에 있었다. 좁은 방이었다. 어두컴컴하고 사방이 닫혀 있었다.

쓰루가 다카시는 몸을 일으켰다. 자신이 어디에 있고, 뭘 하려고 했는지 알 수 없었다. 그러다 자신의 자세를 보고는 씁쓸히 웃었다. 그는 바지를 무릎까지 내리고 양변기에 앉아 있었다. 아랫도리가 고스란히 드러나 있었다.

일하다가 볼일을 보려고 화장실에 왔다는 생각이 떠올랐다. 바지를 내리고 변기에 걸터앉은 것까지는 문제가 없었는데, 갑자기 졸음이 쏟아져 꾸벅꾸벅 존 모양이었다. 대변을 본 기억이 없는데 변의는 사라지고 없었다. 그는 소변만 보고서 바지를 올렸다.

작은 방에서 나왔을 때, 다카시는 이런 개인실 이미지가 머리에 남아 있다는 것을 느꼈다. 엘리베이터 꿈을 꾼 듯한 기분도 들었다. 세세한 부분은 기억나지 않았다. 좁은 공간에서 선잠을 잤기 때문인가 보군, 하고 그는 스스로 납득했다.

손목시계를 보았다. 화장실에 들어온 지 약 10분이 흘렀다. 잠잔 시간이 생각보다 짧아 그는 안도했다. 그러나 이제 슬슬 일을 정리할 시간이었다.

다카시가 연구실로 돌아오자, 올해 고등학교를 갓 졸업한 자재부 젊은 직원이 입구에서 기다리고 있었다. 옆에 손수레가 있었다.

"오늘 실험, 더 할 건가요?"

그가 다카시에게 물었다.

"아니, 다 했어. 데리고 가도 돼."

다카시는 문을 열고 그를 방 안으로 들였다. 방 안에 스토의 모습은 없었다. 다른 팀은 아크릴 판 너머에서 미팅을 하고 있다.

젊은 직원은 고개를 끄덕이고서 추이와 우피의 우리를 손수레에 실었다. 실험 대상인 동물은 자재부에서 관리하고 있다. 평소에는 그 동물을 빌린 부서에서 각기 돌봐 주지만, 목요일 밤부터 월요일 아침까지는 반드시 자재부 사육과로 돌려보내야 한다. 그동안에 동물의 건강 상태를 점검하고, 문제가 있을 경우에는 그 부서의 실험 방법을 재고하도록 요청한다.

"우피의 상태가 여전히 좀 이상한데, 별다른 탈은 없는 건지 모르겠군."

우리에서 몸을 잔뜩 웅크리고 있는 우피를 가리키면서 다카시가 물었다.

젊은 자재부 직원은 고개를 꺄우뚱했다.

"글쎄요, 저는 건강 상태에 대해서는 몰라서……. 하지만 이상이 있으면 연락이 올 테니까."

"하긴 그렇겠지."

다카시는 우피를 내려다보면서 내면에 싹트고 있는 불안을 떨쳐 버리려 했다. 최근 실험 중에 이 조그만 동물이 보이는 허무한 표정이 줄곧 마음에 걸렸던 것이다.

"사육실에 한번 가 보고 싶은데."

손수레를 밀고 나가려는 젊은 직원에게 말했다.

"다음에 안내해 줄 수 있을까?"

"네?"

젊은 직원은 당황하는 표정이었다. 어쩔 줄을 모르고 우리와 다카시의 얼굴을 번갈아 보았다. 그러고는 결국 고개를 숙인 채 말했다.

"아, 그건 힘들겠는데요."

"힘들다고? 왜?"

"잘은 모르겠지만, 외부 사람을 함부로 들여보내면 안 된다고 하고, 그랬다가 들키면 또 혼날 테고."

머리를 긁적거리며 그가 횡설수설했다.

"아, 그런가. 그럼 할 수 없지."

"죄송합니다."

그가 머리를 꾸벅 숙이고 방에서 나갔다.

가볍게 던진 말이었는데 자재부 직원이 과도한 반응을 보이는 바람에 오히려 마음에 걸렸다. 그러나 그 젊은 직원은 상사에게 그저 외부인을 절대 사육실에 들여보내지 말라는 말만을 들었을 것이다. 그런데 그렇게 예민하게 굴 필요는 없지 않을까, 하고 다카시는 생각했지만 달리 뾰족한 수가 없었다.

다카시는 퇴근한 뒤 좀 먼 길을 돌아 신주쿠에 들렀다. 딱히 목적이 있는 것은 아니었다. 불쑥 이 거리에 오고 싶었다. 그 기분은 그리운 어떤 것을 찾는 심경과 흡사했다.

한동안 거리를 어슬렁거리다 기노쿠니야 서점에 들어갔다. 전문 서적 코너에 서 있는데, 뒤에서 누가 어깨를 툭 쳤다. 돌아보고 상대의 얼굴을 확인한 다카시는 "여!" 하며 환하게 웃었다. 대학 시절에 함께 공부한 오카베라는 친구였다.

"오랜만이야, 잘 지냈어?"

다카시가 물었다.

"어, 그럭저럭. 아직 잘리지는 않았지."

학창 시절이나 다름없이 굵직한 목소리였다.

서점에서 나와 거리에 있는 찻집에 들어갔다. 오카베는 다카시와 같은 사이버네틱스 공학과를 졸업한 후, 스포츠용품 회사에 취직했다. 까뭇까뭇하고 투박한 얼굴은 옛날 그대로였지만 재색 양복이 잘 어울리는 것을 보면 나름대로 안정적인 생활을 하는 것이라 여겨졌다. 지난봄에야 실질적으로 사회인이 된 다카시는, 자기는 어떻게 보일까 궁금했다.

학창 시절 얘기를 한참 나누다 동창생들의 진로 얘기가 나왔다. 벌써 결혼해서 아이까지 있는 친구 얘기, 지방에 있는 공장으로 발령이 나는 바람에 지방색 때문에 고민하는 동료 얘기 등.

"얼마 전에 얼핏 들었는데, 동거하고 있다면서?"

학창 시절에도 뒤끝 없는 성격이었던 오카베가 대놓고 물었다. 응, 하고 다카시는 짧게 대답했다.

"야, 부럽네."

오카베는 고개를 저으면서 말했다.

"나는 여자를 구경도 못하는데 말이야. 하기야 넌 옛날부터 인기가 많았으니까. 바이테크에 다니는 여자야?"

다카시는 고개를 끄덕이고는 마유코의 프로필을 간단히 소개했다. 작년에 바이테크 사에 들어왔고, 1년 동안은 MAC에 함께 있었다는 것 등.

"흐음, 들어오자마자 딱 점찍은 거로군."

오카베가 이죽거렸다.

"아니, 정확하게는 그녀가 MAC에 들어오기 직전에 만났어. 누가 소개해 줬거든."

"햐, 그래. 누가 소개해 줬는데? 나도 아는 사람이야?"

"잘 알고 있지. 미와 도모히코야."

말을 해 놓고서, 다카시는 자신의 대답에 놀랐다. 그랬다. 마유코를 소개해 준 사람은 미와 도모히코였다. 지금까지 잊고 있었다. 왜 잊었을까. 단순히 생각할 기회가 없었던 것일까.

"미와 도모히코? 아, 그 녀석."

오카베가 알겠다는 듯이 고개를 크게 위아래로 끄덕거렸다.

"녀석과 너는 친하게 지냈지. 그래도 그 녀석이 그렇게 젊은 여자를 알고 있었다는 건 뜻밖인데."

"컴퓨터 대리점에서 알게 된 사람이라고 했어."

"흐음. 그럼 그때 미와에게도 애인이 있었던 거야?"

"음, 글쎄. 아니, 없었을걸."

그렇게 대답하면서 다카시는 왠지 가슴이 술렁거리는 것을 느꼈다.

"그렇다면 참, 그 녀석도 여전하군."

오카베가 피식거렸다.

"자기는 애인이 없으면서 너에게 여자를 소개하다니."

"그런 셈이군……."

다카시는 고개를 숙이고 컵 속의 커피를 바라보았다.

그때 도모히코는 마유코를 컴퓨터 대리점에서 만난 컴퓨터 친구라고 했다. 그냥 친구라고. 그날도 그 친구를 소개해 주겠다고 해서 신주쿠에 왔었다.

아니지. 다카시의 가슴에 불안이 스쳤다.

정말 그랬을까?

그의 사고에 불쑥 의혹이 날아들었다. 기억이 흔들리면서 불투명해졌다. 도모히코는 마유코를 자기 애인이라고 소개한 게 아니었을까. 그런데 그 여자는 바로 자신이 과거에 한눈에 반한 여자였고…….

아니지. 아니야. 다카시는 얼른 부정했다. 그건 지난번에 꾸었던 꿈 얘기다. 현실이 아니다. 내가 왜 이렇게 혼란스러운 거지.

"그 녀석은 지금 뭐하는데?"

오카베가 물었다.

움찔 놀라면서 다카시는 고개를 들었다.

"뭐하냐니?"

"너랑 같이 바이테크 사에 들어갔잖아. 그러니까 잘 지내고 있냐는 거지."

"아, 그랬지."

다카시는 미지근해진 커피를 후루룩 마셨다.

"응, 잘 지내고 있을 거야."

오카베가 이상하다는 듯이 눈을 동그랗게 떴다.

"지금은 친하게 안 지내?"

"응, 지금 그 녀석, 로스앤젤레스 본사에 가 있거든."

"호오, 미국. 바이테크 사의 본사로 갔다는 건 상당히 우수했다는 뜻이겠지?"

오카베는 자기가 다니는 회사도 아니면서 뜨르르 꿰고 있었다.

"당분간 돌아오지 않을 거야."

"흠, 그렇구나. 너희들 언제나 붙어 다녔는데."

오카베는 아쉽겠다는 투로 말하고는 고개를 몇 번이나 끄덕거렸다. 그 어른스러운 태도가 사회인이 되었는데 학생 시절과 같을 수는 없겠지, 하고 말하는 듯했다.

찻집에서 나와 바로 역으로 간다는 오카베와 헤어진 후, 다카시는 반대 방향으로 걸어갔다. 걸으면서 생각하고 싶은 것이 있었다.

미와 도모히코에 대해서였다.

84

그가 로스앤젤레스에 갔다는 것을 다카시도 실은 얼마 전에 알았다. 예의 기묘한 꿈을 꾼 다음 날, 스토에게 물어보고서야 알게 된 것이다. MAC 시절, 도모히코를 지도했던 사람이 바로 스토였다.

"갑작스럽게 결정된 일이었어. 인사할 여유도 없었을 거야. 기다리다 보면 그쪽에서 연락이 오지 않을까. 이제 대충 자리를 잡았을 테니까."

놀라는 다카시에게 스토는 설명했다.

하지만 다카시로서는 도무지 납득이 가지 않았다. 아무리 급하다고 해도 도모히코가 자신에게 말 한마디 없이 가 버리다니, 있을 수 없는 일이었다. 출발하기 직전에 공항에서 전화를 걸 수도 있었다.

그리고 그 이상으로 이해할 수 없는 것은 MAC를 졸업한 지 두 달이나 지난 지금에야 친구의 행방을 염려하는 자신의 한심함이었다. 나는 지난 두 달 동안 뭘 했던 걸가. 뭘 했는지는 명확하게 기억하지만, 왜 도모히코를 한 번도 생각하지 않았는지에 대해서는 적절한 설명이 떠오르지 않았다.

로스앤젤레스라.

가슴이 뭉근하게 아팠다. 옛날에는 미국 본사에 가는 것이 다카시의 꿈이었다. MAC에서 받은 성적이 인정된다면 그 꿈이 이뤄질 가능성도 있었다. 그러나 본사는 그를 지명하지 않았다. 그러니까 본사는 진즉부터 도모히코를 점찍고 있었다는 얘기다. 다카시는 지금에 와서 새삼 질투가 들끓는 것을 자각하지 않을 수 없었다.

어쩌면 도모히코는 친구에게 상처를 주고 싶지 않아 아무 말 없이 미국으로 떠났는지도 모른다는 생각이 들었다. 하지만 그는 이내 그 생각을 부정했다. 우리 사이는 그런 게 아니었다.

답답한 기분으로 다카시는 계속 걸어 이세탄 백화점 앞을 지났다. 네거리를 건넜을 때 문득 옆에 있는 빌딩으로 눈이 갔다. 음식점 간판이 줄줄이 붙어 있었다. 그중 하나에 시선을 고정한 채 그는 걸음을 멈췄다.

그의 눈이 보고 있는 것은 '야자열매'라는 간판이었다.

복잡한 생각, 사고라고도 할 수 없는 잡다한 생각이 다카시의 뇌를 마구 들쑤셨다. 먼저 그 가게에 얽힌 기억이 표층으로 떠올랐다. 1년 전 마유코와 도모히코를 데리고 그 가게에 갔던 일. 술에 취한 도모히코. 마유코와 나눈 연식 테니스 얘기.

그런데 잠시 후 또 다른 상념이 거기에 오버랩 되듯이 엷게 퍼지면서 다른 광경이 부상했다. 그것은 지금 막 그가 떠올린 기억과 아주 비슷하지만 무언가가 달랐다. 그는 숨을 삼키고 그 정체를 파헤쳤다. 다른 것은, 기억 속에 있는 자기 자신의 기분이었다. 그는 도모히코에게 미안함을 느끼고 있었다. 그것이 친구의 애인을 좋아하게 됐을 때 느끼는 감정이라는 것을 깨닫고 다카시는 경악했다. 며칠 전에 꾼 꿈에 이어 마유코가 도모히코의 애인이었다는 착각이 또다시 사고 회로에 파고든 것이었다.

그는 그때의 정경을 세세한 부분까지 떠올리려 했다. 술을 마시면서 마유코와 얘기를 나눴고, 취한 도모히코를 깨워 가게에서 나왔다. 그 후 그녀를 아파트까지 데려다 주었다.

그런데 그 부분의 기억이 불분명했다. 대신 한 장면이 또렷하게 떠올랐다. 도모히코와 마유코가 나란히 걸어가는 장면.

그럴 리 없다고 다카시는 고개를 저었다. 자신과 헤어진 후 그 두 사람이 같이 걸어갈 리 없었다. 하지만, 하고 그는 자신에게 물었다. 현실이 아니라면, 어디서 이런 장면을 본 것일까?

이마에 식은땀이 돋았다. 직장인인 듯한 남자 몇 명이 멍하게 서 있는 다카시를 이상하다는 눈초리로 쳐다보면서 지나갔다. 다카시는 그 자리를 떴다.

또 꿈이라도 꾼 것일까. 돌아오는 전철 안에서 생각했다. 꿈을 과거에 실제로 있었던 일처럼 착각하는 것일까. 그렇다고밖에 생각되지 않았다. 그렇다면 왜 갑자기 그런 꿈을 꾼 것일까. 또 그 꿈이 최근에 도모히코를 완전히 잊어버리고 있었다는 사실과 무슨 연관이라도 있는 것일까.

아무리 생각해도 앞뒤가 맞는 해답을 얻을 수 없었다. 다카시는 무거운 기분으로 자신의 아파트로 돌아갔다. 마유코가 벌써 돌아와 있는지 창문이 환했다.

"무슨 일 있었어? 표정이 왜 그래?"

마유코가 다카시를 맞으면서 물었다. 그가 구두도 벗지 않은 채 그녀를 멀뚱멀뚱 쳐다보았기 때문이다.

"아니, 아무것도 아니야."

그는 구두를 벗고 집 안으로 들어갔다. 식탁 위에 팩에 담긴 생선초밥이 놓여 있었다. 마유코가 학교에서 돌아오는 길에 사 온 모양이었다.

다카시는 옷을 갈아입고 의자에 앉았다. 다카시를 기다리던 마유코가 인스턴트 국물에 채소를 약간 넣은 국을 그 앞에 놓았다. 숟가락을 들기 전에 다카시는 그녀에게 물었다.

"마유코, 도모히코, 기억해?"

"미와 씨?"

그녀의 오른쪽 눈썹이 살짝 올라갔다. 그러나 그 외에 별다른 표정의 변화는 없었다. 적어도 다카시는 알아챌 수 없었다.

"기억하지. 당연하잖아."

그러고는 살짝 웃었다.

"왜, 갑자기 왜 그러는데?"

"그 녀석, 지금 뭐하는지 혹시 알아?"

"글쎄……, 아무 얘기 못 들었는데."

그녀가 눈을 깜박거렸다.

"역시 그렇군."

"역시?"

"그 녀석 지금 미국에 있나 봐. 로스앤젤레스 본사. 며칠 전에 들었어."

"와, 대단하네."

마유코가 국물을 한 입 먹고서 젓가락으로 생선초밥을 집었다. 다카시의 질문에 별다른 느낌이 없는 것처럼 보였다.

"미와 씨, MAC에 있을 때도 교관의 평가가 좋았으니까."

"이상하지 않아? 우리는 왜 지금까지 도모히코에게 무심했을까. 소중한 친구를 까맣게 잊고 있었어."

"잊었다기보다 생각할 여유가 없었던 거 아닐까. 지난 두 달 동안 새 생활에 적응하느라 정신이 하나도 없었잖아."

"그래도 전혀 생각이 안 났다는 건 이상해. MAC에 있을 때도 늘 같이 다녔는데 말이야."

마유코는 새우 초밥을 먹으려다 젓가락을 내려놓고 난감하다는 듯이 미간을 찡그렸다.

"아무리 그래도 떠오르지 않는 걸 어떡하겠어."

다카시는 고개를 끄덕였다. 국그릇에 젓가락을 담그고서 국물을 휘휘 저었다.

"그렇겠지. 아무리 이상하다고 해 봐야 그게 사실이니까 어쩔 수 없는 거겠지."

"대체 무슨 말을 하고 싶은 거야? 미와 씨 생각이 안 난 게 뭐가 큰 문제라고."

정말 모르겠다는 듯이 마유코가 다카시의 얼굴을 들여다보았다.

"나도 잘 모르겠어. 그냥 좀 찜찜해서 그래."

다카시는 손으로 생선초밥을 집어 한입에 넣었다. 눅눅한 김이 이에 들러붙었다.

자꾸 영문 모를 소리를 하는 다카시를 견디다 못해 마유코는 차를 끓이기 시작했다. 그런 그녀의 모습을 바라보는 다카시의 내면에 또 이상한 이미지가 퍼져 나갔다. 그녀 옆에 도모히코가 있고, 그의 찻잔에 그녀가 차를 따르고 있다. 다카시는 고개를 절레절레 흔들며 그 이미지를 털어 버리려 했다.

물론 그녀에게는 며칠 전에 꾼 묘한 꿈에 대해 말하지 않았다. 웃으면서 무시하거나 화를 내거나, 둘 중 하나일 거라고 생각했기 때문이다. 그러나 오늘 '야자열매'라는 간판 앞에서 느꼈던 감각을 생각하면 말하지 않고 가만히 있을 수 없었다.

"이상한 질문 하나 해도 괜찮을까?"

"이미 충분히 이상하거든요."

마유코가 찻잔을 그의 앞에 내려놓았다.

"알았어. 뭔데?"

"당신하고 도모히코 말인데, 두 사람, 그러니까 그게……
그냥 친구 사이였지?"

마유코가 입술을 꾹 다물었다. 그렇게만 했는데도 표정이
심각해졌다.

"무슨 뜻이야, 그 말?"

목소리도 낮았다.

"나와 미와 씨 사이를 의심하는 거야?"

"아니, 그게 아니라 내가 알고 싶은 건……."

거기까지 말해 놓고서 그다음 말을 잇지 못했다. 내가 알고
싶은 것은 대체 뭘까. 솔직히 작년에 마유코가 자신의 애인
이었는지 아니었는지를 확인하고 싶었다. 하지만 그런 질문
이 난센스라는 것은 자기 자신도 알고 있었다. 둘이 연인 사
이였으니까 지금 이렇게 동거하고 있는 것 아닌가.

"미안해. 내가 좀 어떻게 됐나 봐. 잊어버려."

그는 자신의 이마를 손바닥으로 눌렀다. 가슴이 술렁거리
며 생선초밥에는 손도 대고 싶지 않았다. 그는 의자에서 일
어났다.

"잠깐 누워 있을게. 머리가 아파서."

"괜찮은 거야?"

마유코도 일어나 그를 따라왔다.

"응. 좀 피곤한 모양이야."

"정말 그런가 보네."

마유코가 그의 팔을 살며시 잡고서 근심스러운 눈빛으로 올려다보았다. 내 건강을 염려해서 저런 표정을 짓는 거겠지, 다카시는 그렇게 해석했다.

목욕을 한 후 체스를 두는 것이 두 사람에게 정해진 오락의 하나였지만 그날 밤에는 체스보드를 펼치지 않고 일찌감치 침대에 들어갔다. 다카시가 오른팔을 살짝 벌리자 마유코가 그 안으로 들어왔다. 그는 몸을 약간 비틀어 그녀의 허리로 왼손을 뻗은 다음 잠옷 속으로 손을 집어넣었다. 팬티에 손이 닿자, 마유코가 빙긋 웃었다.

"피곤하다면서……."

"괜찮아."

그는 그렇게 말하고 그녀의 몸을 애무하기 시작했다. 그녀 아랫도리에서 팬티를 벗겨 낸 후, 자신도 잠옷을 벗고서 다리를 휘감았다. 두 사람의 다리는 땀이 배어 있었다. 그녀의 손이 그의 페니스를 감싸 쥐었다. 그는 발기해 있었다. 두 사람은 얼굴을 마주 보며 웃었다. 그가 그녀에게 키스하려고 했다. 그녀가 눈을 감았다.

그때, 불길한 바람처럼 어떤 상념이 다카시를 덮쳤다.

도모히코의 얼굴이 떠오르고 이어 죄책감이 솟구치면서 불안이 그의 마음을 점령한 것이다. 그 갑작스러운 폭풍 같은 압박감은 다카시에게서 성욕을 싹 앗아 가기에 충분했다.

마유코는 눈을 뜨고 황당하다는 표정을 지었다. 그의 페니스가 그녀 손바닥 안에서 갑자기 쪼그라들었기 때문이다.

"어떻게 된 거야?"

그녀가 작은 소리로 물었다.

"아무것도 아니야."

하지만 적어도 그날 밤에는 아무것도 아니지 않았다. 그는 끝내 발기하지 못했다. 마유코는 그의 가슴을 가볍게 치고는 말했다.

"이런 때도 있는 거야. 신경 쓰지 마."

다카시는 말없이 어둠만 물끄러미 쳐다보았다.

SCENE 3

방에서 혼자 어둠을 바라보며 나는 마유코와 도모히코를 생각했다.

양심이 이 이상 마유코에게 접근해서는 안 된다고 귓가에 속삭였다. 무엇과도 바꿀 수 없는 소중한 친구를 잃게 될 거야. 아니 그보다, 그녀가 나를 사랑할 리 없잖아.

하지만 다르게 말하는 또 다른 내가 있었다. 자신에게 솔직해지라고. 사람을 사랑하는 것은 죄가 아니라고.

고뇌하며 몸부림치고 성질을 부리다 못해 정신이 너덜너덜해지고 나서야 잠이 든다. 그런 밤이 계속되었다. 달력은 6월로 넘어가 있었다.

그날 오전 휴식 시간이었다. 내가 자동판매기에서 커피를 뽑고 있는데 마유코가 다가왔다. 그녀는 티셔츠 위에 하얀 가운을 걸치고 있었다. 얼굴이 야무지게 생겨서, 화사한 차림보다는 이런 복장이 더 잘 어울리는 것 같다. 물론 나는 양쪽 다 좋아하지만.

"오늘 도모히코 씨가 출근을 안 했어."

그녀가 미소를 머금고서 말했다. 요즘 들어서야 겨우 내게도 반말을 쓰게 되었다.

"어디 아파?"

"아까 전화해 봤는데 감기인가 봐."

"심한 거야?"

"열이 있대. 약은 먹은 거 같던데."

마유코가 걱정스러운 듯이 고개를 갸우뚱했다.

"그럼 끝나고 돌아가는 길에 들러 볼까? 먹을 게 없을지도 모르잖아."

"그러자."

마유코가 방긋 웃었다.

5시에 MAC에서 나온 우리는 도모히코의 아파트를 향해 걸어갔다. 그의 아파트는 다카다노바바에 있다. 걸어가면 30분 이상 걸리는 거리인데, 마유코가 걸어서 가자고 했다. 오늘은 날씨가 상쾌하다는 것이 그 이유였다. 그녀와 단둘이 있는 시간을 최대한 오래 갖고 싶은 내게 불만이 있을 리 없었다.

"녀석 집에는 가끔씩 가?"

넌지시 물어보았다.

"딱 한 번 가 봤어. 컴퓨터 보러."

마유코가 대답했다. 그 거리낌 없는 말투가 나를 알게 모르게 안심시켰다. 조금이라도 주저하는 기색이 보였다면 나는 단박에 도모히코와의 육체관계로 연관 지었을 것이다. 물론 말투가 그렇다고 해서 아무 일도 없었다고 단언할 수는 없겠지만.

"녀석이 마유코네 집에 간 적은?"

"아직 없어. 늘 아파트 앞까지 데려다 주기는 하지만."

왜 그를 집에 들여놓지 않느냐고 물으려다 말을 삼켰다. 제삼자가 묻기에는 과도한 질문이었으니까.

"마유코는 혼자서 산 지 오래됐어?"

"대학에 입학하고부터니까 5년째."

그녀가 손가락을 쫙 펼쳤다.

그녀의 아파트가 고엔지에 있다는 것은 도모히코에게 들어서 알고 있었다.

"부모님은 니가타에 계신다고 했던가?"

"응. 그것도 아주아주 시골. 자랑할 건 못 되지만."

그녀가 코를 찡그리며 웃었다.

"부모님은 두 사람 사이 알고 계셔? 그러니까 도모히코와 사귄다는 거 말이야."

순간 그녀의 얼굴에서 웃음기가 싹 가셨다. 앞쪽에서 저녁놀이 비치고 있는데도 그 얼굴에 그늘이 어린 듯 보였다. 그다음 그녀 얼굴에 퍼진 것은 적막한 웃음이었다. 그녀는 고개를 저었다.

"모르셔. 얘기하지 않았으니까."

"왜 얘기하지 않았는데?"

"이해하지 못할 거니까. 생각이 얼마나 고루한데. 거의 골동품이야."

마침 신호가 빨강으로 바뀌어 그녀는 네거리에서 걸음을 멈추고 말했다.

"그래도 남녀 관계는 인정해 주시겠지."

"그런 게 아니라,"

그녀가 말을 고르는 듯하더니 마음을 굳혔다는 듯이 이쪽을 향하고서 말했다.

"차별 의식이 강해서야."

"차별……이라고?"

"도모히코 씨처럼 장애가 있는 사람에 대해서. 요즘 세상에 말이야."

"아, 그렇구나. 하지만 그 녀석 다리는 그다지 큰 장애가 아닌데."

"크고 작고는 문제가 안 돼. 아무튼 보통 사람과 조금이라도 다르면 차별하는걸. 입으로는 옳은 소리만 하면서 마음속에는 편견이 단단히 자리하고 있는 거지. 그를 소개하면 우리 엄마는 보나 마나 다른 건 볼 것이 없어도 좋으니까 사지가 멀쩡한 사람을 데려오라고 할 거야."

"설마."

"말도 안 된다고 생각하지? 그런데 사실이 그래. 정말 어이가 없다니까."

마유코는 신호등이 엄마라도 되는 양 노려보았다. 그때 신호가 초록색으로 바뀌었다. 우리는 다시 걷기 시작했다.

"그래도 언젠가는 얘기해야 하잖아. 너희들이 계속 사귄다면 말이야."

"그렇지. 그리고 그 차별 의식을 깨부숴야 하는 의무도 있다고 생각해. 하지만……."

마유코는 발치를 내려다보면서 걸었다.

"너는 어떤데?"

내가 물었다

"나? 뭐가?"

"도모히코의 장애에 대해서 어떻게 생각해? 아무렇지도 않게 여기지는 않을 텐데."

"그 점은, 음……."

그녀가 머뭇거리다가 곧바로 예의 단호한 말투로 다시 말했다.

"처음 만났을 때, 그의 걸음걸이를 보고 거부감을 느꼈던 건 사실이야. 하지만 그게 싫다는 생각은 한 번도 한 적이 없어. 이 사람의 힘이 돼 주고 싶다고 생각했어. 내가 힘이 될 수 있다면 참 멋지겠다고 말이야."

"야, 그 녀석이 부럽네."

"그래?"

마유코가 쑥스러워하는 것 같았다.

"그런데 그거, 동정 아닐까?"

그녀가 걸음을 멈췄다. 하지만 이번에는 네거리 앞도 아니고 신호기도 없는 길거리 한가운데였다. 그녀가 천천히 이쪽을 보았다.

"그건 아니라고 생각해."

아몬드 모양 눈에 진지한 빛이 어려 있었다.

"그래?"

"그 사람에게 힘이 돼 주는 거, 나 자신을 위한 것이기도 한걸. 그가 행복하면 나도 행복할 거니까."

"그렇다면 그가 안됐다는 생각은 없어?"

"그런……."

마유코의 눈동자가 이리저리 흔들렸다. 나는 희미한 동요의 빛을 감지했다.

"생각이 있는 거지?"

마유코가 어깨를 축 늘어뜨렸다. 그리고 두 팔을 약간 벌렸다.

"그런 생각이 없을 수는 없지."

"당연히 그렇겠지, 나도 그러니까. 동정하는 마음이 전혀 없냐고 물으면 역시 부정은 할 수 없지."

"하지만 그게 전부는 아니야."

"물론 그렇겠지. 그래도 그런 마음이 적지 않을 거야. 늘 배려하잖아, 그에게 상처를 주지 않으려고."

"그런 건 별로 생각한 적이 없는데."

"아니, 넌 언제나 생각하고 있어. 지난번에 한잔하러 갔을 때만 해도, 우리가 테니스 얘기 한 거 녀석에게 숨겼잖아."

나는 단호하게 말했다.

"그때는……."

그러고서 그녀는 입을 다물었다.

"너를 비난하는 게 아니야. 네 기분을 확인하고 싶었을 뿐. 도모히코는 내 친구고 너도,"

나는 침을 삼키고서 말을 이었다.

"내게는 소중한 사람이니까."

그것은 그녀에 대한 내 마음을 처음으로 암시한 말이었다. 그러나 마유코는 "고마워." 하면서 상큼하게 웃었을 뿐 이 고백의 본질까지 파악하지는 못했다. 그리고 우리는 다시 걷기 시작했다.

한동안 그녀는 말이 없었다. 그녀 나름으로 생각에 잠겼던 것이라고 생각한다. 나는 자신이 혐오스러웠다. 정답이 없는 명제라는 것을 잘 알면서도 그녀에게 다그쳐 물은 심리의 이면에 도모히코를 향한 그녀의 마음을 뒤흔들려는 무의식적인 계산이 있었다는 것을 자각했기 때문이다.

"그에게 거짓말을 한 건 잘못이었어."

마침내 그녀가 말을 툭 던졌다.

"글쎄, 정말 그런지는 알 수 없지."

가는 도중에 슈퍼마켓이 있어서 먹을 것을 좀 사기로 했다. 마유코는 도모히코가 뭘 좋아하는지 완전히 파악하고 있지 않아서 내가 주도권을 잡은 꼴이 되었다.

슈퍼마켓에서 나와 계속 걸어가는데 보석과 귀금속을 다루는 할인 매장이 눈에 띄었다. 마유코가 그 앞에서 걸음을 멈추고 진열대를 들여다보았다.

"봐 둔 거라도 있는 거야?"

"응. 그런데 5만 엔이라 엄두가 안 나네. 미안해. 얼른 가자."

마유코가 어깨를 으쓱하고는 혀를 날름 내밀었다.

나는 진열대 안을 슬쩍 보았다. 파란 스톤카메오 브로치에 5만 엔이라는 가격표가 붙어 있었다.

도모히코의 집 앞에 선 나는 주머니에서 열쇠를 꺼내 열쇠 구멍에 꽂았다. 빙그르 돌리자 잠금장치가 풀렸다. 도모히코가 보조 열쇠를 내게 맡긴 이유는 그의 어머니가 '다카시가 열쇠 하나를 맡아 주면 안심'이라고 말했기 때문이다. 하지만 도모히코가 없는 집에 멋대로 들어간 적은 없다.

문을 열고 외쳤다.

"어이, 도모히코. 집에 있어?"

창가에 놓인 침대에서 파란색 커버를 씌운 이불이 꿈틀 움직였다.

"어, 왔어?"

나른한 목소리로 말하면서 도모히코가 일어났다. 하양과 파랑 줄무늬 잠옷을 입고 있었다. 그가 머리맡에서 안경을 집어 썼다.

"마유코도 온 거야?"

얼굴이 환해졌다.

"어때, 몸은?"

"열이 좀 있기는 한데 괜찮아. 내일은 출근할 수 있을 거야."

마유코의 움직임을 따라 눈을 이리저리 움직이면서 그가 대답했다.

"그렇게 무리할 거 없어. 그러다 더 심해지면 오히려 골치 아파져."

"그런데 상황이 그렇지가 않아. 중요한 시기인데."

그렇게 말하고서 마유코를 보았다.

"실험 계획에 대해서 스토 씨와 의논했어?"

"다음 주에 하기로 했어."

"그래."

도모히코가 다시 침대에 누웠다.

"오늘 뇌 기능 연구반이 오기로 했을 텐데. 하필 이런 때."

"왜 그렇게 안달하는 거야. 무슨 굉장한 자료라도 나온 거야?"

도모히코의 베개 옆에 펼쳐진 파일이 놓여 있고, 그래프도 끼여 있었다. 나는 그 파일로 시선을 떨어뜨렸다.

"아, 나중에 얘기할게. 얘기할 때가 되면."

내 시선을 느꼈는지 그가 파일을 덮었다.

"도모히코 씨, 밥은 먹었어?"

"점심때 컵 우동 먹었는데."

"내 그럴 줄 알았다."

나는 슈퍼마켓 봉지를 들고 일어섰다.

"기다려. 내가 특제 죽을 만들어 줄 테니까."

"아, 죽은 내가 끓일게."

"그냥 다카시에게 맡겨. 다카시의 엉터리 요리에는 특별한 맛이 있으니까."

침대에서 도모히코가 웃으면서 말했다.

그런데도 마유코는 내 옆에 서서 채소를 써는 등 일을 거들었다.

셋이 먹을 죽을 끓이고 갈치를 구운 후 상에 둘러앉아 저녁을 먹게 되었다. 죽은 그런대로 먹을 만했다.

"맛있네. 다카시 씨, 다시 봐야겠어."

마유코가 말했다.

"작년 이맘때도 이렇게 네가 끓여 준 죽을 먹은 기억이 있는데."

저녁을 먹고 나서 티백으로 우려낸 녹차를 마시면서 도모히코가 말했다.

"그러고 보니 그러네."

"이즈음이면 늘 감기에 걸렸던 것 같아."

"그러니까 조심해야지."

마유코가 말했다.

"감기는 언제나 나만 걸린다니까. 다카시 이 녀석은 감기도 안 걸려."

"안 걸리기는."

"그래도 감기 때문에 나처럼 드러누운 적은 없잖아. 맹장이라도 터져야 드러눕지. 중학교 때도 개근이었고, 고등학교 때도 무단 탈출만 하지 않았으면 개근이었을 텐데 말이야."

하하하, 하고 나는 웃었다.

"역시 몸을 단련하기 때문인가. 중학교 때부터 줄곧 스포츠 동아리 활동을 했잖아."

나는 웃음을 거두고 빈 그릇을 바라보았다.

"다카시는 연식 테니스 선수였어. 시즈오카에 있는 고등학교에서는 꽤 이름을 날렸지."

도모히코가 마유코에게 말했다.

"그렇지도 않아."

"그랬잖아. 겸손 떨 거 없어."

"어머, 그럼."

마유코가 끼어들었다. 나와 도모히코가 동시에 그녀를 보았다. 그녀는 우리 둘의 얼굴을 번갈아 보고는 어딘가 모르게 어색한 미소를 띠었다.

"그럼 나하고 똑같네."

일부러 밝게 꾸민 듯한 말투였다.

"똑같다고?"

"연식 테니스 말이야, 나도 고등학교 때 쳤거든. 내가 얘기했잖아."

나는 고개를 숙였다. 어색한 그녀의 표정을 보고 있을 수가 없었다.

"아니, 나는 그런 말 못 들었는데."

도모히코가 대답했다. 그렇게 느껴서 그런지 목소리의 톤이 낮았다.

"들었다면 기억했을 텐데. 나는 마유코가 한 얘기, 안 잊어버려."

"그런가……"

마유코의 목소리가 잦아들었다.

"그랬구나, 마유코도 연식 테니스를……. 다카시, 너는 알고 있었어?"

나는 고개를 들었다. 도모히코의 안경에 형광등 빛이 반사되어 그의 눈빛이 보이지 않았다. 표정을 알 수 없어 불안했다.

"아니."

"흠."

도모히코가 아주 잠깐 이불로 눈길을 떨어뜨렸다가 곧바로 마유코 쪽을 보았다. 입가에 미소가 돌아와 있었다.

"그럼 다음에 다카시와 같이 치면 되겠다. 테니스코트도 있으니까 말이야. 안 그래?"

마지막 '안 그래?'는 나를 향해 한 말이었다.

"그래, 다음에."

마유코가 내 쪽을 보며 대답했다. 나는 애매하게 고개만 끄덕였다.

그리고 나와 도모히코의 고등학교 시절을 중심으로 이런저런 얘기를 나눴지만 별로 흥이 나지 않았다. 부자연스럽고 어색한 침묵이 흐른 때도 많았다. 도모히코가 음악 마니아라서 그가 추천하는 CD와 MD도 틀었지만, 그럴 때마다 대화가 끊길 뿐이었다.

밤 10시가 되기를 기다렸다가 나는 자리에서 일어났다. 마유코도 그만 돌아가겠다고 했다.

"이렇게 오게 해서 미안하군."

도모히코는 침대 속에서 우리를 배웅했다.

나는 한 손을 들어 답했다.

다카다노바바 역까지 마유코와 둘이 걸었다. 그녀는 눈에 띄게 침울했다. 발걸음도 무거웠다.

"그런 얘기, 하지 말 걸 그랬나……."

한참을 걷고서야 마유코가 입을 열었다.

"테니스 얘기?"

"응."

"가기 전에 괜한 소리를 한 내가 잘못이지."

"그건 관계없어. 내게 문제가 있는 거야. 그 사람도 거짓말이란 걸 알았을 거야, 틀림없어."

그녀가 조그맣게 한숨을 쉬었다.

"네가 테니스를 쳤다는 걸 내가 몰랐다고 한 거 말이야?"

"그래."

"음…… 그럴 수도 있지."

도모히코의 예민함을 나는 누구보다 잘 알고 있다.

마유코가 이번에는 크게 한숨을 쉬었다.

우리는 다카다노바바 역에서 헤어졌다. 그녀가 탈 전철이 먼저 왔다.

"신경 쓰지 않아도 될 거야."

내가 마지막으로 말했다. 그녀는 희미하게 웃으며 고개를 끄덕였다.

마유코가 탄 전철이 사라지는 것을 보면서 나는 두 가지 생각으로 갈등했다. 도모히코를 대하는 그녀의 감정에 미묘한 변화가 보이고 있다. 그건 분명했다. 그렇게 만든 죄책감과, 그 같은 변화를 반기는 마음이 내 안에서 오락가락했다.

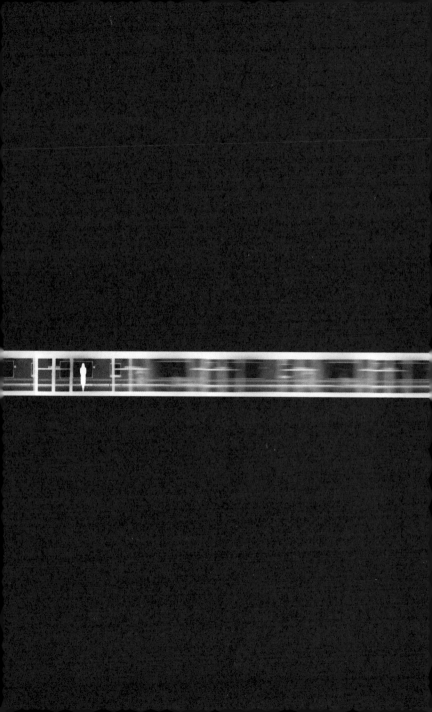

제
3
장

상
실

다카시가 회사에 가겠다고 하자 마유코는 뒤통수를 한 대 얻어맞은 표정을 지었다. 토요일 점심때가 되기 전이었다. 두 사람은 여느 토요일처럼 아침 겸 점심을 먹고 있었다. 테이블 위에는 토스트와 커피, 샐러드, 스크램블드에그, 소시지가 있었다. 커피 외에는 다카시가 준비한 것이다.

"의외네, 쉬는 날 출근을 다 하고."

목소리에 의심스럽다는 감정이 엉켜 있었다. 그녀는 아직 잠옷도 갈아입지 않은 채였다. 잠옷 위에 하얀 면 카디건을 걸치고 있다.

"정리해 두고 싶은 자료가 있어서 말이야. 어제 하려고 했는데 메인 컴퓨터가 말썽을 부렸어."

토스트에 버터를 바르면서 다카시가 말했다. 그는 마유코의 얼굴을 보고 있지 않았다.

"어제는 그런 말 안 했잖아."

"어쩔까 망설였어. 그런데 역시 오늘 가는 게 좋을 것 같아서."

"꼭 오늘 해야 하는 거야? 급한 일이야?"

"다음 주에 바로 회의가 있는데 그때 참고 자료로 제출하고 싶어서 그래."

"흠, 그렇구나."

그래도 여전히 납득이 가지 않는 눈치였지만, 마유코는 어깨를 약간 으쓱하고는 방긋 웃었다.

"오늘 같이 쇼핑하려고 했는데."

"미안해. 혼자라도 다녀와."

"내일도 안 돼?"

"모르겠어. 경우에 따라서는 안 될지도 모르겠어."

"그래……. 그럼 혼자 다녀올게."

식사가 끝나자 그는 침실로 돌아가 마유코와 같이 쓰는 책상 위에서 두 번째 서랍을 열었다. 거기에는 사무용품과 컴퓨터 관련 비품이 들어 있다. 그는 스테이플러 침을 담아 두는 조그만 상자를 꺼냈다. 뚜껑을 여니 안에는 스테이플러 침이 아니라 열쇠가 들어 있었다. 그는 그것을 손바닥에 올려놓고서 잠시 생각했다. 기묘한 감각이 밀려왔기 때문인데, 무엇 때문인지는 그도 알지 못했다.

옷을 갈아입고 나서 다카시는 마유코에게 "그럼 다녀올게."라고 인사를 건넸다.

그녀는 설거지를 하고 있었다.

"그렇게 입고 가도 되는 거야?"

그녀가 돌아보면서 물었다. 다카시는 청바지에 폴로셔츠를 입은 가벼운 차림이었다.

"휴일인데, 뭐. 괜찮아."

"알았어. 너무 늦지 마."

"응, 그럴 거야."

그는 스니커를 신고 집을 나섰다.

와세다 역에 도착한 그는 전철 표를 샀다. 그리고 회사 쪽과는 반대 방향으로 가는 전철을 탔다. 그가 내린 곳은 바로 다음 역인 다카다노바바 역이었다. 그곳에 미와 도모히코의 아파트가 있기 때문이었다.

어제 다카시는 회사에서 두 통의 전화를 걸었다. 한 통은 MAC 시절에 도모히코가 살았던 아파트. 당연히 이사를 했을 거라고 생각했는데 그의 집은 그대로였다. 자동 응답기가 응답했던 것이다.

"현재 출타 중입니다. 삐 소리가 나면 이름과 용건을 말씀
해 주세요."

도모히코의 목소리가 아니라 전화기에 처음부터 세팅돼 있
는 메시지였지만 다카시에게는 귀에 익은 소리였다. 도모히
코의 집은 아직 존재한다, 그렇게 확신했다.

다음으로 전화한 곳은 도모히코의 고향 집이었다.

도모히코의 고향 집은 다카시와 마찬가지로 시즈오카 시내
에 있다. 서로의 집에 놀러 간 적도 많았다. 도모히코의 아버
지는 인쇄소를 경영하고 있다. 오로지 외아들이 성장하는 모
습을 보는 낙으로 열심히 일하는 타입의 인물이었다고 다카
시는 기억한다. 어머니는 차분하고 자상해 보이는 외모에 몸
집이 작았다. 다카시가 마지막으로 만난 것은 바이테크 사
입사를 앞두고 고향에 내려갔을 때였다. 그때도 그녀는 다
큰 아들을 '도모 짱'이라고 불렀다.

전화를 받은 사람은 그 어머니였다. 다카시는 자기 이름을
말하면 반가워할 것이라고 예상했다.

그런데 도모히코 어머니의 반응은 몹시 부자연스러웠다.

"아니, 쓰루가 군……."

하고 놀라더니 말을 잇지 못했다.

"무슨 일 있으세요?"

"아니, 아무것도 아니야. 그보다 쓰루가 군이야말로 웬일이

야, 이렇게 전화를 다 하고."

"도모히코 일로 여쭙고 싶은 게 있어서요."

"우리 아들…… . 아, 그래, 뭔데?"

"최근에 그에게서 통 연락이 없습니다. 지금 어떻게 지내는지 궁금해서요."

"아, 도모히코는…… , 못 들었어? 그 아이는 지금 미국에 있는데."

"로스앤젤레스죠. 그건 알고 있습니다. 그런데 미국에서 뭘 하는지는 전혀 모릅니다. 편지도 없고."

"편지…… . 아, 그럴 거야. 집에도 편지는 안 보내. 미안하네, 그 아이 편지 쓰는 거 안 좋아하거든. 하지만 걱정할 건 없어. 건강하게 잘 지내고 있는 것 같으니까."

"전화가 왔나요?"

"응, 몇 번인가."

"최근에 온 게 언제죠?"

"그게, 지난주 중반쯤이었나…… , 저녁 먹을 때 왔는데."

"전화번호 좀 가르쳐 주세요. 제가 한번 걸어 보게요."

다카시가 말하자 순간 틈이 생겼다. 어색한 침묵이 흐른 후 도모히코의 어머니가 입을 열었다.

"그게 말이지, 아직 방에 전화를 안 놓은 모양이야. 그 방도 임시 숙소 같은 곳이어서. 조만간 이사를 한다나 어쩐다나 그러더라고······."

뒷말은 우물우물 입속으로 사라지고 말았다.

"그럼 댁에 무슨 일이 있을 때는 어떻게 연락하시는데요?"

"응, 우리도 그게 걱정이기는 한데, 지금 당장 무슨 일이 있는 것도 아니고, 그 아이가 간간이 전화를 걸어 주니까."

거기까지 말하고서 도모히코의 어머니는 다카시의 반응을 기다리듯 말이 없었다.

"······그렇군요."

"그래. 이렇게 전화해 줬는데, 미안하네."

"다음에는 언제쯤 전화가 올까요?"

"글쎄, 그건 모르지. 불쑥불쑥 걸려 오니까."

"방에 전화가 없다면 회사에서 걸었겠군요."

"그런 것 같던데."

"······알겠습니다. 저, 어머니, 다음에 전화 오면 제게도 꼭 한번 전화를 걸어 달라고 전해 주십시오. 수신자 부담이라도 상관없습니다."

"그래, 알았어. 그렇게 전할게."

"부탁합니다."

전화를 끊고서 다카시는 책상 위에 있는 메모지에 숫자를 적었다. 로스앤젤레스와 도쿄 간의 시차를 계산해 보았다. 저녁때 전화가 왔다고 했으니까 도모히코는 한밤중에 걸었다는 얘기다.

있을 수 없는 일이라고 다카시는 생각했다. 적어도 회사에서 걸었을 리는 없다고.

그 밖에도 어머니의 말에는 이해할 수 없는 점이 많았다. 무엇보다 그녀 자신이 아들에게 연락할 방법이 없는데도 불만스러워하지 않는 것이 이상했다.

다카시는 '뭘 숨기는 게 아닐까' 하는 의혹을 품었다.

미와 도모히코가 모습을 감춘 데에는 뭔가 이유가 있다.

도모히코의 아파트는 다카다노바바 역에서 걸어서 5분 거리에 있다. 벽에 벽돌 모양 타일을 붙인 길쭉한 아파트로, 그의 방은 5층에 있다. 다카시는 엘리베이터 버튼을 눌렀다. 이 아파트의 엘리베이터는 옛날 것이어서 작동이 느리다.

"답답할 때는 계단으로 올라갈 적도 있어."

도모히코가 했던 말이 떠올랐다. 장애 따위는 문제없다는 것을 암암리에 드러낸 말일 것이다.

5층에 도착한 다카시는 도모히코의 집 앞에 섰다. 503호다. 문패에 사인펜으로 '미와'라고 적혀 있다. 다카시는 청바지 주머니에 손을 넣어 열쇠를 꺼냈다. 스테이플러 침 케이스에 넣어 두었던 것이다.

그러자 또 묘한 감각이 되살아났다.

사실 어제 도모히코의 집이 그대로 있다는 것을 확인한 시점에는 이곳에 와 보겠다는 생각을 전혀 하지 않았다. 와 봤자 안에 들어가지 못하면 의미가 없다고 생각했던 것이다.

그런데 오늘 아침에 불쑥, 그의 방 열쇠가 있다는 데 생각이 미쳤다. 스테이플러 침 케이스에 넣어 서랍에 보관한 기억이 있었다. 그래서 도모히코 집에 가 보자고 생각하게 된 것이다.

그런데 다카시는 자신이 지금까지 왜 이 열쇠를 까맣게 잊고 있었는지 알 수 없었다. 동시에 왜 그렇게 갑자기 기억이 떠올랐는지도. 까맣게 잊었던 일이 불쑥 떠오르는 것은 일상생활에서도 흔한 일이지만, 이 열쇠가 떠올랐을 때의 감각은 그런 일반적인 경우와는 사뭇 달랐다. 도모히코가 떠올랐을 때와 똑같다는 기분이 들었다.

그 이상 생각해 봐야 해답이 없을 것 같아 다카시는 열쇠를 열쇠 구멍에 꽂고 돌렸다. 아무런 저항 없이 잠금장치가 풀렸다. 그는 문을 열었다.

방은 넓은 원룸이었다. 실내를 얼핏 본 그는 현관에 우뚝 서고 말았다.

실내 광경이 이 방에만 폭풍이 몰아쳤나 싶을 정도로 엉망이었다.

벽에 기댄 책꽂이 두 개에는 거의 책이 꽂혀 있지 않았다.

거기에 반듯하게 꽂혀 있었을 대량의 책은 모두 바닥에 뒤죽박죽 쌓여 있었다. 책상도 마찬가지였다. 서랍의 내용물은 바닥에 나뒹굴고 있고, 서랍장의 옷가지들도 바닥에 널려 있었다. 오디오 장에 꽂혀 있어야 할 비디오테이프와 CD도 모두 쏟아져 있었다.

다카시는 구두를 벗고 바닥에 널려 있는 것들을 밟지 않도록 조심하면서 안으로 들어갔다. 그리고 다시 한 번 방 안을 돌아보았다.

언뜻 떠오른 가능성은 도둑이 들었나 하는 것이었다. 다카시는 도둑맞은 집을 본 적이 있었다. 한동네에 사는 친구의 집이었다. 당시 초등학생이었던 다카시는 동정심보다는 호기심에 그 집에 가 보았다. 그 집 안 광경이 딱 이런 식이었다. 집 전체를 뒤집어엎은 것 같았다.

그는 순간적으로 경찰에 신고해야 하나 생각했다. 도둑이 든 것이라면 물론 그래야 한다. 하지만 우선은 그렇다고 단언할 만한 근거가 필요했다.

그는 어질러진 물건들을 건드리지 않도록 주의하면서 창문 쪽으로 갔다. 창가에는 침대가 놓여 있다. 이불은 도모히코가 마지막으로 사용했을 때 모습 그대로인지 자연스럽게 젖혀져 있었다. 단, 침대 밑 서랍은 전부 당겨져 있는 상태였다.

다카시는 유리창과 창문이 잠겨 있는지를 확인했다. 유리창은 깨지지 않았고 창문도 꼭 잠겨 있었다. 침입 경로는 현관이 분명했다.

동시에 다카시는 단순히 도둑이 든 게 아니라는 결론을 내렸다.

노련한 도둑이라면 열쇠 없이도 잠금장치를 풀 수 있을 것이다. 우연히 현관문이 열려 있었고 때마침 도둑이 들었을 가능성도 없지 않았다. 그러나 어느 쪽이든 도둑이 집을 나서면서 문을 잠갔다고는 여겨지지 않았다. 현관문은 다카시가 열기 전까지는 잠겨 있었다.

도둑이 아니라면 누가 이런 짓을 했을까.

우선 생각할 수 있는 가능성은 도모히코 자신이 그랬다는 것이다. 미국으로 떠나기 전 뭔가를 찾으려고 했던 것일까. 그러나 다카시는 곧바로 그 가능성을 배제했다. 그는 도모히코의 성격을 잘 알고 있었다. 어떤 상황에서도 그는 이렇게까지 파괴적인 행위를 할 사람이 아니었다.

남은 가능성은 한 가지. 누군가가 도둑질이 아닌 목적으로 방을 뒤지고 돌아간 것이다. 도둑질이 아니라면, 역시 무언가를 찾기 위해서였다고 보는 것이 타당하다.

다카시는 책상 위에 내던져진 새 미니디스크, 약칭 MD를 손에 들었다. 바이테크 사에 다니는 연구원들은 컴퓨터의 외부 저장 장치로 MD를 사용하는 경우가 많다. 용량이 플로피 디스크의 백 배 이상 되기 때문이다. 이 MD도 도모히코가 일 때문에 산 것일지 몰랐다.

책상은 먼지가 뽀얗게 덮여 있었다. MD가 놓여 있던 자리만 네모지고 또렷한 구멍처럼 보였다. 이 방에 침입자가 있었던 것은 꽤 오래전 일인 듯하다.

다카시는 이 상황을 도모히코의 부모님에게 알려야 하나 잠시 생각하다가 결국 그만두기로 했다. 어제 통화를 하면서 어머니의 태도가 왠지 소원하게 느껴졌던 것이 마음에 걸렸기 때문이다. 게다가 이 방이 이렇게 됐다는 것을 그들은 이미 알고 있지 않을까 하는 생각도 들었다. 도모히코가 이곳을 떠난 지 두 달 가량 지났다. 그러니 불필요해진 이 방은 정리하는 것이 정상이다. 그러지 않은 것은 반드시 무슨 이유가 있기 때문일 것이다. 그리고 그 이유는 이 기이한 광경과 무관하지 않을 것이라고 생각했다.

다카시는 손에 든 MD를 다시 책상 위에 올려놓고 바닥에 쌓여 있는 서적부터 살펴보았다. 분자 생물학과 뇌 의학, 기계공학, 열역학, 응용과학 등 사이버네틱스 공학을 공부하는 데 필요한 전문 서적들이었다. 이 책들 대부분은 다카시도 갖고 있다. 그 밖에는 소설, 사진집 등이 있었고 음악 전문서도 몇 권 있었다. 도모히코가 취미로 바이올린을 켰기 때문이다.

한참이나 그 책들의 제목을 바라보다가 다카시는 자신의

어리석음에 쓸쓸하게 웃었다. 여기 있는 책을 아무리 뒤져 봐야 침입자가 뭘 찾았는지 알 수 없다. 침입자의 목적을 알기 위해서는 남아 있는 것이 아니라 없어진 것이 무엇인지를 알아야 하는 것이다.

도모히코의 소지품을 전부 알고 있는 것은 아니지만 이 방에는 몇 번이나 온 적이 있기 때문에 어디에 뭐가 있는지 대충 알고 있었다. 다카시는 책을 책꽂이에 꽂으면서 기억을 더듬었다.

금방 눈에 띄는 것이 있었다. 책꽂이 맨 위 칸에 꽂혀 있어야 할 파일이 하나도 보이지 않았다. 도모히코는 MAC 시절의 실험 결과와 보고서를 테마별로 정리해서 파일에 보관하고 있었다.

그리고 또 생각나는 게 있었다. 다카시는 컴퓨터 주변을 돌아보았다. 아니나 다를까, MD와 플로피 디스크를 보관하는 케이스도 비어 있었다. 남아 있는 것은 새 MD와 플로피 디스크뿐이었다. 책상 위와 서랍도 살폈다. 노트는커녕 메모지 하나 보이지 않았다.

모두 침입자가 가져간 것일까. 아니, 반드시 그렇다고만은 할 수 없다. 도모히코가 로스앤젤레스로 가져갔다고 생각하는 것이 가장 타당하다. 다카시도 만약 미국으로 전근하게 된다면 지금까지의 연구 성과를 빠짐없이 챙겨 갈 것이다.

그렇다면, 하고 다카시는 다시 책꽂이를 쳐다보았다. 그렇다면 여기 있는 전문 서적도 가져가지 않았을까. 연구를 계속하기 위해서는 어차피 필요하고, 게다가 미국에서는 구하기도 쉽지 않은 책들이다.

의류도 마찬가지 아닐까. 어지럽게 널려 있는 옷들은 모두 도모히코가 즐겨 입던 것들이라 다카시도 눈에 익었다. 이 옷들을 왜 미국으로 가져가지 않았을까.

다카시는 침대에 걸터앉아 실내를 구석구석 돌아보았다. 오디오 장이 시야에 들어왔다. 그는 다가가서 안을 들여다보았다.

컴퓨터용은 아니지만 역시 MD가 없었다. 도모히코가 좋아하는 클래식을 녹음해 놓은 MD들이다. MD뿐만 아니라 그 옛날 쓰던 카세트테이프도 없었다. 반면 시판되는 CD는 그대로 있었다. 녹음한 것들만 미국에 가져갔다는 것은 아무리 생각해도 부자연스럽다.

그리고 비디오테이프가 없어졌다는 것도 알았다. 남아 있는 것들은 아직 개봉하지 않은 새 제품뿐이었다. 히치콕 감독의 영화를 녹화한 테이프도, 도모히코가 매주 녹화해서 빠짐없이 보던 연속극 테이프도 보이지 않았다.

다카시는 생각을 정리했다. 이 방에서 사라진 것은 파일과 노트류, 플로피 디스크, MD, 카세트테이프, 비디오테이프다. 이것들의 공통점은?

정보를 저장하는 것들이다.

즉 도모히코가 제 손으로 저장한 모종의 정보들이 남김없이 사라진 것이다.

등에 써늘한 한기가 느껴졌다. 이런 일을 도모히코가 스스로 했다고는 생각되지 않았다. 침입자가 전부 가져갔다고밖에 생각할 수 없다.

침입자는 대체 어떤 정보를 원했던 것일까. MD나 플로피 디스크라면 몰라도, 카세트테이프와 비디오테이프까지 훔쳐 갔다는 것은 보통 일이 아니다. 카세트테이프가 컴퓨터의 자료 저장 매체로 사용된 것은 고릿적 일이다. 비디오테이프 역시 시판되는 컴퓨터 기종에서 사용된 사례는 없다. 물론 실제 영상 자료를 비디오로 남기는 방법은 있지만, 다카시가 아는 한 도모히코는 그런 방법을 단 한 번도 사용한 적이 없었다.

침입자의 목적은 단순히 도모히코의 연구 성과일 가능성이 가장 컸다. 그러나 왜, 하고 다카시는 의문을 품었다. 도모히코의 연구는 훔쳐 가야 할 만큼 가치 있는 것이 아니었다. 아니, 성과랄 만한 것이 거의 없었다.

아니지, 어쩌면……. 다카시의 마음에 의혹이 싹텄다. 정말 성과가 없었던 것일까.

엄청난 성과가 있었던 것은 아닐까.

'리얼리티 공학의 상식을 송두리째 뒤엎을 대발견.'

머릿속에서 그런 목소리가 들린 듯한 기분이 들었다. 다카시는 자기도 모르게 고개를 들었다.

뭐지, 하고 생각했다.

누군가가 그런 말을 한 것 같은데. 누군가가 도모히코의 연구를 입에 침이 마르게 칭찬했다. 누구였지, 어디서였지. 다카시는 고개를 저었다. 도무지 기억나지 않았다. 착각일지 모른다는 생각도 들었다.

다카시는 다시 한 번 실내를 돌아보았다. 이 상황을 설명할 수 있는 단서가 필요했다. 침입자는 대체 어떤 인간인가. 목적은 무엇이었나. 침입자는 그 목적을 달성했을까. 이 상황을 도모히코 자신은 알고 있는가.

다카시의 눈이 오디오 옆에 있는 선반을 포착했다. 거기에는 악보와 함께 앨범이 꽂혀 있었다. 겉표지가 딱딱하고 멋진 그런 앨범이 아니라, 주로 사진관에서 사은품으로 주는 얇고 허접한 것이다.

다카시는 그것을 빼 들었다. 앨범을 펼치자 반가운 얼굴이 눈으로 날아들었다. MAC에 들어가자마자 다카시와 도모히코는 도호쿠 지방을 여행했다. 그때 사진이었다. 도모히코가 커다란 바위 위에서 손을 흔들고 있다. 까맣게 탄 얼굴이 건

강해 보였다. 그로서는 흔치 않은 일이다. 물이 흐르는 뒤 배경은 겐비 계곡일 것이다. 다음 페이지에는 오소레 산에서 둘이 같이 찍은 사진이 있었다. 뒤에 귀신이 있을지도 모르니까 그것까지 찍자고 장난을 쳤던 기억이 있다.

도호쿠 여행 때의 사진 다음에는 도모히코 혼자 찍은 사진이 있었다. 날짜는 찍혀 있지 않지만, 트레이너에 청바지 차림인 걸 보면 5월이나 6월에 찍은 사진일 것이다. 그는 벤치에 앉아 웃고 있었다. 그 뒤로 희미하게 보이는 것은 성인 듯했다.

도쿄 디즈니랜드네, 하고 다카시는 그곳을 알아보았다. 두 페이지를 넘기자 같은 장소에서 찍은 듯한 사진이 한 장 더 있었다. 디즈니랜드 출입구 앞에서 도모히코 혼자 찍은 사진이었다. 오른손에는 쇼핑백을 들고 왼손은 V 자를 그리고 있었다.

기묘한 것은 이 두 사진 사이의 두 페이지가 비어 있는 점이었다. 마치 나중에 일부러 사진을 빼낸 것처럼 보였다.

그리고, 하고 다카시는 생각했다. 이건 대체 언제 찍은 사진일까. 다카시는 도모히코와 둘이 디즈니랜드에 간 기억이 없었다. 남자 둘이 갈 만한 곳이 아니라고 생각해서였다.

물론 남자 혼자서 갈 만한 곳도 아니다. 그렇다면 이때 도모히코는 어떤 여자와 함께였다는 뜻이다. 그럼 그 여자와 둘이 찍은 사진도 있어야 하고, 여자 혼자 찍은 사진도 있어야 마땅하다.

그런데 그런 사진들은 없다. 왜까, 하고 다카시는 생각했다. 그리고 그 여자는 누구일까. 도호쿠 여행 때 찍은 사진 다음에 있는 것으로 보아 사진을 찍은 시기는 작년 초여름쯤일 것이다. 그 무렵에 도모히코에게 사귀는 여자가 있었던가.

다카시는 없었다는 결론을 즉시 내렸다. 작년 초여름은 물론이고, 안타깝게도 도모히코에게 그런 여자가 있었던 적은 없었다. 만약 그런 상대가 있었다면 제일 먼저 자신에게 알렸을 거라고 자신했다.

그런데 그때 갑자기 마유코의 얼굴이 떠올랐다. 동시에 다카시는 지난 며칠 동안 자신을 괴롭혔던 불쾌한 생각이 또다시 가슴에 번지는 것을 느꼈다.

마유코가 도모히코의 상대였나?

그는 고개를 저었다. 계속해서 저었다. 속으로 절대 그럴 리 없다고 중얼거렸다. 그녀는 자신의 애인이었다. 지금도 그렇고 1년 전에도 그랬다. 그러나 그렇게 강력하게 중얼거리지 않으면 안 될 정도로 그의 마음은 불안하게 요동치고 있었다. 도모히코와 마유코, 두 사람을 짝으로 생각하는 데 왜 이렇게 저항감이 없을까. 반대로 자신과 마유코의 1년 전 모습을 떠올리려 하면 기억이 불투명해지고 말았다.

불쾌감을 견디다 못해 그는 앨범을 덮었다. 이 일에 대해 더 생각하는 것을 본능이 거부하고 있었다.

일단 침입자의 정체와 그 목적을 알아내야겠다고 생각했다. 그러나 여기 이렇게 있어 봐야 유익한 정보는 얻을 수 없을 것 같았다. 다카시는 현관으로 나가 스니커를 신기 시작했다. 어떻게든 도모히코에게 연락을 취해 보자. 그렇게 마음먹었다.

마지막으로 방 안을 다시 한 번 보려고 시선을 빙 돌렸을 때였다. 창밖에서 무언가가 빛났다. 커튼이 절반 정도 열려 있는 채였다.

건너편에 비슷한 아파트가 있고, 그 바깥 계단에 사람이 서 있었다. 남자인 듯했다. 남자는 손에 카메라 같은 것을 들고 있었다. 그 렌즈가 햇살을 반사한 모양이었다.

다카시는 다시 스니커를 벗고 창가로 뛰어갔다. 그러나 이미 남자의 모습은 없었다. 어느 집으론가 들어갔든지 엘리베이터를 탄 듯했다.

다카시는 창문을 열고 남자의 모습을 찾았다. 마침내 1층 현관에서 나오는 남자 한 명이 보였다. 회색 양복을 입고 있었다. 아까 그 남자와 동일한 인물인지는 판단할 수 없었지만 그 걸음걸이가 몹시 서두르는 듯이 보였다. 양복 입은 남자는 도로 옆에 서 있는 차를 타고는 급히 사라졌다.

도모히코의 방에서 나온 다카시는 MAC로 향했다. 사실은 평일에 가 보고 싶었지만 그러면 마유코와 마주치게 된다. 그런 사태는 피하고 싶었다. 지금 자신이 품고 있는 의문과 고뇌를 그녀에게 알리고 싶지 않았다.

바이테크 사와 마찬가지로 MAC 역시 토요일과 일요일은 쉬기 때문에 현관 안쪽은 고요했다. 그래도 경비실은 늙은 경비가 지키고 있었다. 다카시는 바이테크 사의 신분증을 제시하고 그 앞을 통과했다.

건물 안으로 들어서자 사람 기척이 났다. 학회나 연구회를 앞둔 연구원들은 주말이라고 쉴 여유가 없는 것이다.

다카시는 1층 맨 끝에 있는 방문을 노크했다. "들어오세요." 하는 낮은 목소리가 들렸다. 문을 열자 창가에 놓인 책상 앞에서 뭔가를 쓰고 있던 남자가 돌아보았다. 깡말라서 볼이 움푹한 남자는 다카시가 MAC에 있던 시절에 그들을 지도했던 오사나이라는 교관이었다.

"여! 오랜만이군. 잘 지냈어?"

다카시를 본 오사나이가 빙그르르 의자를 돌렸다. 빙긋이 웃자 눈가의 주름이 깊어졌다.

"네, 그럭저럭요."

그렇게 말하고서 다카시는 옆에 있는 의자에 앉았다.

"토요일이라도 틀림없이 계실 줄 알았습니다."

"또 연구에 무슨 문제라도 있을 거라고 생각했나? 뭐, 그렇게 생각해도 어쩔 수 없지. 만날 똑같은 짓만 하고 있으니."

"중연에서는 허구한 날 동물 실험만 하고 있는데요, 뭐."

중연이란 현재 다카시가 있는 중앙 연구소를 가리키는 것이다.

오사나이는 재떨이에서 연기를 피우고 있는 담배를 집어 한 모금 피우고는 흥, 코웃음을 쳤다.

"그쪽도 별다른 성과는 올리지 못했겠지. 이쪽에서 정리한 기초 자료를 추가 실험으로 확인하고 있을 뿐이라는 얘기도 들리던데."

"네, 순조롭지는 않은 것 같습니다. 응용 단계는 아직 멀었고요."

"그래도 내년에는 시청각 인식 연구가 전부 중연으로 합류될 것 같던데."

"그래요?"

"아직 확실하게 정해진 건 아니지만 말이야."

탐탁지 않다는 표정으로 오사나이는 담배 연기를 뿜었다.

같은 연구를 진행할 경우 MAC는 기초 연구를, 중앙 연구소는 응용 연구를 담당하게 돼 있다. 그러나 기초 연구가 거의 완료됐다고 간주되는 경우에는 그 연구 전체를 중앙 연구소에 위임한다. 그럴 때는 MAC의 연구원도 그쪽으로 흡수되는 것이 관례이다.

"그럼 오사나이 선생님도 내년에는 중연으로 가시겠군요."

"그게 그렇지도 않은 모양이야. 우리들 교관은 남는다는군. 다른 연구 테마를 찾으라는 지시가 있었어."

오사나이는 담배를 재떨이에다 짓뭉갰다.

"왜 그렇게 된 거죠? 그렇다면 실질적으로는 규모를 축소하는 거잖습니까."

"그런 셈이지. 아무래도 바이테크 상부에서 차기형 리얼리티에 시청각 인식 시스템을 사용하는 걸 포기한 것 같아."

"포기한다고요? 그럼 뭘 사용하는데요?"

오사나이는 책상에서 담뱃갑을 집어 담배를 한 개비 꺼내더니 냄새를 맡듯 코 밑에 대고서 다카시에게 말했다.

"기억 패키지밖에 더 있나."

"말도 안 됩니다. 그쪽이야말로 벌써 규모가 축소되었는데요. MAC에서는 이미 하지도 않잖아요. 중연에서도 동결된 테마입니다. MAC에서 교관으로 지냈던 스토 씨도 지금은 저와 다른 테마를 연구하고 있어요."

"그런 것 같더군. 공상 시 뇌 회로 해석 연구……라던가?"

"그쪽도 별다른 진척은 없어요."

다카시는 자조적으로 웃었다. 내키지 않는 연구라는 말은 하지 않았다.

오사나이는 담배에 불을 붙였다. 그리고 세 번을 깊이 빨아들인 후 연기를 뿜었다. 주변 공기가 단박에 부예졌다.

"내가 듣기로는 말이지,"

연기를 뿜고 나서 그가 말했다.

"바이테크는 아직도 기억 패키지에 미련을 갖고 있다더군. 뇌 기능 연구반이 증원됐대."

"정말입니까? 하지만 그렇다고 그 연구를 한다고는 볼 수 없잖……."

"아, 나도 자세한 것은 잘 몰라."

오사나이가 눈살을 찌푸렸다.

몇십 초간 답답한 침묵이 이어졌다. 그러는 동안 다카시는 오사나이 뒤쪽에 있는 창문을 바라보고 있었다. 창밖에는 벚나무가 있고 그 너머에는 사람 없는 테니스 코트가 있다.

한동안 연식 테니스를 통 못 쳤군, 하고 생각했다. 마지막으로 친 것이 언제였더라. 상대가 마유코였다는 게 기억났다. 강렬한 햇살, 땀.

"그런데 오늘은 무슨 일로 온 거지? 내가 투덜거리고 싶어 한다는 걸 예견한 것은 아닐 테고."

오사나이가 말했다.

"그런 건 아니고요, 지금 한 얘기와 조금 관련이 있습니다.

미와 도모히코 때문에요."

"슈레더 미와 말인가?"

오사나이가 히죽 웃었다. 머리가 쓱쓱 잘 돌아간다고 해서 MAC 시절 도모히코는 그렇게 불렀다.

"그가 어쨌는데?"

"그 녀석, 지금 뭐하는지 아십니까?"

"로스앤젤레스에 있잖아."

"그 얘기를 선생님은 언제 들었습니까?"

"아마 한 달 전쯤이었을 거야. 중연에 갔을 때 스토에게 들었지. 솔직히 놀랐어. 본사에서 미와를 불렀다는 것 자체는 놀랍지 않았지만, 보통 그런 일은 우리 교관급에는 사전에 알려지거든."

"저도 최근에야 들었습니다."

"정말? 자네들은 아주 친하게 지냈잖아."

"그러니 놀랐죠."

"흐음."

담배를 피우면서 오사나이는 이해할 수 없다는 표정을 지었다. 재가 바지에 떨어지자 얼른 손으로 털어 냈다.

"미와가 미국에서 뭘 하는지는 들으셨습니까?"

"아니, 못 들었는데. 자네는?"

"못 들었습니다. 그에게서 연락도 전혀 없고."

"그럴 여유가 없는지도 모르지. 한동안은 정신없을 테니."

오사나이는 그 나름으로 납득이 간다는 투였다.

하지만 다카시는 도무지 석연치 않았다. 마치 도모히코라는 존재가 의도적으로 지워진 듯한 느낌마저 들었다. 그러나 왜 그럴 필요가 있는지는 오리무중이었다.

"새 생활은 어때, 쾌적한가?"

오사나이가 이죽거리며 물었다.

"쾌적하다니요?"

"시치미 떼기는. 쓰노 양이 자네 집을 수시로 드나든다면서."

"아아⋯⋯."

드나드는 정도가 아니라 동거를 하고 있지만 다카시는 아무 말 하지 않았다.

"뇌 기능 연구반에서는 다들 실망이 크더군. 웬일로 미인이 들어왔다 했는데 임자 있는 몸이었으니."

"그런가요."

다카시가 머리를 긁적거렸다.

지난봄, 마유코가 속한 기억 패키지 연구반이 없어지면서 마유코는 뇌 기능 연구반에 배치되었다. 그녀는 대학원 졸업자가 아니기 때문에 어차피 보조 연구원밖에 될 수 없다.

"나도 놀랐지. 자네가 그녀와 눈이 맞을 줄 누가 알았겠나."

오사나이의 그 말에 다카시의 눈썹이 피끗 움직였다.

"저희가 교제하는 건 다들 알고 있었을 텐데요."

"그야 친하다는 건 알았지. 자네와 쓰노 양과 미와가 말이야. 셋이서 늘 같이 다녔잖아. 그런데 나는 쓰노 양이 사귀는 상대가 미와라고 생각했거든. 그리고 자네는 미와와 친하니까, 그래서 셋이 다니는 줄 알았어."

"그녀가 미와의…… 말인가요?"

다카시는 납덩어리라도 삼킨 기분이었다.

"그 둘이 같은 반 소속이었으니 함께 행동하는 걸 볼 기회가 많아서 그랬는지도 모르지. 냉정하게 생각해 보면 쓰노 양만 한 미모라면 자네 쪽이 더 어울린다는 걸 알 수 있지만."

오사나이는 그렇게 말한 후 다카시의 얼굴을 보고는 다소 찔리는 듯한 표정을 지었다.

"불쾌했다면 사과하지. 깊이 생각하고 한 말이 아니야."

"아닙니다."

다카시는 고개를 저었다.

다카시는 옛일을 돌이켜 보았다. MAC에 있던 시절, 물론 자신과 마유코 사이를 공표하지는 않았다.

그러나 도모히코와 마유코를 연인 사이로 알았던 사람이 있다는 것은 간과할 수 없는 사실이었다. 그렇게 생각했던 사람이 과연 오사나이뿐일까.

거기까지 생각한 다카시는 짜증스러워졌다. 왜 자신이 이렇게 불안에 떠는지 알 수 없었다. 마유코가 자신의 연인이었다는 것은 누구보다 자신이 가장 잘 알고 있는데.

"그녀와 결혼할 생각인가?"

오사나이가 물었다.

"네, 그렇습니다. 그녀가 바이테크로 가는 게 결정된 다음에요."

"아, 그거 잘됐군. 좋은 여자야. 자네라면 그녀와 잘해 나갈 거야. 바이테크도 최근에는 부부가 한 직장에 있을 수 없다는 고루한 사고를 버렸으니까. 어쩌면 같이 일할 수 있을지도 모르지."

그렇게 말하고서 오사나이는 담뱃진으로 누레진 이를 보이며 웃었다.

더 물을 것도 없다는 생각에 다카시는 물러가기로 했다. 그런데 문득 떠오르는 인물이 있었다.

"아 참, 미와 밑에 학부 졸업생이 하나 있었는데…… 시노자키라고요. 그는 지금 어느 연구반에 있습니까?"

"시노자키 군?"

오사나이가 눈썹을 찡그렸다.

"있었잖아요, 기억 패키지 연구반에."

시노자키는 도모히코의 연구를 돕고 있었으니까 최근의 그에 대해 뭔가 알고 있을지도 몰랐다. 그래서 물어보려 했던 것이다.

그런데 오사나이는 예상치 못한 대답을 했다.

"그가 여기 있을 리 없잖아."

"없다고요?"

"자네, 몰랐나? 그가 여길 그만둔 지 벌써 몇 달이 지났는데. 그때는 자네도 여기 있었잖아."

"아……."

그 말을 듣고서야 다카시는 자신의 기억을 되짚어 보았다. 시노자키와는 그리 친하지 않았지만, 그래도 마주치면 인사도 하고 말도 나누는 사이였다.

약간의 기억이 되살아났다. 작년 가을 일이다. 모두들 시노자키에 대해 수군거렸다.

"아, 그러고 보니."

"이제야 기억이 나나?"

"갑자기 안 나왔죠."

"그래. 무단결근을 계속해서 결국 퇴학으로 처리됐지. 퇴학신고서가 바이테크를 경유해서 MAC로 왔던 것 같아. 아무튼본인은 끝까지 한 번도 얼굴을 비치지 않았어. 요즘 신입생들이 책임감이 없다는 건 익히 알고 있었지만, 그때는 정말 황당했지."

도모히코와 마유코는 물론, 시노자키와 같이 입사한 동기들도 모두 놀랐다.

그런데 다카시는 여전히 석연치 않은 점이 있었다. 그 일을 지금까지 잊고 있었다는 건 무슨 뜻일까.

"왜, 시노자키 군에게 무슨 볼일이 있는 건가?"

오사나이가 물었다.

"아닙니다. 볼일이랄 것까지는 아니고."

그렇게 오래전에 그만두었다면 만나 봐야 의미가 없었다.

"시노자키 군 얘기가 나와서 말인데, 얼마 전에 어떤 여자가 찾아왔었어."

오사나이가 팔짱을 끼고서 벽에 걸린 달력을 쳐다보았다.

"한두 달쯤 되었을 거야. 시노자키 군을 찾고 있다면서."

"찾고 있다니요, 그게 무슨 소리죠?"

"나야 알 수가 있나. 경비실에서 전화가 왔는데, 시노자키 군의 상사를 만나고 싶어 하는 여자가 찾아왔는데 어떻게 할까요, 그러더라고. 시노자키 군의 당시 상사는 지금 자네 위에 있는 스토 씨지만 그때 이미 그는 여기 없었어. 할 수 없이 내가 만나 봤지. 스무 살이 될까 말까 한 여자였는데, 그녀 말이 시노자키 군의 행방을 알 수 없어 여간 걱정이 아니라는 거야. 고향 집에도 아무 연락이 없었고 아파트도 비어 있다

고 말이야. 그래서 몇 달 전에 여길 그만뒀다고 하니까 깜짝
놀라더군. 어디 있는지 아느냐고 몇 번이나 묻는데, 내가 뭘
알겠어. 그래서 퇴학 후에는 한 번도 만난 적이 없다고 하니
까 포기하고 돌아가더군."

"이상하군요."

"그래. 그 후에도 두 번쯤 전화가 왔지만 나는 달리 대답할
말이 없었어. 다른 사람에게도 물어봤는데 아는 사람이 한
명도 없었다는 거야. 그 후로 어떻게 됐는지 모르겠군. 전화
는 그 이상 걸려 오지 않았는데, 그럼 찾았다는 건가?"

오사나이가 몇 번이나 고개를 갸웃거렸다.

아무래도 마음에 걸렸다. 그것이 미와 도모히코가 사라진
것과 무슨 관련이 있지 않을까 하는 생각도 들었다.

시노자키와 도모히코가 같은 연구반이었다는 점이 영 마음
에 걸렸다. 물론 우연일 가능성도 있었다.

아무튼 자세한 얘기를 들어 보고 싶었다.

"그 여자가 시노자키의 애인이나 여자 친구였나요?"

"눈치가 그랬어. 형제나 친척인 것 같지는 않았으니까. 성
도 다르고."

"그 사람 연락처 아세요?"

"잠깐 기다려 봐."

오사나이가 책상 서랍을 열었다. 서랍은 자잘한 물건들과

조그만 종이쪽지로 가득했다. 그중에서 메모지 한 장을 꺼냈다.

"이거로군."

주소와 전화번호가 적혀 있는 메모지였다. 이름은 나오이 마사미. 주소는 이타바시 구였다. 다카시는 메모지 한 장을 얻어 그 내용을 베껴 적었다.

"뭐, 짚이는 거라도 있어?"

오사나이가 물었다.

"아닙니다. 조만간 미와에게 연락을 하려고 하는데, 시노자키에 대해서도 물어봐서 뭔가 새로운 게 있으면 그 여자에게 알려 주려고요."

"그래, 친절하군. 그런데 글쎄……, 미와도 아는 게 없을걸. 시노자키 군과 만나지 않았다는 점은 우리와 다를 게 없으니까."

"그렇겠죠."

그렇게 말하면서 다카시는 의자에서 일어났다.

"왜, 가려고?"

"네. 저……, 한 가지 부탁이 있는데요."

"뭔데?"

"오늘 제가 여기 왔다는 거, 쓰노에게는 비밀로 해 주십시오. 쇼핑하러 같이 가기 싫어서 할 일이 있다고 둘러댔거든

138

요."

오사나이가 껄껄 웃었다.

"마치 중년 부부 같은 말을 하는군. 벌써부터 그러면 앞날이 걱정되는데……. 아무튼 알았어. 그녀에게는 말 안 함세."

"잘 부탁합니다."

다카시는 머리를 꾸벅 숙였다.

MAC에서 나온 다카시는 맨 처음 눈에 띤 공중전화 부스에 들어가 나오이 마사미에게 전화를 걸었다. 이름과 용건을 말해 달라는 메시지가 흘러나왔다. 약간 코맹맹이 소리여서 스무 살보다 어린 느낌이 들었다.

다카시는 '나는 지난 3월까지 MAC에 있던 사람이다, 시노자키 군에 대해 물어보고 싶은 게 있으니 연락을 바란다.'는 내용을 자동 응답기에 녹음하고 자신의 전화번호를 남겼다.

와세다의 아파트로 돌아왔지만 마유코는 집에 없었다. 혼자서 쇼핑하러 갔겠지, 다카시는 그렇게 생각했다. 시계를 보니 저녁 6시가 조금 넘었다. 마유코는 그가 더 늦게 돌아올 것이라고 생각한 모양이다.

침실에서 편한 옷으로 갈아입은 후 다카시는 침대에 누웠다. 머릿속에서 온갖 생각이 오갔다. 마유코에 대한 생각, 그리고 도모히코와 자신에 대한 생각. 그 생각들을 앞뒤 맥락이 맞도록 이리저리 끼워 맞춰 보았다. 그러나 어떤 식으로 해도 헛수고였다. 전혀 이어지지 않았다. 연관성도 없고 어떤 형태를 이루지도 않은 채, 마치 공중에 따로따로 떠 있는 듯한 상태를 유지하고 있을 뿐이었다. 해답을 도출하기에는 미지수가 지나치게 많았다.

그건 그렇고…… 그 남자는 대체 누구였을까.

다카시는 도모히코 방에 있을 때 건너편 건물에서 이쪽을 엿보는 듯했던 남자를 떠올렸다. 그 남자는 분명 도모히코 방을 엿보고 있었다는 확신이 들었다.

그러나 왜, 뭘 엿보고 있었던 것일까.

지금 당장은 그 추리를 위한 재료가 전혀 없으니 답답할 따름이었다.

침대 위에서 몸을 뒤척였다. 그때 서랍장 위에 놓인 조그만 액자가 눈에 들어왔다. 마유코 사진이 담겨 있는 액자다. 다카시는 일어나 그 액자를 집어 들었다. 사진 속의 마유코는 검은 티셔츠 위에 데님 재킷을 걸친 모습으로, 이쪽을 향해 웃고 있다. 귀에는 빨간 피어스를 하고 있다.

하늘은 파랗고, 배경에 갈색 울타리 같은 것이 찍혀 있었다. 기억에 있는 풍경이다.

어디서 찍은 거지, 하고 다카시는 생각했다. 그 직후 기억이 되살아났다.

도쿄 디즈니랜드에 갔을 때 찍은 것이다.

아마 작년 초여름일 것이다. 둘이 디즈니랜드에 가서 사진을 찍었다.

그리고 또다시 기억이 불분명해졌다. 그랬나. 정말 우리 둘이 갔었나. 다카시는 기억을 더듬었다. 디즈니랜드에 갔던 기억은 있다. 갖가지 놀이 기구를 즐겼다. 스페이스 마운틴, 카리브의 해적, 스타 투어스 등등. 마유코는 신데렐라 성 앞에서 팝콘을 쏟았다.

아니다. 다카시는 빠르게 고개를 저었다. 팝콘을 쏟은 사람은 마유코가 아니다. 그건 대학 시절에 사귀었던 여자다.

마유코와 갔을 때는 어떤 일이 있었나. 그녀는 어떤 차림이었지. 하늘하늘한 미니스커트. 놀이 기구를 타고 내릴 때마다 조마조마했다. 청바지를 입고 오지 그랬냐고 했더니 그녀는 "좀 보이면 어때서." 하고 대답했다.

아니다. 그 여자도 마유코가 아니다. 그건 마유코와의 추억이 아니다.

다카시는 가만히 있을 수가 없어 방 안을 서성거렸다. 걸으면서 실내를 둘러보았다. 이때 찍은 다른 사진은 어떻게 했지. 어딘가에 있을 텐데.

마침내 그는 방 한가운데서 걸음을 멈추고 말았다. 등줄기로 써늘한 기운이 내달렸다.

가지 않았다. 그것이 그가 내린 결론이었다. 자신은 마유코와 디즈니랜드에 가지 않았다. 갔다고 생각하는 것은 과거의 기억과 뒤섞였기 때문이다.

왜 갔다고 생각하는 것일까. 오히려 그쪽을 이해할 수 없었다.

불길한 예감 비슷한 암울한 기분이 다카시의 가슴을 점령하기 시작했다. 이 사진에서 풍기는 분위기는 기억에 있다.

오늘 낮에 도모히코의 방에서 본 사진이 눈앞에 떠올랐다. 앨범에는 도모히코 혼자 찍은 사진만 담겨 있었다.

혹시 마유코의 이 사진은 도모히코와 같이 갔을 때 찍은 것이 아닐까. 그녀는 그와 디즈니랜드에 간 것이 아닐까. 도모히코가 마유코의 사진을 찍고 마유코는 도모히코의 사진을 찍은 게 아닐까.

하지만 그럴 리 없다.

내가 왜 이러지. 다카시는 불안해졌다. 왜 이런 있을 수 없는 일을 상상하는 것일까.

머리가 지끈거리고 구역질이 올라왔다. 그는 액자를 제자리에 갖다 놓고 침대에 걸터앉았다. 뭐라 말할 수 없는 불쾌감이 가슴으로 번져 나갔다. 다른 생각을 하려 했지만 소용없었다.

그때 현관문이 열리는 소리가 났다. "다녀왔어." 하는 마유코의 목소리. 슬리퍼 끄는 소리가 들리고, 그녀가 침실로 들어왔다.

"다녀왔어. 빨리 왔네."

그렇게 말하면서 다카시를 본 그녀가 불안한 기색을 보였다.

"얼굴이 왜 그래?"

"아니, 아무것도 아니야. 좀 피곤해서."

다카시는 고개를 저었다.

"할 일은 다 했어?"

"응, 대충."

"그래, 잘됐네."

마유코는 서랍장의 서랍을 열고 옷을 갈아입기 시작했다. 액자 위치가 미묘하게 바뀐 것을 알아차리지 못하는 눈치였다. 사진에 대해 그녀에게 물어봐야 할지 말아야 할지 그는 망설였다. 아무것도 아닌 질문인데, 말을 꺼내기가 두려웠다. 돌이킬 수 없는 일이 될 듯한 예감이 들었다.

"바로 저녁 먹자. 반찬거리 사 왔으니까."

그녀는 그렇게 말하고 잠자코 있는 다카시를 남겨 둔 채 부엌으로 갔다.

저녁을 먹으면서 마유코는 쇼핑 다녀온 얘기를 했다. 마침 세일을 하고 있어서 여름옷을 싸게 샀고, 돌아오는 전철 속에서 중년 아줌마가 말을 걸었다는 것 등등. 다카시는 자신이 귀찮아하는 표정인 것을 느끼면서도 어쩔 도리가 없어 적당히 응응 대꾸만 했다. 그녀가 이상하게 여기지 않는 것이 그나마 다행이었다.

저녁을 먹고 나서 차를 마시고 있는데 전화벨이 울렸다. 마유코가 무선 전화기를 들어 다카시에게 건넸다. 둘이 동거하고 있다는 것을 공표하지 않았기 때문에 전화가 오면 그가 받기로 되어 있다. 그가 집에 없을 때는 자동 응답 기능으로 돌려놓고 스피커로 상대의 목소리를 확인한 후에 마유코가 전화를 받는다.

여보세요, 하고 그가 말했다.

"아, 저, 쓰루가 다카시 씨 댁인가요."

젊은 여자 목소리였다. 들어 본 기억이 있다. 그 자동 응답기에서 흘러나온 메시지의 목소리다.

"그런데요, 누구시죠?"

"나오이라고 합니다. 저, 제가 없을 때, 전화를 하신……."

"아, 네, 그렇습니다. 느닷없이 전화를 드려 죄송합니다."

대답하면서 다카시는 마유코 쪽을 돌아보았다. 그녀는 '어디서 온 거야?' 하는 표정이었다. 다카시는 전화기를 손에 든 채로 일어섰다.

"네, 잠시만 기다려 주십시오."

송화기 부분을 손으로 가리고 작은 소리로 마유코에게 말했다.

"일 때문에 온 전화야. 자료를 좀 봐야겠어."

그리고 침실로 들어갔다. 마유코는 약간 수상쩍다는 표정이다.

책상 앞에 앉자 다카시는 마유코에게 들리지 않도록 조그만 소리로 말했다.

"기다리게 해서 죄송합니다. 메시지에도 남겼지만, 시노자키 군 일로 확인하고 싶은 게 있어서요."

"고로 짱이 없어진 일에 대해서 말인가요?"

"고로 짱이라면, 시노자키 군의……."

"아, 죄송해요. 이름입니다."

"아, 그렇군요. 맞습니다. 그가 없어진 일에 대해서요."

"고로 짱, 아니 시노자키 씨가 있는 곳을 아나요?"

상대의 목소리가 흥분한 것처럼 들렸다. 역시 아직 시노자키가 어디 있는지 파악하지 못한 것이다. 다카시가 남긴 메시지를 듣고 기대감에 전화한 것이 틀림없었다. 다카시는 조금 미안한 마음이 들었다.

"아니요, 그렇지 않습니다. 다만 제가 그와 친하게 지냈기 때문에 그 일에 대해 자세히 물어보고 싶은 생각에……. 실은 그의 행방이 묘연하다는 걸 몰랐습니다."

"그렇군요."

전화기 저편에서 후, 숨을 내쉬는 기척이 있었다. 실망이 컸을 것이다.

"지금도 그가 있는 곳을 모르는군요."

"전혀요."

그녀가 대답했다.

"언제 없어진 겁니까?"

"그걸 잘 모르겠어요. 연락이 통 되질 않았고, 올 설에도 고향에는 가지 않은 것 같아요."

"마지막으로 연락이 있었던 게 언제입니까?"

"작년 가을쯤이었을 거예요."

MAC를 그만둔 시기이다.

"나오이 씨, 한번 만날 수 있을까요? 자세한 사정을 들으면 힘이 될 수 있을지도 모르겠습니다."

"네, 좋아요. 저 역시 뭐라도 실마리가 있었으면 하니까요."

나오이 마사미는 흔쾌히 대답했다.

"그럼 내일 오후 2시에 이케부쿠로에서. 괜찮습니까?"

그녀의 주소가 이타바시라는 생각이 나서 다카시는 그렇게 말했다.

"네, 괜찮아요. 저, 어디로 갈까요?"

다카시는 이케부쿠로 역 서쪽 출구에 있는 찻집을 지정했다. 나오이 마사미는 그리로 가겠다고 대답했다.

"테이블에 바이테크 사의 종이 백을 올려놓고 있겠습니다. 그걸 보고 찾으시면 될 겁니다."

"알겠어요."

전화를 끊은 후 잠시 멍하고 있는데 문이 열렸다. 마유코가 찻잔을 담은 쟁반을 들고 들어왔다.

"통화 끝났어?"

"응."

"누구야?"

"일에 관계된 사람."

찻잔을 들어 차를 한 모금 마시면서 대답했다.

"내일도 나가야 되겠는데."

"흐음, 바쁘네."

그녀는 다카시의 어깨로 손을 뻗어 거기 붙어 있는 실밥을 뜯어냈다.

다카시가 시노자키에 대한 얘기를 꺼낸 것은 둘이 침대에 든 후였다. 마유코가 아까 그 전화와 연관 지어 생각하지 않도록 일부러 충분한 시간을 둔 것이다.

"시노자키 군이라면, 그 시노자키 군?"

그녀가 다카시 쪽으로 몸을 돌리고 물었다.

"응, 그 시노자키 군. 지금 그가 어디 있는지 혹시 알아?"

"몰라. 그 사람, 작년 가을쯤에 MAC를 그만뒀잖아."

"응. 갑자기 무단결근을 계속했지."

"나도 자세한 건 잘 모르지만, 스토 씨랑 교관들이 몹시 화를 냈던 것 같은데. 사회인으로서의 자각이 없다고."

"멋대로 그만두면 그런 말 듣는 것도 당연하지. 당신은 그 친구와 친했어?"

"친했다고 할 정도는 아니야. 같은 연구반이었으니까 얘기할 기회는 많았지만."

"갑자기 그만둔 사정에 대해서 짐작 가는 건 없고?"

"없어. 왜 갑자기? 시노자키 군에게 무슨 일이 있는 거야?"

"오늘 회사에서 MAC 시절의 동료를 만났는데 이상한 얘기를 해서. 시노자키 군이 어디 있는지 모른다는 거야."

"모른다니?"

"행방불명이라는 거지. 그래서 가족에게서도 회사로 문의가 오고 그러나 봐."

"그래?"

"당신은 그런 얘기 들은 적 없어?"

"그러고 보니 얼마 전에 교관이 얼핏 얘기한 것도 같네. 하지만 난 아는 게 없어서 아무 말 못했어."

"그랬겠지."

"걱정이 되나 보네. 시노자키 군과는 그리 친하지도 않았을 텐데."

"그렇지. 왠지 의아해서 마음에 걸렸을 뿐이야."

다카시는 마유코의 어깨를 끌어안고 눈을 감았다.

SCENE 4

6월 중순이 되자 비 오는 날이 많아졌다. 올여름은 마른장마가 될 거라고 했던 기상청의 일기 예보는 또다시 빗나간 셈이다. 원래도 잘 믿지 않지만, 점심시간에 치는 테니스가 유일한 낙인 동료들은 울화통이 터질 것이다.

오늘도 아침부터 추적추적 비가 내리다가 점심때가 되기 전에 그쳤다. 창밖을 바라보면서 좀이 쑤시던 동료들이 점심을 먹으면 테니스복으로 갈아입고 뛰쳐나가겠지, 하고 나는 생각했다.

"아무튼 굉장하다니까. 자세한 얘기는 할 수 없지만 정말 획기적이야. 리얼리티 공학의 상식을 송두리째 뒤엎을 대발견이라고 할 수도 있을걸."

흥분한 말투로 떠들고 있는 사람은 기억 패키지 연구반, 즉 도모히코의 연구반에 있는 연구원이었다. 마유코와 동기인 시노자키라는 그 남자를 상대하고 있는 사람 역시 올해 새로 들어온 야나제라는 남자다.

"그렇게 변죽만 울리지 말고 속 시원히 말해 봐. 대체 뭐가 그렇게 굉장하다는 거야."

야나제가 재촉했다.

"말해 주고 싶지만, 좀 더 확실해진 후에 발표할 수 있다는데 난들 어쩌겠어. 그때까지는 발설 금지야, 금지."

"뭐야, 대체. 결국 기대만 잔뜩 품게 해 놓고서 나중에는 아무것도 아니라고 하는 그 패턴 아니야?"

"그렇지 않아. 정말 엄청나다니까. 아무튼 좀 더 기다려 보면 알게 돼."

시노자키는 살짝 부아가 난 말투였다.

"미미하지만 기억의 개편이 있었던 모양이군."

옆에서 넌지시 말을 던져 보았다. 내가 듣고 있는 줄은 몰랐는지 시노자키가 허를 찔렸다는 표정을 짓더니 이내 고개를 크게 끄덕거렸다.

"맞아요. 잘 아시네요."

"얼마 전에 도모히코에게 얼핏 들었어. 자네가 초등학교 때 일을 사실과 다르게 말했다던데."

"네, 그래요. 그런데 그 후에도 진전이 있었거든요."

"와, 정말 굉장하군."

시노자키는 그 연구의 성과를 말하고 싶어 입이 근질거리는 표정이었지만, 발설하면 안 된다는 것이 떠올랐는지 웃음으로 얼버무렸다.

"자세한 것은 아마 미와 씨나 스토 씨가 조만간 발표할 겁니다."

마침 그때 문을 노크하는 소리가 들렸다. 내가 대답하자 문이 열리고 도모히코가 얼굴을 들이밀었다. 그가 먼저 시노자키 쪽을 보았다. 시노자키가 요란한 소리를 내며 의자에서 벌떡 일어섰다.

"뇌연에 가져갈 자료, 정리 다 됐어?"

"아, 저, 다 돼 갑니다."

"좀 서둘러 줘야겠는데. 이번 주 중에는 해석 결과가 필요하니까."

"네, 알겠습니다."

시노자키는 내게 고개를 꾸벅하고서 도모히코 옆으로 미끄러지듯 방을 나갔다.

"내가 조금만 틈을 보이면 땡땡이를 친다니까."

"그래도 그 연구반 성과를 기세등등하게 자랑하던데, 안 그래?"

나는 야나제에게 동의를 구했다. 야나제가 고개를 끄덕거리면서 웃었다.

"입이 가벼운 것도 저 친구 결점이라니까."

그렇게 말하면서 도모히코는 내 옆 의자에 앉았다.

"이쪽은 어때, 잘돼 가?"

도모히코가 책상 위에 펼쳐진 자료 파일을 들여다보며 물었다.

"오락가락하고 있지, 뭐."

"흐음, 그렇군."

하고 싶은 얘기가 있는 거로군. 그의 표정을 보고서 간파했다. 지금 이 방에는 우리 외에 야나제밖에 없다.

"자료실에 가서 다음 스터디용 자료 좀 찾아 줘. 그리고 점심때가 되면 곧장 밥 먹으러 가도 좋아."

나는 야나제에게 말했다.

내 의도를 알아차렸는지 야나제는 군소리 없이 방을 나갔다.

"그래, 말해 봐, 무슨 일인지."

둘만 남자 도모히코에게 말했다.

"의논할 일이 있어."

그의 눈 밑이 빨갰다.

"그녀 일이야?"

"그렇지, 뭐."

도모히코가 뒷덜미를 긁적거렸다. 그리고 머뭇거리며 입을 열었다.

"다음 달에 생일이 있는데, 어떤 선물을 하면 좋을까 해서."

순간 나는 대답할 말을 잃었다. 이렇게 흐뭇한 의논거리가 다 있다니. 그러나 금방 서글퍼지고 말았다. 이 나이가 되도록 도모히코는 여자와 사귄 적이 없다. 그러니 선물할 기회도 없었던 것이다.

"다음 달 며칠?"

"10일."

나는 벽에 걸린 달력을 보았다. 10일은 금요일이다. 그다음 날이 쉬는 날이니 식사를 하고 어디 가서 묵을 수도 있겠다. 아니, 아마 그런 계획을 짰을 것이다. 그런 생각이 들자, 조금 전에는 그를 동정해 놓고서 금세 질투심이 불타올랐다. 동시에 초조감도 느껴졌다.

"역시 액세서리가 좋을까?"

내 속마음을 전혀 모르는 도모히코가 물었다.

"뭐든 상관없지 않을까. 너한테 받으면 아마 뭐가 되었든 좋아할 거야."

"그럴 수도 있겠지만, 가능하면 그녀가 갖고 싶어 하는 걸 해 주고 싶어서."

"야, 골치 아픈 소리 한다, 너."

"반지나 브로치는 취향이 있으니까 아무래도 힘들겠고."

도모히코가 팔짱을 꼈다.

브로치라는 말을 듣자 나의 뇌리를 스치는 것이 있었다. 도모히코가 감기에 걸려 쉬었던 날, 마유코와 함께 문병을 갔을 때다. 가는 도중에 그녀가 액세서리 가게에서 스톤카메오 브로치를 눈여겨봤다. 갖고 싶다는 뜻의 말도 했다. 도모히코에게 그 얘기를 하면 보나 마나 그걸 선물하겠다고 할 것이다.

"야, 다카시, 뭐 좋은 생각 없어?"

"귀걸이는 어때? 마유코는 머리가 짧으니까 귀걸이가 잘 어울릴 것 같은데."

"귀걸이? 그거 좋겠는데. 그런데 어떻게 골라야 하지."

"가게에 가서 점원에게 물어봐. 어느 정도 선에서 살지 말하고. 나머지는 네 센스에 달렸어."

"참 어렵군. 그래도 그렇게 해 볼까."

도모히코가 아련한 눈빛을 보였다. 어떤 가게로 찾아가야 할까 생각하는지도 모르겠다.

"할 얘기가 그것뿐이야?"

"아니, 한 가지 더 있어."

도모히코는 안경을 고쳐 쓴 후 다소 침착해진 표정으로 말했다.

"우리 집 열쇠 말인데, 네가 하나 갖고 있잖아."

"응, 갖고 있지. 어머니가 부탁하셨잖아."

대답하면서 나는 도모히코가 무슨 말을 하려는지 알아차

렸다.

"그 열쇠, 지금 갖고 있어?"

"아니, 지금은 없는데. 집에 놔두고 왔지."

거짓말이었다. 다른 열쇠와 함께 키홀더에 걸려 바지 오른쪽 주머니에 들어 있다.

"필요한 거야?"

"응, 지금 당장은 아니지만……."

그는 몇 번이나 안경을 만지작거렸다. 귀가 빨갰다.

나는 부자연스럽지 않게 조심하면서 그를 놀리는 표정을 지었다.

"사실대로 말해 봐. 그녀에게 주려고 그러는 거지?"

"아니……."

일단 부정하려던 도모히코가 머쓱하게 웃었다.

"그래, 실은 네 말이 맞아. 아직 그녀에게는 얘기하지 않았지만."

"너희들 사이가 거기까지 진전했다는 뜻이야?"

"그런 건 아니야. 그냥 계기로 삼으려고."

"계기?"

응, 하며 고개를 끄덕이다가 똑바로 나를 쳐다보았다. 웃음기가 없었다. 눈빛이 진지했다.

"지금 상태에서 한 걸음 나아가고 싶어서."

"아하."

나는 애매하게 대답했다. 그러나 그가 하고 싶어 하는 말은 충분히 이해되었다. 나는 그와 마유코 사이에 육체관계는 아직 없다고 확신했다. 도모히코는 어쩌면 동정일지도 모른다. 그렇다면 어느 선을 넘기 위해서는 남들보다 두 배는 용기를 내야 할 것이다. 그러니 용기를 낼 계기가 필요하겠다고 납득했다.

"알았어. 최대한 빨리 갖다 줄게. 내가 갖고 있어 봐야 별 소용 없으니까."

나는 그렇게 말했다. 의식하지는 않았는데 말투가 퉁명스러워지고 말았다. 그걸 어떻게 해석했는지 도모히코가 약간 당황한 표정을 지었다.

"서두를 건 없어. 그냥 기억하고 있으면 돼."

"아무튼 메모해 둘게."

그렇게 말한 후 내가 눈으로 메모지를 찾고 있을 때 점심시간 벨이 울렸다. 동시에 노크 소리가 났다. 들어오세요, 하고 도모히코가 말했다.

"아, 역시 여기 있었네. 점심 먹으러 가요."

"그렇군. 가자, 다카시."

도모히코가 내 어깨를 툭 치고는 일어섰다. 조금 전까지 그녀 얘기를 하고 있어서인지 목소리 톤이 약간 높았다.

오늘은 마유코가 도시락을 싸 오지 않아 식당에서 햄버그 스테이크 정식을 먹었다. 맛은 없었지만 나로서는 오히려 마음이 편했다.

"시노자키 군이 상당한 진전이 있다고 하던데, 정말 그런 거야?"

햄버그스테이크 정식을 다 먹고 나서 도모히코에게 물었다. 그의 접시에는 햄버그스테이크가 아직 절반이나 남아 있었다. 조심스럽게 자른 한 조각을 삼키고서 그가 고개를 약간 기울였다.

"글쎄, 아직은 뭐라 말할 수 없는 단계야. 정확하게 말해서, 의미 있다고 할 수 있는 결과를 도출해 내지 못했어."

"시노자키 군 말투로 봐서는 그렇지 않던데."

"그가 허풍을 떤 거지. 안 그래?"

도모히코가 마유코에게 동의를 구했다. 새우 볶음밥을 스푼으로 떠먹던 그녀가 잠시 동작을 멈추고 나와 도모히코의 얼굴을 번갈아 보듯 눈을 움직이더니 긍정도 부정도 아닌 미소를 머금었다.

도모히코 이 녀석, 내게 뭘 숨기고 있군. 둘의 표정을 본 나는 그렇게 느꼈다. 지난달에 셋이 한잔하러 갔을 때는 비전이 조금 보인다면서 그렇게 흥분했던 녀석이 지금은 유난히 신중하다. 연구가 제자리걸음을 하고 있어서가 아니라 함부로 말해서는 안 되는 상황이기 때문인지도 모른다. 그리고 그런 나의 추측을 뒷받침하듯, 식당에서 나온 후에도 도모히코는 요즘 본 비디오와 지금 즐겨 듣는 음악 얘기만 두서없이 늘어놓았다.

그러던 그가 엘리베이터를 타려고 할 때부터 입을 꾹 다물었다. 테니스복 차림의 두 남자가 목에 수건을 걸치고 내렸던 것이다. 식사 전에 한바탕 땀을 흘린 듯했다.

나는 불길한 예감이 들었다. 마유코 역시 같은 생각이지 않을까 짐작되었다. 그리고 그 예감대로 셋이 엘리베이터에 탄 후 그가 말했다.

"다카시, 테니스 라켓이 사물함에 들어 있지?"

나는 순간적으로 마유코 쪽으로 눈길을 주었다가 고개를 끄덕였다.

"어, 있지."

"라켓이 두 개였지, 아마?"

"응, 그런데?"

"그럼 둘이서 치지그래. 저 두 사람이 물러났으니까 지금은 코트가 비어 있을 거야."

하지만, 하며 마유코가 난감한 얼굴로 나를 봤다.

"오늘은 됐어. 누구든 금방 차지할 텐데, 뭐."

"그런가."

엘리베이터가 1층에 도착했다. 도모히코가 창가로 뛰어가 밖을 내다보았다. 그리고 우리 쪽을 돌아보았다.

"비어 있어. 한번 치고 와."

"옷도 없는걸."

"그대로 치면 어때서."

마유코는 청바지에 티셔츠 차림이었다. 물론 그런 차림으로 출근한 것은 아니고 MAC에 오면 늘 옷을 갈아입는다. 연구 활동에 육체노동이 많기 때문이다.

"가끔은 몸을 움직이는 것도 좋잖아."

도모히코가 또 말했다.

마유코가 주저하는 눈빛으로 나를 보았다. 어떻게 해야 도모히코의 기분을 존중할 수 있는지 모르는 것이다. 나 역시 망설여졌다. 마유코와 테니스를 치고는 싶지만, 그런 마음을 이 자리에서 드러낼 수는 없었다.

"어떻게 할래?"

끝내 마유코가 내게 물었다.

"나는 어느 쪽이든 좋아."

비굴하다고 생각했지만, 그렇게 대답할 수밖에 없었다.

"그래, 치고 와. 나는 지금 자료실에도 가 봐야 하니까."

"아, 그래?"

"응, 그러니까 알았지?"

도모히코가 나와 마유코를 향해 웃었다.

마유코가 손목시계를 보면서 잠시 생각하더니 내게 말했다.

"그럼 잠시만."

"그러지, 뭐."

내가 거절할 이유는 없었다.

약 5분 후, 나와 마유코는 테니스코트에 있었다. 누구에게 빌렸는지 그녀는 청바지 대신 검정 트레이닝 바지를 입고 있었다.

"역시 그 사람, 신경 쓰고 있었네."

마유코가 말했다. 며칠 전 문병 갔을 때의 일을 말하고 있는 것이다.

"마유코를 좋아하니까."

"그래도 이건 좀 난감하네."

그녀가 어깨를 살짝 움츠렸다.

"너무 깊이 생각하지 않는 게 좋아. 그러는 편이 결과적으로 그에게 상처가 되지 않을 테니까."

"그래."

그녀는 싱긋 웃고는 볼을 잡았다.

"오랜만인데 괜찮으려나. 너무 세게 치지 마."

"나도 몇 달 만에 치는 거야."

우리는 각자의 자리로 걸어갔다.

비가 갠 직후라 바닥이 약간 무른 듯했지만, 먼지가 일지 않아 가볍게 랠리를 주고받기에는 더없이 좋은 상태였다. 처음에는 그녀의 실력을 가늠할 수 없어 시험적으로 샷을 쳤는데, 제법 회전이 좋은 볼이 돌아와 나의 스윙에도 점차 힘이 들어갔다. 그녀는 의외로 백핸드에 강했고, 기회가 왔을 때는 멋진 크로스를 날려 나를 당황하게 했다. 볼을 좇는 그녀의 표정은 더없이 진지해 예리하다고 표현해도 좋을 정도였다.

불과 15분 정도였지만 기분 좋게 땀을 흘렸다. 그리고 그 이상으로 나는 생기 넘치는 그녀의 모습에 마음을 빼앗겼다.

"수고했어. 즐거웠고."

"나도. 그런데 내가 너무 못해서 지루했던 거 아니야?"

"지루하기는. 스트로크가 얼마나 세던지 깜짝 놀랐어."

"정말? 고마워. 또 치자."

"그래."

나를 올려다보는 마유코의 얼굴이 발그스레하고 그 눈은 빛나고 있었다. 목덜미에는 땀이 흘렀다. 나는 그녀를 꼭 껴안고 싶은 충동을 느꼈다. 그때 그녀의 입술이 움직였다.

"저……."

"왜?"

그러나 마유코는 입술을 살짝 벌린 채 움직임을 멈췄다. 그리고 이내 고개를 저었다.

"아니야, 아무것도."

그러고는 미소를 지었다.

혹시, 하고 나는 생각했다. 혹시 그녀는 게힌도호쿠 선에서 나를 보았다는 말을 하려던 게 아닐까. 직감적으로 그런 느낌이 들었다.

둘이 나란히 건물을 향해 걸음을 내딛는데 2층 창문에서 이쪽을 보고 있는 사람이 언뜻 보였다. 도모히코였다. 거의 동시에 마유코도 그를 본 듯했다. 그녀가 허둥지둥 내게서 한 발짝 떨어졌다.

나는 그에게 손을 흔들었다. 도모히코도 손을 흔들었지만 그 얼굴은 웃고 있지 않았다.

그날 밤, 나는 집으로 돌아와 도모히코의 열쇠를 키홀더에서 빼냈다. 그리고 빈 스테이플러 침 케이스에 담아 서랍에 집어넣었다.

다음에 그가 달라고 재촉할 때까지 여기에 두자. 그때까지는 모르는 척하는 거다.

제4장

모순

오후 2시 5분 전, 다카시는 약속 장소인 찻집에 도착했다. 넓은 공간에 네모난 테이블만 들쭉날쭉 놓여 있는 썰렁한 가게였다. 그는 커피를 주문하고서 테이블 위에 바이테크 사의 로고가 찍힌 종이 백을 올려놓았다.

바로 옆에서 인기척이 느껴졌다. 그쪽을 돌아보니 긴 머리에 몸집이 자그마한 여자가 다카시의 얼굴과 종이 백을 번갈아 보면서 다가오고 있었다. 타이트한 하얀 미니스커트에 페퍼민트 그린 색 셔츠를 입고 있었다.

다카시는 자리에서 엉거주춤 일어섰다.

"나오이 씨?"

"네."

그녀가 고개를 끄덕거렸다. 작은 얼굴에 비해 눈망울과 입이 큰 편이었다. 긴장한 탓인지 다소 딱딱한 인상을 풍겼다.

마사미는 뒤쪽 대각선 자리에 앉아 이미 커피를 마시고 있었는지 커피 잔이 놓여 있었다. 다카시는 자신이 그쪽으로 자리를 옮기기로 하고 종업원에게 신호를 보냈다.

"이렇게 나와 주셔서 고맙습니다."

마사미와 마주 앉자 다카시는 인사하면서 명함을 건넸다. 마사미는 심각한 눈초리로 명함을 바라보았다.

"고로 짱…… 시노자키 씨와는 바이테크의 학교를 같이 다녔나요?"

명함을 내려놓고 그녀가 물었다.

"연구반은 달랐지만 같은 층이어서 자주 마주쳤습니다. 간간이 얘기도 나눴고요."

상대방을 안심시키기 위해 그는 약간 부풀려서 말했다.

마사미는 가녀린 턱을 말없이 아래로 당겼다. 눈은 생각에 골몰한 빛을 띠었다.

"그쪽은 시노자키 군의 여자 친구?"

그러자 그녀가 잠시 주저하다가 대답했다.

"고등학교 때부터 사귀었어요."

"그럼 동창생이겠군요."

"아니요. 제가 두 살 아래예요. 배드민턴부에서 같이 활동했어요."

어쩐지, 하고 다카시는 생각했다. 시노자키와 나이가 같다면 지금 스물서너 살이다. 그런데 마사미의 외모는 고등학생이라고 해도 믿을 정도였다.

"그럼 지금 학생?"

그녀가 고개를 저었다.

"전 단기 대학에 다녔어요. 그래서 작년에 졸업했습니다."

"아, 그렇군."

다카시가 고개를 끄덕이는데 종업원이 커피를 가져왔다. 거기에 크림을 떨어뜨린 후에 그가 말을 이었다.

"그와는 자주 만났나?"

"전에는 거의 매일 만났어요. 그런데 작년 4월부터는 자주 만나지 못했어요."

"작년 4월이라면 그가 바이테크에 입사한 후로군."

"네. 고로…… 아니, 시노자키 씨가."

"고로 짱이라고 해도 돼."

말하기 어려워하는 그녀를 보다 못해 다카시가 피식 웃으면서 말했다.

그러자 마사미의 표정이 다소 누그러졌다. 그녀가 목을 축이듯 커피를 한 모금 마셨다.

"저희 고향이 히로시마예요. 둘 다 대학은 고향에서 다녔고요. 그때는 언제든 만날 수 있었어요. 그런데 그가 도쿄에서 취직한 후로는 한두 달에 한 번꼴로 제가 도쿄로 올라와서 데이트를 하는 식이었어요."

"마사미 씨도 도쿄에서 취직한 게 아니고?"

"제가 도쿄로 올라온 건 올해 들어서예요. 집안 사정 때문에 고향에서 취직해 작년까지 다녔기 때문에요."

"그랬군."

그 집안 사정이라는 게 뭘까 생각하면서 다카시는 본론으로 들어가기로 했다.

"그래서 말인데, 시노자키 군과 작년 가을쯤부터 연락이 되지 않았다고 했지?"

"네. 전화를 걸어도 받지 않고, 편지를 보내도 답장이 없었어요. 그래서 일 때문에 바쁜가 보다고 생각했지요."

"그 무렵에 그는 이미 MAC도 바이테크도 그만둔 상태였어."

"그런 것 같더군요. 얼마나 놀랐는지……."

"그의 부모님은 뭐라고 하시던가?"

"고로 짱은 원래 집에 전화를 잘 안 했던 것 같아요. 그래선지 부모님이 딱히 걱정은 안 하신 것 같더라고요. 회사를 그만두다니, 전혀 몰랐다면서……. 설날에 내려오지 않은 것도 추석 때 고로 짱이 미리 말했기 때문에 대수롭지 않게 여기셨대요."

"그럼 그가 행방불명이라는 걸 마사미 씨가 안 건 언제지?"

"두 달쯤 되었어요. 도쿄에 올라와서 그의 아파트에 찾아갔더니 메모만 남아 있었어요."

"메모?"

마사미는 커다란 숄더백을 무릎에 올려놓더니 거기서 꼭꼭 접힌 편지지를 꺼냈다.

"이거예요."

마사미가 편지지를 펼쳐서 다카시에게 내밀었다. 거기에는 볼펜으로 이렇게 쓰여 있었다.

'잠시 여행을 떠납니다. 걱정하지 마세요. 시노자키 고로.'

그리고 오른쪽 위에 10월 2일이라는 날짜가 적혀 있었다.

"그걸 보고 너무 놀라서, MAC라고 하나요, 고로 짱이 다녔던 학교에 가 본 거예요. 그랬더니 벌써 오래전에 그만뒀다고……."

오사나이가 마사미를 만났다는 때인 것 같다.

"이 사실을 부모님에게도 알렸나?"

"곧바로 알렸어요. 부모님도 많이 놀라시고, 그날 바로 어머니가 도쿄로 올라오셨어요."

그녀의 말투로 보아 두 사람은 양가 부모님이 허락한 사이인 듯했다.

"그리고 그다음에는?"

"대학 시절 친구와 지인들에게 넌지시 물어봤어요. 하지만 아무도 몰랐어요. 어머니도 어떻게 된 일이냐며 어쩔 줄 몰라 하셨죠."

"경찰에 신고는 했고?"

"어머니가 가까운 경찰서에 가서 상황을 얘기하시기는 했어요. 그런데 가출이라고 할 수는 없고, 이런 메모가 있는 이상 경찰이 적극적으로 개입할 수 없나 보더라고요."

"그럴 수도 있지."

다카시는 팔짱을 끼고서 한숨을 쉬었다.

어떻게 된 일일까. 젊은 사람이 어느 날 갑자기 여행을 떠나겠다고 마음먹고 실행에 옮겼다. 그게 전부일까. 시노자키가 그럴 만한 인물인지 아닌지 생각하려다 다카시는 당혹감을 느꼈다. 시노자키에 관해 명확한 기억이 아무것도 떠오르지 않았다.

"MAC에서도 다들 모른다고 하나요?"

마사미가 물었다.

"응. 그가 그만둔 후로는 만난 사람이 없는 것 같아."

"그렇군요."

마사미가 눈길을 떨어뜨렸다.

168

"그의 아파트는 아직 그대로인가?"

"네."

"집세는 어떻게 하고?"

"은행에서 자동으로 이체되는 것 같아요. 집주인이 한 번도 밀린 적이 없다고 했어요."

"그럼 집주인도 만난 거로군."

"네. 집주인이 그러는데, 한동안 집을 비우니까 잘 부탁한다는 내용의 편지가 우편함에 들어 있었대요."

"그건 언제 일이지?"

"역시 작년 가을쯤이라고 했어요."

"흐음."

다카시는 마사미에게서 눈길을 거두어 먼 곳을 바라보았다.

미와 도모히코의 경우와 아주 비슷했다. 물론 상황은 다르다. 도모히코는 로스앤젤레스에 있는 본사로 갔다는 기록이 남아 있고, 회사 사람들이나 가족이 그에 동조하고 있다. 그러나 절친한 사람에게 말 한마디 없이 사라진 것이나 주인 없는 방이 그대로 남아 있다는 점은 같다. 그리고 무엇보다 이 전체적인 상황에서 풍기는 분위기가 흡사했다.

다카시는 다시 마사미를 바라보며 물었다.

"시노자키 군의 방은 어땠지?"

"어땠냐고요?"

그녀가 어리둥절해하며 물었다.

"엉망진창 아니었어?"

"아니요. 어머니 말씀이 귀중품과 생활용품은 없어졌다고 했어요. 그건 고로 짱이 가져갔을 거라고 생각했는데요."

그 점은 도모히코의 경우와 다르다. 그의 방에서는 플로피 디스크와 MD가 없어졌다.

"저, 쓰루가 씨에게는 어떤 실마리가 있나요?"

표정을 살피는 듯한 눈빛으로 마사미가 물었다.

"아직은 뭐라 말할 수 없지만 나름대로 조사하고 있어. 그런데 미와라는 이름을 들어 본 적 있나? 미와 도모히코."

"미와 씨요? 아니요. 그 사람이 왜요?"

"시노자키 군과 같은 연구반에 있던 남자야. 지금은 로스앤젤레스에 있는데, 연락이 되면 그에게도 시노자키 군에 대해 물어보려고."

"그렇게 해 주세요. 부탁드려요."

고개 숙이는 마사미를 보면서 다카시는 막연하게 생각했다. 도모히코에게 시노자키에 대해 묻는 일은 없지 않을까. 둘의 행방이 묘연하다는 사실에 어떤 연관성이 있다면 어느 한쪽만 나타나는 일도 없을 것이다.

"그럼 뭐든 알게 되면 다시 연락하지."

그렇게 말하면서 다카시는 계산서를 집어 들었다. 마사미가 곤혹스러운 표정을 지었다.

"괜찮아. 내 쪽에서 만나자고 했으니까."

"감사합니다."

그녀가 공손하게 인사했다.

"지금은 뭘 하고 있지?"

"전문학교에 다니고 있어요. 아르바이트하면서."

"굳이 도쿄로 올라온 이유는 그를 찾기 위해서인가?"

"아니에요. 도쿄에 오기로 작정한 시점에는 그가 행방불명이 된 줄 꿈에도 몰랐어요."

"그럼 그를 매일 만날 수 있을 거라 생각하고 왔겠군."

"네. 작년 4월에 저도 같이 도쿄로 올라왔다면 이런 일이 없었을 텐데."

그녀가 맥없는 목소리로 대답했다.

"집안 사정이 있다고 했는데……."

"아버지가 아파서 간병할 사람이 필요했어요. 엄마는 가게 일로 바쁘니까. 그래 봐야 보잘것없는 미용실이지만."

"아버지 간병? 효도했군."

다카시의 말에 마사미의 눈썹이 꿈틀 움직였다.

"그렇게 생각하세요?"

"아닌가?"

"그런 말을 들으면 괜스레 화가 나요."

"아니, 왜?"

"효도라는 말에는 왠지 자식을 우습게 여기는 뉘앙스가 있지 않나요?"

"어, 그런가."

"솔직히 말해서 전 아버지 똥 치우는 거 정말 싫었어요. 냄새나는 몸을 만지면서 기저귀를 갈 때마다 빨리 죽었으면 좋겠다고 생각했어요. 그렇게 간병하는 거, 효도라는 말로 미화할 수 있는 일이 아니에요."

"아……, 정말 그럴지도 모르겠군."

"그런데 그 자리에 어쩌다 친척이 있으면 매우 기특하다는 듯이 말하죠. 마사미 짱, 정말 효녀네. 그 말의 이면에는 딸이니까 부모를 돌보는 것은 당연하다, 다른 사람은 필요 없겠다는 의미가 포함돼 있어요. 정말이에요. 당사자야 고생을 하든 말든 효도라는 한마디를 던지면 끝이라고 생각하죠. 어찌나 화가 나던지 똥 묻은 기저귀를 냅다 던지고 싶을 정도였어요."

조금 전까지 소심하게 보였던 마사미가 갑자기 인상을 찡그리며 격한 목소리로 말했다. 다카시는 당황스러워 계산서를 손에 쥔 채 아연하게 그녀의 얼굴을 보았다. 그녀가 퍼뜩 정신을 차린 듯 머리카락을 만지작거렸다.

"죄송해요, 괜한 말을 해서."

"아니야. 그런데 이렇게 도쿄로 올라오고 말았으니 어머니가 힘드시겠군. 간병할 사람이 없어서."

마사미가 고개를 저었다.

"힘들 거 없어요. 이제 아버지를 간병할 필요가 없으니까."

"그럼……."

"네, 작년 말에 돌아가셨어요. 안 그랬으면 엄마가 저를 도쿄로 올라오게 그냥 두지 않았겠죠."

"아, 이거……."

다카시가 말을 꺼내려는데 마사미가 거부하듯 오른손을 내밀었다. 그는 입을 다물었다.

"조의를 표한다는 말씀은 하지 마세요. 나나 엄마나 좋아했으니까."

그 말에 다카시는 자기도 모르게 피식 웃고 말았다.

"시노자키 군이 왜 마사미 양을 좋아했는지 알겠군."

그러자 마사미는 수줍은 듯 웃었다. 입술 사이로 이가 보였다.

월요일부터 다시 실험을 하고 리포트를 작성하는 나날이 시작되었다.

자재부에서 돌아온 우피가 전보다 조금은 기운을 되찾은 듯이 보였다. 하지만 여전히 우리에서 돌아다니는 일은 없고 수심에 찬 눈빛으로 멍하니 허공을 바라보는 표정도 변함없었다.

다카시는 우피를 실험 의자에 앉히고 손발과 몸통을 벨트로 고정했다. 이럴 때마다 다카시는 늘 죄책감을 느낀다. 동물 보호 단체에서 고발하면 끝장이라고 생각한다. 처음에는 그렇게 발버둥 치던 이 침팬지가 요즘은 순순히 몸을 내맡긴다. 하지만 다카시는 조금도 마음이 편하지 않았다.

다카시는 의자에 고정된 우피에게 우선 특수한 그물을 씌웠다. 머리에 밀착되는 부분에는 백 개 이상의 전극이 붙어 있다. 뇌가 발신하는 미미한 신호를 포착하기 위한 장치인데, 그렇다고 단순히 뇌파를 측정하는 것은 아니다. 그 패턴과 크기를 컴퓨터로 분석하고, 뉴런의 구체적인 움직임까지 추정한다. 구체적으로는 뉴런의 활동을 하나의 쌍극자(자석 따위와 같이 양과 음의 전기 또는 자극磁極이 서로 마주 대하고 있는 물체-옮긴이)로 간주하고 시뮬레이션 모델과 비교하면서 그 쌍극자가 뇌의 어떤 부분에 나타나는지를 가려내는 것이다. 그리고 쌍극자는 딱 한 개가 아니라서 방대한 양의 계산이 필요하다. 그러니 컴퓨터의 기능 향상과 더불어 발전한 기술이라고 할 수 있다.

그러고는 그물 위에 헬멧을 씌웠다. 헬멧 안쪽에는 전자파를 발생시키는 단자 수십 개가 붙어 있다. 이것들은 뇌에 자극을 주기 위한 장치다.

그러고도 몇 가지 계측 장치를 우피의 몸에 더 부착한 후 다카시는 하얀 상자를 침팬지 앞에 놓았다. 이 상자는 다카시가 직접 만든 것이다. 모서리가 조금씩 맞지 않는 것은 그 탓이다.

"준비 다 됐습니다."

"좋아, 그럼 시작하지."

컴퓨터 프로그램을 수정하던 스토가 대답했다.

이 실험 광경은 남들 눈에는 사뭇 훈훈하게 보일 것이다. 우피가 보고 있는 쪽의 하얀 상자에는 문이 달려 있다. 이 문은 일정한 시간 차를 두고 열렸다 닫혔다를 반복한다. 반대쪽에도 문이 있는데, 이 문은 안에 넣었던 물건을 바꿀 때만 여닫는다. 상자 안에는 침팬지가 관심을 보일 만한 것, 즉 사과나 바나나를 넣는다. 하얀 상자의 문이 열릴 때마다 우피에게 그 사과나 바나나가 언뜻언뜻 보이는데, 문이 열리기 전까지는 안에 뭐가 들어 있는지 알 수 없다. 그러니 문이 닫혀 있을 때 우피는 자기 나름으로 어떤 상상을 하지 않을까. 다카시의 연구반은 바로 그 점에 주목하고 있었다.

"역시 생각했던 대로군. T1 패턴은 우피가 바나나를 상상할 때 나타나는 거였어."

컴퓨터 화면을 보면서 스토가 말했다.

"그런 것 같군요."

다카시도 동의했다. T1 패턴은 아무것도 모르는 사람 눈에는 그저 곡선이 어지럽게 엉켜 있는 것처럼 보이겠지만 연구원들은 그 특성을 안다.

"좋아, 그럼 다음에 T1 패턴이 나타날 때는 프로그램 9로 자극을 줘 보지."

"프로그램 9요?"

다카시가 미간을 찡그렸다.

"기억 중추에 간섭하자는 겁니까? 왜요?"

"상상한 내용이 어떻게 기억으로 처리되는지 조사하기 위해서지. 연구 계획에 들어 있는 일이야. 아무튼 작업을 계속해."

스토는 다카시 쪽은 보지도 않은 채 말했다.

"프로그램 9로 세팅합니다."

다카시는 일부러 사무적인 투로 말했다.

현재의 부서에 배치된 지 두 달이 되었지만, 다카시는 아직도 스토의 의중을 알 수 없었다. 위에서 내려온 명령이라는데, 어떤 의도로 그런 명령이 하달된 것인지 전혀 이해할 수 없었다. 시청각 인식 시스템만 연구했던 자신이 판이 바뀌는 바람에 상황을 제대로 파악하지 못하는 것이라고 다카시는 처음에 그렇게 생각했다. 그런데 요즘은 그렇게 생각되지 않는다. 스토가 지시하는 일에는 일관성이 없고, 실험 대상인 동물의 뇌를 함부로 혹사할 뿐이라고 생각하게 되었다.

이날 일을 끝낸 다카시는 스토에게 물어보았다. 물론 스토는 시노자키를 기억하고 있었다. 그러나 딱히 그리워하는 투도 아니고, 다카시가 알고 있는 것 이상은 말하지도 않았다.

"그는 연구실에 틀어박혀 있을 타입이 아니었어. 어디 외국에라도 간 거 아니겠나."

행방을 알 수 없다는 말을 듣고서도 별로 놀라지 않았다.

이날 다카시는 밤늦게까지 식탁에서 책을 읽었다. 마유코는 먼저 침실로 들어갔다.

"꽤 열심히 읽네. 재미있어?"

침실에 들어가기 전 그녀가 물었다.

"뭐, 그런대로. 추리 소설이야. 어떻게 되는지 궁금해서 끝까지 다 읽어 버리려고."

그러나 실은 전혀 재미가 없었다. 회사에서 돌아오는 길에 들른 서점에서 대충 골라 샀을 뿐이었다.

그 재미없는 책을 새벽 3시까지 읽었다. 다 읽고 나서도 결국 무슨 얘기인지 알 수 없었다. 하지만 그건 다카시에게 중요하지 않았다. 다카시는 밤늦게까지 깨어 있어도 마유코가 의심하지 않을 구실이 필요했을 뿐이다.

그는 무선 전화기를 들고 세면실로 들어갔다. 되도록 침실에서 들리지 않게 하기 위해서다. 그리고 세면대에 메모지 한 장을 올려놓았다. 거기에는 로스앤젤레스 본사의 전화번호가 적혀 있었다. 숫자를 보면서 버튼을 눌렀다. 국제 전화를 걸 때면 다카시는 늘 약간 긴장한다.

젊은 여자 목소리가 들렸다. 다카시는 자신의 직장과 이름을 말한 후, 일본인 연구원의 인사를 담당하는 직원에게 문의할 일이 있다고 말했다. 잠시 기다리자 유창한 일본어가 들려왔다.

"네, 전화 바꿨습니다."

역시 여자였다.

다카시는 또 한 번 자신의 이름을 말하고, 올해 그쪽으로 발령 난 미와 도모히코의 부서명과 연락처를 알고 싶다고 말했다.

"쓰루가 다카시 씨……라고 했죠. ID를 알려 주세요."

다카시는 ID 번호를 말했다. 잠시 기다리라고 상대 여자가 말했다. 컴퓨터로 신원을 확인하는 거겠지, 하고 그는 생각했다.

"기다리시게 해서 죄송합니다. 미와 씨는 현재 연구 센터 B7에 있군요."

그 말을 듣고서 다카시는 안도했다. 도모히코는 로스앤젤레스에 있는 것이 틀림없다. 그런데 여자가 덧붙였다.

"단, 현재는 그곳에 계시지 않는 듯하군요."

"네, 그게 무슨 뜻인가요?"

"특별한 프로젝트에 참가하고 있기 때문에 거처는 공개할 수 없습니다."

"아, 그렇군요. 그럼 연락처는?"

"급한 일이 있을 경우에는 B7로 연락하세요. 그러면 본인에게 전달될 겁니다."

"직접 연락할 수는 없습니까?"

"네, 그렇습니다. 하지만 연락을 주시면 미와 씨가 그쪽으로 전화를 할 거예요."

상대방의 말투가 점차 사무적으로 변하는 듯 느껴졌다.

"알겠습니다. 그럼 그렇게 하죠."

"교환대로 돌려드릴까요."

"네, 부탁합니다."

전화가 교환대로 돌려지자 다카시는 B7로 연결해 달라고 부탁했다. B7에서 전화를 받은 사람은 듣기에 몹시 껄끄러운 영어로 응대했다. 다카시는 '도쿄에 사는 쓰루가'라고 한다. 미와 도모히코에게 연락을 바란다고 전해 달라'고 부탁했지만 그 뜻이 제대로 전달되었는지 어떤지는 자신이 없었다.

아니, 그 사람에게는 제대로 전달되었다 해도 과연 그것이 도모히코에게까지 전해질지 의심스러웠다. 특별한 프로젝트에 참가하고 있기 때문에 거처를 공개할 수 없고 연락도 직접 할 수 없다는 것은 기밀이 누설될까 봐 우려하기 때문이겠지만, 다카시는 여태껏 그런 경우를 본 적이 없었다. 그리고 정말 그럴 필요가 있다면 그 프로젝트는 어떤 것일지 궁금했다.

생각해 봐야 답이 있는 것은 아니어서 그는 불을 끄고 침실로 들어갔다. 침대에 들어가면서 마유코가 눈을 뜨고 있다는 것을 알았다.

"지금까지 책 읽었어?"

"그렇지, 뭐."

다카시는 마유코가 언제부터 깨어 있었을까 생각했다.

다음 날 회사에 나가니 우편함에 항공 우편이 들어 있었다. 보내는 사람의 이름을 보고서 다카시는 하마터면 옆구리에 끼고 있던 가방을 떨어뜨릴 뻔했다. TOMOHIKO MIWA.

서둘러 자리에 앉자마자 종이칼로 봉투를 뜯었다. 봉투는 바이테크의 미국 본사 것이었다. 안에 든 편지지도 마찬가지였다.

'전략, 잘 지내고 있나.'

편지의 서두는 그랬다. 검은 잉크 펜으로 직접 쓴 글씨였다. 그 글씨를 보는 순간 다카시는 지난 며칠 동안 가슴에 뭉쳐 있던 것이 쑥 내려가는 듯한 기분이 들었다. 도모히코의 필체가 틀림없었다. 도모히코의 글씨에는 특징이 있다.

'너에게 아무 말도 하지 않고 온 것이 줄곧 마음에 걸렸는데, 편지를 쓸 여유조차 없어 미루고 미루다 오늘까지 오고 말았구나. 미국 본사로 발령이 난 것도 갑작스러운 일이었지만 출발도 너무 갑작스러웠어. 들었는지 모르겠지만, 시즈오카에 잠깐 들를 여유조차 없었으니까. 게다가 이쪽에 도착한 후에는 매일 이쪽저쪽으로 끌려 다니느라 내가 지금 어디 있는지도 모르는 상태였어. 몸에 탈이 나지 않은 게 그나마 다행이지.

그건 그렇고, 현재 내가 속한 곳은 중앙 연구 센터의 B7이라는 곳이야. 뇌 자기파에 의한 해석을 주로 연구하는 곳이지. 단, 지금 나는 센터에 있지 않아. 바이테크의 한 계열사 연구소에 있어. 안타깝지만 그 장소는 알려줄 수 없군. 규칙이 그래서 말이지. 그럴 만큼 대단한 연구를 하고 있는 것도 아닌데, 좀 심하지?

이곳에서 먹고 자고 하는데, 환경은 상당히 좋아. 자연이 살아 있고 드넓고 말이지. 음식에도 전혀 불편이 없어. 그런데 어제는 좀 힘들었어. 동료 집에 초대를 받았는데, 디너에굴이 나온 거야. 너도 알다시피 나는 굴을 싫어하잖아. 그런데도 초대한 사람의 성의를 봐서 억지로 먹었어.

뭐, 그런 일도 있지만 나는 잘 지내. 그쪽 상황도 알려 줬으면 고맙겠다. 봉투에도 썼지만 B7 주소로 보내면 돼. 그럼 다른 사람들에게도 안부 전해 줘.'

다카시는 편지를 두 번 읽었다. 특히 마지막 부분은 몇 번이나 읽었다.

편지를 읽기 시작했을 때의 반가웠던 기분은 싹 가시고 말았다. 일단은 해소되었던 가슴의 응어리도 전보다 훨씬 커졌다.

이 편지는 가짜가 아닐까, 다카시는 왠지 의심스러웠다.

열쇠는 '굴'에 있었다.

실제로 도모히코는 굴을 먹지 않는다. 그러나 그 이유가 편지에 쓰여 있는 것처럼 싫어해서는 아니다.

다카시는 중학 시절에 그에게 들은 얘기가 떠올랐다. 도모히코의 할아버지에 얽힌 얘기다.

"병 때문에 내 다리가 불편해진 후로 할아버지는 굴을 안 드셨어. 도모히코의 다리가 다 나을 때까지 안 먹겠다고 하시면서 말이야. 그 전에는 할아버지가 굴을 굉장히 좋아하셨던 것 같아. 3년 전에 할아버지가 돌아가셨는데, 바로 얼마 전까지 그 일에 대해서 난 전혀 몰랐어. 할아버지 보는 앞에서 굴을 게걸스럽게 먹곤 했는데, 정말 죄송한 일이지."

도모히코는 그래서 자신도 굴을 먹지 않기로 했다고 말했다.

만약 도모히코 본인이 이 편지를 썼다면 이렇게 쓸 리 없다고 다카시는 생각했다. '굴'은 그에게 큰 의미가 있는 음식이니까.

도모히코가 아닌 다른 사람이 이 편지를 썼다고 가정해 보았다. 그 인물은 도모히코가 굴을 먹지 않는다는 사실은 알고 있다. 그런데 단순히 싫어하기 때문에 먹지 않는 것이라고 단정하고, 본인이 쓴 편지처럼 보이도록 하는 데 그 점을 이용했다……, 가능성이 있는 일이었다. 도모히코 자신이 쓴 편지라고 생각하는 것보다 훨씬 설득력이 있었다.

하지만 필체는? 다카시는 바로 고개를 저었다. 필체 정도는 어떻게든 할 수 있다. 도모히코의 필체를 입수해서 컴퓨터에 패턴을 기억시키면 손쉽게 흉내 낼 수 있다.

문제는 왜 이런 짓을 하느냐는 것이었다. 그리고 더 의문스러운 것은 도모히코는 지금 어디서 뭘 하고 있느냐, 그것이었다.

이날 다카시는 일이 거의 손에 잡히지 않았다. 스토가 무슨 일이 있느냐고 물었지만 사실대로 대답할 수는 없었다. 이 일은 아무하고나 얘기할 수 있는 문제가 아니라고 생각했다.

평소보다 일찍 연구소에서 나온 다카시는 곧장 집으로 가고 싶지 않아 롯본기 쪽으로 천천히 걸음을 옮겼다. 혼자서 생각을 정리할 필요가 있었다. 자신이 아주 중요한 기로에 서 있는 듯한 기분이 들었다.

"어머, 다카시 군이잖아."

느닷없이 어디선가 목소리가 들렸다. 다카시는 걸음을 멈추고 사방을 두리번거렸다. 빨간 초미니 옷을 입은 젊은 여자가 웃으면서 다가오고 있었다. 여자 입술은 옷과 똑같은 색이었다. 그 입이 움직였다.

"오랜만이네. 잘 지냈어?"

누구지, 이 여자는? 한참 만에야 기억이 떠올랐다. 옛날에 테니스 동아리에서 같이 활동했던 여자였다.

"나쓰에! 정말 오랜만이야. 2년 정도 됐나?"

다카시도 웃는 얼굴로 답했다.

"무슨 소리야. 우리 작년에 만났잖아, 신주쿠에서."

"작년에?"

"그래. 음, 미와라고 했던가, 그 사람이 자기 애인 소개한다고 했을 때."

"뭐?"

다카시가 나쓰에의 얼굴을 쳐다보았다. 기억이 뒤엉키고 과거의 영상이 혼란을 일으켰다.

184

이름이 불리자 나는 심호흡을 한 번 한 후 넥타이 매듭을 확인하면서 일어섰다. 거의 동시에 스크린에 슬라이드가 비쳤다. 우선 '시청각 신경에 정보를 입력하는 연구 제7'이라는 글자가 나타났다. 나는 실내를 둘러보았다. 평소에는 학생들에게 강의하는 곳으로 사용되는 계단교실이다. 창문에는 검은 커튼이 쳐져 있다. 자리가 거의 찼다는 것을 확인했다. 백명, 아니 2백 명 가까이 들어왔을지도 모르겠다. 주목받고 있다는 증거다. 그러나 여기 있는 모든 사람에게 연구 성과를 알릴 필요는 없다. 내가 상대해야 할 사람은 앞에서 세 번째 줄까지 앉아 있는, 바이테크 사에서 나온 남자들이다. 그들은 자신들의 주니어 리그가 어느 정도 역량을 갖추고 있는지 살피러 여기 온 것이다. 그들에게 인정받지 못하면 메이저 입성은 불가능하다. 정신 바짝 차려, 다카시. 별거 아니야. 너의 역량을 보여 주라고.

"리얼리티 공학 연구실의 쓰루가 다카시입니다. 시청각 신경에 정보를 입력하는 연구에 대해 지금까지의 성과를 보고 드리도록 하겠습니다."

목소리는 내가 생각했던 것보다 훨씬 매끄럽게 나왔다. 이 정도면 잘해 낼 수 있을 것 같다. 두 번째 줄에 앉은 남자가 안경을 고쳐 쓰는 것이 보였다. 그 직후 다음 슬라이드가 비쳤다.

7월에 들어서면서 MAC에서 연례 연구 발표회가 있었다. 각 연구반에서 대표 한 명이 그 반의 연구 테마를 발표하는데, 발표자는 누구라도 상관없었다. 하지만 바이테크 사 발령이 결정된 연구원이 있는 경우에는 그 사람이 담당하는 것이 관례였다. 그래서 올해는 내가 발표하기로 된 것이다.

"……이 그래프는 이번에 도입한 시스템으로 시각 신호화한 사과와 바나나의 영상을 각각 피험자의 뇌에 입력했을 때의 뇌 내 반응을 기록한 것입니다. 피험자에게는 신호의 내용을 미리 알려 주지 않았습니다. 그다음 그래프는 같은 피험자에게 실제 사과와 바나나를 보여 주었을 때의 뇌 내 반응을 기록한 것입니다. 자잘한 주파수 성분을 제거하자 두 그래프가 이렇듯 흡사한 패턴을 나타냈습니다. 그런데 앞서의 신호를 받았을 때 무엇을 보았다고 느꼈는지 피험자에게 질문하자, 둘 중 하나가 바나나라는 건 알겠는데 다른 하나는 무엇인지 잘 모르겠다고 대답했습니다. 크기와 모양이 독특한 바나나에 대해서는 인식이 용이하지만, 구에 가깝고 크기도 비슷한 경우가 많은 사과는 좀 더 자세한 정보를 제공할 필요가 있다고 생각됩니다."

지난 일주일 동안 거의 잠도 못 자고 준비했다. 오사나이 씨의 조언은 오직 '발표를 듣는 사람이 이해한 것처럼 느끼도록 하라', 그 한 가지였다. 연구 내용을 이해할 수 있는 사람은 극소수이니 자세한 내용을 구구절절 늘어놓아 봐야 의미가 없다. 최대한 일반인들도 쉽게 이해할 수 있는 화려한 면을 전면에 내세워라. 그렇게 해서 이해한 듯한 기분이 들면 심사위원들은 만족하고 높은 점수를 준다. 그것이 오사나이의 주장이었다. 내가 연구 과정 중에 있었던 고생담을 집어넣으려하자 그는 당장 삭제하라고 했다.

"자네의 고생담 따위는 아무도 듣고 싶어 하지 않아. 알고 싶은 것은 연구에 얼마나 진척이 있었고, 실용화하기까지 어느 정도의 난관이 남아 있으며, 상품에 응용하면 얼마나 돈을 벌 수 있느냐, 그뿐이야. 알았나? 기본은 딱 한 가지. 이 연구에는 가치가 있다. 그거 하나야. 고생한 얘기는 절대 하면 안 돼."

그리고 오사나이는 일반 대학이나 학회의 연구 발표와는 전혀 다르다고 토를 달았다.

"향후의 과제로는 첫째, 형상 및 색상 인식 데이터의 세분화, 둘째, 데이터 입력의 고속화, 셋째, 안구 변위량과의 매치 등을 들 수 있습니다. 이것으로 제 발표를 마치겠습니다."

고개 숙여 인사하면서 나는 지시봉을 접었다. 박수 소리가 일었지만 의례적인 것일 뿐, 내 발표를 평가하는 것은 아니라고 생각했다. 불이 켜지고, 청중의 얼굴이 보였다. 뒤쪽에는 하품을 하는 이도 있었다.

사회자가 질문을 청했다. 바로 앞에서 누군가가 손을 들었다. 자료 분석 방법에 대한 질문으로, 이미 예상한 것이었다. 나는 어렵지 않게 대답했다. 그 후에 나온 두 질문도 내게는 면접시험에서 취미를 묻는 것만큼이나 평이한 것이었다. 이런 식이면 무사히 끝나겠다고 생각한 순간, 세 번째 줄에 앉은 남자가 손을 들었다. 사회자가 그 남자를 지명했다.

"뇌 내 전류의 해석에 대해서는 역시 훌륭하다고 생각합니다."

머리가 약간 벗어졌지만 마흔까지는 안 됐겠다 싶은 그 남자는 우선 칭찬을 늘어놓았다. 나는 다소 긴장했다. 공동 연구자 자리에 앉은 오사나이가 자세를 추스르는 것도 언뜻 시야에 들어왔다. 남자는 말을 계속했다.

"그런데 지난번 발표 때 잠깐 언급된 뇌 내 화학 반응에 대한 분석을 이번 연구에서는 하지 않은 것 같군요. 그 이유가 무엇입니까?"

역시 그 질문이로군.

이 질문을 어떻게든 피하고 싶었던 것이 나의 솔직한 심정이었다. 그러나 질문이 나온 이상 대답하지 않을 수 없다.

"뇌 내 화학 반응에 대한 연구는 지금도 진행 중입니다. 다만, 잘 아시다시피 외과 수술 환자의 협력이 필요한 만큼, 보편적인 자료를 확보하기가 쉽지 않은 상황입니다. 그래서 이번에는 불특정 다수의 자료를 채취할 수 있는 간접 자극법을 중심으로 해석을 진행했습니다."

"지난번에도 그렇게 말씀하셨죠. 하지만 시청각 인식과 개인의 정동(情動. 희로애락과 같이 일시적으로 급격히 일어나는 감정. 진행 중인 사고 과정이 멎게 되거나 신체 변화가 뒤따르는 강렬한 감정 상태)에 밀접한 관계가 있다는 것은 명백하지 않습니까."

"그렇습니다."

"정동을 파라미터로 수치화하는 이상, 화학반응을 파악하는 것은 반드시 필요한 과정입니다. 그런데 그 부분을 고려하지 않았다는 것은 조금 전에 발표한 뇌 내 반응 그래프 역시 절반 이상은 아무 의미가 없다는 뜻이 아닐까 생각되는데요. 특히 네 번째 그래프가 그렇군요."

슬라이드 담당이 쓸데없는 친절을 베풀어 그 그래프가 스크린에 다시 비쳤다.

"고려하지 않은 것은 아닙니다. 이 그래프 역시 화학 반응의 견지에서 분석할 예정입니다. 그럴 경우 전혀 다른 결론이 나올 수도 있다는 점은 인정하지 않을 수 없겠군요."

할 수 없이 나는 한발 양보하는 발언을 했다.

"물론 그럴 가능성은 극히 낮겠습니다만."

내가 할 수 있는 반격은 겨우 그 정도였다.

남자는 만족스러운지 고개를 한 번 까딱하고는 자리에 앉았다. 사회자가 제한 시간이 다 됐다는 것을 알리면서 내 발표를 종료시켰다.

"보기 좋게 당했습니다."

대기실로 돌아와 오사나이에게 말했다. 그도 씁쓸한 표정으로 웃었다.

"그 남자는 화학쟁이야. 스기하라라고 하지, 아마. 옛날에는 뇌 내 마약을 연구했던 사람이야."

"어째 들어 본 이름이다 했죠."

"그 인간이 올 줄 알았으면 미리 준비하는 건데……. 화학 반응을 시뮬레이션 한 자료는 있잖아."

"네, 있죠. 하지만 소용없었을 겁니다. 눈가림이 안 통하는 사람이니까."

"하긴 그렇군."

우리 시청각 인식 시스템 연구반은 요즘 들어 한 가지 장벽에 부딪쳐 줄곧 고민하고 있었다. 바로 발표회 때 질문자가 지적한 뇌 내 화학 반응이다. 원숭이를 이용한 실험에서 도무지 계산한 대로 결과가 나오지 않았다. 심지어 때로는 정반대 결과가 나오기도 했다. 결국 외과 수술을 동반하는 실험에서는 동물을 이용해야 하는데 피험자의 의견을 듣는 실험에서는 인간을 이용해야 한다는 모순이 연구의 발목을 잡고 있는 것이었다.

"신경 쓸 거 없어. 바이테크 사에서는 자네 실력을 인정하고 있으니까."

오사나이가 내 어깨를 툭툭 치면서 말했다.

"피곤하지? 연구실 간이침대에서 잠깐이라도 쉬어. 어젯밤에는 잠도 못 잤을 텐데."

"그렇긴 한데 다른 연구반 발표도 듣고 싶어서요."

나는 넥타이를 느슨하게 풀면서 대답했다.

"자네만 한 발표는 없을 거야."

오사나이가 위로하듯이 말했다.

나는 도모히코의 발표가 듣고 싶었다. 지난달 시노자키 연구원이 도모히코의 연구가 얼마나 굉장한지 입에 거품을 물고 떠들어 댔는데, 바로 그즈음부터 그 반의 활동에 수상쩍은 점이 보이기 시작했다. 가령 도모히코와 마유코가 밤늦게까지 연구실에 남아 있거나 외부인의 입실을 엄격하게 제한하는 등. 창문에도 늘 커튼이 쳐져 있어 밖에서 들여다볼 수도 없었다.

뭔가 획기적인 성과를 올린 것은 아닐까, 당연히 그런 생각이 들었다. 물론 다른 사람들은 그들에게 별 신경을 쓰지 않는 것 같았다. 연구 발표를 앞두고 벼락치기로 자료를 모으고 있겠거니 여기는 이가 많았다. 실제로 발표를 목전에 두고는 그런 일이 흔히 있었다. 게다가 애당초 각 연구반은 비밀주의의 온상이다. 자기네 반원이 아닌 경우에는 연구실 출입을 금지하는 반도 있었다.

사정이 그러함에도 유독 내가 신경을 쓰는 이유는 말할 것도 없이 도모히코와 마유코가 얽혀 있기 때문이었다. 요즘 나는 그들의 얼굴을 거의 보지 못했다. 점심때 식당을 둘러 봐도 그들의 모습을 볼 수 없는 경우가 많았다. 가끔 마주칠 때마다 뭘 하기에 그렇게 바쁘냐고 넌지시 물어도 딱 부러지는 대답은 돌아오지 않았다.

두 사람의 태도가 하도 서먹하게 느껴져서 혹시 연구와는 무관하게 도모히코가 마유코와 내가 가까이 지내는 것을 꺼리는 것이 아닌가 하는 생각까지 했다. 나와 그녀가 테니스를 치고 난 후 녀석의 어두웠던 눈빛이 잊히지 않았다.

그러나 그렇지 않다는 것은 연구 이외의 얘기를 할 때 그가 보이는 태도로 알 수 있었다. 그때의 녀석은 이전의 도모히코와 다름없었다. 하지만 환경이 이렇다 보니 연구와 전혀 무관한 얘기만 계속하기는 쉽지 않았다. 화젯거리를 찾느라 어색한 침묵이 흐르는 경우도 종종 있었다. 그리고 원인이 연구 내용을 비밀로 하기 위해서든 아니든, 결과적으로 마유코가 내게 다가오는 걸 도모히코가 방해하는 꼴이 되고 말았다는 점이 중요했다. 마유코가 내게 연구에 대해 말하고 싶어 한다는 게 그녀의 표정에서 확연히 드러났기 때문이다. 그런데 역시 그 사실을 아는 도모히코가 절대 허용하지 않는 것이다.

나는 지난 며칠 동안 마유코와 말을 한마디도 나누지 못했다. 그래서 신경이 약간 곤두서 있었다. 연구 발표 준비 때문에 요즘 나도 연구실에 거의 처박혀 지냈는데, 도모히코의 연구실에도 밤늦게까지 불이 켜져 있고 게다가 문까지 늘 잠겨 있었다. 그런 밀실에서 둘이 뭘 하는 것일까 하고 쓸데없는 생각도 했다. 물론 그들은 단둘이 있지도 않고, 그 안에서 하는 일도 연구 말고는 없을 텐데도 그랬다.

도모히코의 반이 발표할 시간이 다가왔다. 나는 양복 윗도리를 벗고 넥타이를 풀고서 강의실로 들어갔다. 냉방이 되어 있다고는 해도 한여름에 양복을 입는 것은 바이테크 사에 면접을 보러 갔을 때 이후로 처음이었다.

강의실 안은 이미 어두웠다. 사회자가 소개를 시작했다.

"자, 그럼 다음 발표로 넘어가겠습니다. 리얼리티 공학 연구실 기억 패키지 연구반의 발표입니다. 테마는 '종래형 버추얼 리얼리티에 의한 시간 착오의 가능성에 대해서'입니다. 발표자는 스토 다카아키 씨입니다."

누구라고? 나도 모르게 의자에서 벌떡 일어날 뻔했다. 잘

못 들었나 했지만 그게 아니었다. 단상으로 올라온 사람은 틀림없는 스토 교관이었다. 도모히코는 어디 간 거지. 공동 연구자의 자리를 넘겨다보았지만 아무도 앉아 있지 않았다. 도모히코는 물론 마유코와 시노자키의 모습도 없었다.

어떻게 된 거야. 나는 스토 교관을 쳐다보았다. 교관은 담담한 말투로 발표를 시작했다.

공동 연구자들의 모습이 보이지 않는 것만 이상한 게 아니었다. 발표하는 내용도 미심쩍었다. 제목은 난해하지만, 요컨대 화면을 통해 제공되는 기존의 버추얼 리얼리티 장치의 경우 어느 정도까지 시간 경과를 착각하게 할 수 있느냐 하는 테마였다. 화면 속의 세계와 현실 세계 사이의 시간이 똑같이 흐른다면 두말할 것도 없이 리얼타임으로 체감할 수 있다. 그렇다면 화면 안의 시간 경과를 현실보다 조금 빠르게 하면 어떻게 될까. 피험자는 하루를 체험했다고 생각하는데 실제로는 1분밖에 경과되지 않은 일이 가능할까, 요는 그런 문제였다.

이 문제에 대해서는 이미 결론이 나 있었다. 아주 제한된 조건 내에서는 가능하지만 그렇지 않으면 불가능하다는 것이다. 생각해 보면 당연한 일이었다. 인간에게는 체내 시계라는 것이 있다. 수면 시간은 체내 시계의 통제를 받는다. 식욕 역시 그렇다. 피로와 그 회복도 마찬가지다. 버추얼 리얼리티 장치로 인해 현실과 가상현실을 구분하지 못하는 내용의 픽션이 흔히 있는데, 짧은 시간이라면 몰라도 시간이 길어지면 그런 일은 생겨날 수 없다.

문제는 이렇게 진부한 테마를 왜 새삼스럽게 도모히코의 연구반이, 그것도 교관이 나서서 발표하느냐는 것이었다. 혹시 획기적인 발견이 있지는 않았을까 기대했는데 스토 교관의 발표는 이미 확인된 사실을 되짚고 있을 뿐이었다. 슬라이드도 전부 어디선가 본 듯한 것들이다.

정확하게 15분이 지나자 스토 교관의 발표는 끝났다. 시간에 딱 맞춰 끝내는 솜씨는 과연 대단했다.

사회자가 질문을 유도했다. 발표 내용이 그러니 불평이 터져 나올 것이라고 생각했는데 의외로 아무도 걸고넘어지지 않았다. 발표한 사람이 교관이라서 그러는지도 모르겠다. 예의 차원의 질문이 하나 나왔을 뿐이다.

그다음은 휴식 시간이었다. 앞줄에 진을 치고 있던 심사원들도 일어섰다. 그들을 보고서도 이상하다는 느낌이 들었다. 내가 발표할 때보다 사람 수가 적어 보였기 때문이다. 얼른 확인해 보니 적어도 세 사람이 없었다. 그중에는 내게 질문을 던진 스기하라도 포함돼 있었다.

묘했다. 심사원 전원은 당연히 발표를 들어야 한다. 아니면 스토 교관의 발표가 진부한 내용이라는 것을 미리 알고서 예외적으로 자리를 뜬 것일까.

그러나 문제는 도모히코다. 나는 계단교실을 나와 기억 패키지 연구반으로 향했다. 녀석, 대체 뭘 하고 있는 거야.

그들의 연구실 근처까지 갔을 때 마침 방문이 열렸다. 나는 마유코가 나오기를 바랐다. 그러나 기대와는 달리 양복 입은 덩치 큰 남자가 나왔다. 얼굴을 보니 일본 사람이 아니었다. 갈색 머리에 이마가 툭 튀어나온 얼굴은 어디선가 본 기억이 있었다. 그런데 어디서 봤는지 기억나지 않았다.

한 사람이 더 나왔다. 그 역시 아는, 아니 조금 전에 본 얼굴이다. 바이테크 사의 스기하라였다. 그는 외국인과 뭔가 심각하게 얘기를 나누면서 내 반대쪽으로 걸어갔다. 이쪽은 쳐다보지도 않고서. 집중해야 하는 얘기라는 뜻인가.

나는 그들이 나온 문으로 다가갔다. 스기하라는 스토 교관의 발표를 듣지 않고 왜 이 연구실에 있었을까. 게다가 외국인까지 데리고.

그 순간 그 외국인을 어디에서 봤는지 떠올랐다. 바이테크 사의 사내보에서였다. 로스앤젤레스 본사에서 온 연구 주임. 이름은 프로이드……였나. 뇌 해석 분야의 전문가다. 그 남자가 왜 여기 있는 거지.

아무튼 나는 문을 노크하려고 했다. 스기하라와 외국인이 나왔다는 것은 안에 도모히코를 비롯한 연구원이 있다는 뜻이라고 생각했다. 그런데 내 손이 문을 두드리기 전에 뒤에서 누가 말을 건넸다.

"용건이라도 있나?"

돌아보니 조금 전에 단상에서 발표했던 스토 교관이 서 있었다.

"아니요, 도모히코…… 아, 미와 군을 만나려고요."

손을 내리면서 대답했다.

"급한 일이야?"

"아니, 그런 건 아니지만 물어볼 게 있어서요."

"그럼."

스토 교관이 문과 나 사이로 밀고 들어왔다.

"나중에 만나지. 미팅이 있어서 말이야."

"그런가요."

"미안하군."

나는 고개를 끄덕이고는 뒤돌아 걸었다. 그러다 금방 다시 뒤돌아 "저, 스토 씨." 하고 그를 불렀다. 문을 열려던 스토 교관이 그 자세로 이쪽을 보았다.

"아까 그 발표는 뭡니까?"

교관의 한쪽 눈이 실쭉 올라갔다.

"뭐냐니?"

"그런 발표를 하려고 며칠씩이나 철야를 한 것은 아니겠죠? 그리고 발표를 왜 미와 군이 하지 않은 겁니까?"

"이쪽에는 이쪽 나름의 사정이 있으니까."

스토 교관이 어깨를 으쓱하며 대답했다.

"어떤 사정인지 말해 줄 수 없겠죠?"

"자네 연구반에도 나름의 사정이 있지 않나? 다른 부서 사람에게는 얘기할 수 없는 그런 사정 말이야. 가령 뇌 내 화학 반응이라든지."

스토 교관은 히죽 웃고서 문 안으로 사라졌다.

연구 발표회 결과가 나왔다. 내가 1위였다. 하지만 그리 반색할 일은 아니었다. 바이테크 사에서 힘을 쏟고 있는 차기형 리얼리티 관련 분야가 1위를 하는 것은 지난 몇 년 동안 관례 같은 것이었다. 그러니 나에 대한 평가가 특별히 올라갈 일도 없었다. 그런데도 발표회가 끝나자 무거운 짐을 내려놓은 기분이었다. 한동안은 느긋하게 지낼 수 있겠다 싶기도 했다.

발표회 다음 날, 나는 오랜만에 도모히코와 마유코를 만났다. 점심때 식당에 가려고 그들 연구실 앞을 지나는데 마침 둘이 문을 열고 나왔다. 여, 하고 도모히코 쪽이 먼저 반겼다. 그 말투는 이전과 조금도 다르지 않았다.

"1위 한 거 축하해. 과연 너답다."

도모히코가 악수를 청했다.

"너는 왜 발표를 안 한 거야."

나는 손을 내밀지 않은 채 말했다. 목소리에 그만 날이 서고 말았다.

"어, 여러 가지 사정이 있어서."

내민 손을 어쩌지 못하고 하얀 가운 주머니에 넣으면서 도모히코는 얼굴을 찡그렸다.

"그 소리는 스토 씨에게도 들었어."

"한마디로 아직 발표할 단계가 아니라서 말이야. 샘플을 좀 더 수집한 후에 하려고."

"어제 바이테크 사의 스기하라가 이 방에서 나오던데? 그리고 외국인…… 이름이 프로이드였나."

내가 말하자 도모히코가 조금 난감한 표정을 지었다.

"브라이언 프로이드 씨 말이군. 우리 연구실에 온 건 사실이지만 별다른 일은 없었어. 실험 장치를 보고 싶다고 해서 보여 줬을 뿐이야."

"연구 발표를 하는 와중에?"

"프로이드 씨는 심사원이 아니야. 스기하라 씨는 그와 친하니까 통역도 할 겸 함께한 거였고. 발표회 좌장에게는 미리 양해를 구했다던데."

약간 언성이 높아진 도모히코에게서 눈을 돌려 마유코를 보았다. 그녀는 도모히코에게 맡기겠다는 뜻인지 고개를 숙인 채 말이 없었다. 그게 또 내 마음에 들지 않았다.

"시노자키 군은 굉장한 결과가 나왔다고 했는데."

"그 녀석이 허풍을 떤 거라니까."

"과연 그럴까? 난 아무래도 너희들이 의도적으로 뭘 숨기는 것 같은데."

도모히코가 눈살을 찌푸렸다. 그리고 마유코 쪽을 힐금 보고는 다시 나를 보았다.

"다카시, 이런 일을 하는 이상 비밀스러운 일 한두 가지는 있는 법이잖아. 아니면 내가 너에게 시시콜콜 다 보고해야 한다는 말이야?"

마유코가 놀란 듯이 도모히코의 옆얼굴을 보았다. 나도 좀 놀랐다. 중학교 때부터 지금까지 알고 지내 왔지만, 그의 입에서 이런 말이 나온 적은 없었다.

나는 고개를 살랑살랑 끄덕였다. 그 움직임이 점차 커졌다.

"그래, 네 말이 맞다. 모든 걸 내게 얘기할 의무는 없지."

이 말의 절반은 빈정거림이고 절반은 진심이었다. 나는 내 입장을 숙지해야 할 필요가 있는지도 몰랐다. 비밀을 모두 공유했던 학창 시절과는 상황이 다르다.

"미안하다. 이제 묻지 않을게."

도모히코도 거북한 표정을 짓더니 더는 아무 말 하지 않았다.

"식사하러 가요."

마유코가 밝은 목소리로 말했다. 우리는 슬렁슬렁 걸어갔다. 하지만 식당에 있는 동안 마유코만 열심히 조잘거렸지 나와 도모히코는 심드렁한 표정을 한 채 적당히 맞장구만 쳤을 뿐이다.

도모히코에게는 그렇게 말했지만, 정작 나 자신은 그들이 뭘 하고 있는지 여전히 신경이 쓰였다. 도모히코가 무슨 비밀이 있는 것처럼 말한 탓에 의구심이 더 강해졌다.

연구 발표 전에는 그렇게 밤늦게까지 남아 일하던 그들이 발표가 끝난 후에는 이전의 일과로 돌아갔다. 다들 발표 준비 때문에 바빴던 모양이라고 생각하는 듯했지만 나는 그렇지 않았다. 그 정도 발표를 하기 위해서라면 별다른 준비가 필요하지 않다.

나는 한 가지 가능성을 생각했다. 연구 발표회 당일, 본회장이 아닌 다른 곳에서 또 다른 연구 발표회가 있었던 것은 아닐까. 다른 곳이란 말할 필요도 없이 도모히코의 연구실이다.

이런 소문을 들은 적이 있다. 바이테크 사가 작정하고 주목하는 연구 내용은 사내에서도 절대 공개하지 않는다. 통상적인 보고서에도 기록하지 않는다. 주요 관계자만 모아 놓고 비밀리에 검토한다.

그게 사실이라면 앞뒤가 맞는다. 스토 교관의 발표는 위장이었다. 아니, 어쩌면 나를 포함해서 그날 발표된 내용 전부가 눈가림이었는지도 모른다. 연구 발표회라는 구실이 있으면 바이테크 사의 주요 기술자를 일제히 MAC로 보낸다 한들 누구도 의심하지 않을 것이다.

그렇다면 기억 패키지 연구반이 그만한 성과를 올렸다는 뜻일까. 시노자키가 언젠가 했던 말이 되살아났다. 리얼리티 공학의 상식을 송두리째 뒤엎을 만한 대발견.

나는 인정하지 않을 수 없었다. 나는 질투를 하고 있는 것이다. 그리고 초조해하고 있다. 도모히코가 나보다 한층 뛰어난 연구 결과를 얻어 내지는 않았을까. 그런 그를 축복하지 못하는 자신에게 화가 났다. 그러나 어쩔 도리가 없었다.

그리고 7월 9일이 되었다. 우리에게 특별한 날의 전날이다. 7월 10일은 마유코의 생일이었다.

저녁때 MAC에서 나온 나는 부근을 배회했다. 하늘은 칙칙하게 흐려 있고, 무겁고 눅눅한 공기가 온몸을 짓누르는 듯했다. 차가 옆을 지날 때마다 땀이 밴 피부에 먼지가 들러붙었다. 나는 몇 번이나 손수건으로 얼굴을 닦았다. 파랑과 하양 체크무늬 손수건은 단박에 거무칙칙한 색으로 변했다.

배회라고 해서 정처 없이 걸어 다니기만 한 것은 아니었다. 가고 싶은 곳이 있었다. 하지만 그곳에 가야 할지 말아야 할지 망설이고 있었다. 그런데도 발은 확실하게 그곳을 향하고 있었다. 실은 망설이는 척했을 뿐이라는 것을 나는 깨달았다. 그렇게 해서 조금이라도 죄책감을 덜고 싶었던 것이다.

마침내 나는 액세서리 가게 앞에 섰다. 전에 한 번 온 적이 있는 가게였다. 감기로 결근한 도모히코를 문병하러 가는 길에 마유코가 이 가게 앞에서 걸음을 멈췄던 것이다.

아직도 그 스톤카메오가 있을까. 그녀가 갖고 싶어 했던 브로치가.

오늘도 나는 도모히코와 마유코와 함께 점심을 먹었다. 그날 이후로 나와 도모히코 사이에는 늘 어색한 분위기가 감돌았다. 주파수가 잘 맞지 않는 라디오처럼 마음의 파장이 어긋났다. 그럼에도 나는 그들과 함께했다. 또 다른 내가 물었다. 도모히코와의 우정을 깨고 싶지 않아서인가? 그렇지는 않을 텐데. 사실은 마유코와 함께 있고 싶어서였다. 더 정확하게 말하면, 도모히코와 그녀 사이가 어떻게 전개되는지 지켜보고 싶어서였다. 전에는 마유코에 대한 마음을 접기 위해 가능하면 그들에게 다가가지 않으려 했는데, 지금은 정반대되는 생각을 하고 있다.

점심을 먹을 때에도 도모히코는 내일이 마유코 생일이라는 말은 한마디도 하지 않았다. 그들이 내일 밤 그녀의 생일을 오붓하게 축하하려는 것이 분명해진 셈이다. 내게 말하면 어영부영 자리를 함께하게 될까 봐 그러는 것이 틀림없었다.
도모히코는 내가 '내일은 두 사람을 방해하지 않을게'라고
말하지 않을 것이라고 생각하는 것이다. 왜? 도모히코는 예
의 날카로운 통찰력으로 무언가를 감지한 것일까?

　액세서리 가게의 진열대를 들여다보았다. 마유코가 눈을
반짝이며 바라보았던 스톤카메오 브로치는 여전히 그 자리
에 놓여 있었다. 엷은 파란색이고, 조각된 여성의 옆얼굴에
서는 기품이 느껴졌다.

　도모히코가 내 속마음을 알아차렸다 해도 어쩔 수 없다.

　그렇게 생각하면서 액세서리 가게 입구에 섰다. 자동문이
소리 없이 열렸다.

　패밀리 레스토랑에서 간단히 저녁을 먹고 커피를 두 잔 마
셨다. 8시 가까이 레스토랑에서 나온 나는 도자이 선 다카다
노바바 역을 향해 걸어갔다. 역에 도착해서 전철표를 사고
평소와는 반대 방향으로 가는 전철을 탔다. 그리고 고엔지에
서 내렸다.

　마유코가 어디 사는지 몰랐다. 아는 것은 이 역에서 내린다
는 것뿐. 나는 역 밖으로 나와 공중전화 부스를 찾아서 들어
갔다. 수첩을 꺼내 그녀의 전화번호를 확인했다. 그야말로
확인이다. 왜냐하면 나는 그 번호를 외우고 있기 때문이다.

전화를 걸려다 그만둔 적도 몇 번이나 있었다.

벨이 세 번 울리고 네 번째에 연결되었다.

"여보세요."

그녀의 목소리였다.

"여보세요. 나야, 다카시."

"어머!"

미소가 눈앞에 떠오를 듯한 목소리였다.

"웬일이야? 전화를 다 하고."

"근처에 와 있어. 고엔지."

"뭐, 정말……?"

당황한 목소리였다. 그럴 만도 하다.

"잠깐 나올 수 있을까."

"지금?"

"응. 15분이면 되는데. 전할 게 있어."

잠시 말이 없다가 그녀가 되물었다.

"내일 만나면 안 돼?"

"미안하지만 안 돼."

그녀가 또 침묵했다. 무슨 용건인지 추리하고 있을 게 틀림없다. 어쩌면 나의 진심을 알아차렸을지도 모른다. 아니, 알아차리는 게 당연할 수도 있다.

한참 후에 그녀가 말했다.

"그 근처에 찻집 같은 게 있나 모르겠네."

나는 수화기를 귀에 댄 채 주위를 돌아보았다. 찻집 하나가 눈에 띄었다. 그 옆은 케이크 가게였다.

"그 가게 알아. 그럼 거기서 기다릴래? 10분쯤 걸릴 거야."

"알았어."

수화기를 내려놓고 전화 카드를 뽑은 후 부스에서 나왔다. 중학 시절에 처음으로 여자에게 전화를 걸었을 때처럼 심장이 쿵쿵 뛰었다.

10분이라고 하더니 내가 찻집에 들어서자 곧 마유코가 나타났다. 그녀가 이쪽을 보고 웃어서 나는 적이 안심했다.

"빨리 왔군."

"응, 바로 근처라서."

다가온 종업원에게 그녀는 홍차를 주문했다.

"연구 쪽은 어때, 요즘도 바빠?"

"바쁘다고 할까…… 아무튼 정신이 하나도 없어. 내가 하고 있는 일의 의미를 절반도 모르는 느낌이야."

"내용은 말해 주지 않겠지. 단단히 입막음을 하고 있을 테니까."

그러자 마유코는 괴로운 표정을 지었다.

"도모히코 씨도 사실은 다카시 씨에게 말하고 싶을 거야. 하지만 여러 가지 사정이 있는 것 같아."

홍차가 나왔다.

"괜찮아. 신경 쓰지 마. 그 녀석 말대로, 연구 내용은 함부로 얘기할 수 없는 거니까. 이거 하나만 대답해 줄 수 있을까? 예스와 노로 대답하면 돼. 도모히코가 뭔가를 발견한 거 맞지?"

마유코가 마시려던 홍차 잔을 도로 테이블에 내려놓았다. 그리고 몇 초 동안 아무 말 없이 내 얼굴만 쳐다보다가 천천히 고개를 끄덕거렸다.

"예스……라고 해야 할 거야."

"고마워. 그걸로 충분해."

"아마 머지않아 도모히코 씨가 설명해 줄 거야."

"그럼 좋고."

나는 오늘 세 잔째 커피를 마신다.

마유코가 눈을 치켜떴다.

"할 말이라는 게 그거야?"

"아니."

나는 커피 잔을 내려놓고 옆에 놓인 가방을 열었다. 안에서 꺼낸 네모나고 조그만 상자를 그녀 앞에 놓았다.

"이걸 주려고."

마유코가 눈을 깜박거리며 나와 테이블에 놓인 상자를 번갈아 쳐다보았다.

"생일이잖아, 내일."

"알고 있었어?"

"도모히코에게 들었어."

"그렇구나."

놀라던 그녀의 표정이 당혹감으로 바뀌더니 다시 천천히 어색한 웃음으로 바뀌어 갔다. 어떻게 반응해야 좋을지 모르는 것이다.

"놀랐어?"

"응, 조금. 그런데 왜 내게?"

마유코가 물었다. 얼굴이 약간 굳어 있었다.

"왜랄 거까지는 없지. 생일이라는 말을 듣고서 뭐라도 선물을 하고 싶었어. 그게 다야."

"흐음……."

"열어 볼래?"

마유코는 주저하는 듯하더니 상자로 손을 뻗었다. 새끼손톱으로 스카치테이프를 뜯어내고 조심조심 포장을 풀었다. 네모난 작은 상자가 나왔다. 뚜껑을 열었다.

그 순간 그녀의 눈이 휘둥그레지면서 입가가 약간 벌어졌다.

"마음에 들었으면 좋겠다."

그녀가 반짝이는 눈으로 나를 보았다. 그러나 그 눈가에 금방 그늘이 생겼다.

"그 사람은 이 일을……."

나는 고개를 저었다.

"몰라. 내가 아무 말 안 했으니까. 녀석이 내게 무슨 선물을 하면 좋겠냐고 의논했을 때도 이 브로치 얘기는 안 했어."

마유코의 얼굴에서 웃음기가 싹 사라졌다. 그녀는 브로치를 바라보면서 잠시 생각에 골몰했다.

"난감하네. 일이 이렇게 되다니."

그녀가 중얼거렸다.

우리의 삼각관계를 두고 하는 말인 듯했다.

"솔직히 말해서 나도 난감해. 이래도 괜찮은 건지 나도 잘 모르겠어. 괜찮지 않다고 생각하면서도 어떻게 할 수가 없었어."

"그래서 내게 떠넘기려는 거야?"

"그런 건 아니야. 하지만 마유코를 곤란하게 만든 건 사실이군."

"아주 곤란해."

그렇게 말하면서 그녀는 물을 마셨다.

"그리고…… 이런 말을 하면 안 되겠지만 기분이 나쁘지는 않아."

그녀가 브로치를 상자에 다시 넣었다.

"그래, 다행이군."

"하지만 이건 받을 수 없어."

"너무 깊이 생각할 필요는 없어."

그렇게 말하면서 나는 자문했다. 정말 그런가.

"그렇게 말해 봐야 소용없어."

마유코가 웃었다. 그러나 아까와는 느낌이 사뭇 다른 웃음이었다. 그녀가 상자의 뚜껑을 닫고는 원래대로 꼼꼼하게 포장하기 시작했다.

"난 너에게 이 브로치를 선물하고 싶었어. 그뿐이야."

그녀가 포장하던 손길을 멈추고 나를 보았다.

"정말 그렇게 끝날 수 있는 거야?"

나는 팔짱을 끼고서 한숨을 쉬었다. 그럴듯한 대답이 떠오르지 않았다.

"우리, 그냥 지금처럼 지내. 이걸 받으면 나 다카시 씨를 예전처럼 대할 수 없어."

"그건 어쩔 수 없지."

"난 그런 게 싫어. 셋이 얘기하는 걸 내가 얼마나 좋아하는데."

"어차피 이제는 그럴 수 없어."

"그렇지 않아."

그녀가 포장을 다 끝냈다. 스카치테이프를 깔끔하게 뜯어낸 탓에 다시 포장된 상자는 마치 한 번도 뜯지 않은 것처럼 보였다. 그것을 내 앞에 놓으면서 마유코가 말했다.

"도로 가져가."

나는 팔짱을 낀 채로 한참이나 그 상자를 바라보았다. 그리고 물었다.

"도모히코도 선물을 준비했을 거야. 그건 받겠지?"

"응, 아마."

"남자 친구라서?"

예기치 못한 질문인 듯했다. 잠시 후 그녀가 대답했다.

"그래."

나는 고개를 끄덕일 수밖에 없었다. 커피 잔을 들었지만 언제 다 마셨는지 비어 있었다.

"얼마 전에 도모히코가 집 열쇠를 돌려달라고 하더군. 너에게 줄 모양이야. 그런데 아직 돌려주지 않았어. 빨리 돌려주는 게 좋을까?"

마유코는 두 손을 무릎에 놓고서 쭉 뻗듯이 팔에 힘을 주었다. 그리고 사방을 두리번거린 후 나를 보았다.

"그 얘기는 벌써 끝났어."

"끝났다고?"

"그게 지난주였나…… 보조 열쇠를 주고 싶다고 했어."

"그래서?"

"필요 없다고 대답했어."

"왜?"

"왜냐니……. 그러고 싶지 않으니까."

마유코가 어깨를 살짝 올리면서 말했다.

"흠."

도모히코가 그 후로 왜 열쇠 얘기를 하지 않았는지 납득이 갔다. 동시에 여러 가지 의미에서 안도했다.

옆 케이크 가게가 문 닫을 준비를 시작했다. 찻집을 나설 좋은 타이밍인지도 몰랐다. 나갈까, 하고 말하자 마유코가 방긋 웃었다.

찻집에서 나오니 비가 조금 내리고 있었다. 그녀가 우산을 들고 나오지 않아 걱정스러웠다.

"괜찮아. 바로 근처니까. 그럼 안녕."

"잠깐만."

나는 그녀를 불러 세웠다. 의아해하는 그녀에게 나는 아까 그 상자를 다시 내밀었다.

"역시 받아 줬으면 좋겠어. 마음에 들지 않으면 버려도 돼."

마유코의 눈이 슬픈 빛을 띠었다. 그래서 나도 조금은 주눅이 들었지만 손을 내리지는 않았다.

"너를 좋아한 건 도모히코보다 내가 먼저야."

내가 말했다.

마유코의 입이 약간 벌어졌다. 무슨 말인가 한 듯했는데 내게는 들리지 않았다. 그녀의 눈가가 점점 붉은색을 띠어 갔다. 표정도 굳어졌다.

"2년 전에 넌 게힌도호쿠 선을 타고 다녔지."

마유코는 대답하지 않았다. 표정은 얼어붙은 채였다.

"매주 화요일, 나는 야마노테 선을 타고 있었어. 두 전철은 나란히 달렸지. 그리고 난 너를 보았고. 그때는 네 머리가 길었어."

그래도 그녀는 침묵을 깨지 않았다. 하지만 그 침묵은 오히려 나의 확신을 굳혀 주었다. 역시 그녀도 그랬던 것이다. 그때 건너편 전철에서 나를 보고 있었다.

"너도…… 기억하고 있지?"

내가 물었다.

마유코가 내 눈을 보았다. 그리고 고개를 저었다.

"그런 기억 없어."

거짓말, 이라고 말하려다 말았다. 지금 여기서 그걸 추궁해 본들 아무 의미가 없었다.

나는 다시 상자를 내밀었다.

"받아 줘."

마유코는 또 잠시 나를 쳐다본 후 오른손으로 천천히 상자를 받았다.

"알았어, 내가 맡아 둘게. 다카시 씨 머리가 식을 때까지.

식으면 알려 줘. 꼭 돌려줄 테니까."

"나는 멀쩡해."

"아니."

그녀는 딱 한 번 고개를 젓고는 그대로 밤길을 달려갔다.

제5장

혼란

"듣고 보니 그렇군."

다카시는 나쓰에의 얼굴을 보면서 고개를 끄덕거렸다.

"그래, 신주쿠에서 만났지. 그때 나쓰에도 같이 있었구나."

"무슨 소리야, 남 말 하듯이. 매정하네. 하긴 그 후로는 전화 한번 걸지 않더라. 뭐하고 지냈어?"

"뭐, 딱히……. 여러 가지로 좀 바빴어."

"그랬겠지. 흐음, 지금은 어엿한 회사원이네."

나쓰에는 양복 입은 다카시의 모습을 힐금힐금 바라보았다.

다카시는 왠지 기분이 언짢아졌다. 그날 그 장소에 이 친구도 함께였다. 왜였지, 하고 생각했다. 왜 나쓰에를 데리고 나갔을까. 그리고 왜 그 일을 지금까지 까맣게 잊고 있었을까.

"나쓰에는 뭐하고 지냈는데?"

"여전해. 이벤트 도우미 같은 일을 하고 있어. 요즘은 재미있는 일이 별로 없네."

그렇게 말하면서 갈색 머리카락을 끌어 올렸다. 손톱 색깔도 옷 색깔과 똑같았다.

"그런데 그들은 잘돼 가고 있어?"

"그들?"

"미와 씨와 그녀 말이야. 그때 꽤 행복해 보였는데, 그 후에는 어떻게 됐나 해서."

다카시가 미간을 찌푸렸다.

"너, 아까도 그런 말 하던데 착각하고 있는 거야. 그때 미와가 데리고 나온 사람은 그 녀석의 애인이 아니었어."

"뭐?"

나쓰에가 눈을 동그랗게 떴다.

"뭐라는 거야. 분명히 자기 애인이라고 했는데."

"아니야, 그냥 친구야. 컴퓨터 대리점에서 알게 된 후로 친해져서 그날 데리고 나왔을 뿐이야."

"진짜?"

그녀가 작은 소리로 물었다.

"어떻게 된 일이지? 그가 애인을 소개할 테니까 이쪽도 둘이 가는 편이 낫다면서 나더러 같이 가자고 했잖아."

"그럴 리가……."

없다고 말하려다 다카시는 말을 끊었다.

불현듯 기억이 애매해졌다. 머릿속에 공동이 생긴 것 같았다. 거기에 안개가 끼어 있다.

그녀의 말이 맞는 듯한 기분이 들었다. 전면이 유리인 찻집. 2층에서 거리를 내려다보았다. 옆에는 나쓰에가 있었다. 그녀에게 도모히코 얘기를 했다. 중학교 때부터 절친한 벗이라고. 녀석은 다리가 불편하지만 그 점에 대해 의식할 필요는 없다고. 또 이런 말도 했다. 오늘 녀석이 자기 애인을 소개한대.

다카시는 고개를 저었다. 억지로 웃으려 했다. 그러나 볼이 굳어 있다는 것을 스스로도 느낄 수 있었다.

"네가 잘못 알고 있는 거야. 그녀는 녀석의 애인이 아니라 그냥 친한 여자 친구지. 그런데 나쓰에가 그의 애인이라고 착각한 거겠지."

이번에는 나쓰에가 고개를 옆으로 저었다. 그것도 다카시보다 훨씬 크게.

"다카시, 너 좀 어떻게 된 거 아니니? 애인이라고 분명히 말했잖아. 기가 막혀서……. 믿을 수가 없네. 왜 그런 식으로 말하는 거야?"

나쓰에의 목소리가 금관 악기처럼 울렸다. 지나가던 사람들이 둘을 힐끔거렸다.

다카시는 한 걸음 뒤로 물러나 오른손으로 양 눈가를 눌렀다. 머리가 지끈지끈 아파 왔다. 위에서 뭐가 기어 올라오는 듯한 거북함이 느껴졌다. 맥박도 빨라졌다.

그가 나쓰에에게 또 물었다.

"확실히 애인이라고 했단 말이지?"

"그래, 대체 왜 자꾸 그러는 거야."

나쓰에가 걱정스러운 표정을 지었다. 그 표정으로 다카시는 그녀가 자신을 놀리는 것이 아니라고 확신했다.

"찻집에서 나온 다음에는 어디 갔는데?"

"뭐?"

"그들과 찻집에서 만났잖아. 그다음에 말이야. 어디 갔더라?"

"어디였더라, 그러니까, 아마······."

나쓰에는 집게손가락으로 관자놀이를 누르고 빙글빙글 돌리면서 대답했다.

"가게 이름은 잊었지만, 이탤리언 레스토랑이었어."

"이탤리언 레스토랑······."

다카시는 눈을 살짝 감았다. 기억이 되살아났다. 어슴푸레한 실내. 벽을 따라 놓여 있는 캔들. 테이블 건너편에는 마유코가 있었다. 그 옆에는 도모히코.

"아, 그랬지. 그래, 이탈리언 레스토랑이었어. 거기에서 난 새우를 먹었고."

다카시가 눈을 뜨면서 말했다.

"괜찮은 거야? 안색이 안 좋은데. 우리, 어디든 들어갈까?"

"아니, 조금만 더 이대로 같이 있어 줘. 기억이 날 것 같아."

"기억이 날 것 같다고?"

"아무튼 좀 기다려 줘."

다카시가 부탁한다는 듯이 손을 들어 손바닥을 보였다. 나쓰에는 기분이 찜찜해졌는지 그 자리에서 몸을 움찔거렸다.

흐릿하던 영상이 점차 또렷해졌다. 다카시가 나쓰에에게 물었다.

"커피로 건배를 했던가, 우리?"

"뭐라고, 그건 또 무슨 소리야?"

"그 레스토랑에서 마지막으로 넷이 건배를 하지 않았냐고. 에스프레소 잔으로."

나쓰에는 잠시 무슨 뚱딴지같은 소리냐는 표정이다가 갑자기 고개를 끄덕거렸다.

"그래, 맞다. 했어, 우리. 에스프레소 잔으로. 다카시 네가 그러자고 했어. 두 사람의 앞날을 위해 건배하자고."

"두 사람의……."

"그 두 사람 말이야. 미와 씨와 그녀. 아, 그래, 마유코 씨라고 했어."

"그랬군."

나카시는 고개를 끄덕였다. 두 사람의 앞날을 위해서. 그렇게 말했던 기억이 났다. 그때의 씁쓸했던 기분까지 선명하게 되살아났다. 왜 기분이 그랬을까. 마유코가 도모히코의 애인이었기 때문이다. 자신의 애인이 아니라.

"다카시, 정말 무슨 일이야, 응? 아까부터 이상한 소리만 하고 있잖아."

나쓰에가 고개를 갸웃하고 그를 올려다보며 물었다.

"응? 아무것도 아니야. 신경 쓰지 마."

"자꾸 이상한 소리를 하는데 어떻게 신경이 안 쓰여."

"이제 정말 괜찮아. 요즘 좀 피곤해서 그래. 노이로제인지도 모르겠다."

그리고 다카시는 하하하 소리까지 내며 웃는 척했다. 하지만 스스로 생각해도 서투른 연기였다.

"그래, 본인이 괜찮다면야……."

나쓰에는 눈을 치켜뜨고 그를 올려다보면서 망설이는 기색을 보였다. 다카시가 걱정스럽긴 하지만 이 이상 관여하지 않는 편이 좋겠다고 생각하는지도 몰랐다.

"나쓰에, 어디 가는 길 아니었나?"

그녀가 발길을 돌리기 쉽도록 다카시가 말했다.

나쓰에는 입가에 어렴풋이 미소를 머금고 고개를 끄덕였다.

"응, 그래."

"이상한 말만 해서 미안하다."

"아니야. 그럼 또 만나자."

그녀가 오른손을 들었다.

걸어가는 나쓰에의 뒷모습을 지켜보던 다카시는 불쑥 생각나는 일이 있어 그녀를 다시 불렀다.

"그 레스토랑에서 도모히코와 바이올린 얘기도 했지?"

나쓰에는 잠시 생각하는 듯 눈동자만 위로 향한 후 고개를 끄덕이며 대답했다.

"응, 그랬지."

"그렇구나, 역시."

"그게 왜?"

다카시는 고개를 저었다. 자신의 기억이 잘못되지 않았음을 증명하는 것이라는 말은 하지 않았다. 그는 나쓰에에게 미소를 던졌다.

"아무것도 아니야. 고마워."

"너무 일만 하지 마."

"그래, 조심할게."

그럼, 하면서 나쓰에는 살짝 손을 흔들더니 아까보다 빠른

걸음으로 걸어갔다. 또 불러 세울까 봐 겁이 났는지도 모른다.

다카시는 잠시 걷다가 큰길이 나오자 택시를 잡았다.

"신주쿠 이세탄 백화점으로 갑시다."

택시 안에서 다카시는 줄곧 눈을 감고 있었다. 자기 머릿속에 있는 영상을 다시 한 번 점검해 보고 싶어서였다.

나쓰에와 얘기하는 동안 과거 일이 몇 가지 선명해졌다. 주로 도모히코가 마유코를 소개해 주었던 때의 일이다. 그렇다. 그때 그는 자기 애인으로 그녀를 데리고 나왔다. 다카시는 그때 상황을 아주 명료하게 뇌리에 재현할 수 있었다. 무슨 얘기를 했는지도, 마유코가 보인 사소한 몸짓 하나까지도.

하지만 그런 것들과는 별도로 그는 새로운 의문을 품게 되었다. 그로서는 더없이 복잡하고 큰 문제였다. 그 문제가 그의 마음을 짓누르고 있었다. 그가 택시를 잡은 것은 서둘러 신주쿠에 가고 싶은 이유 외에도 가만히 있을 수 없는 육체적인 사정이 있어서였다.

첫 번째 의문은, 왜 지금까지 실제와는 다르게 기억하고 있었는가 하는 것이었다. 도모히코는 마유코를 그저 자신의 친구라고 소개했다. 그 자리에 나쓰에라는 여자는 없었다. 왜 그렇게 기억하고 있는지 그 자신도 오리무중이었다.

그리고 이 기억의 어긋남에 대해 자신이 그다지 큰 충격을 느끼고 있지 않다는 것도 다카시는 자각하고 있었다. 최근에 자주 느끼는 위화감이 원인이었다. 애당초 마유코가 자신이 아니라 도모히코의 애인이었던 것은 아닐까 하는 생각이 마음속에 떠다녔다. 어떻게 설명할 수 없는 심리여서, 그런 꿈을 꾼 것이라고 스스로를 납득시켰다. 그러나 꿈이 아니었다. 그것은 실제로 있었던 일이었다.

두 번째 의문은, 도모히코가 자신의 애인이라고 소개했던 마유코가 왜 지금은 자신의 애인이 되었는가 하는 점이었다. 다카시에게는 이쪽이 훨씬 더 중요했다. 게다가 마유코는 과거에 자신이 도모히코의 애인이었다는 말은 입도 벙긋하지 않았다. 그뿐이 아니다. 언제였나, 다카시가 도모히코와 마유코의 관계를 확인하려 들었을 때 그녀는 안색을 바꾸며 이렇게 말했다. 자기와 도모히코 씨 사이를 의심하느냐고.

마유코는 거짓말을 한 셈이다. 왜, 무엇 때문에?

또 머리가 지끈지끈 아파 왔다. 다카시는 유리창에 머리를 기댔다.

이세탄 백화점 앞에 도착한 다카시는 택시에서 내려 잠시 걷다가 한 건물 앞에서 걸음을 멈췄다. 줄줄이 걸린 간판 중에 '야자열매'가 있었다. 얼마 전에 이곳을 지나갈 때도 이 간판을 보고서 마음이 복잡해졌다. 도모히코와 마유코와 함께 온 기억은 있는데, 마유코가 어느 쪽의 애인이었는지 혼란스러웠던 것이다. 그때 억지로 자신을 납득시켰는데.

지금은 머릿속에 뚜렷한 정경이 있다. 그 역시 다카시는 꿈에서 본 정경이라고만 여겼다. 그런데 꿈이 아니다. 현실에서 있었던 일이다.

그는 엘리베이터를 타고 5층으로 올라갔다. 내리니 바로 가게 입구였다. 손님이 많은지, 회사 일을 끝내고 온 듯한 젊은 남녀 몇 명이 모여 있었다. 점원이 다카시를 보고서 "몇 분이시죠?" 하고 물었다. 다카시는 집게손가락을 들었다.

"잠시 기다려 주세요."

점원은 안쪽으로 사라졌다.

앞서 기다리고 있던 젊은 남녀들이 먼저 안내를 받아 안으로 들어갔다. 다카시는 입구에서 가게 안을 죽 훑어보았다. 자신이 어디까지 정확하게 기억하고 있는지 확인하기 위해서였다.

계산대 바로 옆 벽에 스냅 사진이 잔뜩 붙어 있었다. 이 가게를 찾은 손님들을 찍은 사진인 듯했다.

어떤 장면이 불쑥 떠올랐다. 다카시는 열심히 그 사진들을 보았다.

그가 찾는 사진은 꽤 아래쪽에 있었다. 어두워서 잘 보이지는 않지만, 사진에 찍힌 인물들의 모습은 금방 알아볼 수 있었다. 그것을 보고서 다카시는 온몸의 피가 천천히 식어 가는 듯한 감각에 사로잡혔다.

틀림없다. 그것은 역시 꿈이 아니었다.

다카시는 휘청거리며 가게를 뒤로했다. 마침 그때 점원이 다가와 자리가 준비되었다고 했다. 그러나 그는 그 말을 무시하고서 엘리베이터 버튼을 눌렀다.

사진에는 다카시와 도모히코와 마유코가 찍혀 있었다. 다카시는 사진을 찍은 사람이 화려한 알로하셔츠를 입은 남자였다는 것까지 떠올릴 수 있었다. 사진 속의 도모히코는 그답지 않게 목에 레이를 걸고 있었다.

그리고 마유코의 어깨를 껴안고 있었다.

다카시는 둘에게서 조금 떨어진 자리에서 카메라를 향해 일그러진 미소를 띠고 있을 뿐이었다.

집에 불이 켜져 있지 않았다. 마유코가 아직 돌아오지 않았다는 뜻이다. 다카시는 옷도 갈아입지 않은 채 버번 병과 잔을 꺼내 부엌 테이블에서 마시기 시작했다. 여전히 혼란스러웠다. 술로 인해 조금이라도 정신적으로 편해질 수 있다면 좋겠다고 생각했다. 그러나 절대로 정신을 잃도록 취할 수 없으리란 것도 그는 알고 있었다.

냉정하게 생각해 보자. 잔에 절반 정도 위스키를 따라 단숨에 들이켠 후 그는 생각했다. 아무리 불가사의한 현상도 이론적인 설명이 반드시 가능하다. 영문을 알 수 없다며 혼란 속에 있어 봐야 아무 소용 없다.

우선 기억이 왜 사실과 다른지 생각해 보기로 했다. 단순한 착각인가. 그는 잔을 든 채로 고개를 저었다. 그렇지 않을 것이다. 절대 단순한 착각이 아니다. 그렇다면 기억이 바뀌도록 모종의 조처가 취해졌다는 얘기가 된다. 그것은 사고였을까, 아니면 누군가의 의도였을까.

사고였다고는 생각되지 않았다. 만약 사고였다면 기억과 사실의 어긋남에서 오는 모순이 훨씬 빨리 드러났을 것이다. 그런데 현재 상황은 다카시의 잘못된 기억과 모순되지 않는다. 예를 들면 마유코가 그의 애인이라는 것도 그렇다.

그렇지, 마유코에게 물어보면……. 다카시는 시계를 보았다. 벌써 8시가 지났다. 최근 들어 마유코가 이렇게 늦는 일은 없었다. 실험 때문에 퇴근이 늦어지는 것일까.

위스키를 한 모금 더 마시고 다시 생각했다.

사고가 아니라면 누군가가 이 기묘한 상황을 조작했다는 얘기가 된다. 누가 무엇 때문에 그런 짓을 했을까.

그 점에 대해 따져 보기 전에 다카시는 이렇게 생각해 보기로 했다. 누가 의도적으로 만들어 낸 상황이라 쳐도, 과연 그것이 현실적으로 가능한 일인가, 인간의 기억을 변형하는 일이.

그것은 그야말로 기억의 개편이 아닌가. 그들이 연구하고 있는 차기형 리얼리티가 지향하는 궁극의 도달점이다.

설마, 하면서 그는 허공을 향해 고개를 저었다. 그런 기술은 아직 개발되지 않았다. 그것이 이미 가능한 일이라면 지금 우리가 하는 고생은 전혀 무의미해진다.

그러나.

다카시는 허공을 쳐다보았다. 지금 나 자신이 바로 개편된 기억을 갖고 있지 않은가. 그렇다면 역시 가능한 일일 것이다. 현시점의 기술 수준에 어떤 시술을 더해 가능해졌을 것이다. 아니다, 과연 내가 현황을 정확하게 파악하고 있는지조차 의심스럽다. 어쩌면 내가 모르는 곳에서 엄청난 기술이 발명되었을지도 모른다.

그렇게 생각하자 누가 그런 엄청난 일을 꾸미고 있는지가 명확해졌다. 다카시는 윗도리 주머니에서 봉투를 꺼냈다. 미와 도모히코가 보낸 것처럼 위조된 편지다. 그것을 테이블에 놓고서 한참을 바라보다가 다시 홀짝홀짝 술을 마셨다.

이 상황을 만들어 낸 주체는 바이테크 사다. 틀림없다. 그들이라면 이까짓 편지쯤 손쉽게 위조할 수 있을 것이다. 그리고 이런 술수를 쓴다는 것은 도모히코가 미국 본사에 있지 않다는 뜻이다. 적어도 이 편지에 쓰여 있는 특별한 프로젝트 따위에 참가한 것이 아니다.

다카시는 자신의 기억이 변형된 것과 도모히코가 사라진

사실이 무관하지 않다고 확신했다. 그러나 왜, 뭘 위해서 바이테크 사는 이런 공작을 꾸민 것인가. 우리 둘 다 일개 연구원에 지나지 않는다. 게다가 몇 달 전까지만 해도 MAC에 있던 신출내기들이다.

그는 잔을 입으로 가져가려다 테이블에 내려놓았다.

MAC 시절에 숨겨진 비밀이 있는 것일까.

그런데 정확한 과거는 어디까지인가. 어디서부터가 부정확한 기억일까. 우선 그것부터 분명히 해야 한다고 그는 생각했다.

마유코에서 시작하기로 했다. 그녀는 도모히코의 애인이었다. 그것은 정확한 과거다. 단순한 친구였다는 것은 잘못된 기억이다.

그녀를 소개받고서 그는 놀랐다. 과거에 한눈에 반했던 상대였기 때문이다. 그것도 사실이다.

여기서 생각이 복잡해졌다. 그렇다면 나는 상대가 친구의 애인이라는 것을 알면서도 새삼 그녀를 향한 마음을 불태웠다는 말인가.

다카시는 일어나 테이블 주위를 조금 서성거리다가 세면실로 갔다. 그리고 수도꼭지를 비틀어 쏟아지는 물로 세수를 했다. 그대로 얼굴을 들고 거울을 향했다. 그 안에 창백한 얼굴이 있었다. 눈이 뻘건 것은 술 때문만은 아닐 것이다. 앞머리가 젖어 이마에 들러붙어 있었다.

　그는 자신과 마주하고 확인했다. 그렇다, 나는 도모히코의 애인을 좋아하고 말았다. 이래서는 안 된다고 생각하면서도 마유코를 향한 마음을 접을 수가 없었다. 매일매일 그녀를 생각했다. 그녀가 MAC로 들어온 후로는 그 마음이 한층 강해졌다. 그녀 모습을 볼 때마다 괴로웠다. 그러는 한편 그녀를 보지 않고는 견딜 수가 없었다. 포기하려 하면 할수록 마음속에서 그녀 비중이 커져 갔다.

　불쑥 한 장면이 되살아났다. 초여름의 햇살. 테니스 코트. 네트 너머에서 약동하는 마유코. 다카시는 그녀와 테니스를 쳤던 때를 떠올렸다. 그것은 만들어진 과거가 아니다. 실제로 있었던 일이다. 어쩌다 그녀와 내가 테니스를 칠 수 있는 사이로 발전한 것인가. 다카시는 그 이유를 금방 이해할 수 있었다. 정경 속에, 자신들을 내려다보는 도모히코의 시선이 있었기 때문이다. 그 시점에도 마유코는 여전히 도모히코의 애인이었다.

　그날 이후에도 괴로운 나날이 계속되었다. 속내를 숨긴 채 도모히코와 마유코를 대했다.

　그다음에는 어떻게 되었나. 기억해 내려 미간을 찡그렸다. 그런데 그다음 기억이 선명하지 않았다. 마유코가 언제부터 자신의 연인이 되었는지, 도모히코는 그 상황을 어떻게 받아

들였는지, 전혀 알 수 없었다.

그런데 다른 일에 관련된 어떤 기억이 떠올랐다. 도모히코의 연구에 관한 것이었다. 당시 다카시는 그의 연구에 상당히 신경을 쓰고 있었다. 뭔지는 몰라도 엄청난 발명이나 발견을 했는데 그 일을 비밀에 부치고 있다고 의심했었다.

'리얼리티 공학의 상식을 송두리째 뒤엎을 대발견'.

언젠가 뇌리를 스쳤던 말이 또다시 떠올랐다. 이 말은 그렇다, 시노자키 고로에게서 들은 말이다.

시노자키 고로도 현재 행방이 묘연하다.

수돗물이 마냥 쏟아지고 있었다. 다카시는 수도꼭지를 잠갔다. 다시 거울을 본다.

어쩌면, 하고 생각했다.

도모히코는 기억 패키지를 연구하고 있었다. 타인의 기억을 조작하는 일이다. 그 연구가 완성되었다면, 지금 내게 일어나고 있는 현상을 설명할 수 있다. 내가 그의 실험 대상이 된 것일까.

도모히코의 방이 엉망진창이었고 자료란 자료는 몽땅 사라졌다는 사실을 상기했다. 그의 연구와 이번 사건이 밀접한 관계에 있다는 것은 의심의 여지가 없다.

아무튼 마유코에게 사정을 물어봐야겠다고 생각했다. 다카시는 시계를 보았다. 9시가 넘었다. 이상하다. 아무리 야근이라도 너무 늦다. 이렇게 늦을 것 같으면 전화를 했을 텐데…….

다카시는 침실에 가서 불을 켰다. 옷을 갈아입으면서 무심히 주위를 돌아보다가 책상 위에서 눈길이 멈췄다. 거기에는 조그만 거울이 세워져 있다. 마유코가 화장할 때 늘 사용하는 거울이다. 그런데 그 앞에 있어야 할 화장품이 보이지 않았다.

그는 벽장을 열었다. 벽장 안 옷걸이에는 대부분 마유코의 옷이 걸려 있다. 그런데 지금 그의 눈에 들어온 것은 한구석에 몰려 있는 다카시의 양복 몇 벌뿐이었다. 그러고는 빈 옷걸이만 대롱대롱 걸려 있다.

다카시는 후다닥 다른 벽장도 열어 봤다. 마유코의 커다란 여행 가방도 없었다. 그뿐이 아니었다. 그녀의 물건들이 하나도 없었다.

그는 무선 전화기를 들고 답답한 심정으로 번호를 눌렀다. MAC에 있는 마유코의 연구실로 걸었다.

열 번이나 벨이 울린 후에 다카시는 전화를 끊었다. 그리고 다시 번호를 누르기 시작했다. 이번에는 고엔지 아파트 번호였다. 부모님 눈도 있고 해서 지금도 거기에 마유코의 집이 있다.

그러나 들리는 것은 '지금 거신 전화번호는 현재 사용되지 않는 번호입니다.'라는 전화국의 서비스 메시지뿐이었다. 전화를 해지했다는 말을 마유코에게 들은 적이 없었다.

그는 부엌에 가서 물을 한 잔 마셨다. 맥박이 빨라졌다. 불안의 파도가 밀려오고 있었다.

테이블 위에 있는 열쇠를 집어 들자마자 그대로 집을 뛰쳐나갔다.

어디부터 찾아야 할지 몰랐다. 마유코가 평소 누구와 친하게 지내는지도 들어 본 적이 없었다. 그래서 하는 수 없이 다카시는 고엔지로 향했다.

마유코가 다카시의 집에서 사라진 것은 틀림없었다. 이유는 그도 알 수 없다. 어쩌면 이 일 역시 그 이해할 수 없는 일련의 사건 중 하나로 간주해야 할지도 모른다. 부정할 만한 근거가 없었다.

고엔지에 도착한 다카시는 마유코의 아파트로 뛰었다. 한가롭게 걸어갈 수 있는 기분이 아니었다. 시간이 경과하면 경과할수록 마유코가 멀어질 것 같았다. 그는 후회하고 있었다. 집에 돌아갔을 때 곧장 침실로 들어갔어야 했다고.

마유코의 집은 낡은 아파트 3층에 있었다. 밑에서 올려다본 다카시는 눈을 부릅떴다. 창문이 환했다. 그는 엘리베이터를 기다리지 않고 계단으로 뛰어 올라갔다. 계단 바로 옆에 있는

232

302호가 그녀의 집이다. 다카시는 정신없이 벨을 눌렀다. 안에서 인기척이 느껴졌다.

찰칵, 잠금장치가 풀리는 소리가 나고 문이 열렸다. 도어체인은 그대로 걸린 채였다. 마유코, 하고 부르려다 다카시는 목소리를 집어삼켰다. 문 사이로 전혀 모르는 여자가 무슨 일이냐는 듯이 그를 쳐다보고 있었기 때문이다.

"누구시죠?"

젊기는 한데 피부가 거친 여자였다. 파마를 한 머리도 푸석푸석했다.

"저, 여기가,"

다카시는 명패를 보았다. 이름은 쓰여 있지 않았다. 그러나 302호인 것은 틀림없었다.

"여기가 쓰노 씨 집 아닌가요?"

"아닌데요."

"댁이 살고 있는 겁니까?"

"네."

여자가 귀찮다는 듯 얼굴을 찡그렸다. 금방이라도 문을 닫아 버릴 기세였다.

"언제부터, 여기서 언제부터 살았죠?"

"지난달부터요."

"지난달,"

……부터라면, 마유코가 집을 비운 것은 그 이전이라는 뜻이다. 다카시는 그런 얘기를 전혀 듣지 못했다.

"이제 됐나요?" 여자가 짜증스럽게 물었다.

"한 가지만 더 묻죠. 전에 여기 살던 사람에 대해 들은 얘기 없습니까?"

"그런 거 없는데요. 이제 됐죠?"

쾅, 하는 소리와 함께 문이 닫혔다. 문을 잠그는 소리에서도 불쾌감이 묻어났다.

다카시는 닫힌 문에 찍힌 302라는 숫자를 물끄러미 쳐다보다가 뒤로 돌아 304호의 벨을 눌렀다. 나온 사람은 학생 분위기의 남자였다.

"무슨 일이죠?"

남자가 물었다. 안에서 카레 냄새가 흘러나왔다.

다카시는 302호를 가리키며, 전에 여기 살았던 여자가 언제 이사했는지 아느냐고 물었다. 젊은 남자는 무슨 의미라도 있는 것처럼 히죽거렸다.

"아, 그 미인 말입니까? 쓰노 씨라고 했던가……."

다카시가 고개를 끄덕이자 남자는 계속 히죽거리면서 말했다.

"3월 말일 겁니다, 아마. 방학이라서 고향에 내려갔다 돌아왔을 때는 벌써 없었으니까."

"어디로 갔는지는 모르나요?"

"모르죠. 얼굴을 마주쳐도 인사한 적조차 없는 사람인데."

그러면서 남자는 다카시를 위아래로 훑어보았다. 그 미인과 어떤 관계냐고 묻고 싶은 표정이었다. 다카시는 인사로 얘기를 마무리했다.

좀 더 확인하고 싶은 마음에 다른 집도 두드려 물어보았지만, 별다른 얘기는 들을 수 없었다. 이런 아파트에 사는 사람들끼리 무슨 교류가 있었기를 기대하는 것은 무리였다.

다카시는 아파트에서 나와 고엔지로 가는 길을 터벅터벅 걸었다. 내일 다시 한 번 MAC로 전화를 걸어 보자고 생각했다. 그런데 왠지 그것도 헛수고일 거라는 기분이 들었다. 이 일련의 일이 단순한 문제가 아니라는 것을 본능적으로 깨달았다.

마유코는 사라졌다. 다카시는 그렇게 생각하기로 했다. 그게 가장 타당한 생각이었다. 상황으로 보아, 납치된 것이 아니라 자신의 의지로 사라진 것이다. 그렇다면 마유코는 이번 사건에 대해 어느 정도 상황을 통제할 수 있다는 얘기가 된다.

대체 무슨 일이란 말인가. 기억이 왜곡되었다는 것을 몰랐던 사람은 나 자신뿐이었다.

고엔지 역 앞에 공중전화 부스가 있어서 일단 집으로 전화를 걸어 보았다. 어쩌면 마유코가 돌아와 있을지도 모른다는 기대는, 그러나 이내 무너졌다. 삐삐삐삐……. 시끄럽게 울리는 전화기에서 전화 카드를 빼냈다.

그때 가게 하나가 눈에 들어왔다. 케이크 가게였다. 옆은 찻집이다.

그렇다. 그때.

비가 내리고 있었다. 저 가게 앞에서 그녀에게 상자를 건넸다. 생일 선물이었다. 안에는 스톤카메오 브로치가 들어 있었다. 그녀가 갖고 싶어 했던 것이다.

'나는 멀쩡해.' 그녀에게 그렇게 말했다. 그녀는 뭐라고 대답했더라. 한참을 생각하다가 다카시는 고개를 저었다. 도무지 기억이 나지 않았다.

SCENE 6

7월 10일 밤을 나는 복잡한 심정으로 보냈다. 단골 식당에서 정식을 먹으면서 지금쯤 마유코는 도모히코와 이탈리아 요리를 먹고 있을지도 모른다고 생각하고, 맥주를 들이켜면서는 두 사람은 화이트 와인으로 건배하고 있을 거라고 상상했다. 레스토랑에서 나온 후에는 어디로 갈까. 술을 마시러 갈지도 모른다. 레스토랑이 호텔 안에 있다면 그대로 야경이 보이는 바로 가지 않을까. 그리고 칵테일을 몇 잔 마신 후 예약해 놓은 방으로 향할까.

알고 있었던 일 아닌가. 안달복달해 봐야 소용없다. 그 두 사람은 연인 사이니 무슨 일이 있다 한들 이상할 게 없다. 오히려 도모히코에게 행복한 날이 찾아온 것을 축복해야 한다. 몇 번이나 그런 말을 속으로 중얼거렸지만, 마음이 술렁이는 것은 어쩔 수가 없었다. 가게에서 와일드터키 한 병을 산 나는 집에 들어오자마자 잔에 따라 얼음을 넣고 마시기 시작했다. 밖에서 마시고 싶지 않았다. 술에 취해 무슨 추태를 부릴지 자신도 알 수 없었다.

애써 다른 생각을 하려 했지만 두 사람 말고는 아무것도 떠오르지 않았다. 지금 그 두 사람은 어디서 뭘 하고 있을까. 그녀는 도모히코의 선물을 기쁘게 받았을까. 그리고 오늘 밤 그에게 몸을 허락하기로 결심했을까. 그런 것까지 상상하자 조건 반사처럼 마유코의 알몸이 떠올랐다. 자위할 때 수도 없이 그렸던 모습이다. 그러나 오늘 밤은 그럴 기분이 아니었다. 발기조차 되지 않았다. 너무 초조해서 몸이 뜨거워질 뿐이었다. 텔레비전을 켰지만 화면만 멍하니 바라보고 있을 뿐 내용은 조금도 머리에 들어오지 않았다. 건설업 뇌물 사건이 어떻게 되었는지, 자이언츠가 이겼는지, 내일 날씨는 어떤지, 듣고 있지도 보고 있지도 않았다. 뉴스 앵커의 표정 없는 얼굴을 바라보면서 나는 더블베드를 떠올렸다. 거기에 도모히코와 마유코가 눕는다.

그럼 뭐 어때서, 하고 문득 생각했다. 현시점에서 두 사람은 연인 사이니 육체관계가 있는 것은 당연한 일이다. 과거 내게도 그런 여자가 있었던 것처럼, 마유코에게도 그런 남자가 생겼을 뿐이다. 그런 일에 일일이 신경을 곤두세워서는 안 된다. 그렇게 대담하게 마음먹었다가도 다음 순간이면 역시 초조해졌다. 싫다. 그녀를 빼앗기고 싶지 않다. 그런 생각을 하는 한편으로는 또 아마도 아직 동정일 도모히코가 자신의 뜻을 멋지게 이룰 수 있을지 걱정하는 마음도 있었다. 나는 혼란스러웠다.

지진이 났나 싶은 느낌에 나는 퍼뜩 눈을 떴다. 꾸벅꾸벅 졸았던 모양이다. 텔레비전에서는 흑백 서부 영화를 하고 있었다. 머리가 띵했다.

쾅쾅쾅쾅, 문을 두드리는 소리가 들렸다. 나는 휘청휘청 일어나 문을 열기 전에 물었다.

"누구야?"

대답이 없어 순간적으로 긴장했다. 소리 나지 않게 문으로 바짝 다가가 도어 렌즈에 눈을 댔다. 도모히코가 몸을 웅크리고 있었다. 나는 깜짝 놀라 문을 열었다. 문에 부딪쳐 도모히코가 뒤로 나동그라졌다.

"어떻게 된 거야?"

나는 도모히코의 팔을 잡아 일으켜 세우려 했다. 도모히코가 얼굴을 찡그렸다. 그 얼굴은 창백하고 내쉬는 숨에서는 술 냄새가 풍겼다.

"물, 물 좀 줘."

그가 신음하듯이 말했다.

"일단 안으로 들어와."

나는 도모히코의 팔을 잡아당겼다. 그 정도 움직임에도 힘이 부치는지 그가 얼굴을 찡그렸다. 이렇게 곤드레가 된 도모히코는 처음 보았다. 나는 취기가 싹 달아나고 말았다.

물을 마시게 하고 눕히려 하자 그가 어지럽다고 했다. 그러더니 그대로 바닥에 토하고 말았다. 도모히코가 치우겠다고 했지만 가만히 있으라고 하고는 바로 닦아 냈다. 대학 시절의 신입생 환영회가 떠올랐다.

한참을 엎치락뒤치락한 후에 겨우 도모히코가 침대에 걸터앉아 안정을 찾았다. 여전히 안색은 몹시 안 좋았다.

"대체 이게 무슨 일이야?"

바닥에 앉아 도모히코를 올려다보며 물었다. 그러나 도모히코는 곧바로 대답하지 않았다. 두 손으로 머리를 감싸 쥔 채 한동안 말이 없었다. 나는 할 수 없이 텔레비전 채널을 바꿨다. 저속한 프로그램밖에 없어서 결국은 서부 영화 채널로 다시 돌렸다.

그때 도모히코가 뭐라고 중얼거렸다.

"뭐라고?"

"거절당했어."

그가 조금 전보다 큰 소리로 말했다.

"거절당했다니, 뭘?"

"방을 예약해 놓았다고 말했어. 그랬더니 안 된다고 하더라."

그가 무릎 위에 팔을 괴고서 거기에 이마를 올려놓았다.

나는 상황을 간파했다. 역시 오늘 밤 도모히코는 호텔에 방을 예약해 두었던 것이다.

"무슨 사정이 있었겠지. 여자에게는 여러 가지로 그런 게 많으니까."

그런데 도모히코는 머리를 푹 숙인 채 고개를 가로저었다.

"생리 같은 것 때문이 아니야. 그녀가 그런 게 아니라고 했어."

"그럼,"

뭐 때문이었냐고 물으려다 나는 입을 닫았다. 그런 것까지 시시콜콜 파고들 권리가 내게는 없었다.

"아무튼 오늘 밤은 집에 가겠다고 했어."

"흐음."

나는 내 방의 더러운 벽을 쳐다보았다. 할 말이 생각나지 않았다.

"결국 우리 사이가 그 정도였던 거지. 나 혼자서 북 치고 장구 치고 한 거야."

"그렇지 않을 거야."

"아니, 그런 거야. 난 알아."

도모히코가 머리털 속에 두 손을 넣어 마구 흩뜨리며 말했다.

"그게 다가 아니야."

나는 얼굴을 들었다.

"무슨 뜻이지?"

"앞날에 대해서도 얘기했어. 가능하면 빨리 결혼하고 싶다는 뜻도 밝혔고."

"그런데?"

"시간을 좀 달라고 하더군. 충분히 생각해 보고 싶다면서."

"그렇다면 거절한 건 아니잖아."

"아니, 난 알아. 그녀는 난감해했어. 그러니까 그 말은 빙 둘러서 거절한 거야."

도모히코가 천천히 고개를 저었다.

"안 그래도 오늘 좀 이상했어. 얘기를 할 때도 생각이 다른 데 있는 것 같더군. 분위기를 띄우려고 온갖 얘기를 다 했는데 헛수고였어. 나와 같이 있는 게 이제 즐겁지 않은지도 모르지. 그런 거야. 결국 그런 거야."

약간 혀 꼬부라진 소리였다.

두 사람이 어떤 대화를 나눴는지 알 수 없으니 도모히코가 하는 말이 옳은 것인지 아닌지 판단할 수 없었다. 하는 얘기로만 봐서는 이렇게까지 이성을 잃을 만한 일도 아닌데, 도모히코의 심경을 생각하면 이해가 가기도 했다. 특히 연애에는 자신감이 없던 사람이 마유코라는 최선의 여자를 만난 탓에 그녀의 마음이 떠나 버리지는 않을까 필요 이상으로 두려워하는 것이다. 그러니 지금 그는 실연한 사람만큼이나 낙담이 클 것이다.

그건 그렇고, 마유코는 대체 어쩌자는 것일까. 어젯밤의 내 행동이 어떤 영향을 미친 것일까. 그렇게 생각하는 게 가장 타당할 것 같았다.

마유코가 도모히코 아닌 나를 선택한 건지도 모른다?

설마. 고개를 쳐드는 희미한 기대감을 나는 애써 짓눌렀다.

그 후에도 도모히코는 퀭한 눈빛을 하고서, 마유코는 동정심에서 자신을 좋아하게 되었는지도 모른다, 그녀 역시 다른 여자들과 마찬가지인지도 모른다 등등의 말을 주절주절 늘어놓았다. 오래 알고 지냈지만, 그가 이렇게 주사가 있는 줄은 처음 알았다. 하긴 오늘 밤은 예외적인지도 몰랐다.

그런 그에게 나는 밤이 새도록 위로의 말을 건넸다. 걱정하지 마, 도모히코. 그런 때도 있는 거야. 그녀는 신중을 기하고 싶었던 거겠지. 딱 마음을 굳히기가 쉽지 않을 거야. 그녀도 너를 좋아해. 그건 내가 보장하지.

자기혐오와 짜증스러움과 질투가 번갈아 내 가슴을 덮쳤다. 그리고 그녀가 아직 도모히코의 여자는 아니라는 안도감과, 잘됐다 이놈아, 하고 그를 얕보는 마음이 공존한다는 것도 나는 인정하지 않을 수 없었다.

마침내 도모히코가 침대에 누워 코를 골기 시작했다. 나는 타월 이불을 덮어 주었다.

불을 끄고 나도 잠을 자려고 바닥에 누웠을 때 도모히코가 나를 불렀다.

"다카시."

"응, 왜?"

그런데 그가 반응을 보이지 않았다. 다시 잠이 들었나 보다고 생각하는데 그가 말했다.

"마유코는 훌륭한 여자야."

"그래, 그렇지."

"어떤 남자라도 그녀에게 끌릴 거야. 그러는 게 당연해."

"……그럴지도 모르지."

"하지만 다른 남자에게는 다른 여자가 있잖아, 얼마든지. 마유코가 아니어도 괜찮잖아."

나는 뭐라 대답하기가 망설여졌다.

"내게는 마유코밖에 없어. 그녀 같은 여자는 두 번 다시 나타나지 않을 거야."

역시 나는 아무 대꾸도 하지 않았다.

"그녀를 잃고 싶지 않아. 누구에게도 빼앗기고 싶지 않다고."

나는 계속 침묵했다. 어둠 속에서 도모히코가 내 대답을 기다리고 있다는 것을 알았지만, 그럴 수밖에 없었다.

아침이 되고 보니 도모히코의 모습은 보이지 않았다. '미안하다. 도모' 라고 쓰인 메모지가 침대 위에 놓여 있었다.

월요일.

실험이 한 차례 마무리되어 나는 아이스커피를 마시려고 자동판매기 앞으로 갔다. 종이컵이 내려오고 거기에 자잘한 얼음이 떨어졌다. 농축된 커피와 적당량의 물이 담기는 동안 나는 창밖을 바라보았다. 먼 경치가 아른아른하게 보일 만큼 무더운 한낮이었는데, 놀랍게도 테니스코트에 사람이 있었다. 양쪽 다 교관이어서 더 놀랐다. MAC의 교관 중에는 체력을 과시하는 이가 많은데, 이 정도일 줄은 몰랐다.

자동판매기에서 종이컵을 꺼내는데, 바로 옆에 청바지를 입은 다리가 보였다. 천천히 눈을 치켜뜨니 마유코가 웃고 있었다. 다소 굳어 보이는, 복잡한 미소였다.

"오랜만에 보는 것 같다. 이틀 못 봤을 뿐인데."

내가 말했다.

"그러네."

그녀가 자동판매기에 동전을 집어넣고 아이스티 버튼을 눌렀다. 잠시 후 종이컵이 내려오는 소리와 얼음 떨어지는 소리가 났다.

"오늘은 식당에 안 갔어?"

"밖에서 먹고 왔어. 몇 년 만에 오코노미야키를 먹었지."

"오코노미야키? 와!"

나도 먹고 싶네, 하는 말이 뒤따라 나올 듯한 분위기였다. 하지만 그녀는 그러지 않았다. 대신 이렇게 물었다.

"왜 식당에서 안 먹었는데?"

"왜는, 그야,"

나는 아이스커피를 벌컥벌컥 마셨다. 여전히 맛이 없었다.

"그때도 말했지만 예전처럼 지낼 수는 없어."

그때란 그녀에게 선물을 건넸을 때를 뜻한다.

"그게 싫어서 안 받고 싶었던 거야. 내가 그렇게 말했잖아."

"그 녀석 앞에서 연기하고 싶지 않아."

마유코가 한숨을 쉬었다.

"참 난감하네. 어쩌다 이렇게 된 거지."

"널 괴롭힐 생각은 없어."

"하지만 결국 난 괴로워하고 있잖아."

"미안하다고 해야 하나?"

"후회하지 않아?"

"솔직히 잘 모르겠어. 후련해진 건 사실이지만, 내가 큰일을 저질렀다는 자각도 있고."

"큰일을 저질렀지. 그러니 한껏 자각하세요."

마유코의 말투가 장난스러워 나는 안도했다.

"녀석이 우리 집에 왔었어."

내 말에 마유코가 고개를 갸우뚱했다. 무슨 말인지 모르는 것이다. 나는 아이스커피로 입안을 적시고 말을 이었다.

"네 생일날 밤에, 창백한 얼굴에 술 냄새를 풍풍 풍기면서. 걸음은 휘청거리고."

마유코는 종이컵을 가슴 앞에 든 채로 눈을 내리깔았다. 속눈썹이 파르르 떨렸다.

"그래서?"

"네 얘기를 하더라. 상당히 취해 있었지만 무슨 말을 하는지는 알 수 있었어."

"그랬구나."

그녀가 아이스티를 다 마시고는 후 하고 길게 한숨을 내쉬었다. 표정은 침착했지만 애써 연기하고 있다는 것을 느낄 수 있었다.

"얘기를 듣는 나도 괴로웠어."

그녀는 손으로 종이컵을 찌그러뜨리고는 빙그르 몸을 돌려 쓰레기통에 버렸다. 그리고 돌아보지 않은 채 말했다.

"오해하지 마. 쓰루가 씨의 마음을 알고서 그의 청을 받아들이지 않은 건 아니니까. 도모히코 씨에 대한 내 마음을 다시 한 번 확인하고 싶었을 뿐이야. 솔직하게 말해서, 나는 지금 몹시 혼란스러워. 이대로 도모히코 씨와 결혼하는 게 맞는 일인지 자신이 없어졌어. 그렇게 동요하게 된 계기를 만든 사람은 물론 쓰루가 씨지. 하지만 내가 도모히코 씨를 진심으로 사랑한다면 그렇게 흔들려서는 안 되는 거잖아. 흔들리는 나 자신에게 놀라기도 했고 실망스럽기도 해. 반면 지금이라도 깨닫길 다행이라는 생각도 들고."

"그럼 내 행동이 마유코에게 나빴던 것만은 아니군."

"글쎄, 얘기가 그렇게 되나."

마유코가 내 쪽을 향해 고개를 갸웃거렸다.

"녀석에게 말하는 편이 좋지 않을까?"

나는 그렇게 말해 보았다.

"뭘?"

"내가 너에게 한 거."

"그런 말을 어떻게 해!"

마유코가 나를 쏘아보듯 쳐다보았다. 그러고는 슬픈 목소리로 말했다.

"그런 말을 하면 두 사람 사이가 어떻게 되겠어."

두 사람이란 물론 나와 도모히코를 뜻할 것이다.

"어쩔 수 없잖아, 내가 배신한 건데. 친구를 배신해 놓고서 우정은 그대로 지키려는, 그런 뻔뻔한 짓은 할 수 없어."

"두 사람의 우정은 쓰루가 씨만의 것이 아니잖아. 그에게도 보물인데."

"나는 녀석에게 거짓말하고 싶지 않아."

그녀의 옆얼굴을 향해 나는 말했다.

"좋아하는 여자가 있는데 뭔가 순조롭지 못하자 잘 마시지도 못하는 술을 마시고 곤드레가 돼서 나를 찾아왔어. 녀석은 지금도 나를 가장 신뢰하고 의지해. 나는 그럴 만한 가치가 있는 인간이 아니라는 걸 녀석에게 가르쳐 주고 싶어."

"그가 쓰루가 씨를 찾아간 건 그만한 가치가 있기 때문이야."

"하지만 녀석이 그렇게 고뇌하는 원인은 내게 있어. 그걸 숨긴 채 녀석을 위로하다니 가증스럽잖아."

"그래도 위로해 줬잖아."

"마음에도 없는 말을 늘어놓았지. 사실 난 녀석이 실연하기를 바랐는데."

"거짓말이면 어때. 그렇게 힘이 되어 주면 되잖아, 앞으로 도 계속. 친구니까."

"그런 무모한 소리 하지 마."

"무모한 말을 하는 사람은 쓰루가 씨야. 10년이나 쌓아 온 우정을 와르르 무너뜨리려 하다니."

우리가 서로를 쳐다보고 있는데, 실험용 작업복을 입은 세 사람이 지나갔다. 둘은 내가 잘 아는 연구원이었다. 나는 눈 웃음을 치며 아는 척을 했다.

세 사람이 사라진 후 나는 손에 든 컵을 쓰레기통에 던졌다.

"오늘 도모히코는 어때? 그날은 정말 꼴이 말이 아니었는 데."

"음, 글쎄……."

마유코가 머리카락에 손을 대었다.

"평소와 크게 다르게 보이지는 않았지만, 그래도 좀 어색하 긴 했어."

"점심 같이 먹었을 거 아냐, 평소처럼."

마유코가 입술을 꼭 다물고 고개를 한 번 저었다.

"오늘은 따로 먹었어."

"뭐, 따로? 왜?"

"지켜봐야 하는 실험이 있어서 교대로 먹으러 갔거든."

"그래? 흔치 않은 일인데."

"그러게 말이야."

"내가 지금 무슨 생각 하는지 말해 줄까?"

그러자 마유코는 불안한 눈빛으로 나를 올려다보았다. 그 눈을 보면서 나는 말했다.

"그런 식으로 너희들 사이가 조금씩 틀어지면 좋겠다, 그렇게 생각하고 있어."

그녀도 이 말에는 화가 나는지 험악한 표정을 지었다. 그런데도 나는 말을 계속했다.

"나는 이런 남자야."

그러자 신기하게도 그녀의 표정에서 험악함이 사라졌다. 그러고는 고개를 한 번 숙였다가 다시 들고서 말했다.

"약속해, 그에게 절대 말하지 않는다고."

그리고 오른손 새끼손가락을 세웠다. 젊은 여자치고는 손톱이 아주 짧았다. 실험하는 데 방해가 되기 때문일 것이다.

나는 천천히 그 손가락에 내 새끼손가락을 걸었다.

"어차피 눈치챌 거야. 아니, 벌써 눈치챘는지도 모르지."

도모히코가 술에 취해 내 방에 찾아왔을 때가 떠올랐다. 그녀를 잃고 싶지 않다, 누구에게도 빼앗기고 싶지 않다……

"눈치채게 하면 안 돼. 우리 세 사람을 위해서도."

"그 말은 마유코가 내 마음에 답해 줄 날도 없다는 뜻인가?"

마유코는 나를 쳐다보던 눈을 바로 내렸다.

"그런 셈이지."

그녀는 나직하게 말했다.

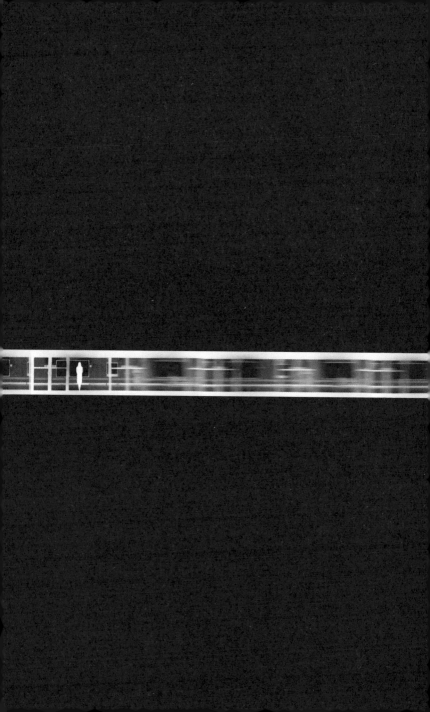

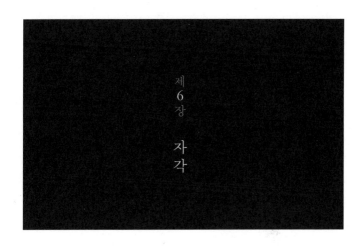

제
6
장

자
각

  다카시는 한숨도 자지 못한 채 아침을 맞았다. 잠옷으로 갈아입지도 않고 침대에 꼼짝 않고 누워 있었다. 어쩌면 잠시 꾸벅거렸을지도 모르지만 스스로는 자지 않았다고 생각했다. 잠이 안 오는 게 당연하다고.

  마유코는 결국 돌아오지 않았다.

  그로서도 의외는 아니었다. 모든 상황을 냉정하게 짚어 보고 나자 그녀가 이 집으로 돌아오는 일은 없으리란 것을 쉽게 예상할 수 있었다. 그래서 마음이 아프면서도 안도했다.

  동거를 시작한 후로 마유코가 말없이 외박한 적은 한 번도 없었다. 그러니 평소 같았으면 걱정스러워서 안절부절못했을 것이다. 하지만 다카시가 밤새워 생각한 것은 원래의 기억, 특히 도모히코와 마유코에 관한 것이었다.

마유코의 생일날 스톤카메오 브로치를 선물한 후로 이전보다 더욱 그녀를 향한 마음이 깊어졌다는 사실이 떠올랐다. 또 도모히코와 그녀 사이가 깨지기를 바라기 시작했다는 것도 과거에 실제로 있었던 일로 받아들였다. 결과적으로 자신은 우정보다 사랑을 택했다는 것을 깨달았다. 그래서 슬펐다. 도모히코와의 우정은 부모 자식 간의 사랑보다 강하다고 믿었던 적도 있었기 때문이다.

다카시의 뇌리에 중학 시절부터 함께한 도모히코와의 추억이 몇 가지 떠올랐다. 마치 '그리운 명작 명장면 특집'을 보는 기분이었다. 그중에는 청춘 드라마에 흔히 등장하는 몇몇 감동적인 장면도 포함되어 있었다.

중학교 2학년 때였다. 다카시는 급성 맹장염으로 입원했다. 결석하는 것은 별 상관 없었지만, 그보다 안타까운 일이 한 가지 있었다. 당시 엄청나게 화제를 불러일으킨 게임이 있었는데, 그걸 사기 위해 발매 당일 아침 일찍부터 가게 앞에서 줄을 서겠다고 마음먹었다. 그러나 그날까지 퇴원할 가망이 없자 포기하고 말았는데, 그날 밤에 도모히코가 병원에 찾아온 것이다. 그가 꺼낸 것은 바로 그 화제의 게임 소프트였다. 다카시가 어떻게 된 거냐고 묻자 도모히코는 아무렇지도 않게 대답했다.

"갖고 싶어 하는 거 아니까 가서 줄 섰지, 뭐."

그날 저녁 신문을 보고서 다카시는 개점 3시간 전부터 가게 앞에 줄을 선 사람만 그 게임 소프트를 살 수 있었다는 것을 알게 되었다. 도모히코는 그 불편한 다리로 가게 앞에 몇 시간이나 서 있었던 것이다.

도모히코가 자신을 가장 좋은 친구라 여긴다는 것은 의심의 여지가 없었다. 그래서 다카시도 그의 친구로서 부끄럽지 않게 행동하리라고 다짐했다. 중학교 시절 다카시의 역할은 장애가 있는 사람을 바보 취급 하는 주위 아이들로부터 도모히코를 지키는 것이었다. 그런 바보 같은 아이들은 어디든 있었다. 체육 대회 날 도모히코가 체육복을 입고 나타나자, "넌 견학하는 거 아니야?"라고 놀린 남자애가 있었다. 그 아이는 과거에 한쪽 다리가 불편한 사람을 가리키던, 그리고 이제는 입에 담기도 끔찍한 차별어인 '절뚝발이'라는 단어를 들먹이며 "절뚝발이가 할 수 있는 경기가 있나 모르겠네."라고 비웃었다. 다카시는 그 남자아이를 도모히코의 눈에 뜨이지 않는 곳으로 끌고 가서 흠씬 패 주었다. 실컷 얻어맞아 울상을 지으면서도 그 아이는 "절뚝발이를 절뚝발이라고 하는데 왜 때리는 거야!"라고 고함을 질러 댔다. 그래서 다카시는 그 녀석을 더 패 주었다. 나중에 그 일로 담임선생에게 불려

갔지만, 자초지종을 얘기하자 선생님은 "폭력을 쓰면 안 되지."라고 할 뿐 별로 꾸짖지는 않았다. 그때 다카시는 자신이 옳은 일을 했다고 확신했다.

그때의 분노가 가짜였다고는 생각하고 싶지 않았다. 자기만족이나 우월감 때문에 한 일은 아니었다. 그런데 1년 전의 자기 행동을 생각하면 자신이 없었다. 마유코를 어떻게든 차지하고 싶은 마음 이면에 '도모히코와 나를 비교해서 나를 선택하지 않을 여자가 없을 것'이라는 오만이 존재했다는 것을 부정할 수 없다. 그 근거가 도모히코의 육체적인 장애였다는 것도 인정하지 않을 수 없다. 그렇다면 자신은 중학교 시절 자신이 욕을 해 대던 아이들과 다를 바가 없지 않은가.

절대적이라고 믿었던 것의 참모습을 본 듯한 기분이었다. 자신에게는 우정을 운운할 자격도, 차별하는 인간을 경멸할 권리도 없다고 생각했다.

그렇다면 역시 마유코를 포기했어야 하나. 그렇다고 생각되었다. 하지만 다카시에게 후회하는 마음은 없었다. 만약 그녀가 도모히코와 맺어졌다면 자신이 얼마나 몸부림치며 괴로워했을지 충분히 상상할 수 있기 때문이었다.

나는 나약한 인간이다. 다카시는 생각했다. 그렇게 생각하자 마음이 조금은 편해졌지만, 그것은 단순히 태도를 바꾸어 도망치자는 생각에 지나지 않는다는 것도 다카시는 알고 있었다.

침대에서 천천히 일어나 옷을 갈아입고 세면실로 갔다. 이를 닦을 때 세면대 앞에 놓인 분홍색 칫솔이 눈에 띄었다. 마유코가 깜박 잊고 두고 간 듯했다.

하지만 왜. 왜 마유코는 도모히코가 아니라 자신을 선택한 것일까. 기억하는 한 그녀가 다카시 쪽으로 기울어질 가능성은 거의 없었다.

생각할 수 있는 가능성이 한 가지 있었다. 그것은 마유코가 다카시와 동거한 것도 일련의 모략에 포함된 일이라는 것이다. 도모히코와 시노자키의 행방이 묘연한 것과 다카시의 기억이 개편된 것과도 무관하지 않을 것이다. 즉 그녀가 연기를 했다는 뜻이다.

"널 사랑해."

"나도 당신을 좋아해. 정말 정말 좋아해."

침대 속에서 나눴던 대화를 떠올렸다. 그녀의 말 또한 계획된 것이었다고 생각해야 하나.

그럴 리는 없다. 다카시는 칫솔을 입에 문 채 고개를 저었다. 그러나 그렇게 주장할 만한 근거는 전혀 없었다.

다카시는 무거운 몸을 끌고서 회사로 나갔다. 머릿속에 납덩어리가 박혀 있고, 그 때문에 주기적으로 두통이 생기는 기분이었다.

평소에 하던 대로 ID 카드를 슬릿에 밀어 넣고 리얼리티 시스템 개발부 섹션 9의 문을 열었다.

그리고 이내 뭐가 좀 이상하다고 생각했다.

다카시가 문을 열면 거의 동시에 입구 바로 옆에 놓인 침팬지 우리에서 우피가 움직인다. 그것이 하루의 시작이었다. 그런데 그 소리가 오늘 아침에는 들리지 않았다. 보니까 어제는 분명히 있었던 우피의 우리가 없다.

고개를 갸우뚱하고서 그는 연구실 안으로 들어섰다. 그리고 더욱 큰 변화를 보았다.

다카시의 실험 도구가 하나도 없었다. 실험 도구뿐만이 아니었다. 다카시와 스토가 사용하던 책상도 없었다. 남아 있는 것은 창가에 있는 화이트보드뿐이다.

상황을 이해할 수 없어 다카시는 휑한 공간 한가운데로 걸어가서 멍하니 주위를 돌아보았다. 영문을 알 수 없었다.

아크릴 칸막이 너머에 다른 연구 그룹이 있었다. 그들도 대체 무슨 일이냐는 표정으로 다카시 쪽을 보고 있었다. 동기생인 기리야마 게이코의 모습도 있었다. 그들의 공간에는 아무런 변화가 없는 듯했다.

화이트보드에 붙어 있는 하얀 메모지가 눈에 들어왔다. 다카시는 다가가 그것을 떼었다.

'쓰루가 군, 출근하면 내 방으로 오게. 오누마.'

메모 내용을 보고서 다카시는 긴장했다. 오누마는 바이테크
사의 중역이며 리얼리티 시스템 개발부의 책임자다. 회의에서
만난 적은 있지만 개인적으로 대화를 나눈 적은 없다. 다카시
는 실질적으로는 신입 사원이기 때문에 당연한 일이었다.

무슨 일이지, 하며 고개를 갸웃거리고 있는데 뒤에서 말소
리가 들렸다.

"이전하는 거야?"

놀라서 돌아보니 동기생인 기리야마 게이코가 서 있었다.
흰 가운 주머니에 두 손을 푹 넣은 모습이었다. 테가 커다란
안경 속에서 눈이 영문을 알 수 없다는 표정을 짓고 있었다.
미간을 약간 찡그리는 것은 상대방의 얘기를 진지하게 듣고
자 할 때 그녀가 보이는 버릇이다.

다카시는 고개를 저었다.

"잘 모르겠어. 그럴지도 모르지."

"이전한다는 얘기는 못 들은 거지?"

"전혀. 게이코는 오늘 몇 시부터 여기 있는 건데?"

"9시 10분쯤이었나."

손목시계를 보며 그녀가 대답했다.

"내가 제일 먼저 왔거든. 그때 벌써 이런 상태였어. 모두들
갑자기 이전이 결정됐나 보다고 얘기하고 있었어."

"스토 씨는?"

"아직 못 봤어."

다카시는 고개를 끄덕이고서 자신의 손목시계를 보았다. 평소 같으면 스토 씨가 와 있어야 할 시간이었다.

"아무튼 오누마 씨 방에 가 볼게."

"오누마 씨?"

눈썹을 찡그리는 게이코에게 다카시는 메모를 보여 주었다. 그녀가 눈을 동그랗게 떴다.

중역실은 다카시의 연구실과 같은 층 복도 끝에 있다. 하얀 문 옆에 인터폰이 있었다. 다카시는 심호흡을 한 번 하고 버튼을 눌렀다. 잠시 후 "네." 하는 낮은 목소리가 스피커에서 흘러나왔다.

"쓰루가입니다."

들어와, 하는 대답과 함께 문의 잠금장치가 풀리는 소리가 났다.

다카시는 문을 열었다.

"실례합니다."

오누마는 책상 너머에 블라인드가 처진 창문을 등지고 있었다. 책상 위에는 노트북이 펼쳐져 있고, 오누마의 눈은 그 화면을 향해 있다.

"거기 앉아서 잠깐 기다리게."

그는 그렇게 말하고 키보드를 두드렸다. 미국 바이테크 본사에서 소프트를 개발하고 있다는 중역은 손놀림이 피아니스트처럼 유연했다.

다카시는 바로 옆에 있는 소파에 앉았다. 중역실이라는데 그리 넓지는 않았다. 벽 쪽에는 문헌이 가득 꽂힌 책꽂이가 있고, 화상 회의용 대형 화면도 있었다. 소파 세트도 간신히 놓았겠다 싶을 정도였다.

"자, 이제 됐군."

작업을 마친 오누마가 중얼거리더니 안경을 벗으면서 일어나 다카시 쪽으로 왔다. 쉰이 넘었다는데 몸은 호리호리하고 가발이라는 소문의 머리도 거뭇거뭇해서 기껏해야 사십 대 중반으로 보인다. 살이 찌면 머리까지 둔해 보인다면서 오누마가 다이어트를 한다는 소문도 다카시는 들은 적이 있다. 아무튼 들리는 소문이 많은 사람이었다.

"시간을 아껴야 하니까 간단히 얘기하지."

오누마는 그렇게 말하고서 다카시 맞은편에 앉았다.

"자네들 연구는 현시점에서 일단 중단한다."

"네에?"

다카시는 자신도 모르게 등을 쭉 폈다.

"중단이라니, 왜죠?"

"회사 측에서 연구를 계속할 의미가 없다고 판단했어. 그게 이유야."

"아니, 그렇지만 이해할 수가 없군요. 왜 의미가 없다고 하는지."

"장래성, 발전성, 실현성, 그 밖의 여러 가지 면으로 봐서 그렇게 판단한 거야. 변경은 없어. 이미 결정된 일이야."

다카시의 눈을 똑바로 쳐다보며 오누마는 성우처럼 명료하게 말했다. 그 목소리에는 토를 달지 말라는 압박감도 담겨 있었다.

다카시는 혼란스러웠다. 이 갑작스러운 일이 머릿속에서 정리되지 않았다. 그럼에도 그는 이 자리에서 자기 자신이 해야 할 질문을 생각해 냈다.

"그럼 앞으로 저는 뭘 하는 거죠?"

음, 하고 오누마는 고개를 끄덕인 후 윗도리 안에 손을 넣어 갈색 봉투를 꺼냈다.

"자네는 특허 라이선스부로 가야겠어. 이건 사령이야. 특허부 사카이 부장을 찾아가게."

"특허부로……."

눈앞이 캄캄해지는 듯한 기분이 들었다. 전혀 예상하지 못한 일이었다.

"걱정하지 않아도 돼. MAC에서 애써 교육한 전력을 사무 노동 자리에 마냥 놔두지는 않을 거니까. 다음 연구 테마가 결정될 때까지 대기 기간이라고 해석하면 될 거야."

"다음 연구 테마요?"

"그걸 결정하기 위해서 미국 본사와 검토 중이야. 결정되면 바로 알려 주지. 그때까지 특허부에서 리얼리티 공학에 관한 타사의 특허를 철저하게 조사해. 대기 중이라고 해서 빈둥거려서는 안 되니까."

거기까지 말하고서 이제 용건은 다 끝났다는 듯이 오누마는 일어섰다. 그리고 다시 책상으로 향했다.

"저, 스토 씨는 어떻게 됩니까?"

오누마는 돌아보면서 아직 거기 있느냐는 표정을 지었다.

"스토 군은 미국에 갔어. 오늘 아침에 떠났어."

"미국……이오?"

"말했잖나. 다음 테마를 검토하기 위해 스토 군을 미국으로 보낸 거야. 다른 질문 있나?"

"아니요, 없습니다."

"그럼 열심히 해 봐."

오누마는 안경을 쓰고 다시 책상에 앉았다.

"가 보겠습니다."

다카시는 고개를 숙인 후 방을 나왔다. 그 순간 뭐라 말할 수 없는 답답함이 밀려왔다. 고함이라도 지르고 싶은 것을 겨우 참았다.

특허 라이선스부의 사카이 부장은 희끗희끗한 머리를 크림을 발라 단정하게 정리하고 감색 양복을 입은 모습이었다. 바지에는 자로 잰 것처럼 똑바른 선이 나 있었다. 다카시가 찾아가니 사카이는 읽고 있던 파일을 책상 모퉁이에 딱 맞춰 밀어 놓았다.

"얘기는 들었어. 자네에게는 리얼리티 공학에 관한 특허 및 라이선스 부문을 맡기려고 해. 그 분야는 신기술이라서 지식이 풍부한 인재가 필요했는데 잘됐군."

만족스럽게 말하는 사카이의 입가를 다카시는 복잡한 심정으로 바라보았다. 오누마는 일시적으로 이 부서에 배치하는 것이라고 했다. 그런데 사카이의 말투는 새로운 전력을 얻었다는 것처럼 들렸다. 그 점에 대해 따져 묻고 싶었지만 지금은 잠자코 있기로 했다. 나름대로 복잡한 사정이 있을 수도 있고, 자칫 사카이의 심중을 거슬렸다가 긁어 부스럼을 만들 우려도 있었기 때문이다. 단기간이기는 하나 현시점에서는 다카시의 상사이다.

사카이는 부서 사무실을 안내해 주고 직속 상사라는 남자를 소개해 주었다. 그 남자의 직함은 주임이었다. 바이테크 사는 벌써 몇 년 전에 과장이다 계장이다 하는 직급을 없앴다.

다카시의 책상은 거의 정사각형으로 줄지어 있는 자리의

복도 쪽 모퉁이에 마련되어 있었다. 책상은 섹션 9 실험실에서 사용하던 것이었다. 부서 이동이 있더라도 책상은 그대로 사용하는 것이 이 회사의 방침이다. 자신보다 책상이 먼저 옮겨져 있는 것을 보고서 다카시는 자신이 거대한 조직의 미미한 일부에 지나지 않는다는 것을 실감하지 않을 수 없었다.

해골처럼 생긴 주임은 다카시의 첫 일거리로 리얼리티 시스템에 관한 최신 특허를 정리하라고 했다. 작업 수순은 가르쳐 주었지만 설명이 너무 허접해서 다카시는 몇 번이나 질문을 해야 했다. 대답하는 말투도 사무적이라기보다 퉁명스럽다고 느껴질 만큼 불친절했다. 왜 너 같은 놈이 여기로 왔느냐고 귀찮아하는 것처럼 여겨지기까지 했다. 그런 생각을 하면서 주위를 돌아보니 모두들 그를 거리끼는 기색이었다. 분위기가 마치 정체 모를 전학생을 맞은 초등학교 교실 같았다.

나 같은 사람이 온 게 그들에게는 비정상적인 일인 모양이군, 다카시는 그렇게 생각했다.

컴퓨터로 특허 자료를 검색하기 시작하면서 부서 이동에 대해 생각해 보았다. 이것 역시 일련의 불가사의한 사건과 연관되어 있다는 생각을 떨칠 수 없었다. 다카시가 자신의 기억이 개편되었다는 것을 알아차리고 그 배후에 바이테크 사가 얽혀 있다고 생각한 직후에 마유코가 사라지고 부서 이동이 있었다. 스토 역시 사라져 버렸다. 이런 일들이 우연이라고는 여겨지지 않았다.

왜, 무엇 때문에. 다카시는 또 불쑥 소리를 지르고 싶어졌다. 무엇 때문에 이런 짓을 하는 것인가. 바이테크 사는 무슨 목적으로 나를 이 같은 상황으로 몰아가는가?

그는 얼굴을 들고 앞쪽을 쳐다보았다. 새로운 동료들의 등이 비석처럼 말없이 늘어서 있었다. 다카시는 회사 전체가 자신을 등지고 있는 것처럼 느꼈다.

플렉스타임제가 도입돼 있기는 하지만, 점심을 먹는 시간은 대개 비슷했다. 다카시는 모두와 함께 사무실을 나서서 사원 식당으로 향했다. 하지만 새 부서 사람들 중에 그에게 말을 거는 이는 없었다. 할 수 없이 그는 자신이 먼저 말을 걸어 보기로 했다. 다카시 자리에서 대각선상의 앞자리에 앉아 있던 남자가 바로 앞에서 서둘러 걸어가고 있었다. 성이 마나베라는 것은 명찰을 보아 알고 있었다.

"생각보다 특허부에 사람이 많군요. 전혀 몰랐습니다."

마나베 옆에 서서 말을 건넸다. 마나베는 자신에게 한 말이라고 여기지 않았는지 다카시의 눈을 쳐다보고는 어리둥절한 표정을 지었다. 그리고 그 염소처럼 생긴 얼굴로 주위를 살폈다. 마치 도움을 청하는 것처럼 느껴졌다. 주위 사람들은 혹시나 관계될까 봐 피하려는 듯이 발걸음을 재촉했다.

"몇 명이나 됩니까?"

다카시는 재차 물었다. 마나베는 왠지 긴장한 표정이었다.

"네…… 몇 명이냐니?"

"특허 라이선스부 말입니다. 전부 몇 명이나 있습니까?"

"아, 그러니까, 서른네 명인가……."

마나베가 고개를 갸웃거리면서 대답했다. 콧잔등에 땀방울이 맺혀 있었다.

"그런데도 일손이 부족합니까?"

"아니, 그렇지는 않을 텐데요."

마나베는 노골적으로 다카시의 시선을 피하고 있었다.

"그런데 사카이 부장님은 일손이 부족하다는 듯이 말하던데요. 그래서 급거 저를 이쪽으로 배치하게 되었다고 말입니다."

다카시는 일부러 사카이가 한 말의 뉘앙스를 바꿔 말했다. 그 말을 듣는 순간 마나베가 허둥대기 시작했다.

"부장님이 그렇게 말했다면 부족한 거 아닐까요. 난 내 일을 할 뿐이지 전체 일은 잘 모릅니다. 저, 미안하지만 급히 가봐야 할 곳이 있어서."

그렇게 말하더니 그는 복도 반대쪽으로 황급히 걸음을 내디뎠다. 다카시는 걸음을 멈추고 잠시 그의 뒷모습을 바라보았다. 그리고 돌아보니 주위에는 아무도 없었다.

혼자 점심을 먹은 후 다카시는 공중전화 부스에 들어가 MAC로 전화를 걸었다. 마유코는 뇌 기능 연구반에 아직 적이 있을 터였다. 그는 이름을 밝히지 않고 그녀를 부탁한다고 했다. 그러나 예상했던 대로 그녀는 이미 거기에 없었다.

"쓰노는 어제 날짜로 부서가 바뀌었는데요."

전화를 받은 남자가 무뚝뚝하게 말했다.

"그쪽 연락처를 알 수 있을까요."

"미안하지만 그건 안 됩니다. 회사 방침이라서. 꼭 연락해야 할 일이 있으면 이쪽에서 쓰노에게 전할 테니 전화 거신 분의 성함과 연락처를 알려 주시지요."

남자의 말투는 여전히 무뚝뚝했다.

똑같다, 하고 다카시는 생각했다. 도모히코에게 연락하려고 미국 본사에 전화를 걸었을 때에도 비슷한 반응이었다.

이름과 연락처를 알려줘 봐야 그것이 과연 마유코에게 전해질지 의심스러웠다. 가령 전해졌다 해도 그녀에게서 연락이 오리라는 기대는 할 수 없었다. 연락할 마음이 있었다면 어젯밤 집 전화가 울렸을 것이다.

아니, 됐습니다, 하고 다카시는 전화를 끊었다.

오후가 되어 다시 단조로운 검색 작업을 하면서 다카시는 수수께끼의 실마리를 찾기 위해 열심히 머리를 굴렸다. 배후에 바이테크 사가 얽혀 있다는 점은 의심의 여지가 없지만,

그걸 증명할 방법이 없는 이상 무턱대고 소란을 피울 수는 없었다. 지금 당장은 회사 측이 어떻게 나오는지를 지켜보는 수밖에 없다.

리얼리티 시스템에 관한 특허 정보를 검색하던 그가 갑자기 움직임을 멈췄다. 화면에서 자신의 이름을 발견한 것이다.

'시각 정보 입력용 자기 펄스 장치. 쓰루가 다카시(MAC 리얼리티 공학 연구실)'

이는 재작년에 출원한 특허였다. 제목은 거창하지만 자기 펄스 장치의 튜브 모양을 약간 개량했을 뿐이다. 그럼에도 다카시에게는 첫 특허였고, 그리운 추억의 하나였다.

그것을 보다가 한 가지 아이디어가 떠올랐다. MAC에서 연구하는 내용도 시험 연구 보고서라는 형태로 바이테크 사에 제출해야 하는데, 그것들이 모두 바이테크 사의 데이터베이스에 저장되어 있다. 그러니 도모히코의 연구에 관한 기록도 있을 것이다.

다카시는 키보드를 두드렸다. 보고서 내용까지는 볼 수 없지만 제목 정도는 손쉽게 조사할 수 있다. 그것을 보면 도모히코의 연구가 어떤 것이었고 어느 선까지 진전을 보았는지 추측할 수 있지 않을까 하고 생각한 것이다.

다카시는 미와 도모히코의 이름으로 검색을 시작했다. 도모히코가 제출한 보고서를 전부 조사해 볼 셈이었다.

그런데 화면에 뜬 글자를 보고서 다카시는 자기 눈을 의심했다. 검색어를 잘못 입력했나 싶어 이름을 다시 쳐 보았다. 그러나 화면에 뜬 글자는 똑같았다.

'해당 보고서 건수 0'

말도 안 돼, 하고 그는 자기도 모르게 작은 소리로 말했다. 도모히코의 보고서가 한 건도 등록되어 있지 않다니, 있을 수 없는 일이다. 그가 MAC 동기생 중에서 독보적으로 많은 양의 보고서를 제출했다는 것은 다카시가 누구보다 잘 알고 있다. 그중의 몇 가지는 자기 눈으로 본 적도 있었다.

생각할 수 있는 가능성이 한 가지 있었다.

회사가 모든 자료를 삭제해 버렸다는 것이다.

오후 6시가 되자 다카시는 회사에서 나왔다. 그러나 곧장 역으로 가지 않고 도중에 있는 찻집으로 들어갔다. 길거리가 내다보이는 밝은 가게였다.

다카시가 의자에 앉은 후 몇 분이 지나자 기리야마 게이코가 들어왔다. 그녀는 잠시 두리번거리다가 그를 보고는 미소를 지으며 다가왔다. 살구색 투피스를 입은 그녀를 보고 연구자라고 생각하는 남자는 많지 않을 것이라고 다카시는 생각했다.

"처음이네, 이런 장소에서 만나는 건."

레몬티를 주문하고서 그녀가 말했다.

"바쁠 텐데 갑자기 불러내서 미안하군."

"지금은 별로 안 그래. 본사에서도 그다지 닦달하지 않고."

"그렇다면 다행이고."

오늘 오후, 다카시는 게이코에게 전화를 걸어 퇴근하는 길에 만날 수 없겠냐고 물었다.

"얘기 듣고 깜짝 놀랐어. 특허부라면서. 어떻게 된 거야?"

"나도 모르겠어. 다음 연구 테마가 결정될 때까지 임시직이라는데."

"흠, 그런 일이 있을 수 있는 건가."

게이코는 고개를 살살 저었다.

"연구는 어때, 진전이 있어?"

다카시가 물었다.

"솔직히 난항을 겪고 있어. 계획을 수정해야 할 것 같아."

"얼마 전에 MAC에서 들었는데, 바이테크 사가 시청각 인식 시스템 연구를 접으려고 한다면서. 정말이야?"

다카시는 MAC의 오사나이에게 들은 얘기를 했다.

기리야마 게이코의 표정이 어두워졌다. 자신의 연구 분야를 들먹여서가 아니라 그것이 사실이기 때문인 듯했다.

"예산만 봐도 회사 측이 큰 기대를 걸고 있지는 않은 것 같아."

"삭감되었다는 뜻이야?"

"응."

레몬티가 나왔다. 기리야마 게이코는 레몬티 잔을 들기 전에 먼저 가방에서 담배를 꺼내고는 "피워도 괜찮겠어?"라고 물었다. 다카시는 살짝 놀랐지만 흔쾌히 대답했다.

"그럼."

그녀가 담배를 피우는 줄은 몰랐다. 연구실 내에서는 금연이다.

"이것도 MAC에서 얼핏 들은 얘기인데, 바이테크 사가 차기형 리얼리티의 최종 후보로 기억 패키지를 꼽고 있는 것 같아."

"그럴 수 있겠지."

기리야마 게이코가 담배 연기를 비스듬히 위로 뿜으면서 말했다.

"역시 네 생각도 그런 거야? 들은 얘기라도 있는 건가?"

"그런 건 없어. 나도 신출내기인데, 뭐."

"그래도 나보다는 선배잖아."

"꼴이야 그렇지. 하지만 금방 앞질러 갈 텐데, 뭐."

"농담하지 마. 네 평가가 높다는 소리는 다 들었어."

기리야마 게이코는 입사한 후 MAC로 배치되지 않고 바로 중앙 연구소에서 근무했다. 그녀가 대학 출신이 아니라 각종

학교 출신이라는 것 말고는 이 인사를 설명할 만한 이유가 없다고 다카시는 늘 생각하고 있었다.

"그 평가라는 게 별 소용이 없다니까. 그래서 우울한 거지만. 아무튼 지금은 그런 얘기를 하는 게 아니잖아. 회사가 기억 패키지에 힘을 쏟으려는 것 같다는 말이었지. 자세한 건 잘 모르겠지만, 뇌연 그룹이 격상되었다던데."

"MAC에서도 그런가 봐. 뇌 기능 연구반이 증원되었다더군. 하지만 그것만 가지고는……."

"그것만이 아니라, 스기하라 주임이 책임자가 되었대."

"스기하라…… 뇌 내 물질의 스기하라?"

"그래."

게이코는 찻잔을 들어 올리면서 고개를 끄덕였다.

"그 사람은 뇌연 안에서도 기억 패키지에 유독 열심인 사람이잖아. 최근에 그 사람이 발표한 리포트도 기억 메커니즘에 관한 것이 대부분이었어."

"스기하라 씨가…… 난 몰랐어."

1년 전 MAC에서 있었던 연구 발표회가 떠올랐다. 스기하라는 다카시에게 뇌 내 화학 반응에 관한 질문을 했다.

그리고 그날, 스기하라가 미국 본사의 브라이언 프로이드와 함께 도모히코의 연구실을 찾았다는 것도 기억났다.

많은 것이 서로 맞물려 간다고 다카시는 생각했다. 그것들을 끌어 모아 적절하게 늘어놓으면 무슨 일이 벌어지고 있는지 파악할 수 있을 것이다. 그러나 현시점에서 그는 퍼즐의 무수한 조각을 앞에 놓고 망연해 있을 뿐이었다.

"기억 패키지의 연구 성과에 대해서 최근에 들은 얘기 있어? 획기적인 발견이 있었다든지."

"아니, 없는데. 하지만 굳이 스기하라 주임을 책임자로 발탁하면서까지 개선하려 드는 이상 뭔가 성과를 기대할 만한 수준에 있는지도 모르지."

게이코가 고개를 저으면서 대답했다.

"기억 패키지 연구는 뇌연에서 하고 있는 건가?"

"일단은 거기서 하고 있지만 주도권은 바다 건너로 넘어갔을지도 몰라."

"본사로?"

그럴지도 모르겠다고 다카시는 생각했다. 브라이언 프로이드의 금발이 뇌리에 되살아났다.

"기억 패키지에 왜 그렇게 집착하는데?"

그렇게 묻고서 기리야마 게이코는 뭔가 생각났다는 듯이 고개를 한 번 끄덕였다.

"그렇구나. 다음 연구 테마가 그것인지도 모르겠다고 생각하는 거구나."

"아니, 그런 건 아니야."

"그럼 왜?"

게이코는 똑바로 그를 쳐다보면서 고개를 약간 기울였다. 조금 전에 그녀가 토해 낸 담배 연기가 아직도 그녀의 얼굴 주위에 머물러 있었다.

다카시는 지금 자신의 신상에 생긴 일을 말하고 싶은 충동을 느꼈다. 일단 누구에게라도 말하고 싶었다. 그러나 그것이 적절한 행동이라는 보장이 없었다. 어쩌면 돌이킬 수 없는 결과를 초래할지도 모른다. 기리야마 게이코에게 누가 될 가능성도 충분히 있다. 또 한편으로 기리야마 게이코를 전면적으로 신뢰할 수 있다고 단언할 만한 근거도 없었다.

"이건 아직 확실하지 않은 정보니까 우리끼리만 하는 얘기인데."

생각한 끝에 다카시는 극히 일부만 그녀에게 얘기해 보기로 했다. 테이블 위로 몸을 쭉 내밀고 작은 소리로 말하자 게이코도 얼굴을 이쪽으로 들이밀었다.

"어떤 사람이 있는데, 아무래도 기억이 개편된 것 같아. 누군가에 의해 의도적으로."

그녀가 다카시의 얼굴을 쳐다보면서 미간을 찡그렸다.

"어디서 들은 정보인데?"

"미안하지만 그건 말할 수 없어."

그녀가 고개를 저었다.

"믿기지 않네."

"나도 그래. 하지만 신빙성이 상당히 높아."

"그거 혹시 병적인 거 아니야? 예를 들어 뇌 장애의 영향이거나 노이로제 같은 정신적인 원인으로."

"기억을 잃었거나 불분명한 거라면 그럴 가능성도 높겠지만, 그 사람은 완전한 기억을 갖고 있어. 그 기억이 사실과 다를 뿐이지. 게다가 그게 착각이랄 수 있는 수준이 아니야."

"정신은 정상이라는 거네."

"정상이야."

그렇게 단언하고서 다카시는 정정했다.

"정상이라고 생각해."

"믿기지 않아."

게이코가 같은 말을 반복했다.

"내 두 눈으로 그 사람의 기억에 관한 자료를 보기 전에는 뭐라 말할 수 없지만, 기존의 버추얼 리얼리티나 우리가 연구하고 있는 기술만으로는 기억의 완벽한 개편이 불가능해. 적어도 이론적으로는. 게임에 열중한 아이가 그 세계에 있는 것처럼 착각하는 것과는 얘기가 전혀 다르잖아."

"내 생각도 그래. 그래서 기억 패키지에 관해 알고 싶은 거야."

"흐음."

게이코가 팔짱을 끼고서 잠시 생각에 잠기더니 희미하게 웃었다.

"이런 얘기를 하면서 정보원은 밝힐 수 없다니 좀 치사하네."

"언젠가는 말해 줄게, 꼭."

"다시 한 번 묻겠는데, 그 사람, 정신은 정말 정상인 거지?"

다카시는 고개를 끄덕였다. 그러다 생각을 바꿔 이렇게 대답했다.

"다시 확인해 볼게."

"그게 우선이지."

SCENE 7

추석 연휴가 끝나고 본격적으로 일에 집중해야 할 즈음, 도쿄의 모 호텔에서 연례 파티가 있었다. 나는 평소에 좀처럼 입지 않는, 다소 유행에 뒤처진 여름 양복을 입고서 야나제, 오사나이 씨와 함께 호텔로 갔다.

"시간 낭비, 돈 낭비죠, 이렇게 거창하게 파티를 여는 건."

에스컬레이터를 타고 파티장으로 향하는 도중에 야나제가 작은 소리로 말했다. 그 역시 양복 때문에 불편한 듯 보였다.

"그렇게까지 말할 건 없잖아. 이것도 회사 측의 배려인데."

오사나이가 피식거리며 말했다.

"그야 그렇지만, 배려의 핀트가 어긋나니까 하는 말이죠. 위로를 하고 싶으면 각 연구반에 돈을 주고 너희들끼리 마음대로 먹고 마시라고 하는 편이 훨씬 낫잖아요."

"그런가. 나는 이런 위로 파티도 좋은데. 혹시 눅눅한 온천 여관에 단체로 묵으면서 유카타 앞자락 펄럭거리고 노래방에서 꽥꽥 노래하는 그런 고리타분한 회식이 좋은 건가?"

"그런 건 아니지만, 이런 파티는 일본 사람에게 어울리지 않잖아요."

"그러니 좋다는 거지. 이런 파티에 참석할 때마다 '아, 우리 대장은 일본 사람이 아니구나.' 하고 깨닫게 되잖아. 안 그래, 쓰루가 군?"

오사나이가 동의를 청하자 나는 입으로만 웃으면서 고개를 끄덕였다.

일반적인 회사에서는 흔히 회식이다 친목회다 하는 명목으로 치르는 모임 대신 MAC에서는 매년 8월이 되면 모든 직원과 연구원을 모아 놓고 파티를 연다. 나는 작년에 이어 두 번째인데, 위로회라기보다는 바이테크 사에서 나온 높으신 양반들이 술을 마시면서 연구원들을 독려하는 모임이라는 인상이 짙었다.

파티는 물론 입식이다. 회사 간부들의 장황한 인사말을 지루하게 듣다 보면 이윽고 건배. 그 후 테이블에 진열된 음식을 먹는다.

마유코를 본 것은 접시에 로스트비프를 담고 있을 때였다. 고개를 들다가 테이블 건너에 있는 그녀와 눈길이 마주친 것이다. 그녀는 하늘색 투피스를 입고 있었다. 귀에서는 금색 귀걸이가 빛났다.

나는 재빨리 주위를 돌아보며 빈 테이블을 찾아 거기에 내 접시를 내려놓았다. 그리고 테이블 건너 마유코 쪽을 쳐다보려 했을 때는 이미 그녀가 내 옆까지 와 있었다.

내가 먼저 말을 걸기로 했다.

"진짜 오랜만이군. 잘 지냈어?"

"응, 그럭저럭. 다카시 씨는?"

"나도 그렇지, 뭐."

그리고 위스키 칵테일을 마셨다.

마지막으로 얘기를 나눈 게 언제였는지 정확하게 기억나지 않았다. 아마 그녀의 생일 그다음 주 월요일이었던 것 같은데 확실치는 않다. 어쩌면 그 후에도 인사 정도는 나눴을지도 모른다. 그러나 아무튼 지난 한 달 동안 얘기를 제대로 나눈 적은 거의 없었다.

"도모히코는 안 왔나?"

주위를 돌아보며 물었다. 안 왔으면 좋겠다는 마음이 있는 것을 부정할 수 없었다.

"왔어. 아마 지금 교관이랑 얘기하고 있을 거야."

"그렇군."

나는 실망한 기색을 그녀에게 숨기지 않았다.

"녀석과는 잘돼 가고 있어?"

내가 묻자 그녀는 순간적으로 무슨 말인가 하고 싶은 표정을 짓더니 이내 생각을 바꾼 듯했다. 굳은 얼굴에 미소랄 것도 없는 미소를 희미하게 머금고는 고개를 끄덕이며 대답했다.

"응, 잘 사귀고 있어."

내가 지난 한 달 동안 그들을 피했던 것에 대해 마유코는 아무 말도 하지 않았다. 굳이 묻지 않아도 대답을 알고 있기 때문일 것이다. 나는 그들이 연인 사이로 지내는 것을 보고 싶지 않았고, 도모히코 앞에서 친구인 척하는 것도 싫었다.

그러나 우리가 소원해진 이유는 내가 두 사람을 피했기 때문만은 아니었다. 그들 역시 점심시간이 되어도 내게 같이 밥 먹으러 가자는 말을 하지 않았다. 어쩌면 도모히코가 무슨 낌새를 채고 내가 마유코에게 접근하지 못하도록 하는 것인지도 모른다고 나는 생각했다. 마유코의 생일날 밤, 술에 취한 그가 우리 집으로 왔던 때가 떠올랐다. 그는 창백한 얼굴로 이렇게 말했다. 그녀를 잃고 싶지 않아, 누구에게도 빼앗기고 싶지 않아. 그 말은 나에 대한 선언이 아니었을까.

그런 생각을 하고 있는데 마유코 쪽에서 물었다.

"추석 연휴에 어디 다녀왔어?"

"홋카이도."

"혼자서?"

"같이 갈 사람이 있어야지."

그렇게 말하고서 금세 후회했다. 수준 낮은 빈정거림이다.

"너도 어디 다녀왔어?"

"응, 잠깐."

"어디?"

마유코는 조금 전처럼 무슨 말인가 하고 싶은 기색을 보였다. 그러나 여전히 그녀는 아무 말 하지 않고 내 등 뒤로 시선을 향하더니 밋밋한 표정으로 말했다.

"도모히코 씨가 우리를 찾은 모양이야. 이쪽으로 오고 있어."

"그럼 나는 다른 데로 갈게."

위스키 잔을 손에 든 채 걸음을 내디디려 했다. 그 순간 마유코가 미간을 찡그렸다.

"왜? 여기 그냥 있어. 피하는 것 같아서 이상하잖아."

"피하는 거 맞아. 너희들 앞에서 연기하고 싶지 않아."

"연기라도 좋으니까 여기 있어. 부탁이야."

마치 애원하는 듯한 말투여서 거부하기가 망설여졌다. 그

럼에도 여기 그냥 있을 수는 없다는 생각에 무슨 말을 하려
는데 누가 오른팔을 툭 쳤다.

"야! 어디 있었던 거야."

나는 지금 막 알아봤다는 얼굴로 도모히코에게 말했다.

"중연 사람들에게 붙잡혀 있었어. 이런 데서 고릿적 리포트
에 대해 질문을 하더라고. 어이가 없어서."

도모히코는 나와 마유코의 얼굴을 번갈아 보면서 말했다.
그리고 손에 든 위스키 잔에 입을 대고는 테이블 위로 눈길
을 떨어뜨렸다.

"별로 안 먹었나 보군. 얼른 먹어. 음식 다 떨어지기 전에."

"뭐 좀 가져올까?"

마유코가 물었다.

"그래. 그라탱이 맛있다던데."

"그럼 내가 가져올게."

"아니야, 그녀에게 맡겨."

도모히코가 손을 살짝 내밀어 나를 제지했다. 그러고는 마
유코에게 눈짓했다. 그녀가 사라지자 도모히코는 새삼스럽
게 나를 보며 말했다.

"오랜만이다."

"그녀와도 그런 말을 하던 참이었는데."

"아."

도모히코가 고개를 끄덕이고는 손에 든 위스키 잔을 내려다보았다.

"지난번에는 미안했어."

그가 고개를 들고 말했다.

"지난번?"

"내가 취해서 너희 집에 쳐들어갔을 때 말이야. 골치 아팠지?"

"아아…… . 벌써 옛날 일이잖아. 난 잊고 있었는데."

"그렇다면 다행이고."

"일은 어때, 순조롭게 잘돼 가고 있어?"

"응, 그저 그렇지, 뭐. 다카시네 쪽은?"

"여전히 지지부진."

"말만 그렇게 하는 거겠지."

도모히코는 음식이 즐비하게 늘어선 커다란 테이블 쪽을 힐금 보고는 다시 이쪽으로 얼굴을 돌렸다. 뜻 모를 기묘한 미소가 어린 얼굴이었다.

"그녀와는 무슨 얘기 했어?"

"그냥 이런저런 얘기."

"꽤나 심각하게 보이던데."

"우리가? 네가 그렇게 본 거겠지. 그녀와 내가 심각하게 할 얘기가 있어야 말이지."

"없겠지만, 왠지 신경이 쓰여서. 없으면 됐고."

"없지, 당연히."

그렇게 대답하면서 나는 뭐라 말할 수 없는 불쾌감을 느꼈다. 이렇게 친구인 척하는 것에 과연 무슨 의미가 있을까.

마유코가 돌아왔다. 두 손에 음식이 듬뿍 담긴 접시를 들고 있었다.

"자, 여기."

그녀가 오른손에 든 접시를 내게 내밀었다.

"고마워."

나는 접시를 받아 들었다. 도모히코는 당연하다는 듯이 마유코가 그대로 들고 있는 접시에서 그라탱을 먹기 시작했다.

"생선초밥도 있나 본데."

도모히코가 포크질을 하다 말고 말했다.

"있어. 가져올까?"

"아니, 괜찮아. 이런 데서 나오는 생선초밥이야 맛이 뻔하니까."

도모히코가 웃음 띤 얼굴로 마유코에게 말했다.

"얼마 전에 갔던 그 가게 생선초밥, 정말 맛있었지. 또 가고 싶군."

"아아…… 맞다."

마유코가 어째서인지 이쪽을 힐금 보고는 고개를 끄덕였다.

"맛있는 가게라도 발견한 거야?"

내가 물었다.

"그런 게 아니라 '후쿠미 생선초밥' 집에 갔었어. 그 가게,
전혀 안 변했더라."

"후쿠미 생선초밥? 그 중학교 옆에 있던 데?"

나는 깜짝 놀랐다.

"응."

고개를 끄덕이고서 도모히코는 지금 막 생각났다는 듯이
말했다.

"아 참, 다카시에게는 아직 말 안 했지. 지난 추석 연휴 때
고향에 다녀왔어. 마유코 데리고."

"그럼…… 너희 집에?"

나도 모르게 마유코를 보고 말았다. 그녀는 말없이 고개를
숙이고 있었다.

"집에 잘 안 가니까 그런 때가 아니면 마유코를 소개할 수
가 없잖아."

"부모님에게 인사시킨 거야?"

"응."

당연하다는 표정으로 도모히코는 말했다.

"흠, 그랬구나."

나는 위스키 칵테일을 벌컥 들이켰다. 바늘로 가슴을 콕콕

찌르는 듯한 기분이었다. 그런데도 입에서는 다른 말이 나왔다.

"잘했네. 부모님이 좋아하셨겠다."

"얼마나 야단을 떠는지 혼났어. 음식도 많이 만들고. 한 상 잘 차리고 싶은 심정이야 이해하지만."

"생선초밥 집에 갔다면서?"

"아, 그건 둘째 날에. 엄마의 음식 공세는 첫날이었고."

도모히코가 넌지시 말했다.

그녀가 도모히코의 집에 묵었다는 말인가. 그 점을 따져 물으려다 그만두었다. 내가 관여할 수 없는 일이다. 적어도 도모히코 앞에서는.

도모히코 집에는 몇 번 간 적이 있었다. 마유코 혼자 잘 수 있는 방이 있었던가. 기억해 내려다 어리석다는 생각이 들어서 그만두었다. 아무리 그래도 도모히코의 부모가 아직 결혼하지 않은 두 사람을 한방에 재울 리는 없었다.

정신을 차리고 보니 옆에 우리 반 야나제와 도모히코의 반 시노자키가 와서 큰 소리로 떠들고 있었다. 벌써부터 2차에 대해 의논하고 있는 듯했다.

나는 마유코에게 무슨 생각으로 도모히코의 집에 갔는지, 그가 부모님에게 그녀를 뭐라고 하며 인사시켰는지 묻고 싶었다. 하지만 이 상황에서는 무리일 것 같았다.

게다가, 하고 나는 생각했다. 그런 걸 물어서 뭐가 달라지는 것도 아니다.

"그 가게는 너무 좁아서 안 된다니까. 내가 아는 가게로 가자. 괜찮아, 가격은 교섭해 볼게."

옆에서 시노자키가 자신 있다는 투로 말하고 있다. 목소리가 너무 커서 신경에 거슬리는지 도모히코가 그쪽을 보았다.

"알았어, 그럼 맡길게. 시노자키가 그런 가게를 알고 있다니 뜻밖인데."

야나제가 놀랍다는 듯이 말했다.

"그런 건 의외로 지방에서 올라온 친구들이 잘 알아."

다른 연구반의 야마시타라는 남자가 조롱조로 말했다.

"도쿄로 올라오자마자 가이드북을 섭렵하니까."

"그렇지, 옳은 말씀이야."

야나제도 동조했다. 그러자 시노자키가 나섰다.

"무슨 소리야, 그건. 누구를 말하는 거지?"

"누구는 누구야, 너를 말하는 거지."

야마시타가 웃으면서 시노자키를 가리켰다.

"나?"

시노자키가 말꼬리를 높여 말했다.

"나는 지방 출신이 아니야."

"뭐라고? 지방이라면서."

"그만들 해. 시노자키는 히로시마를 시골 취급 하는 거 싫어해. 안 그래?"

야나제가 히죽거리며 말했다.

"히로시마? 아, 그 말이로군."

시노자키는 그제야 알겠다는 표정이었다.

"그래, 대학은 지방으로 밀려났지만, 그렇다고 지방 출신 취급 하면 안 되지. 그 전까지는 여기서 살았으니까."

야나제가 맥주를 마시다가 컥컥거렸다. 동시에 나는 그들의 대화를 듣고 있던 도모히코의 얼굴에 낭패한 기색이 어리는 것을 목격했다.

"여기라니, 어디를 말하는 거야?"

야마시타가 의아하다는 듯이 물었다.

"물론 도쿄지."

"헤에, 도쿄에서 살았다고? 난 몰랐네. 도쿄 어디?"

야마시타의 말투는 누가 들어도 농담조였다. 그런데 시노자키 쪽은 그런 분위기가 아니었다.

"아사가야."

그가 아무렇지 않게 대답했다.

야마시타가 웃음을 뿜었다.

"아아, 그 다 쓰러져 가는 아파트에 어렸을 때부터 살았다는 말이지. 그런데 부모님까지 같이 살기에 세 평짜리 단칸

288

방은 너무 좁은 거 아닌가."

"무슨 소리야. 그 방은 내가 혼자 살려고 올해 빌린 거야. 당연하잖아. 우리 집은 역 근처에 있는데."

시노자키의 말투로 보아 나는 그가 거짓말이나 농담이 아니라 사실을 말하는 것이라고 해석했다. 시노자키의 고향이 어딘지 나는 전혀 모르고 있었기 때문이다. 그런데 친구들은 그의 말이 도무지 이해되지 않는 듯했다. 야마시타는 야나제와 얼굴을 마주 보고는 아직 웃음기가 남아 있는 얼굴로 물었다.

"너 지금 그 말을 진담으로 하는 거냐?"

"당연히 진담이지. 농담은 너희들이 하고 있잖아."

"집이 아사가야에 있다고?"

"그래."

"하지만 지금은 히로시마잖아. 부모님이 히로시마에 계시잖아."

옆에서 야나제가 말했다.

시노자키가 야나제 쪽을 보았다. 순간적으로 불안한 표정을 짓더니 이내 고개를 끄덕였다.

"이사한 거야. 그래서 나도 히로시마 대학에 가게 된 거고."

"그럼 고등학교는 도쿄에서 다녔단 말이야? 어느 학교?"

야마시타가 물었다.

"고등학교는……."

말을 꺼내 놓기만 한 채 시노자키는 뒷말을 잇지 못했다. 얼굴이 잔뜩 굳어 있었다.

"고등학교는…… 음, 그게, 아, 그래, 고등학교도 히로시마에서 다녔네. 이사는 그 전에 했어."

"그럼 중학교 때까지 도쿄에 살았다고? 어느 중학교 다녔는데?"

야마시타가 또 물었다.

"중학교 이름은."

시노자키는 일단은 대답하려 하는 듯했다. 그러나 그의 입에서 중학교 이름은 나오지 않았다. 입을 약간 벌린 채 그는 퀭한 눈으로 허공을 쳐다보며 몇 번이나 눈을 깜박거렸다.

"중학교는…… 중학교 이름은……."

"그만 됐어."

야마시타가 불쾌하다는 목소리로 말하고는 야나제 쪽을 보았다.

"이 녀석, 농담하는 거지? 실없는 짓 그만두자."

"농담이 아니야."

시노자키가 날카로운 목소리로 말을 내질렀다. 그러고는 또 생각에 골몰했다.

야나제가 한숨을 쉬었다.

"시노자키, 너 전에 히로시마에서 태어나 자랐다고 했잖아.

그러니까 그런 거짓말 하는 거 아무 의미 없어."

"거짓말이 아니야."

"그럼 중학교 이름을 말해 봐. 그리고 초등학교는 어디였는데?"

야마시타가 짜증스럽다는 투로 말했다.

"중학교는……."

시노자키가 손을 파르르 떨기 시작했다. 그는 잔을 들지 않은 손을 이마에 대고서 얼굴을 찡그렸다. 그리고 이번에는 입속으로 중얼거렸다.

"이상하네. 이상하네."

시노자키의 손에서 잔이 스르르 빠졌다. 그것은 똑바로 바닥에 떨어져 경박한 소리를 내며 깨졌다. 엷은 위스키 칵테일과 녹아 가는 얼음이 사방으로 튀었다. 시노자키는 두 손으로 머리를 쥐었다. 두 눈의 초점이 흐렸다.

누구보다 먼저 그의 옆으로 다가간 사람은 바로 앞에 있는 야나제가 아니라 도모히코였다. 도모히코는 시노자키의 옆구리를 잡고 그를 부축하려 했다.

"스토 씨를 불러."

도모히코가 그렇게 지시한 상대는 마유코였다. 그녀는 고개를 끄덕하고는 재빨리 사라졌다. 얼굴이 파랗게 질려 있었다.

야나제와 야마시타는 이 갑작스러운 상황에 얼이 빠져서

멀거니 서 있었다. 주위에 있던 사람들이 무슨 일인가 하고 일제히 쳐다보았다.

"도모히코, 이게 대체……."

그러나 그는 다가오지 말라는 듯 내 쪽으로 오른손을 세워 내밀면서 말을 가로막았다.

"아무 일 아니야. 좀 취한 거겠지."

"하지만."

"괜찮아. 내가 알아서 할게."

도모히코의 목소리가 긴박했다. 안경 속 두 눈도 치켜뜨고 있었다.

마유코가 스토 교관을 데리고 돌아왔다. 스토 교관은 시노자키의 상태를 보자 얼른 옆으로 다가갔다. 그리고 도모히코에게 귀띔하는 소리가 들렸다.

"밖으로 데리고 나가자."

"거들까요?"

내가 물었다. 그러자 교관은 조금 전에 도모히코가 그랬던 것처럼 손바닥을 이쪽으로 향했다.

"아니, 괜찮아. 걱정할 거 없어."

그러더니 주위 사람들에게 들리도록 장난스럽게 말했다.

"거참, 젊은 사람들은 자기 주량을 몰라서 탈이라니까. 마시지도 못하는 술을 마셔 댔으니 이 모양이지."

그리고 어색한 미소를 머금었다.

내 옆에서 야나제가 중얼거렸다.

"시노자키, 별로 안 마셨는데."

시노자키는 도모히코와 스토 교관 사이에 끼여 파티장을 나갔다. 몇 사람이 조소하면서 그 모습을 쳐다보았다. 젊은 사람이 너무 마셨다는 스토의 설명을 의심하는 기색은 없었다.

마유코도 그들의 뒤를 쫓듯 파티장을 빠져나가려 했다. 나는 얼른 뛰어가 그녀의 팔을 잡았다. 그녀가 놀란 얼굴로 돌아보았다.

"어떻게 된 일이야? 시노자키, 왜 그런 거야?"

마유코는 더없이 난감한 표정으로 고개를 저었다.

"나도 몰라."

"스토 씨와 도모히코가 그렇게 당황하는 거, 흔한 일이 아니잖아. 무슨 사고 난 거 아니야?"

"나는 아무 말도 할 수 없어. 미안해. 이거 놔."

그녀는 내 팔을 뿌리치고 밖으로 뛰어나갔다.

마유코의 뒷모습이 보이지 않을 만큼 멀어진 후 나는 원래 테이블로 돌아왔다. 야나제와 야마시타가 떨떠름한 표정으로 수군거리고 있었다. 나는 그들에게 다가갔다.

"물어보고 싶은 게 있는데."

두 사람은 잔을 든 채로 등을 쭉 펴고서 이쪽을 보았다.

"시노자키 고향 말인데, 도쿄야, 히로시마야?"

"히로시마입니다."

야나제가 단정적으로 말했다.

"MAC에 입학했을 때부터 그와 알고 지냈는데, 자기 입으로 그렇게 말했어요. 태어난 후로 히로시마를 떠난 적이 없다고."

"틀림없는 거야?"

"틀림없습니다. 왜 그런 뜬금없는 소리를 하는지 모르겠습니다."

야나제가 고개를 갸우뚱하고서 말했다.

"허세를 부린 것이라 하기에도 좀 미심쩍고. 우리에게 그래 봐야 별 의미도 없는데 말이지."

야마시타도 알 수 없다는 투였다.

나는 그들이 사라진 출구를 보았다. 한 가지 생각이 떠올랐지만 말은 하지 않았다.

제
7
장

흔
적

   나오이 마사미는 분홍색 폴로셔츠에 청바지를 입은 모습으로 찻집에 나타났다. 긴 머리는 하나로 묶었다. 그리고 스포츠 선수들이 들고 다니는 것처럼 커다란 가방을 어깨에 메고 있다. 전에 전문학교에 다닌다는 말을 들었는데, 어떤 공부를 하는지 다카시는 조금 궁금해졌다.

   마사미는 그를 보자 싱긋 웃고서 테이블로 다가왔다. 그리고 마침 지나가던 점원에게 "아이스커피."라고 한마디 하고서 의자에 앉았다. 다카시는 자기 앞에 놓인 계산서를 점원에게 내밀면서 말했다.

   "같이 계산해 줘요."

"오늘은 제가 낼게요."

마사미가 약간 당황한 표정을 지었다.

"괜찮아. 그런 건 신경 안 써도 돼. 그보다, 불쑥 나오라고 해서 미안하군."

다카시는 어젯밤 시노자키 고로의 연인인 나오이 마사미에게 전화를 걸었다. 퇴근하여 전철을 타고 가면서 꾸벅꾸벅 졸고 난 후에 문득 생각난 것이 있어 그녀에게 연락한 것이다.

"고로 씨의 행방에 대해서 새롭게 알아낸 게 있나요?"

"알아냈다고 할 정도는 아니야. 그런데 힌트 비슷한 걸 발견했어."

"힌트요?"

"그는 바이테크 사가 추진하고 있는 어떤 중요한 연구에 관련된 사람이었어. 그러니까 모습을 감춘 원인도 그 연구에 있지 않을까 하는 거지."

"연구가 원인이라니…… 무슨 뜻이죠?"

"나도 아직 확실하게 아는 것은 아니지만, 이거 한 가지는 분명하게 말할 수 있어. 시노자키 군은 자신의 의지로 사라진 게 아니야. 아마 바이테크 사에 무슨 의도가 있었을 거야."

마사미도 무척 당혹스러운 듯했다. 불안한 눈빛으로 다카시를 보았다.

"바이테크 사의 의도라면, 회사가 개인에게 그런 걸 명령하나요?"

"일반적으로는 안 하지. 그런데 이번 일은 일반적이지 않아, 모든 게."

다카시가 대답했다.

"어떻게…… 회사가 어떻게 그럴 수 있어요. 이해가 안 돼요."

"그래서 앞으로 조사해 보려는 거야, 내가."

"믿기지가 않네요."

마사미가 중얼거리는데 그녀가 주문한 아이스커피가 나왔다. 그러나 그녀는 잔에는 손도 대지 않은 채 다카시에게 물었다.

"그 연구라는 게 어떤 거죠?"

"자세한 얘기는 할 수 없어. 얘기해도 아마 모를 테고."

다카시는 말을 얼버무렸다. 마사미는 물론 일반 사람들이 기억 개편의 개념을 이해할 것 같지 않았다. 그리고 어쭙잖게 설명했다가는 오히려 불안하게 만들 뿐이라는 생각도 들었다.

"아무튼 획기적인 연구야. 그건 단언할 수 있어."

"그렇군요."

그제야 그녀는 종이를 뜯고 꺼낸 스트로를 아이스커피에

꽂아 빙글빙글 돌렸다. 카랑카랑, 얼음이 부딪치는 시원한 소리가 났다.

"그렇게 굉장한 연구에 고로 씨가 참여했다는 말인가요?"

"응."

"그것도 안 믿기네요."

마사미가 고개를 저었다. 하나로 묶은 머리가 등 뒤에서 흔들렸다.

"고로 씨가 언젠가 이런 말을 한 적이 있어요. 주위에 온통 엄청난 사람들뿐이다, 나는 그저 심부름꾼이다, 윗사람이 하는 말을 들어도 뭐가 뭔지 하나도 모르겠다고."

"겸손을 떤 거지."

"그럴까요."

마사미가 고개를 갸웃하고서 스트로에 입을 댔다.

아이스커피를 마시는 그녀의 모습을 보면서 다카시는 사실대로 말할 수는 없다고 생각했다. 연구에 관련된 사람이라고 하니까 마사미는 시노자키가 자진해서 연구에 참가한 것으로 이해한 듯한데, 실제로 그가 한 일은 실험 대상 역할이었을 것이다.

"아무튼 그의 실종에는 그런 배후가 있어. 그래서 묻고 싶은데, 혹시 바이테크 사에서 그쪽으로 어떤 연락이 가지 않았나? 누가 만나러 왔다든지, 전화가 걸려 왔다든지 말이야."

"그런 일은 한 번도 없었는데요. 고로 씨 일로 연락을 준 분은 쓰루가 씨밖에 없었어요."

"그렇군."

"쓰루가 씨, 제가 어떻게 하면 좋을까요? 고로 씨가 회사 때문에 실종되었다고 경찰에 신고해야 할까요?"

"그래 봐야 아무 소용 없을 거야. 증거가 전혀 없으니까. 지금은 잠자코 있는 게 좋겠어. 그보다 어제 부탁한 일 말인데, 가능하겠어?"

"고로 씨 집에 가 보자는 거 말이죠? 네."

마사미는 옆 의자에 둔 가방을 톡톡 두드렸다.

"그의 어머니가 제게 맡긴 열쇠를 들고 왔거든요."

"그럼 바로 가지. 아, 아니다. 그거 다 마시고 가도 돼."

"금방 마실게요."

마사미는 스트로를 힘껏 빨기 시작했다.

시노자키의 집에 가서 뭘 할지 솔직히 아직 정한 것은 없었다. 굳이 말하자면 실마리를 찾는 거라고 할 수 있겠지만, 과연 어떤 것이 실마리가 될지 구체적인 이미지는 하나도 없었다. 다만 시노자키의 실종이 일련의 사건과 무관하지 않다는 것은 분명했다. 그래서 본인의 두 눈으로 그의 방을 한번 보자고 생각한 것이다.

이케부쿠로의 찻집에서 나오자 다카시는 택시를 잡았다.

운전사에게 "아사가야." 하고 말하자 옆에서 마사미가 뜻밖이라는 표정을 지었다.

"고로 씨 집에 가 본 적이 있나요?"

"아니, 없어."

"그런데 아사가야에 있다는 건 아시네요."

"응, 그가 말하는 걸 들은 적이 있거든."

한 장면이 다카시의 뇌리에 떠올랐다. 파티장이었다. 시노자키 고로가 무슨 말을 하고 있다. 주위에는 연구원이 몇 명 있다.

"그는 히로시마에서 태어나 자랐다지?"

다카시의 물음에 마사미가 고개를 끄덕이며 새삼스럽다는 투로 대답했다.

"네, 맞아요."

"혹시 그의 부모님이 도쿄에 사신 적이 있다는 얘기는 들어 봤나?"

"없는데요. 그런 말을 할 리 없죠. 그의 부모님도 히로시마를 떠나신 적이 없다고 했으니까."

"흐음……."

다카시는 창밖으로 시선을 돌렸다. 그리고 작년 가을 파티 때 일을 떠올렸다. 시노자키는 자신이 도쿄 출신이라고 주장했다. 농담이나 거짓말을 하는 말투는 아니었다.

다카시는 시노자키의 기억이 개편되었다고 추측하고 있다. 그런 상태에서 어쩌다 파티에 가고 만 것이다. 그래서 도모히코가 그토록 당황했고.

"고로 씨가 그러던가요?"

　마사미가 물었다.

"그러다니?"

"부모님이 도쿄 출신이라고."

"아니, 그런 건 아니야. 그냥 물어본 거니까 신경 안 써도 돼."

"어쩌면,"

　마사미가 생각에 잠긴 듯 고개를 숙였다. 마음에 걸리는 게 있는가 싶어 다카시가 그녀를 바라보니 한참 후에 얼굴을 들고 다카시 쪽을 향했다.

"고로 씨가 그런 거짓말을 했을지도 모르겠어요."

"어째서?"

"고로 씨는 고향이 히로시마라는 걸 몹시 싫어했어요. 히로시마가 싫어서가 아니라, 도쿄 사람이 아니란 걸 수치스럽게 여겼어요."

"말도 안 돼."

　다카시가 씁쓸하게 웃었다.

"정말이에요. 시골 사람이라 바보 취급 당한다면서. 그래서 도쿄 사람처럼 보이려고 여러 가지 노력을 했던 것 같아요.
히로시마 사투리를 쓰지 않으려고 조심한 것도 그렇고."

"거참, 그런 게 다 무슨 상관이라고. 나도 시즈오카 출신인
데."

"고로 씨는 소심한 면이 있으니까."

마사미가 툭 내뱉었다.

택시가 오메 가도에서 옆길로 빠져 북쪽으로 몇십 미터쯤
가다가 다시 좁은 길로 꺾였다. 오는 도중에 마사미가 가리
키는 길로 들어선 것이다.

벽면에 금이 가고 색이 바랜 것으로 보아 아파트는 지은 지
20년은 되어 보였다. 바깥 계단의 난간 역시 피부병이라도
걸린 것처럼 칠이 벗겨지고 녹이 슬어 있었다. 다카시는 마
사미 뒤를 따라 계단을 올라갔다.

네 개의 문이 있고 맨 끝이 시노자키의 집 입구였다. 문 안
으로 들어서자 먼지와 곰팡이 냄새가 확 풍겼다. 카레 냄새
도 희미하게 섞여 있었다. 벽지에 냄새가 배어서 그런 것 같
았다.

마사미가 형광등 스위치를 켰다. 세 평짜리 다다미방이 눈
앞에 드러났다. 벽 쪽으로 컬러 박스 두 개와 조그만 서랍장
하나가 놓여 있었다. 컬러 박스 위에는 CD 플레이어, 창문
옆에는 14인치 텔레비전이 있고, 그 옆에는 묵은 잡지가 쌓

여 있었다. 맨 위에 놓인 잡지는 펼쳐진 채였다. 여자 아이돌의 수영복 입은 모습이 보였다.

다카시는 잠시 망설이다가 구두를 벗고 집 안으로 들어갔다. 서랍장을 열어 보았다. 의류가 몇 가지 들어 있었지만 생활하기에 충분한 양은 아니었다. 다카시가 그런 뉘앙스의 말을 비치자 마사미는 고개를 갸우뚱했다.

"고로 씨가 여행을 떠난 거라면 필요한 옷을 가져갔을 수도 있잖아요."

"반대로, 그가 혼자 여행을 떠난 것처럼 보이게 하려고 일부러 옷을 없앴다고 볼 수도 있지."

마사미는 끔찍하다는 듯이 눈썹을 찡그렸다.

다카시는 실내를 꼼꼼하게 조사했다. 뭐가 되었든, 현재의 이 불가사의한 상황의 의미를 풀 수 있는 힌트가 필요했다. 그러나 남아 있는 신문이나 잡지 더미가 어떤 실마리가 될 것 같지는 않았다. 벽장에 팽개쳐진 옷가지들 역시 아무것도 말해 주지 않았다. 전문 서적도 몇 권 보였지만 어떤 암시가 느껴지지는 않았다.

다카시는 방 한가운데에 책상다리를 하고 앉았다. 다다미에 먼지가 소복하게 쌓여 있음에도 전혀 거슬리지 않았다.

마사미는 조그만 싱크대 주변을 조사하고 있었다. 그런데 그녀의 발치에 놓인 종이봉투가 보였다.

"그건 뭐지?"

"이거요? 작업복과 신발 같은데……."

"이리 줘 봐."

다카시는 종이봉투를 받아 들고 안을 들여다보았다. 베이지색 작업복 상하와 안전화가 들어 있었다. MAC에서 주로 남자 보조 연구원이 착용하는 것이다. 작업복 차림의 시노자키를 본 기억도 있다. 윗도리에 '시노자키'라고 매직으로 쓰여 있었다.

무언가 미심쩍은 게 있었다. 이런 것이 여기 있다는 사실이 왠지 석연치 않았다. 왜 그런 생각이 드는지는 다카시도 알 수 없었다.

"저, 그게 뭐 잘못됐나요?"

마사미가 걱정스럽게 물었다.

"아니, 잘못된 건 아니고."

답답한 가슴으로 다카시는 작업복과 안전화를 다시 봉투에 담았다.

"실마리가 없나 보네요."

"응, 그러네."

어색한 침묵이 좁은 실내를 지배했다.

"저, 쓰루가 씨."

"왜?"

그러면서 마사미 쪽을 돌아본 다카시는 소스라치게 놀랐다. 마사미의 눈빛이 완전히 겁에 질려 있었다.

"고로 씨, 살아 있을까요?"

"그야……"

"설마 죽은 건 아니겠죠?"

마사미의 그 말은 날카롭게 다카시의 마음을 파고들었다. 막연하게 그럴 가능성이 있다고 느끼면서도 일부러 외면해 왔다는 것을 깨닫지 않을 수 없었다.

"그런 생각은 안 하는 게 좋아."

다카시가 말했다. 그 말은 자신을 향한 것이기도 했다.

"생각하고 싶지 않은데 자꾸만……"

마사미가 시선을 떨어뜨렸다.

"얼마 전부터 자꾸 꿈을 꿔요. 아빠 장례식 꿈이에요. 출관할 때 내가 아빠 영정을 들고 있었는데, 그 꿈을 몇 번이나……"

"아무 관계 없어. 그리고 장례식 꿈은 길한 꿈이라던데."

하지만 그 말은 위로가 되지 못했다. 그녀는 창백하게 질린 얼굴로 서 있었다.

여기서 빨리 나가는 게 좋겠다는 생각에 다카시는 벌떡 일어났다. 그리고 창문의 커튼을 닫았다.

이상한 이미지가 떠오른 것은 바로 그 순간이었다.

도화선은 출관이라는 말이었다. 관. 길쭉하고 네모난 상자. 그것을 옮기는 사람들.

다카시는 무언가에 빨려 들어가는 것처럼 의식이 사라지는 것을 느꼈다. 온몸에서 힘이 빠져나갔다.

마사미의 목소리가 아주 멀게 들렸다.

SCENE 8

파티가 있고 일주일 후, 바이테크 사 인사부에서 호출이 있었다. 나는 파티 때 입었던 양복을 입고 아카사카에 있는 회사로 향했다. 9월인데도 아직 날씨가 후덥지근해 가는 도중에 윗도리를 벗어 어깨에 걸쳤다. 플랫폼에서 문득 옆을 보니, 나와 차림새는 비슷한데 조금 젊어 보이는 남자가 서 있었다. 아직도 취직 활동을 하는 사람이 있나 보군, 하고 생각하면서 바로 얼마 전의 자신을 떠올렸다.

회사에 도착하자 우선 인사 과장을 찾아갔다. 머리가 맨들맨들하게 벗어진 과장은 내 이름을 듣자 눈을 찡그리고 안경 너머로 건너다보더니 불쑥 말했다.

"쓰루가 군이라고. 자네에게 좋은 소식이 있어."

좋은 소식이라니. 물론 나쁘지 않다. 나는 헤벌쭉 입을 벌리고 물었다.

"뭔데요?"

"설명은 다른 곳에서 하지. 복도로 나가서 왼쪽으로 가면 201 회의실이라는 방이 있는데, 거기서 기다리고 있게. 바로 갈 테니까."

"알겠습니다."

꽤나 대단한 일인 척한다고 생각하면서 과장이 일러 준 대로 201이라 쓰인 방으로 갔다. 그리고 노크도 하지 않은 채 방문을 열었다. 아무도 없을 거라고 생각했기 때문이다. 그런데 거기에는 먼저 온 사람이 있었다. 회의용 책상을 향해 앉아 있어서 감색 양복을 입은 호리호리한 등만 보였다. 무례를 사과하기 위해 말을 건네려 했다. 그런데 돌아보는 그 사람을 보고서 말을 삼켰다. 도모히코였다.

"다카시, 늦었군."

나는 도모히코의 모습을 멀뚱멀뚱 쳐다보면서 그의 옆 의자에 앉았다. 살이 없는 도모히코가 입고 있으니 양복이 마치 옷걸이에 걸려 있는 것처럼 보였다.

"너에게도 호출이 있었어?"

"응. 어제 연구실에 있는데 메일이 왔더라고. 다카시 너도 그랬지?"

나는 고개를 끄덕이고서 다시 물었다.

"내가 온다는 걸 알고 있었어?"

"다카시라는 건 몰랐지만 한 사람이 더 올 거라는 건 알고
있었어. 그래서 혹시 네가 아닐까 했지."

"그럼 우리가 여기 온 용건에 대해서도 알고 있는 거야?"

"응, 대충은."

"무슨 일인데?"

도모히코는 주저하듯 눈길을 피하고는 집게손가락으로 안
경을 밀어 올리며 말했다.

"인사 과장이 아무 말 안 했어?"

"좋은 소식이 있다는 말밖에는."

도모히코가 고개를 끄덕이며 히죽히죽 웃었다.

"그래, 맞아. 좋은 소식이야."

"그러니까 그게 대체 뭐냐고? 답답하게 굴지 말고 가르쳐
줘."

"내 입으로는 말 못해. 이제 곧 알게 될 거야."

"쳇, 마음에 안 드네."

나는 얼굴을 찡그리고 이마 옆쪽을 손가락으로 긁었다. 도
모히코는 여전히 히죽거리고 있다. 이러고 있으니, 내가 우
리 둘의 우정을 깨뜨리려 한다는 사실을 잊어버릴 것 같았
다. 옛날로 돌아간 기분이었다.

도모히코에게 꼭 물어봐야 할 게 있다는 생각이 났다. 그
질문이 이 화기애애한 분위기를 망칠지도 모르지만 확인하

지 않을 수 없었다.

"그런데 시노자키는 그 후에 어떻게 됐어?"

아니나 다를까, 도모히코의 안색이 싹 바뀌었다. 웃음기도
사라졌다.

"어떻게 됐냐니?"

"지난주 파티 때 말이야, 상태가 좀 이상해져서 스토 씨와
네가 데리고 나갔잖아."

"아, 그 일."

도모히코의 얼굴에 웃음이 돌아왔지만 아까와는 전혀 느낌
이 달랐다.

"취해서 그런 거였어. 너무 마셨지. 취해서 사소한 실수를
하는 것쯤은 괜찮지만, 시노자키 녀석은 좀 심했지. 나중에
스토 씨에게 아주 따끔하게 혼났어."

"내 눈에는 그렇게 안 보였는데."

그러자 도모히코의 눈빛이 험악해졌다.

"무슨 뜻이지?"

"딱히 깊은 의미는 없어."

나는 잠시 틈을 두고서 다시 말을 이었다.

"문득 실험의 영향이 아닐까 하는 생각이 들어서. 전에 그
랬잖아, 시노자키를 실험 대상으로 하고 있다고."

도모히코의 얼굴에서 표정이 사라졌다. 시선은 내 등 뒤를

향해 있었다. 둘러댈 말을 생각하고 있는 게 분명했다. 가까스로 묘안이 떠올랐는지 그가 입을 열려고 했다. 그 목소리를 듣기 전에 내가 말했다.

"그 실험으로 기억의 개편도 가능해졌다는 얘기를 한 것 같은데."

그 말에 도모히코의 무표정이 무너졌다. 눈을 빠르게 깜박거리고 이마도 뻘게졌다. 그것이 낭패감의 신호라는 것은 누구보다도 내가 잘 안다.

"그게……."

간신히 그의 입에서 말이 나왔다.

"실험과는 관계없어. 그날 시노자키 군은 정말, 그러니까 술에 완전히 취했던 거야."

"그래? 그 후로 시노자키의 모습이 보이지 않아서 무슨 사고라도 났나 했지."

"사고 같은 건 없었어. 정말 아무 일도 아니야."

"그럼 됐어."

나는 그렇게 말하고 고개를 한 번 끄덕인 후 도모히코에게서 눈길을 돌렸다.

그에게 진실을 들을 수 있으리라고는 생각지 않았다. 그러나 그의 반응으로 내 추측이 적중했다는 확신을 가졌다. 파티에서 시노자키가 보인 기행은 역시 실험의 영향이 틀림없다. 어쩌면 시노자키는 기억이 개편된 후 원래대로 돌아가지 않은 게 아닐까. 고향이 히로시마인데 도쿄에서 태어났다고 주장하던 모습이 눈에 선했다.

그런데.

내 가슴속에는 이 추리를 부정하고 싶은 마음도 있었다. 기억의 개편이 그렇게 쉽게 이루어질 것 같지 않았다. 기억의 개편은 리얼리티 연구자들이라면 누구나 실현하고 싶어 하는 궁극의 테마다.

나와 도모히코 사이에 묵직한 침묵이 생겨났을 때, 마침 문이 열리면서 인사 과장이 들어왔다. 뒤따라 다른 한 사람, 깔끔한 회색 양복을 차려입은 사십 줄의 남자도 들어왔다. 지난주 파티 때 본 남자, 미국 본사에서 일시 귀국한 아오치였다.

인사 과장이 우리 맞은편에 앉아 입을 열었다.

"자네들을 이렇게 부른 것은 다름이 아니라, 내년 봄에 있을 부서 이동 때문에 확인하고 싶은 게 있어서일세."

나는 인사 과장의 얼굴을 똑바로 쳐다보았다. 과장은 나와 도모히코를 번갈아 보았다.

"자네들도 이미 알겠지만, 해마다 MAC에서 로스앤젤레스 본사로 한두 명을 보내게 되어 있어. 물론 첫째 조건은 우수한 실력이지. 그래서 내년에는 자네들 둘을 선발하기로 했네."

나는 도모히코 쪽을 보았다. 그도 힐끔 이쪽을 보았지만 금세 앞을 향했다.

"꽤 빨리 정하는군요. 해가 바뀌면 정하는 줄 알았는데."

내가 말했다.

"예년에는 그랬지. 그런데 올해는 좀 특별한 사정이 있어서 말이야. 그쪽에 가서 무슨 일을 하게 될지는 모르겠지만, 아마 지금 하는 연구를 계속하는 형태가 될 거야. 또 그쪽에 체류할 기간도 아직 정해지지 않았어. 짧으면 2년, 길면 퇴직할 때까지겠지."

"보통은 5년에서 10년이죠."

옆에 앉은 아오치가 감정 없는 목소리로 보충했다.

"그래서 말인데, 어떤가?"

인사 과장이 새삼 우리를 보았다.

"로스앤젤레스로 갈 마음이 있나? 물론 지금 여기서 대답하라는 건 아니야. 그러나 시간이 그리 많지는 않아서 말이지."

"가능하면 사흘 내로 대답을 듣고 싶은데. 자네들이 거절할 경우 곧바로 사람을 다시 뽑아야 하니까."

"거절하는 일이야 없겠지만."

인사 과장이 옆에서 말했다.

나는 지금 당장이라도 그러겠다고 대답하고 싶은 심정이었다. 사흘이나 생각할 필요가 없었다. 바이테크 사에 들어올 때부터 미국 본사로 발령 나는 것이 꿈이었다.

"사흘 후에 이쪽에서 다시 연락하지. 그때 대답을 해 주면 돼. 다른 질문 있나?"

인사 과장의 물음에 나는 없다고 대답했다. 없습니다, 하고 도모히코도 말했다.

"그럼 다음 주에. 아, 그리고 이 일은 함구해야 하네. 현시점에서는 MAC의 교관에게도 발설하면 안 돼. 그 점, 반드시 주의해 주게."

알겠습니다, 하고 우리는 입을 모아 대답했다.

MAC로 돌아가는 전철에서 나와 도모히코는 옆으로 나란히 앉았다. 나는 머리로 피가 쏠리는 것을 느끼면서도 목소리 톤이 높아지는 것을 억제할 수 없었다.

"깜짝 놀랐어. 이렇게 빨리 의사를 타진해 올 줄은 몰랐어."

"미국 쪽 사정도 있으니까 일찌감치 정해 두려는 것 아닐까?"

"그럴 수도 있겠네. 솔직히 안심이 되기도 해. 선발될 자신이 전혀 없었거든."

"네가 선발되지 않으면 누가 되겠어."

"그렇지는 않지. 뭔지 잘 모르겠지만 운이 좋았던 것 같다."

"운이 아니야."

도모히코는 팔짱을 끼고서 비스듬히 아래쪽을 바라보고 있었다.

나는 몸을 비틀어 도모히코 쪽을 향했다.

"도모히코, 넌 미국 본사 얘기라는 거 미리 알고 있었구나."

"어렴풋이."

"어떻게?"

"아오치 씨와 전에 얘기를 나눈 적이 있는데, 그때 언뜻 비치더라고."

"그래서 그렇게 침착한 거구나."

"침착하다기보다 나 역시 안도하는 거지. 어렴풋이 알고는 있었지만 확실하게 듣기 전까지는 안심할 수 없으니까. 다만 미국으로 떠나기 전에 해결해야 할 문제가 많아."

무슨 문제일까 하고 생각하는데 도모히코가 한숨을 쉬었다.

"그녀 일도 있고 말이지."

"아아……, 어떻게 할 생각인데?"

그 일에 대해서는 나도 마찬가지였다.

"글쎄, 어째야 좋을지."

도모히코가 조그맣게 또 한숨을 쉬었다. 그가 미국행을 거절할 리 없었다. 나와 마찬가지로 그 역시 우선순위가 가장 높은 희망 사항이었을 것이다. 그러나 그렇게 될 경우 몇 년 동안 마유코와 헤어져 지내야 한다. 미국이 심리적으로 가까운 나라라고는 하지만 매주 데이트를 할 수는 없다.

아마도 수많은 생각이 오가고 있을 도모히코의 가슴속을

상상하면서 나는 심술궂게도 쾌감을 느꼈다. 실컷 고민해라, 그런 생각까지 했다.

한편 내게는 마유코에 대한 마음을 정리할 좋은 기회일지도 몰랐다. 그녀가 가까이에 있는 한 그녀에 대한 마음을 떨쳐 버릴 수 없을 테니까 말이다. 바다 건너 드넓은 대지에는 어쩌면 마유코를 잊게 할 뭔가가 있을지도 모른다.

"그녀가…… 같이 가면 좋겠는데."

옆에서 도모히코가 작은 소리로 중얼거렸다. 내 눈썹이 나도 모르게 피뜩 움직였다.

"로스앤젤레스로?"

"응. 힘들까?"

"그녀도 다니는 직장이 있는데……."

"그만두라고 하면?"

"뭐, 바이테크 사를?"

"응……."

나는 말문이 막혔다. 도모히코의 섬세한 옆얼굴을 쳐다보았다. 그의 해맑은 눈은 앞쪽의 허공을 향해 있었다.

"결혼하겠다는 뜻인가?"

나는 두 볼의 근육이 굳어지는 것을 느끼면서 물었다. 결혼이라는 말을 꺼내는데 뭐라 말할 수 없는 저항감이 느껴졌다.

"그러고 싶어. 결혼하지 않으면 그녀 부모님도 납득하지 않으실 테니까."

"하지만……."

나는 말을 이으려다 그만두었다. 내가 하려던 말은 전에 도모히코가 술에 취해 우리 집을 찾아왔을 때의 일이었다. 그때 그는 마유코에게 앞날에 대해 얘기했더니 시간을 달라고 하더라고 말했다.

"이게 분기점일지도 모르지."

도모히코가 말했다.

"분기점? 무엇의?"

"그녀와 나의. 미국행으로 모든 게 결정 날지도 몰라."

말투는 차분했지만 목소리에서 그의 진지한 마음이 느껴졌다. 역시 그는 마유코와의 관계에 어떤 위기감을 느껴 왔는지도 모르겠다.

"그렇구나."

나는 간단히 대답했다. 하지만 뭐가 그렇다는 것인지는 나도 몰랐다.

도모히코가 같이 가자고 하면 마유코는 과연 뭐라고 대답할까. 연구하는 사람으로서의 자부심이 큰 그녀가 회사를 그만두고 남자를 따라가는 구태의연한 삶을 선택할 것 같지는 않다. 그러나 두 사람 마음이 얼마나 단단하게 얽혀 있는지 나는 모른다. 그것이 만약 내 상상을 뛰어넘는 것이라면 그녀가 도모히코의 요구를 받아들일 가능성도 충분하다. 도모히코를 생각하는 마유코의 마음에 자기희생을 동반한 나르시시즘이 포함되어 있다는 점도 나의 불안을 부채질했다.

만약 마유코가 가겠다고 한다면.

그 생각만으로도 몸이 뜨거워지고 초조해서 안절부절못했다. 그럴 경우 나는 로스앤젤레스에 가서도 도모히코와 마유코의 신혼 생활을 구경하는 신세가 되고 말 것이다.

"그녀에게 언제 말할 건데?"

"음…… 오늘 밤이라도."

"그렇군."

나는 고개를 끄덕인 후 눈을 감았다. 예전의 나 같으면 "잘해 봐."라고 마음에 없는 말이나마 했을지도 모른다. 그러나 더는 자기혐오에 빠지고 싶지 않았다.

그날 밤, 나는 좀처럼 잠을 이룰 수 없었다. 도모히코는 마유코에게 어떤 식으로 말할까. 그녀는 그 말에 어떤 태도를 보일까. 둘은 과연 결혼하게 될까? 나는 결혼한 두 사람과 함께 로스앤젤레스로 가게 되는 걸까, 마유코에 대한 내 마음을 감추고 도모히코의 친구로서.

마유코에게 전화를 걸어 볼까 하고 몇 번이나 무선 전화기로 손을 뻗었다. 결국 전화를 하지 못한 것은 그럴 만한 용기가 없어서였다.

수도 없이 몸을 뒤척였다. 머리가 지끈거리고 배가 더부룩해서 더욱더 잠을 청할 수 없었다.

멍한 머릿속으로 수많은 생각이 오갔다. 그러나 거의 두서없는 생각일 뿐, 해결책을 끌어낼 수 있는 것은 아니었다. 그러나 딱 한 가지는 분명하게 알았다.

나는 이대로 마유코를 포기할 수 없다.

미국에 가면 그녀를 잊을 수 있을지도 모르겠다고 생각했다. 하지만 그것은 희망에 불과했다. 그럴 수 있다면 좋겠다고 생각했을 뿐이었다.

그녀를 포기하겠다는 결심이 섰다면 도모히코와 그녀의 결혼에 대해서도 각오가 되어 있어야 한다. 그런데 현실은 그렇지 않다. 나는 두 사람이 결혼할까 봐 몹시 노심초사하고 있다. 그러느라고 잠도 못 자고 있다.

마유코를 누구에게도 빼앗기고 싶지 않았다. 어떻게든 그녀의 사랑을 얻고 싶었다.

그로 인해 도모히코가 슬퍼한다고 해도 어쩔 수 없다. 그녀의 생일에 내가 브로치를 선물한 순간부터 우리의 우정은 소멸되고 말았다.

다음 날, MAC에 가자마자 도모히코와 마유코의 모습을 찾았다. 하지만 어떤 결론이 났는지 듣자고 일부러 그들의 연구실을 찾아갈 수는 없었다. 복도에서 우연히 마주치든지 식당에서 맞딱드리기를 바랄 수밖에 없었다.

그런데 도모히코도 마유코도 끝내 만나지 못했다. 나는 할 일을 뒷전으로 미루고 이런저런 빌미를 만들어 연구실에서 빠져나와 복도를 어슬렁거렸다.

"오늘 왜 그렇게 부산해."

당장에 오사나이에게 주의를 들었다. 정신없이 작성한 리포트도 미비하다고 지적당했다.

그날 밤, MAC에서 퇴근하자마자 집에 돌아가지 않고 곧바로 고엔지 역으로 갔다. 그리고 마유코에게 스톤카메오 브로치를 선물했던 찻집으로 들어갔다. 유리창 밖으로 역이 훤히 보이는 자리에 앉아 커피를 주문했다. 커피 값은 소비세 포함 350엔이었다. 나는 역을 쳐다보면서 지갑을 꺼내고 안에서 100엔짜리 동전 세 개와 10엔짜리 동전 다섯 개를 꺼내 테이블에 놓았다.

커피 한 잔을 15분 걸려 마셨다. 그 후의 15분은 빈 잔을 앞에 놓은 채 보냈다. 그러다 종업원의 눈치가 보여 커피를 또 한 잔 주문했다. 지갑에서 500엔짜리 동전을 꺼내 놓고, 아까 꺼내 놓았던 동전에서 100엔짜리 하나와 10엔짜리 다섯 개를 집어 지갑에 넣었다.

마유코가 나타난 것은 세 잔째 커피를 절반쯤 마셨을 때였다. 허리 라인이 잘록한 겨자색 투피스를 입고 있었다. 멀리서 보아도 지친 기색이 완연했다.

나는 테이블에서 계산서와 1,050백 엔을 집어 들고 일어섰다. 계산대로 가니 종업원이 앞 손님의 커피 값을 받고 어쩌고 하느라 미적거리고 있었다. 나는 "여기 두고 갑니다." 하고 계산서와 돈을 계산대 옆에 놓고는 자동문이 열리기가 무섭게 밖으로 뛰쳐나갔다.

마유코는 좁은 골목길로 들어서는 참이었다. 이 부근의 길은 이리저리 복잡하게 얽혀 있기 때문에 한번 놓치면 다시 찾기 어렵다는 것을 아는 나는 거의 뛰다시피 그녀를 쫓아갔다.

뒤에서 다가오는 발소리를 들었는지 내가 말을 걸기 전에 그녀가 돌아보았다. 빛의 각도 때문에 내 얼굴을 알아보지 못하는 것 같았다. 잠시 의아하다는 듯이 눈가를 찌푸리더니 그 눈이 휘둥그레지면서 동시에 걸음을 멈췄다.

"어쩐 일이야?"

마유코는 완전 놀란 모습이었다.

"역 앞에서 기다리고 있었어. 오늘 안에 꼭 확인하고 싶은 일이 있어서."

"무슨 일인데?"

"미국에 가는 일, 도모히코에게 들었지?"

나는 그녀의 얼굴을 똑바로 쏘아보았다.

응, 하면서 그녀가 고개를 끄덕였다. 웃는 얼굴이었다.

"다카시 씨도 선발되었다면서. 잘됐네. 축하해."

"고맙다고 하기 전에 물어볼 말이 있어."

마유코에게 한 걸음 다가서면서 말했다. 그녀의 얼굴에 남아 있던 웃음기에 경계의 빛이 섞이기 시작했다.

"도모히코에게 뭐라고 대답했어?"

"뭐라고……."

마유코의 눈동자가 흔들렸다.

"미국에 같이 가자고 했을 텐데, 도모히코가."

그녀의 눈썹이 실룩 실그러졌다. 그리고 좌우를 보고서 어색하게 웃었다.

"길거리에 서서 얘기하는 걸 좋아하는 거야?"

그 순간에 그녀가 할 수 있는 최대의 농담인 듯했다. 나는 표정을 누그러뜨리려 애썼다. 어깨에서 힘을 뺐다.

"그럼 집까지 데려다 줄게. 여기서 가깝지?"

"5분쯤 걸려."

그렇게 말하면서 마유코가 걸음을 옮겼다. 나도 그녀 옆을 따라갔다. 잠시 걸어간 후에 그녀가 입을 열었다.

"어제 그 사람이 말했어."

"미국에 가는 거?"

"응."

"같이 가자고?"

"응. 결혼하고 싶다는 얘기도."

나는 대꾸하지 않았다. 그래서 뭐라고 대답했는데? 그렇게 물어야 하는데 말을 꺼낼 수 없었다. 대답을 듣기가 두려워서였다. 나는 말없이 걸음만 옮겼다. 어디를 어떻게 걸어가는지도 알 수 없었다. 숨이 막혔다. 겨드랑이에서 땀이 줄줄 흘렀다.

내가 말을 하지 않으니 마유코도 말이 없었다. 도모히코에게 뭐라고 대답했는지 내게 말하고 싶지 않은 것일까, 하고 문득 생각했다.

마유코가 걸음을 멈췄다. 나는 움찔 놀라 그녀의 얼굴을 쳐다보았다. 그녀가 살짝 겁먹은 눈빛을 하고서 싱긋 웃었다.

"여기야."

약간 쑥스러워하는 목소리였다.

우리는 하얀 타일 벽 건물 앞에 서 있었다. 현관은 유리문이고, 그 너머로 우편함이 죽 들여다보였다.

"몇 호인데?"

내가 묻자 잠시 망설이더니 "301호." 하고 그녀가 대답했다.

"그럼 집 앞까지."

그녀가 고개를 저었다.

"여기까지면 됐어."

"그래."

나는 두 손을 주머니에 집어넣고서 의미 없이 건물을 올려다보았다.

"나 미국에 안 가."

마유코가 말했다. 목소리에 굳은 마음의 울림이 담겨 있었다.

나는 놀라서 그녀의 눈을 보았다. 길쭉한 눈에 조금 전까지 어려 있던 웃음기는 사라지고 대신 강한 의지의 빛이 어려 있었다.

"도모히코를 따라가지 않겠다는 거야?"

그녀가 이쪽을 본 채로 고개를 끄덕했다.

"왜?"

나는 재차 물었다.

"아직 그럴 단계가 아니라고 생각하니까. 어정쩡한 기분으로 돌이킬 수 없는 일을 하고 나면 후회하게 될 테니까. 그러면 나나 그 사람이나 행복해질 수 없을 거야. 우리에게는 좀더 시간이 필요해."

"하지만 그 시간을 떨어져 있는 상태에서 보내게 될 텐데."

"마음은 물리적인 거리와는 상관없잖아. 떨어져 있다고 변할 마음이라면 원래부터 그 정도밖에 안 되는 거야."

"녀석에게도 그렇게 말했어?"

"응."

"그래서 녀석이 그 말에 수긍했어?"

"수긍은 하지 못하는 것 같았어. 하지만 괜찮다고 했어. 내일도 존중하고 싶다면서, 객관적으로 생각해 보면 그게 가장 최선일 거라고."

여러 가지 의미에서 그 녀석답다고 나는 생각했다. 좋아하는 여자라도 억지로는 데려가지 못할 것이다. 그래 놓고 지금쯤, 어느 날 밤처럼 혼자 술을 들이켜고 있을지도 모른다.

"묻고 싶었다는 게 그뿐이야?"

다소 누그러진 표정으로 그녀가 물었다.

"응."

"그럼 이제 된 거지?"

그녀는 현관으로 향한 계단을 오르기 시작하다가 다시 이쪽으로 고개를 돌렸다.

"미국에 가서도 열심히 해. 다카시 씨는 잘해 낼 거야."

"아직 반년이나 남은 일이야."

"그래도 그 후에는 언제 다시 만날지 모르잖아. 그러니까 지금부터 마음의 준비를 해 두려고."

그녀가 오른손을 쓱 내밀었다. 아주 자연스럽게 악수를 청하는 몸짓이었다.

"정말 열심히 해야 해. 기대하고 있으니까."

나는 몇 초 동안 그 손을 바라보다가, 주머니에서 오른손을 꺼내 잡았다. 생각해 보면 마유코의 손을 잡아 보는 것도 처음이었다. 가녀리고 부드러운데, 의외로 뼈대가 단단한 손이었다. 내 손바닥에는 땀이 배어 있었다.

불쑥, 이대로 그녀를 끌어안고 싶은 충동이 일어 손에 힘을 주었다. 그러자 마치 내 속마음을 꿰뚫어 본 듯 마유코가 눈을 아몬드 모양으로 부릅뜨고서 말했다.

"안 돼."

어린애를 타이르는 듯한 작은 목소리였다.

"정말 미국에 안 가는 거지?"

마유코의 손을 잡은 채로 물었다. 그녀가 고개를 끄덕였다. 그렇게 확답을 들은 후에 나는 손을 놓았다.

"알았어."

"잘 가. 데려다 줘서 고마웠어."

"잘 자."

그녀가 계단을 올라가 현관문을 열고 건물 안으로 들어갔다. 나는 그녀의 모습이 사라진 후 그 자리를 떠났다. 온몸이 뜨거워진 탓인지 뜨뜻미지근한 9월의 바람조차 상쾌하게 느껴졌다.

이틀 후, 나는 미국행에 대한 대답을 하기 위해 다시 바이테크 사를 찾아갔다. 전날과 같은 회의실에서 기다렸지만 도모히코의 모습은 보이지 않았다. 나는 다행이라고 생각했다.

노크 소리가 나면서 들어온 사람은 인사 과장이 아니라 지난번에 만난 아오치라는 남자였다. 내 대답을 들을 필요도 없다고 여기는지 바로 본론으로 들어갔다.

"마음이 결정되었나?"

"네."

"좋아. 미와 군에게서도 어제 연락이 있었어. 바로 본사에 연락을 하지."

그러고서 아오치는 옆에 놓인 가방에서 무슨 서류 같은 것을 꺼내려 했다. 나는 당황스러웠다.

"아, 그런 게 아니라……."

"그런 게 아니라?"

아오치가 고개만 이쪽으로 돌렸다.

"아니라 뭐?"

"미국 본사에 가는 거…… 거절하겠습니다."

내가 한 말의 의미가 퍼뜩 이해되지 않는 표정이었다. 아오치는 아연한 눈빛으로 내 얼굴을 바라보다가 천천히 입을 열었다.

"뭐라고?"

쥐어 짜낸 듯한 목소리였다.

"거절이라니…… 자네 진심으로 하는 말인가?"

"그렇습니다. 여러 가지로 생각한 끝에 내린 결정입니다."

"아니, 잠깐. 정말 생각을 제대로 한 거야? 이건 아주 중요한 일이야. 지금 기회를 놓치면 본사에는 영원히 갈 수 없을지도 몰라."

"알고 있습니다. 그런 것까지 다 생각하고 내린 결정입니다."

후, 하고 아오치가 숨을 토했다. 그러고는 머리를 긁적거렸다. 깔끔하게 손질한 머리가 흐트러졌다.

"이유가 뭐지?"

"개인적인 사정이 있습니다."

"부모님이 반대하시나?"

"아뇨…… 이유를 꼭 얘기해야 합니까?"

"아니, 그런 건 아니지만."

아오치는 회의용 책상에 두 손을 올려놓고 깍지를 꼈다 뺐다 했다. 내가 거절한 탓에 그의 계획이 크게 어긋난 듯했다.

아오치가 얼굴을 들었다.

"후회할 텐데."

나는 잠자코 그를 쳐다보았다. 나 역시 어리석은 짓이라고 생각한다. 그러나 이번 일은 가장 중요한 일이 무엇인지 나 스스로에게 묻고 또 확인한 끝에 내린 결론이다.

"할 수 없지. 다른 후보자를 찾는 수밖에."

나의 뜻이 확고하다고 인식했는지 그가 한숨 섞인 목소리로 말했다.

"그래도 아쉽군, 정말 아쉬워."

"가치관의 문제죠."

내가 그렇게 말하자 아오치는 다소 의외라는 표정을 지었다.

그날 밤, 나는 내 방에서 도모히코의 전화를 기다렸다. 내가 미국행을 거절했다는 소식은 당연히 그의 귀에도 들어갔을 테고, 그렇다면 그는 틀림없이 나의 진의를 확인하려 들 것이다. 나는 그에게 변명할 말을 열심히 생각하고 있었다. 그러나 도모히코가 의심하지 않을 만한 이유 따위는 도무지 생각나지 않았다. 그의 예리한 통찰력을 우습게 여기다가 거짓말이 들통 난 적이 몇 번이나 있었던 것이다.

그럴싸한 거짓말을 꾸며 내지 못한 채 시간만 흘려보냈지만 결국 그 밤에 전화는 걸려 오지 않았다. 나는 일단 안도했다. 그래도 내일은 분명히 걸려 올 것이다. 또는 MAC에서 마주쳤을 때 묻든지. 어느 쪽이든 시간문제라고 생각했다.

그런데 그다음 날에도 도모히코와 마주치지 않았고 전화도 걸려 오지 않았다. 어쩌면 내가 거절했다는 사실이 도모히코에게는 알려지지 않았는지도 모른다. 그렇다면 다행이다.

그런데 그다음 날.

연구실에서 리포트를 작성하고 있는데 책상 위 전화가 울렸다. 수화기에서 마유코의 목소리가 흘러나왔다. 내선 전화인 것으로 보아 그녀도 MAC 안에 있는 듯했다. 때마침 주변에 사람이 없어 누가 엿들을 염려는 없었다.

"잠시 빠져나올 수 있어? 할 얘기가 있는데."

"알았어. 지금 어디 있어?"

"자료 조사실이야. 그런데 여기서는 얘기할 수 없으니까 옥상에 가 있을게."

"그래, 바로 갈게."

엘리베이터를 타고 꼭대기 층으로 올라갔다. 마유코 쪽에서 먼저 할 얘기가 있다고 하는 경우는 드문 정도가 아니라한 번도 없었던 일이어서 대체 무슨 용건일까, 이런저런 상상을 했다. 혹시 마음이 바뀌어 미국에 가기로 한 것은 아닐까 하는 생각이 드는 순간, 갑자기 기분이 뒤숭숭해졌다. 엘리베이터의 움직임까지 오늘따라 느린 것처럼 느껴졌다.

꼭대기 층부터는 계단을 걸어 옥상으로 올라갔다.

마유코는 난간을 등지고 서 있었다. 하늘색 반소매 재킷을입고 있다. 치마바지 아래로 날씬한 다리가 드러나 있었다.늘 입고 있는 하얀 가운은 어떻게 한 거지, 생각했다.

다가가 보니 마유코가 내 쪽을 쏘아보고 있었다. 무슨 일이냐고 묻기 전에 그녀가 먼저 입을 열었다.

"왜 안 간다고 한 거야?"

추궁하는 말투였다. 그 한마디로 나는 그녀가 무슨 말을 하려는지 간파했다. 동시에 의아했다. 마유코가 어떻게 알고 있는 것일까.

"오늘 아침에 바이테크 사에 다녀왔어. 인사부에서 불러서."

"마유코를?"

불길한 예감이 물에 떨어뜨린 잉크마냥 가슴에 퍼졌다.

"로스앤젤레스 본사에 갈 마음이 있냐고 묻더라."

"그런……"

귓속에서 뭔가가 터지는 듯한 감각이 느껴졌다.

"그런 말도 안 되는 일이. 마유코는 올해 MAC에 들어왔잖아."

"그 말은 나도 했어. 그랬더니 특례래."

"특례?"

"미국에 갈 사람이 한 명 정해졌는데, 그 사람을 보좌할 사람이 꼭 필요하다면서. 실은 후보자가 한 사람 더 있었는데 거절했다고 하더라. 그래서 예외적으로 나를 부른 거래."

나는 말이 나오지 않았다. 한꺼번에 무수한 생각이 떠올라 세탁기 속의 빨래처럼 빙글빙글 돌았다. 보좌할 사람? 그럼 나는 그저 도모히코의 보좌역이었다는 말인가. 아니, 지금은 그게 문제가 아니다.

"이미 결정된 한 사람은 도모히코 씨겠지. 그렇다면 다카시 씨가 거절한 게 되겠고. 믿을 수 없고 믿고 싶지도 않지만, 정말이야?"

나는 오른손으로 이마를 누르면서 난간으로 다가갔다. 아래로 펼쳐지는 풍경은 눈에 들어오지 않았다. 믿을 수도 없고 믿고 싶지도 않은 일…… 지금 마유코가 한 그 말이 딱 내가 하고 싶은 말이었다.

"그래, 나야."

신음하듯 말했다.

"거절한 사람, 나 맞아."

"역시……."

옆에서 절레절레 고개를 흔드는 마유코의 모습이 눈 한쪽 끝으로 들어왔다.

"왜, 왜 그랬어?"

"……개인적인 이유야."

"그런 기회는 좀처럼 없잖아."

나는 난간의 철망을 두 손으로 잡고서 손가락에 힘을 주었다. 고함이라도 지르고 싶은 것을 겨우겨우 참았다.

"그렇구나. 그랬구나. 내가 거절했더니 마유코에게……."

무언가가 가슴으로 솟구쳤다.

"그런 바보 같은 짓을……. 하, 웃음밖에 안 나오는군. 대체 내가 무슨 짓을 한 거지."

실제로 나는 웃으려 했다. 어리석은 자신을 조소하려 했다.

그러나 얼굴만 흉악하게 일그러질 뿐이었다.

"저, 다카시 씨, 혹시 그날 내가 한 말과 관계가 있는 거야? 내가 그 사람을 따라가지 않겠다고 한 말 말이야."

나는 대답하지 않았다. 철조망이 손가락 살을 파고들었지만 힘을 늦추지 않았다.

"그런 거야? 그래서 거절한 거야?"

그녀가 재차 물었다. 잔인한 질문이었다.

나는 고개를 숙인 채로 철조망에 갖다 댔다.

"네 옆에 있고 싶었어. 옆에 있으면 네 마음을 얻을 수 있을지도 모른다고 생각했어. 도모히코에게서 너를 가로챌 수도 있다고. 너는 물리적인 거리는 상관없다고 말했지만, 내 생각은 그렇지 않았어. 그리고 그보다는……."

잠시 숨을 고르고서 다시 말했다.

"너와 떨어져 지내고 싶지 않았어."

"어떻게 그런……."

"그래, 그런 파렴치한 생각을 해서는 안 되는 거였지. 이렇게 당장 벌을 받는 걸 보면 말이야. 나 대신 네가 간다면 말이 안 되지."

"취소하겠다고 하면 될 거야. 아직 늦지 않았어."

"아니, 힘들 거야. 그리고 이제 됐어."

나는 머리를 흔들었다.

"자업자득이지."

"그렇게 말하지 마. 인생이 걸린 문제야. 나 같은 사람 때문에 인생의 방향까지 바꾸다니 말이 안 되잖아."

"나는 나 자신에게 솔직하게 행동했을 뿐이야."

"어떻게 그럴 수가. 정말 너무하네……."

마유코의 떨리는 목소리에 나는 그녀 쪽을 보았다. 그녀 눈에서 눈물이 흘러내려 볼을 적셨다. 눈가는 빨갛게 물들고 입술은 슬픔을 견디려는 듯 굳게 닫혀 있었다. 나는 당황했다.

"아, 거참, 울지 마. 마유코는 아무 잘못 없어. 내가 멋대로 마유코를 좋아하는 바람에 바보 같은 짓을 한 거야. 신경 쓰지 마."

"하지만 지금 이대로는……."

"이제 정말 됐어."

나는 천천히 오른손을 들어 마유코의 왼뺨으로 뻗었다. 그녀는 미동도 하지 않은 채 진지한 눈빛으로 이쪽을 향해 있었다. 그녀의 눈이 빨갰다. 마침내 나의 손끝이 그녀의 볼에 닿았다. 그런데도 그녀는 움직이지 않았다. 나는 엄지손가락으로 눈물에 젖은 그녀의 눈 밑을 닦았다. 마치 정전기라도 생긴 듯 내 몸 안으로 찌릿찌릿한 자극이 내달렸다. 온몸이 뻣뻣해지고 뜨거워졌다.

마유코가 왼손으로 감싸듯 내 손가락을 잡았다. 그녀가 물었다.

"왜 나야?"

"모르겠어."

계단 쪽에서 시끌시끌한 소리가 났다. 점심시간이 된 것 같았다. 이 옥상에도 사람이 나타날 우려가 있었다. 우리는 누가 먼저랄 것도 없이 떨어졌다.

"미국행은 언제까지 대답해야 해?"

"내일까지라고 했어."

"그렇군. 도모히코에게는 말했어?"

마유코가 고개를 저었다.

"아직."

"빨리 알려 주지그래. 기뻐할 텐데."

애써 밝은 목소리로 말한 후 계단 쪽으로 걸어갔다. 때마침 두 남자가 골프채를 들고 올라오고 있었다. 스윙 연습을 할 요량인 듯했다. 이 사람들이 마유코가 운 것을 눈치채지 못했으면 좋겠다고 생각했다.

이런 정신 상태로 오후에도 계속 책상 앞에 앉아 있기는 도저히 불가능했다. 나는 오사나이 씨에게 속이 좀 안 좋다고 말하고 조퇴를 했다. 어떤 의미에서는 꾀병이 아니었다. 나는 정말 서 있기조차 힘겨웠다. 세면실에 가서 거울을 보니 거기에는 침울한 표정의 잿빛 얼굴이 있었다. 오사나이 씨가 단박에 조퇴를 허락할 만도 했다.

술이 마시고 싶었다. 의식을 잃을 정도로 취해 버리고 싶었다. 그런데 나는 곧장 집으로 돌아갔다. 대낮부터 술을 마실수 있는 가게를 몰랐고, 무엇보다 사람들 앞에 내 모습을 보이고 싶지 않았다. 한시 빨리 혼자가 되고 싶었다.

집에는 마시다 남은 시버스리걸과 아직 병을 따지 않은 와일드터키 한 병이 있었다. 그것을 전부 들이마시면 의식을 잃을 만큼 취할 수 있을 것 같았다. 하지만 나는 침대에 몸을 던진 채 꼼짝하지 않았다. 곤드레가 되도록 취하고 싶었지만 술을 마실 기력조차 없었던 것이다. 나는 아무것도 하고 싶지 않았다.

밥도 제대로 못 먹고 잠도 못 자고 그저 침대 위에서 끙끙거리며 시간을 보냈다. 인생의 큰 기회를 놓쳐 후회스러운 것인지 마유코를 완전히 잃게 되어 슬픈 것인지 가늠할 수가 없었다. 다 귀찮은데 죽어 버릴까, 그런 생각도 들었다.

그렇게 한참을 보내다 어슬렁어슬렁 일어나 텁텁한 위스키를 스트레이트로 마시기 시작했다. 아무것도 먹고 싶지 않았다. 그저 술만 벌컥벌컥 마셨다. 새벽에 화장실에 가려다 그 앞에서 토하고 말았다. 그러나 입에서 나온 것은 누런 위액뿐이었다. 토하고 싶은데 토하지 못하는 괴로움에 몸부림쳤다. 창문으로 새어 드는 아침 햇살조차 성가셨다.

결국 이날도 MAC에 가지 못했다. 실험이든 리포트든 알바 아니었다.

점심때가 지나 전화벨이 울렸다. 벨 소리를 낮게 해 놓았는데도 그 소리에 머리가 더 지끈거렸다. 나는 애벌레처럼 몸을 꿈틀꿈틀 움직여 침대에서 내려왔다. 바닥을 기어가 내던져져 있는 무선 전화기를 집어 들었다.

"네, 쓰루가입니다."

감기에 걸린 황소 같은 소리가 나왔다.

"나예요."

잠시 뜸을 들인 후 마유코의 목소리가 들렸다. 그 순간 두통이 싹 달아났다.

"어……."

뭔가 말을 하려 했지만 아무 생각이 나지 않았다.

"어디 아파?"

"몸이 좀 안 좋아. 별건 아니고."

"그럼 다행이고."

주저하는 듯 잠시 틈을 두고서 그녀가 다시 말했다.

"지금 바이테크 사에 다녀오는 길이야."

"그랬군."

순간적으로 무수한 생각이 회오리쳤다. 왜 내게 일부러 전화를 했을까. 이것이 최후통첩이라는 의미인가. 지금쯤 도모

히코는 좋아서 춤이라도 추고 있을 것이다. 이제 모든 것이
끝났다.

"거절했어."

"뭐?!"

머릿속이 진공 상태가 되었다.

"거절하다니, 무슨 소리야?"

"거절했다고, 미국 가는 거."

나는 전화기를 쥔 채로 할 말을 잃었다. 그녀 역시 아무 말
이 없었다. 다소 흐트러진 숨결만 전화기를 통해 느껴졌다.

"왜?"

"왜는, 내가 갈 수는 없다고 생각했으니까."

그녀가 대답했다. 나는 왜냐고 재삼 묻고 싶었지만 그러지
않았다.

잠시 침묵이 흘렀다.

"도모히코는 알고 있어?"

"아니, 바이테크 사에서 내게 미국행을 권했다는 말도 안
했어."

"그래도 괜찮은 거야?"

"괜찮아."

"알았어. 그럼 도모히코에게는 이번 일을 비밀로 해야겠군."

나는 침을 삼켰다. 쓸쓸한 맛이 났다.

"응."

"만나서 얘기하고 싶은데."

마유코는 잠시 망설이더니 대답했다.

"다음에."

나는 그 말에 대해서는 낙담하지 않았다.

"알았어. 그럼 다음에 만나."

"몸조리 잘해."

"고마워."

그리고 우리는 전화를 끊었다.

다음 날에는 출근을 했다.

그러나 나는 거의 제정신이 아니었다. 허둥대느라 단순한 일에 몇 번이나 실수를 저질렀다. 사람들이 말을 걸어도 듣는 둥 마는 둥이었다.

"어떻게 된 거야. 자네 요즘 좀 이상해. 늦더위라도 먹었나."

결국 오사나이에게 주의를 들었다. 결근을 한 데다 이 모양이니 잔소리가 나오는 것도 당연하다.

아무 일 없다고 대답하고서 내 자리로 돌아와 작업을 시작했지만 또 엉뚱한 생각으로 머리가 뒤죽박죽되고 말았다. 정신 차려, 뭐가 좋아서 이렇게 들떠 있는 거야. 그렇게 자신을 질책했다.

들떠 있다는 표현이 지금의 내 심리에 딱 들어맞는 말이었다. 나는 들떠 있었다. 마유코는 미국에 가지 않는다. 게다가 그 이유가 나를 배려하는 마음이라고 생각하니 온몸에 기쁨이 넘쳐흘렀다. 암흑 속에 있다고 여겼는데 바로 위에서 비치는 빛을 발견한 듯한 기분이었다.

물론 마유코가 나를 사랑하게 되리라는 보장은 없다. 그러나 그녀를 사랑하는 내 마음을 존중해 준 것만은 틀림없었다. 그 점이 내게는 큰 진전이었다.

도모히코에게 미안함이 없지는 않았다. 하지만 나는 그 속마음을 최대한 무시하려 애썼다. 그런 것까지 신경 쓸 자격이 내게는 없다고 생각하려 했다.

아무튼 지금은 그저 마유코를 만나고 싶었다. 그녀의 얼굴을 보고 그녀의 목소리를 듣고 싶었다. 그리고 가능하다면 그녀의 마음을 좀 더 정확하게 파악하고 싶었다. 그래서 그럴 기회를 어떻게 만드나 생각하느라 일에 몰두할 수 없었던 것이다. 하지만 솔직히, 이런 기분이 그리 잘못이라고는 느껴지지 않았다.

"기억 패키지 사람들, 요즘은 뭘 하기에 그림자도 안 보이는 거지."

옆 자리에 있는 야나제에게 지나가는 말처럼 넌지시 물어보았다.

오사나이 씨가 부탁한 시뮬레이션 프로그램을 작업하고 있던 야나제가 지친 얼굴을 이쪽으로 돌리고는 고개를 갸웃했다.

"글쎄요, 요즘 통 안 보이네요. 스토 씨와 미와 씨는 요즘 철야로 실험을 하고 있다는 소문이 들리던데."

"철야? 대단하군."

"뭐가 그리 급한 건가 하는 생각도 듭니다. 당장 발표회가 있는 것도 아니고, 진짜 시간이 촉박한 연구라면 바이테크 사에서 보조 팀이 올 텐데."

불현듯 스치는 생각이 있었다.

"시노자키 군은 요즘 본 적 있어?"

"시노자키요? 아니요, 한 번도 못 봤는데요. 그 녀석도 미와 씨 연구에 매달려 있는 것 아닐까요?"

"파티 때 마지막 보고는 못 본 것 같은데."

내가 말하자 야나제가 머리를 끄덕거렸다.

"저도 그렇습니다. 그때는 참 볼만했죠. 술을 좀 자제하고 있는 건가."

야나제가 말하면서 키들키들 웃었다.

그날 밤, 나는 마유코의 집으로 전화를 걸었다. 7시까지는 몇 번을 걸어도 받지 않았다. 나는 녹화해 놓은 아메리칸 풋볼을 보면서 어설픈 저녁을 먹고 난 후에 다시 전화를 걸었다. 그런데도 통 받지 않더니 8시가 조금 지나서야 전화를 받았다. 마침 댈러스 카우보이스가 필드 골을 결정하는 장면이 흐르고 있을 때였다.

내 목소리를 듣고서도 마유코는 그리 놀랍지 않은지 "안녕." 하고 평소의 차분한 목소리로 말했다.

"어제는 고마웠어."

유치하게도 목소리가 약간 들뜨고 말았다.

"응."

"여전히 바쁜 모양이군."

"오늘은 그렇지도 않아. 평소보다 좀 일찍 나왔는데, 여기저기 들렀다 오느라고 늦은 거야."

"그랬군."

그럴 줄 알았으면 역에서 기다릴 걸 그랬나, 그런 농담이 입에서 튀어나올 뻔했는데 가까스로 삼켰다. 어제 이후로 기분이 싹 달라졌다고 여겨지고 싶지 않았다.

"별다른 일은 없어. 상투적인 말이지만 목소리가 듣고 싶어서."

그렇게 말하자 후훗, 하는 웃음소리가 들렸다.

"정말 상투적이네."

"도모히코와는 무슨 얘기 했어?"

"오늘은 얼굴도 거의 못 봤어. 그 사람은 계속 실험실에 박혀 있고, 나는 내 자리에서 자료 분석하고 있었으니까."

"요즘 줄곧 철야한다는 말이 들리던데."

"그 사람은 그렇지. 여러 가지로 일이 많았으니까."

"시노자키 일을 말하는 거로군."

정곡을 찌른 듯했다. 마유코가 대답할 때까지 잠시 틈이 있었다.

"……그 사람한테 무슨 얘기 들었어?"

"아니, 도모히코는 시치미를 뗐어. 하지만 난 알 수 있지."

"그렇구나. 파티 때 일 말하는 거지?"

"그런 셈이지."

"하긴 정상이 아니었으니까."

"시노자키는 기억의 혼란을 보였어. 실험의 영향인 거지?"

후, 하고 마유코가 한숨을 쉬었다. 얼버무려 피할 생각은 없는 듯했다.

"문제가 좀 있었어. 그래도 이제는 괜찮아. 걱정하지 마. 그래서 나도 오늘 일을 빨리 끝낼 수 있었던 거니까."

"해결되었다는 뜻이야?"

"응."

"잘됐군. 그럼 도모히코의 연구도 90퍼센트는 완성되었다는 뜻이겠군."

"글쎄, 한 80퍼센트라고 봐야 하지 않을까. 하지만 머지않아 완성될 거야."

"대단하군."

나는 말했다. 그리고 잠시 후에 다시 물었다.

"기억이 개편될 수 있다는 거지?"

마유코는 대답이 없었다. 불과 몇 초 동안이었지만 각오를 다지기에는 충분한 시간이었다. 마침내 그녀가 말했다.

"그래, 가능해."

"그렇군."

내 가슴으로 갖가지 생각이 밀려왔다. 패배감, 동경, 경탄, 그리고 질투.

"역시 도모히코는 천재야."

나는 그렇게 말함으로써 자학적인 쾌감을 느꼈다.

"그런 천재를 따라가고 싶은 마음 없어?"

물론 미국행을 말하는 것이었다. 나도 모르게 말투가 짜증스러워진 것 같아 금방 후회했다. 아니나 다를까, 마유코가 말했다.

"다카시 씨가 그런 식으로 말하면 내 결단이 무의미해지지."

과연 옳은 말이라 되받을 말이 없었다.

"도모히코는 오늘도 철야인가?"

"오늘은 아니야. 연구가 일단락 나서 오랜만에 집에 간다고 했으니까."

"그럼 벌써 집에 있을지도 모르겠군."

"응. 전화하려고?"

"해 볼까 하는데."

"전화하는 건 좋은데……."

"알아. 괜한 소리는 하지 않을 거야. 연구에 대해서 물어보고 싶을 뿐이야."

부탁해, 하고 마유코가 말했다. 그녀는 여전히 우리의 우정을 지켜 주려 하고 있다.

전화를 끊자마자 바로 도모히코에게 전화를 걸었다. 그런데 아직 집에 오지 않은 듯했다. 벨이 일곱 번 울린 후에 전화를 끊었다.

두 번째 전화를 건 것은 밤 11시 넘어서였다. 나는 버번을 물에 타 마시고 있었다. 그런데 여전히 전화를 받지 않았다.

12시가 넘어 다시 한 번 걸어 보았지만 역시 받지 않았다.

아직 MAC에 있는 거로군. 마유코는 문제가 무사히 해결되었다고 했는데, 또 다른 문제가 발생한 것일까. 아니면 사소한 일인데 시간이 걸려 늦는 것일까.

잠옷으로 갈아입고 침대로 들어갔지만 도무지 마음에 걸려 견딜 수가 없었다. 정확하게 1시에 무선 전화기를 집어 재다이얼 버튼을 눌렀다. 그러나 수화기에서 들리는 것은 단조로운 벨 소리뿐이었다.

나는 일어나 청바지에 면 셔츠를 입고 스니커를 신고서 집을 나섰다. 그리고 아파트 주차장에서 자전거를 꺼내 MAC를 향해 페달을 밟았다.

MAC의 연구동 창문은 대부분 불이 꺼져 있었다. 나는 잠이 덜 깬 얼굴의 경비에게 신분증을 제시했다.

"깜박 두고 나온 것이 있어서요. 내일부터 출장인데 꼭 필요한 겁니다."

경비는 귀찮다는 듯이 고개를 끄덕였다.

계단을 올라가 도모히코의 연구실 앞으로 재빨리 걸어갔다. 문은 꽉 닫혀 있었다. 문에 귀를 대어 보았지만 아무 소리도 들리지 않았다. 하기야 MAC의 연구실은 모두 방음이 잘되어 있다.

망설이다가 살짝 두드려 보았다. 안에 사람이 있다면 수상하게 여길지도 모르겠다. 하지만 집으로 몇 번이나 전화를 걸었는데 받지 않아 걱정돼서 와 봤다고 하면 될 일이다. 그리고 사실이 그렇다.

그러나 아무 반응이 없었다. 다시 한 번 두드려 보았지만 역시 마찬가지였다. 나는 눈 딱 감고 손잡이를 비틀어 보았다. 문은 열리지 않았다.

그렇다면 여기에는 없다는 뜻이다.

고개를 갸웃하는데 밖에서 자동차 엔진 소리가 들렸다. 바로 앞에 차가 서 있는 것 같았다. 복도 창문으로 아래를 내려다보았다. 회색 승합차가 시동을 건 채 테니스코트 옆에 서 있었다. 운전석 문이 열리면서 한 남자가 내렸다. 작업복을 입고 있는데, 어두워서 얼굴까지는 보이지 않았다. 내가 모르는 남자인 듯했다.

나는 창문 밖으로 머리를 쑥 내밀었다. 작업복 입은 남자가 승합차의 뒷문을 열었다.

그때 두 남자가 그쪽으로 다가갔다. 나는 눈을 부릅떴다. 멀리서도 그 두 남자가 누군지 금방 알 수 있었다. 스토 교관과 도모히코였다.

그리고 그들 모습 이상으로 내 눈길을 사로잡는 것이 있었다. 손수레 두 대에 걸쳐져 있는 길쭉하고 큰 상자였다. 그것은 냉장고용 길쭉한 플라스틱 용기 모양이었다.

승합차 운전사와 스토 교관이 상자의 앞뒤를 들어 올렸다. 도모히코는 그들에게 방해가 되지 않도록 손수레를 이동했다. 운전사와 스토 교관이 상자를 천천히 봉고차의 짐칸에 실었다. 마치 장례식 때 관이 나가는 듯한 광경이었다.

상자가 완전히 짐칸에 실리자 운전사가 뒷문을 닫았다. 그리고 스토 교관과 뭐라고 말을 주고받은 후 운전석에 올라탔다. 그러고 나서 봉고차는 바로 출구로 향했다. 스토 교관과 도모히코는 나란히 서서 멀어지는 봉고차를 바라보았다.

봉고차가 사라지자 둘은 손수레를 밀면서 걷기 시작했다.

나는 그들과 마주치지 않도록 복도 반대쪽으로 걸었다. 그러다 절로 걸음이 빨라져 급기야 나도 모르게 뛰고 말았다.

가슴속에 정체 모를 공포감이 번지고 있었다.

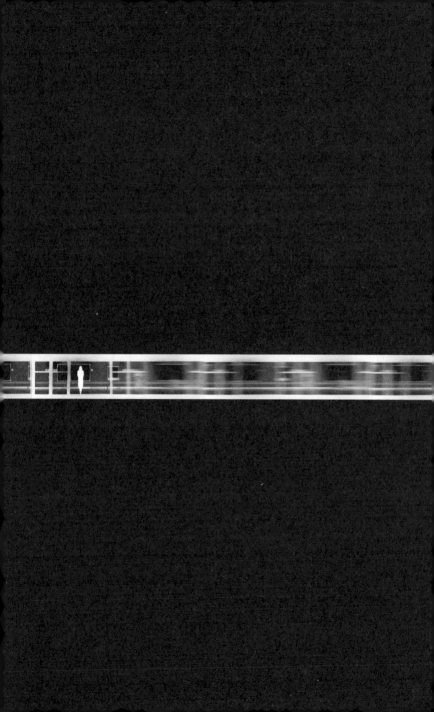

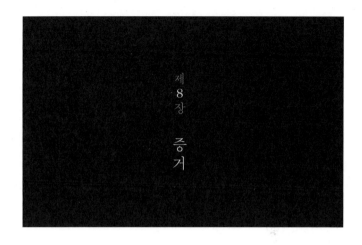

제
8
장

증
거

멀리서 목소리가 들려왔다. 처음에는 무슨 말을 하는 건지 몰랐는데 점차 또렷하게 들렸다. 쓰루가 씨, 쓰루가 씨, 목소리는 그렇게 말하고 있었다. 여자 목소리다.

캄캄하던 시야 한끝에서부터 빛이 천천히 퍼져 나갔다. 흐릿한 영상. 초점을 맞추자 젊은 여자의 얼굴이 되었다.

다카시는 계속 눈을 깜박거렸다. 머리가 흐리멍덩했다. 망막에 묘한 잔상이 어른거렸다. 그는 자신이 벽에 기대어 있다는 것을 깨달았다. 순간 여기가 어딘지 생각나지 않았지만 잠시 후 서서히 기억이 떠올랐다. 여기는 시노자키 고로의 집이다.

"괜찮아요?"

나오이 마사미가 걱정스러운 눈빛을 하고서 물었다. 아래에서 다카시를 올려다보고 있다.

"응, 괜찮아. 잠깐 현기증이 난 모양이야."

그렇게 말하면서 그는 두 눈두덩을 꾹 눌렀다.

"깜짝 놀랐어요. 빈혈이 있나요?"

"그런 건 아닌데, 좀 피곤했던 모양이야."

"일이 무척 힘든가 보네요."

"그렇지도 않아."

이번에는 한직으로 발령이 났으니까, 라는 말은 목 아래에 묻어 두었다.

"아, 우리가 무슨 얘기를 하고 있었더라."

다카시가 관자놀이를 누르면서 물었다.

"장례식, 우리 아빠 장례식 얘기요."

"아, 그랬지."

다카시는 어떤 장면을 떠올리고 있었다. 그것은 출관 의례와 흡사한 광경이었다. 길쭉한 상자를 옮기는 남자들. 옆에 도모히코가 서 있었다. 왜 지금까지 기억난 적이 없었는지 의아했지만, 아무튼 지금은 명료한 기억으로 그의 머릿속에 있다.

그 상자 안에 든 것이 시노자키가 아니었을까, 하고 다카시는 생각했다. 시노자키가 MAC를 그만두었다고 알려진 것이 바로 그 직후였기 때문이다. 사실은 그만둔 것이 아니라 어딘가로 비밀리에 옮겨진 것은 아닐까.

시노자키의 몸에 어떤 이변이 생겼다고 생각하는 것이 타당할 듯했다.

하지만 그런 말을 마사미에게 할 수는 없었다. 안 그래도 시노자키의 생존을 염려하고 있는데 그런 얘기까지 하면 완전히 절망할 것이다. 게다가 다카시 자신도 시노자키가 살아 있지 않을 것이라고 생각하고 있었다.

아무튼 이 집에 더 있어 봐야 얻을 것이 없다고 다카시는 판단했다. 시노자키가 실종된 것처럼 교묘하게 꾸며져 있다는 것을 확인했으면 그만이다.

방을 나서려다 다카시는 발치에 놓인 종이봉투를 걷어차고 말았다. 좀 전에 내용물을 확인한 봉투다. 시노자키가 MAC에 있을 때 입었던 작업복과 안전화가 들어 있었다.

그날도 시노자키는 이 옷을 입고 이 신발을 신고 있었을 것이다. 만약 그가 상자에 담겨 어딘가로 옮겨졌다면, 누군가가 그의 몸에서 이것들을 회수해 여기 갖다 놓았다는 얘기가 된다. 그렇게 성가신 일까지도 위장 공작의 일환이었을 것이다.

다카시는 새삼스럽게 작업복과 신발을 내려다보았다. 그렇게 더럽지는 않다. 그렇다고 세탁해 놓은 것 같지도 않다. 자세히 보니, 작업복 소매에 가느다란 털 같은 것이 몇 오라기 붙어 있었다. 솔이나 무언가의 털인가, 하고 다카시는 생각했다.

"애써 여기까지 데려다 주었는데 새로운 사실을 발견하지 못했군."

시노자키의 아파트에서 나와 오메 가도까지 걸어간 후에 다카시가 말했다.

"어쩔 수 없죠. 진심으로 걱정해 주는 분이 있는 것만으로도 저는 든든해요."

마사미가 고개를 저으며 말했다.

"그렇게 말해 주니 마음이 조금은 편하군."

그는 도로 위를 달리는 자동차의 행렬을 바라보면서 말했다.

"늦었으니까 데려다 줄게."

그리고 택시를 잡으려고 했다.

"아니에요, 괜찮습니다. 저는 전철 타고 갈게요."

"그렇지만……."

"정말 괜찮아요. 그리고 고로 씨가 살던 거리를 좀 걷고 싶어요."

"흠, 그렇군."

다카시는 고개를 끄덕이는 동시에 그녀가 애처로워졌다.

그날 밤 도모히코가 옮겼던 '관'에 대해서는 역시 말하지 않는 게 좋겠다고 생각했다.

"그래, 그것도 좋겠군."

그렇게 말하면서 주위를 둘러보았다.

그때 묘한 기척이 오른쪽 눈 끝에 포착되었다.

무언가가 재빨리 움직인 듯한 기분이 들었다. 다카시는 반사적으로 얼굴을 그쪽으로 돌렸다. 고등학생쯤으로 보이는 청년 둘이 담소하면서 걸어가고 있을 뿐이었다. 그런데 잠시 그 부근을 주시하고 있다 보니 옆길에서 빠져나와 오메 가도로 부리나케 달려가는 자동차 한 대가 보였다. 검은색 승용차였다.

언젠가 도모히코의 집에 갔던 때의 일이 떠올랐다. 그때도 누가 감시하고 있는 듯한 느낌이 들었었다. 감시하던 남자는 오늘처럼 차와 함께 사라졌다.

줄곧 감시를 당하고 있었던 것인가. 나오이 마사미를 만나 시노자키의 집에 갈 때까지.

순간 온몸에 소름이 좍 끼쳤다. 그리고 분노가 치밀었다.

대체 내가 뭘 어쨌다는 거야. 이런 꼴로 만들어 놓고 뭘 더 감시하는 거냐고. 너희들이 원하는 게 뭐야.

"왜 그러세요?"

다카시가 이상하다고 느꼈는지 마사미가 물었다.

"아니, 아무 일도 아니야. 조심해서 가."

다카시는 짐짓 침착하게 말했다.

"네. 무슨 일 있으면 또 연락 주세요."

"마사미 양도."

꾸벅 고개를 숙이고서 발걸음을 돌린 마사미의 뒷모습을 다카시는 한참이나 바라보았다. 하지만 머릿속으로는 벌써 다른 생각을 하고 있었다.

다음 날 오후, 다카시는 신칸센 '메아리'를 타고 있었다. 빈 자리가 많았지만 앉지 않고 승강구 옆에 줄곧 서 있었다. 옆에 다른 승객은 없었다.

도쿄 역에서 회사로 전화를 걸었다. 유급 휴가를 내고 싶다고 사무적으로 말하자 주임은 다소 난감한 목소리로 반응했지만 결국 별다른 질문 없이 허락해 주었다. 부하 직원이 유급 휴가를 요구할 때 이유를 묻는 것은 회사 방침으로 금지되어 있다.

다카시는 시계를 보고서 바닥에 놓은 스포츠 백을 들었다. 곧 시즈오카다.

선택할 수 있는 길은 두 가지라고 생각했다. 한 가지는 스토든 마유코든 아무튼 이번 사건의 진상을 아는 사람을 찾아내 상황을 캐묻는 것. 다른 한 가지는 자신의 기억이 정상으로 돌아올 때까지 어딘가에 숨어 있는 것.

그러나 그는 주저 없이 후자를 택하기로 했다. 스토나 마유코를 찾아내는 일은 쉽지 않을 것 같았고, 기억이 돌아오지 않은 상태에서 움직여 봐야 좋은 결과를 얻을 가능성이 없었기 때문이다.

기억이 돌아올 때까지 어디 있으면 좋을까 생각했을 때 시즈오카에 있는 고향 집이 퍼뜩 떠올랐다. 참 아이러니컬했다. 지금까지 집에 내려간 일은 좀처럼 없었고 가고 싶은 생각도 없었다. 고향을 그리워하는 행위에 왠지 퇴보적이라는 느낌이 있어서였다. 고향을 그리워하고 또 찾아가는 일은 좀 더 나이가 들어서 하면 된다고 생각했다.

그러나 현재 자신의 상황을 고려하면 시즈오카로 내려가는 것이 최선이었다. 거기에는 확실한 과거가 있다. 자신의 기억에 불안감을 품지 않아도 되는 과거가 많이 있다.

방송이 흐르고, 잠시 후 '메아리'는 시즈오카 역 플랫폼에 도착했다. 그즈음에는 다카시 옆에 승객이 몇 명이나 서 있었다. 모두 직장인 분위기의 남자다.

'메아리'가 정차하고 승강구가 열리자 그들은 모두 내렸다. 새로이 타는 손님은 없었다. 다카시는 잠시 차내에 머물렀다. 정차 시간은 딱 1분이다. 그는 시계를 보면서 시간을 재고 있었다.

문이 닫히려는 찰나 다카시는 차량에서 풀쩍 뛰어내렸다. 그 순간 문이 닫혔다. 그는 부근을 돌아보았다. 그처럼 문이 닫히기 직전에 내린 손님은 없는 듯했다.

시즈오카 역에서 택시를 탔다. 행선지를 말하고서 뒤를 돌아보았지만 미행이 따라붙은 듯한 낌새는 없었다. 게다가 미행이 따라붙어도 상관없다고 생각했다. 고향 집에 콕 처박혀 있으면 감시당할 염려도 없다.

아들의 갑작스러운 귀성에 어머니 가즈코는 반가워하기보다 불안한 표정을 지었다.

"무슨 일이라도 있는 거냐?"

그녀의 첫마디였다.

"무슨 일은. 출장 때문에 근처에 왔다가 들른 거야."

그제야 안심한 어머니는 아들에게 건강은 어떠냐, 하는 일은 힘들지 않느냐 하고 이것저것 물어 댔다. 다카시에게는 시게루라는 형이 있지만 그는 고향에서 취직하고 이미 가정을 꾸렸다. 그러니 가즈코에게 남은 걱정거리는 도쿄에서 혼자 생활하는 둘째 아들인 것이다.

다카시는 적당히 대꾸하고 필요하면 거짓말도 했다. 부서가 바뀌었다는 말은 아직 할 수 없다고 생각했고, 마유코에 대해서도 그런 존재가 있다는 내색조차 하지 않았다. 동거한다는 말은 도저히 할 수 없었다. 게다가 다카시 자신이 그녀에 관한 기억에 자신이 없었다.

"미와 군도 잘 지내나?"

아들의 근황을 한참 듣고 난 가즈코가 물었다.

"잘 지내고 있을 거야. 그 녀석, 지금 미국에 있어."

"미국, 정말이냐? 아이고, 역시 다르구나."

가즈코는 감탄스럽다는 듯 말했다. 그녀는 옛날부터 미와 군 덕분에 아들도 공부를 열심히 하게 되었다고 믿고 있었다.

도모히코가 화제에 오른 바람에 그 녀석 집에 한번 가 볼까 하는 생각이 문득 떠올랐다. 전에 전화를 걸어 도모히코의 소식을 물었을 때 그의 어머니 반응이 꺼림칙했던 게 기억났다. 뭔가 감추고 있는 듯한 느낌이 들었다는 것도.

직접 가서 얘기를 들어 보면 뭐가 되었든 실마리를 잡을 수 있을지도 모른다. 얼굴을 보면서 얘기하면 거짓말인지 아닌지 판단하기도 쉽고, 경우에 따라서는 다그쳐 물어볼 수도 있다는 생각이 들었다.

저녁때까지 돌아오겠다고 하고서 다카시는 집을 나섰다.

도모히코의 집은 역 앞 상점 거리에서 조금 안쪽으로 들어간 곳에 있다. '미쓰와 인쇄'라고 쓰인 간판이 걸려 있다. 미와가 아니라 미쓰와라고 한 것은 도모히코 아버지의 재치일 텐데 도모히코는 이 이름을 싫어했다. 초등학생 시절 이 간판을 본 동급생이 그를 미쓰와라는 별명으로 불렀기 때문이었다.

오랜만에 보니 '미쓰와 인쇄'의 현관은 다카시의 기억 속에 있는 것보다 훨씬 좁고 그 앞길도 좁았다. 자신이 어렸을 때여서 모든 것이 크게 보였나 보다고 다카시는 납득했다. 새삼스럽게 기억이란 참 묘한 것이라는 생각이 들었다.

가게의 유리문은 닫혀 있었다. 유리문 안쪽에 하얀 커튼이 걸려 있었다. 유리문을 열려 했지만 잠겨 있었다.

살림집은 가게 뒤쪽이라고 기억하고 있다. 다카시는 현관을 둘러보다가 우편함 위에 있는 인터폰을 발견했다. 그것을 누르고 반응을 기다렸다. 그런데 전혀 응답이 없었다. 몇 번을 계속 눌러 봐도 마찬가지였다.

다카시가 현관 앞에서 어정거리고 있는데 옆 자전거포에서 작업복을 입은 아저씨가 나왔다. 다카시는 그 아저씨 얼굴을 기억하고 있었다. 처음 사이클을 산 곳이 이 가게였고, 그 후에도 몇 번 수리를 받은 적이 있었기 때문이다. 그런데 아저씨 쪽은 아무 기억이 없는지 수상한 사람이라도 대하듯이 그를 바라보았다.

"오늘 이 가게 쉬는 날입니까?"

다카시가 도모히코의 집을 가리키며 물었다.

"어, 그럴 거야. 갑자기 문을 닫았어."

자전거포 아저씨가 말했다.

"갑자기요? 갑자기라니, 언제 말인가요?"

다카시가 눈썹을 찡그리고 물었다.

"오늘. 오전에는 열려 있었는데, 오후가 되어서 갑자기 문을 닫았어. 그 후에 부부 둘이서 해외여행이라도 가는지 커다란 가방을 들고 나가던데."

"혹시 어디 갔는지 아세요?"

"그건 모르겠어."

아저씨는 느물느물 웃으면서 대답했다.

"두 사람이 어떤 모습이던가요?"

"어떤 모습이냐니?"

"그러니까, 그…… 즐거워하던가요?"

"글쎄, 별로 즐거워하는 얼굴은 아니던데."

아저씨가 팔짱을 끼고서 말했다.

"아무튼 엄청 허둥댔어. 내가 말을 걸었는데도 들리는지 안 들리는지 모르겠던걸. 이렇게 말하긴 뭣하지만, 뭐에 쫓기는 사람들 같았어."

쫓기는 사람들?

무엇을 피하려 했던 것일까. 그런데 바로 짐작되는 일이 있었다.

나로부터? 그렇다. 내게서 피하려 한 것이다.

다카시가 시즈오카에 왔다는 것을 '적'이 이미 알고 있을 가능성이 충분했다. 그들은 다카시가 도모히코의 부모님을 만나게 될까 봐 미리 손을 쓴 것이다.

충분히 있을 수 있는 일이었다. 전에 전화를 걸었을 때도 그랬다. 도모히코의 부모님은 진실을 숨기려는 쪽 사람이다.

모두들 사라지는군, 하고 다카시는 생각했다. 시노자키, 도모히코, 마유코, 스토. 그리고 지금 또 두 사람이 사라졌다.

다카시가 집에 돌아와 보니 아버지 히로시가 벌써 들어와 있었다. 식품 회사에서 공장장으로 일하고 있는 히로시는 정년이 3년 앞으로 다가와 있다.

신선한 해물로 만든 어머니의 요리를 안주 삼아 아버지와 아들이 오랜만에 맥주잔을 기울였다. 히로시는 다카시가 무슨 일을 하는지 자세하게 알고 싶어 했다. 기술자 선배로서 뭐라도 조언을 해 주고 싶어 안달하는 모습이었다. 다카시는 거짓말을 하지 않을 수 없었다.

"그래, 여러 가지로 불만이 많겠지. 하지만 이러니저러니 해도 회사라는 곳은 사원을 지켜 주는 법이다. 그렇게 믿고 일하면 틀림이 없을 게야."

그런 말에는 맞장구를 치기도 했다. 아버지의 인생관에 반박할 마음은 없었다.

도중에 형 부부가 아이를 데리고 찾아왔다. 아이는 두 살이다. 손자를 안고서 너그러운 할아버지 표정을 짓고 있는 아버지를 보니 다카시는 내가 대체 뭘 하고 있는 거지 하는 생각이 들었다. 이런 곳으로 돌아왔다고 해서 해결될 일은 아무것도 없을 듯싶었다.

"다카시, 빨래는 제대로 하고 있니?"

저녁을 먹고 난 후에 가즈코가 물었다.

"하고 있지. 그런 건 왜 묻는데?"

"지난봄에 그런 일이 있었으니까 그렇지."

"봄에?"

"잊어버렸어? 그때 빨래를 산더미처럼 택배로 보냈잖아. 그거 전부 빠느라 얼마나 고생했는데."

"아······."

생각났다. 그런 일이 있었다. 종이 박스로 두 개였다.

"전부 겨울옷이어서 2층 서랍장에 정리해 놓았어. 필요하면 보내 주마."

"아니, 아직은 괜찮아."

"다른 건 어쩔까? 버려도 되겠니?"

"다른 거라니?"

"책이랑 만화, 그리고 자질구레한 것들이 같이 들어 있었는데."

그런 것들도 넣었었나. 기억이 약간 애매했다. 넣었던 것 같기도 하다.

"종이 박스에 담아서 2층 네 방에 갖다 두었으니까 필요 없는 건 따로 놔두면 좋겠다."

알았어, 하고 다카시는 대답했다.

다카시의 방은 2층에 있다. 두 평이 약간 넘는 다다미방으로, 벽 쪽에 책상과 책꽂이가 놓여 있다. 잘 때는 벽장에서 요와 이불을 꺼내는데, 오늘 밤에는 이부자리가 벌써 펴져 있었다.

다카시는 의자에 앉아, 책상 위에 놓인 것들과 서랍 속에 담긴 것들, 그리고 책꽂이의 책들을 쓱 훑어보았다. 다들 나름의 추억이 있고, 지금도 기억에서 끌어낼 수 있는 것들이다. 아무것도 변하지 않았는데 딱 한 가지, 마유코와의 관계만 기억과 사실이 어긋난다.

책꽂이 앞에 종이 박스가 하나 놓여 있었다. 어머니가 말한 박스인 듯했다. 다카시는 이불 위에 책상다리를 하고 앉아 박스를 열었다. 언뜻 보기에 별게 없는 것 같았다. 우선 만화 단행본 열 권. 이건 둘 곳이 없어 난감한데 버리자니 아까워서 고향으로 보낸 것이다. 그다음 소설과 논픽션이 합해서 여덟 권, 낡은 자명종, 촌스러운 모자, 그리고 잡동사니라고밖에 표현할 수 없는 것들이 몇 가지 밑바닥에 깔려 있었다.

한숨을 쉬고 있는데 그 잡동사니 사이로 조그만 종이 꾸러미가 보였다. 20센티미터 남짓한 길쭉한 모양이다. 포장용 종이로 싼 것을 또 테이프로 둘둘 감았다.

이게 뭐였지 하고 잠시 생각했다. 그러나 생각이 나기도 전에 다카시는 테이프를 뜯어내고 종이를 펼쳤다. 나온 것은 누런 봉투였다. 그리고 그 속에 무언가가 들어 있었다.

봉투를 거꾸로 해서 내용물을 꺼냈다. 스르륵 빠져나온 것을 다카시는 왼손으로 잡았다.

그것은 안경이었다. 금테 안경. 그런데 왼쪽 렌즈가 깨져 있었다.

낯익은 모양이었다. 모양뿐만 아니라 프레임의 디자인도 렌즈의 두께도 낯이 익었다. '그'가 이 안경을 고등학교 시절부터 애용했기 때문이다. 신경이 예민한 '그'는 다른 안경이 얼굴에 착 감기지 않는다면서 이 안경만 줄기차게 썼다.

'그'는 도모히코를 말하는 것이다. 이것은 도모히코의 안경이다.

다카시는 자신의 두뇌가 보이지 않는 힘에 짓눌리는 것을 느꼈다. 무언가가 기억의 수렁에서 떠오르려 하고 있었다. 그러나 동시에 그것을 억제하려는 힘도 존재했다.

안경. 도모히코의 안경. 내가 왜 이걸 가지고 있었을까.

시야가 좁아지는 듯한 감각을 느꼈다. 그것은 착각이 아니었다. 그는 무의식중에 눈꺼풀을 내리고 있었다. 그리고 그대로 이부자리에 누웠다.

어떤 영상이 뇌 속의 스크린에 비치는 듯했다. 그런데 좀처럼 영상이 선명해지지 않았다. 뿌연 안개 같은 것이 스크린을 가리고 있었다.

갑자기 안개의 흐름이 갈라졌다. 그 틈으로 선명한 그림이 나타났다.

도모히코의 얼굴이었다. 안경은 끼지 않았고, 눈을 감고 있다. 그리고 움쩍도 하지 않는다.

그런 도모히코를 내려다보는 자신을 인식했다. 그리고 그때의 감정까지도.

다카시의 감정이 격하게 흔들렸다. 충격을 받은 나머지 혼란스러워졌다. 끝내 그가 외쳤다.

"내가 도모히코를 죽인 거였어!"

그 목소리에 다카시 자신이 경악했다. 그것은 누구의 목소리인가. 내 입에서 나온 것인가. 아니면 기억 속의 내가 외친 것인가.

그러다 또다시 안개가 눈앞을 가렸다.

SCENE 9

눈을 떴을 때, 평소와는 뭔가가 조금 다르다고 생각했다. 침대에서 일어나 창문 커튼을 열었다. 유리창 너머로 하얀 것이 하늘하늘 떨어졌다. 12월에 눈이 내리다니, 최근에는 별로 없는 일인데, 하면서 기억을 더듬어 보았다. 역시 기억에 없었다.

추위에 떨면서 부엌으로 가 커피 메이커를 세팅하고 토스트에 마가린을 바르고 있는데 테이블 위에 있는 전화가 울렸다.

"나야. 벌써 일어났어?"

마유코였다.

"응, 조금 전에."

아침에, 그것도 쉬는 날 아침에 좋아하는 여자의 목소리를 듣는 것은 기분 좋은 일이었다. 오늘은 토요일이다.

"눈이 내리는군."

"그러네."

그녀가 시큰둥하게 대답했다. 다른 생각을 하고 있는 듯했다. 나는 불길한 예감이 들었다. 그 예감대로 그녀가 말했다.

"오늘 밤 일 말인데."

"응."

"역시 그만둘래. 하룻밤 생각하고 결정한 거야."

나는 수화기를 든 채로 침묵했다.

마유코에게 저녁을 같이 먹자고 한 것이 어제다. 망설인 끝에 꺼낸 말이었다. 두 달 가까이 나는 매일 밤 그녀에게 전화를 걸었지만 데이트를 하자고 한 적은 한 번도 없었다. 굳이 어젯밤에 그런 제안을 한 것은 도모히코가 크리스마스이브를 같이 보내자고 했다는 말을 그녀에게 들었기 때문이다. 이브는 다음 주 화요일이다.

"왜?"

잠시 뜸을 들이면서 기분을 가라앉힌 후에 물었다.

"이런 관계는 역시 좋지 않다고 생각해. 어중간하고."

"양다리 걸치는 여자들 얼마든지 있어."

"그럴 수도 있겠지만 내 성격에는 맞지 않아."

"크리스마스이브에는 어떻게 할 건데? 도모히코와 만날 거야?"

"그 사람과는 이미 약속했는걸, 뭐. 하지만 다카시 씨와는 약속하지 않았잖아. 내가 하룻밤 생각해 보겠다고 했고."

초조함이 밀려왔다. 조금 전까지만 해도 추워서 떨었는데 지금은 이상하게 몸이 뜨거웠다.

"네 마음은 어떤데? 지금도 역시 나보다 그 녀석을 더 좋아하나?"

순간적으로 마유코가 놀라는 기척이 느껴졌다. 그녀가 말했다.

"그렇다고 말하면 수긍하겠어?"

"거짓말이 아니라면. 그렇다고 내 마음이 바뀌지는 않겠지만."

숨을 내쉬는 소리가 들렸다. 한숨을 쉰 모양이었다.

"미안하지만 지금은 그 질문에 대답할 수 없어."

"그 말은 어느 쪽을 더 좋아하는지 스스로도 잘 모르겠다는 뜻인가?"

"그렇게 해석해도 상관없어. 아무튼 지금은 보류할게."

"치사하군."

"응, 알아. 그러니까 적어도 양다리는 걸치고 싶지 않은 거야."

"그런 게 이유라면 도모히코 쪽도 취소하는 게 옳지 않을까."

"그럴지도 모르지. 아니, 그렇다고 생각해. 하지만 다른 이유도 있어. 그 사람과는 한번 만나서 조곤조곤 얘기를 해 보고 싶어."

"다른 이유?"

마유코가 망설이고 있다는 것이 느껴졌다. 그 순간 나는 그녀가 무슨 말을 할지 알 것 같았다. 동시에 '피하고 싶은 화제로군.' 하고 생각했다.

"요즘 그 사람, 좀 이상해. 거의 하루 종일 연구실에서 나오질 않아. 안쪽에서 문을 걸어 잠그고 나도 못 들어오게 해. 그러면서 실험은 아무것도 하지 않아. 아무 소리도 들리지 않고, 전기를 쓰는 것 같지도 않고."

"실험을 하는 것만이 연구는 아니잖아."

"그건 알아. 그래도 너무 이상해. 얼마 전에 어쩌다 문이 열려 있어서 안을 들여다본 적이 있는데, 그 사람, 불도 켜지 않은 채 어두컴컴한 방에서 꼼짝 않고 있었어. 내가 들어간 것도 알아차리지 못한 것 같았고. 죽은 줄 알았어. 뭐하냐고 물었더니 생각을 하고 있을 뿐이라고 하더라고."

"그 녀석이 그렇게 말했다면 그런 거겠지."

"그런데 매일 그래. 이상하다는 생각 안 들어?"

물론 이상하다고 생각했지만 그렇게 말하지 않는 편이 좋겠다고 판단했다.

"연구 때문에 고민할 일이라도 있는 거겠지. 옛날부터 그런 일이 간혹 있었어. 그냥 내버려 두는 편이 좋을 것 같은데."

하지만 그런 조언은 아무 효과가 없는 것 같았다. 그녀가 핵심을 건드렸다.

"그 사람이 이상해진 건 연구가 일단락된 후야. 9월 말이나 10월 초쯤."

"그게 어쨌다는 건데?"

나는 애써 침착한 목소리로 말했다.

"실은 한 가지 마음에 걸리는 게 있어. 시노자키 군 일이야."

움찔했다. 그러나 그녀에게 들킬 수는 없었다.

"시노자키라면, 지난가을에 MAC를 그만둔 녀석 말이야?"

"그가 회사를 그만둔 게 아무래도 마음에 걸려. 너무 갑작스럽잖아."

"갑작스러우면 안 되는 건가."

"그런 게 아니라…… 아무튼 그래. 그래서 도모히코 씨와 얘기를 하고 싶은 거야. 이해해 줘."

"같은 연구실에 있는 사람으로서 얘기를 나누고 싶다는 말이군."

"그래, 그런 거야."

"그렇다면 내가 뭐라고 할 수 없지."

"미안해."

"사과할 일은 아니야."

전화를 끊은 후에도 내 가슴에는 찜찜한 것이 남아 있었다. 커피가 다 내려져 커다란 머그컵에 따라서 그대로 마셨다. 가슴에 남아 있는 찜찜한 응어리의 정체를 나 자신도 파악할 수 없었다. 그녀가 오늘 밤의 데이트를 거절한 것에 대해서는 그다지 충격을 받지 않았으니 역시 도모히코에 대한 얘기가 부담스러운 것이다.

그 밤의 일은 마유코에게 말하지 않았다. 깊은 밤에 스토 교관과 도모히코는 관처럼 생긴 상자를 옮겼다. 물론 도모히코에게도 묻지 않았다. 그러니 나는 지금 그 상자 안에 무엇이 들어 있었는지, 그들이 뭘 한 것인지, 진상을 전혀 모른다.

그러나 상상하는 일은 있다. 마유코의 지적과 그것은 일치
한다.

시노자키이다. 그날 이후에도 시노자키는 모습을 보이지
않았다. 그리고 퇴사했다는 소문이 떠돌았다. 따라서 모습을
보이지 않은 채 그대로 회사를 그만두었다는 얘기다. 이유는
개인 사정.

그 상자에 시노자키가 들어 있었다는 생각이 그리 엉뚱한
것 같지 않았다. 오히려 타당한 추리가 아닐까 싶었다. 문제
는 상자 안에 있는 시노자키가 어떤 상태였냐는 것이다.

그다음은 일부러 생각하지 않으려 했다. 예상되는 그림은
있었다. 그러나 그 그림을 상상하면 마음이 어두워질 뿐이
고, 그리고 무엇보다 근거가 없었다.

마유코에게 말하지 않은 것은 괜히 걱정하게 만들고 싶지
않아서였다. 모르면 그녀에게 문제가 생기는 일도 없다.

여기까지 생각했을 때 마음속에 한 가지 의문이 생겨났다.

정말 그럴까. 내가 그녀에게 말하지 않은 이유가 그뿐일까.

그렇지 않다고 생각했다. 그 관 같은 상자에 대해서 마유코
에게 말하지 않은 것은 나 자신을 위해서다. 나를 위해 얘기
하면 안 된다고 생각한 것이다. 얘기하면 모든 것이 무너질
것만 같아 두려웠다.

무엇이 무너지는가, 왜 무너지는가. 그 문제는 아직 말로

설명할 수 있을 만큼 내 안에서 정리되지 않았다. 하지만 두렵다는 느낌은 확실하게 존재하고, 그것은 또 나 자신을 향해 경보를 울리고 있었다.

이브에 마유코는 도모히코를 만난다. 그녀는 '무언가'를 알게 될지도 모른다.

나는 그렇게 될 것을 두려워하고 있었다. 지금 가슴속에 있는 불안의 정체는 바로 그것이다.

오늘이 천황의 생일이라서 토요일부터 사흘째 쉬고 있다. 만약 토요일 밤에 마유코를 만났다면 그야말로 몸과 마음이 모두 활기를 되찾았을 것이다. 그런데 실제로는 뒹굴거리기만 하고 있다. 연휴 중의 수확은 밀린 비디오를 보고 논픽션 소설을 한 권 읽은 것뿐이다.

연휴의 마지막 밤이 허망하게 시작되려는 때, 현관 벨이 울렸다. 도어 렌즈 너머로 도모히코의 차분한 얼굴이 보였다.

"어쩐 일이야?"

나는 손잡이를 잡은 채로 물었다.

"응, 부탁이 좀 있어서."

도모히코의 표정이 딱딱하게 굳었다. 야윈 얼굴은 평소보다 한층 창백하고 초췌해 보였다.

"아무튼 들어와."

내가 그렇게 말하는데도 도모히코는 현관 앞에 선 채로 신발을 벗으려 하지 않았다.

"왜 그래, 들어와."

"아니, 여기 있다 바로 갈게. 금방 끝나는 일이니까."

"대체 뭔데 그렇게 정색을 하고 그래?"

웃어 보았지만 내 얼굴도 약간 일그러졌다.

"저, 실은 얻어 가고 싶은 게 있어서."

"뭔데?"

도모히코가 숨을 들이쉬었다. 그리고 내 눈을 똑바로 보면서 말했다.

"콘돔."

이번에는 내가 숨을 들이쉬었다. 팔짱을 낀 후 그 숨을 토하며 고개를 끄덕였다.

"아, 알겠다."

"전에 네가 말한 적 있잖아. 직접 사기 창피할 테니까 필요할 때 말하라고. 그래서……."

물론 그런 말을 한 적이 있었다. 내게 도모히코의 친구로서의 자격이 아직 있었을 때의 얘기다.

"그래서 일부러 이렇게……."

나는 고개를 돌리고 머리를 긁적거렸다.

"여기까지 왔는데 미안하다. 지금 갖고 있는 게 없어."

"그렇구나."

"어."

고개를 끄덕이면서 도모히코를 보았다. 그는 내 얼굴을 똑바로 쳐다보고 있었다. 실망한 눈치도 아니었다.

"그래, 그럼 어쩔 수 없지. 내가 어떻게 해 볼게."

"약국 말고 편의점에서도 팔아."

"응, 알고 있어. 쉬는데 방해해서 미안하다."

도모히코가 현관문 손잡이를 잡았다.

"맥주라도 한잔하고 가지그래."

"아니, 오늘은 사양할게. 다음에."

도모히코는 마지막으로 다시 한 번 내 얼굴을 쳐다보고서 현관을 나섰다. 나는 문을 잠그려 한 걸음 내디디다가 동작을 멈췄다. 여느 때 같으면 들렸을 발소리가 들리지 않았다. 도모히코가 복도를 걸어가는 발소리가.

녀석이 아직도 있는 것이다. 문 너머에서 꼼짝하지 않고 서 있다.

그 순간 나는 도모히코가 나를 찾아온 이유를 알았다. 녀석은 내 마음을 확인하고 싶었던 것이다. 마유코를 향한 내 마음을. 그리고 지금 녀석은 확신을 얻었을 것이다.

문을 사이에 두고 나와 도모히코는 동상처럼 서 있었다. 녀석의 모습은 보이지 않았지만, 틀림없이 그럴 거라고 나는 생각했다. 그리고 녀석 역시 내가 이러고 있다는 걸 알고 있다고.

몇 초나 그렇게 있었을까. 나는 얼어붙은 것처럼 동작을 멈춘 채 마음속에서 무언가가 천천히 쓰러지는 것을 느꼈다. 언젠가 텔레비전에서 보았던, 아마존의 거목이 잘려 쓰러지는 순간의 슬로 모션 영상이 뇌리에 되살아났다. 배경 음악으로는 〈레퀴엠〉이 흘렀었다.

탁, 하는 소리가 났다. 도모히코가 첫걸음을 내딛는 소리였다. 그것이 마치 봉인이 풀리는 신호인 것처럼 내 몸도 움직였다. 멀어지는 녀석의 발소리를 들으면서 나는 문을 잠갔다.

그때였다. 기묘한 감각이 느껴졌다. 그것은 데자뷔와 비슷했다. 언젠가도 이와 똑같은 체험을 했다는 감각이었다.

아니, 그렇지 않다. 오늘 밤의 일을 나는 오래전부터 예견하고 있었다. 도모히코가 나를 찾아오는 것으로 우리 두 사람의 우정이 소멸하리라는 것을 알고 있었다. 왜인지는 모른다. 아무튼 알고 있었다.

묵직한 통증이 머리를 덮쳤다. 속이 약간 메슥거렸다.

내가 집을 나선 것은 자정 직전이었다. 차가운 바람이 불어 집 안에서는 따뜻했던 몸에 한기가 돌았다. 인조 가죽 코트 주머니에 두 손을 푹 쑤셔 넣고 큰길까지 걸어가서 택시를 찾았다. 내쉬는 숨이 담배 연기처럼 하얬다.

간신히 잡은 개인택시 운전사에게 "고엔지 역."이라고 말하고 등받이에 몸을 기대었다. 무슨 생각이든 날 것 같은데 아무 생각도 하지 않으려 애썼다. 창밖을 내다보니 늦은 밤인데도 낮과 다름없이 많은 차가 달리고 있었다.

정상 궤도를 벗어나 일탈 행위를 하려는 자신을 냉정하게 관찰하고 있는 또 다른 자신의 존재를 나는 자각하고 있었다. 마치 제삼자처럼 내 행동을 관찰하고 사고를 분석하고 있다. 그리고 다음 순간에는 입장이 뒤바뀌어 있다. 즉 나는 나 자신을 보고 있는 것이다. 앞으로 내가 무엇을 하고 그 결과가 어떻게 될 것인지도 알고 있다. 그런데 나는 그것을 통제할 수 없다. 그저 보고만 있을 뿐이다.

순환 7호선에서 고엔지 역으로 가는 길로 들어섰다. 역 앞에서 택시를 세우고 요금을 지불했다. 아직 전철이 운행되고 있는지 역에서 사람들이 줄줄이 나왔다. 그들과 함께 상점 거리의 좁은 길을 걸어갔다. 열려 있는 가게는 없었다.

전에 마유코와 함께 걸었던 길을 떠올리면서 걸음을 옮겼다. 딱 한 번 왔을 뿐인데 조금도 길을 헤매지 않았다. 몇 분만에 하얀 타일 벽 건물 앞에 도착했다. 주저 없이 정면의 조그만 계단을 올라가 유리문을 밀었다. 바로 오른쪽에 우편함들이 있고, 302호 칸에 쓰노라고 적혀 있었다.

엘리베이터를 타고 3층에서 내렸다. 계단 바로 옆이 302호였다. 문 옆에 벨이 붙어 있다.

이걸 누르지 않으면 전혀 다른 미래가 있다는 것을 '나'는 알고 있었다. 누르지 말아야 한다는 생각도 있었다. 하지만 나는 누르고 말았다. 코트 주머니에서 꺼낸 오른손을 천천히 올리고 집게손가락이 버튼을 누르는 것을 '나'는 보았다. 문 안쪽에서 벨 소리가 울렸다.

인기척이 났다. 나는 도어 렌즈를 노려보았다. 렌즈 너머에는 마유코의 아몬드 모양 눈이 있을 터였다.

생각했던 것보다 커다란 소리가 나면서 잠금장치가 풀리고 내 앞으로 문이 열렸다. 마유코가 얼굴을 내밀었다. 그녀는 눈을 부릅뜨고 있었다. 불안과 놀라움과 당혹감이 섞인 표정이다.

"웬일이야?"

그녀의 목소리가 약간 쉬어 있었다. 머리카락 끝이 조금 젖어 있는 것은 목욕을 하고 난 후라서 그런지도 몰랐다. 그러고 보니 좋은 향기가 나는 듯도 했다.

적당히 뭐라 둘러대고서 이 자리를 떠나는 방법도 없지는 않았다. 그런 생각이 순간적으로 내 머리를 스쳤다. 하지만 결국 나는 그러지 않았다. 내면에서 격렬하게 나를 뒤흔드는 충동을 이기지 못한 것이다. 이기지 못했다는 것도 '나'는 알고 있었다.

나는 아무 말도 않은 채 문을 활짝 열었다. 어, 하는 것처럼 마유코의 입이 움직였다. 그런 그녀의 몸을 밀어 넣듯이 하면서 나는 실내로 침입했다. 그리고 손을 뒤로 돌려 문을 닫고 잠금장치를 걸었다.

"무슨 짓이야?"

마유코가 비난하는 눈빛으로 나를 쳐다보았다.

"너를 안고 싶어."

'나'는 나의 목소리를 들었다.

마유코는 나를 노려보면서 작게 고개를 저었다. 나는 그녀의 목덜미로 손을 뻗었다. 그녀는 뒷걸음질치면서 그 손을 비켜갔다.

나는 신발을 벗고 안으로 들어갔다. 그 자리에 코트를 벗어 던졌다.

마유코는 좁은 원룸 한가운데에 우뚝 서 있다. 텔레비전이 켜져 있고, 화면에서는 외국 가수가 허스키한 목소리로 발라드를 부르고 있다. 텔레비전 앞에는 조그만 유리 테이블이 있고, 그 위에는 귤이 담긴 바구니가 있다. 바구니 옆에 귤 하나를 먹은 흔적이 남아 있다. 텔레비전 반대쪽에는 벽에 딱 붙게 침대가 놓여 있다.

내가 한 걸음 다가가자 마유코는 한 걸음 뒤로 물러났다. 그렇게 몇 번을 하고 나자 더는 그녀가 물러날 곳이 없어졌다. 그녀의 등 뒤에는 베란다로 나가는 유리문이 있고, 레이스 커튼 너머 유리창에는 그녀의 등과 내 모습이 비쳐 있었다. 나는 지금 자신이 어떤 얼굴을 하고 있는지 보고 싶지 않아 유리문에서 눈길을 돌렸다.

다시 마유코의 목덜미로 오른손을 뻗었다. 그러나 그녀는 몸을 구부리고 그 밑으로 빠져나가 유리 테이블 쪽으로 피하려 했다. 나는 그런 그녀의 오른손을 휙 잡았다.

나는 마유코의 오른손을 잡은 채 그녀의 몸을 끌어당기려 했다. 하지만 그녀가 아프다는 듯이 얼굴을 찡그려 그만 손의 힘을 늦췄다.

그녀가 말없이 고개를 저으며 내 손을 뿌리쳤다. 그리고 내게서 조금 떨어지더니 이쪽을 향해 무릎을 꿇고 앉았다. 그리고 꽉 쥔 주먹을 무릎 위에 올려놓았다. 그녀의 눈이 슬픈 빛을 띠고 나를 올려다보았다.

그 눈빛이 순간 나를 머뭇거리게 했다. 하지만 그것은 아주 짧은 순간의 일이었다. 나는 다시 한 번 마유코의 오른손을 잡았다. 그녀는 그 손을 뿌리치지는 않았지만 주먹을 풀지도 않았다.

그녀가 몸을 비틀어 피하려 했다. 나는 그녀의 왼쪽 어깨를 손으로 감고 그대로 몸을 끌어당겼다.

마유코의 얼굴이 바로 내 눈앞에 있었다. 비누 냄새가 났다. 그녀의 슬픈 눈빛은 달라지지 않았다.

나는 그 이상 움직일 수가 없었다. 귀신이라도 씐 것 같았다. 그저 그녀의 얼굴을 쳐다볼 뿐이었다. 그녀도 내 눈을 빤히 쳐다보았다.

불쑥 그녀가 힘을 뺐다. 그 전까지 석상 같던 그녀의 몸이 둥실 가볍고 부드러워졌다.

나는 그녀에게 키스했다. 그리고 꼭 껴안았다.

의식을 치르듯, 아니면 습관적인 행위라도 하듯 나와 마유코는 담담하게 섹스를 했다. 그러는 동안 서로가 아무 말도 하지 않았다. 텔레비전을 끈 쪽은 나지만 나이트 스탠드를 끈 쪽은 마유코였다. 그녀의 속옷은 내가 벗겼지만, 나는 스스로 속옷을 벗었다. 그 같은 행위가 모두 말이 없는 가운데 이루어졌다.

섹스가 끝난 직후에 마유코의 머리는 내 오른팔 아래에 있었다. 나는 그녀의 머리칼을 손가락으로 쓰다듬었다. 그러나 잠시 후 마유코는 스르르 침대에서 빠져나갔다. 부연 어둠 속에서 가녀린 나체의 윤곽이 희미하게 보였다. 그녀는 벗어 놓은 옷가지를 챙겨 욕실로 사라졌다. 나는 나이트 스탠드를 켜고 빛의 세기를 가장 낮게 조절했다.

돌아온 마유코는 치마 위에 스웨터를 입고 있었다. 눈살을 살짝 찌푸리고 있는 듯 보였는데, 스탠드가 켜져 있는 것이 뜻밖이어선지 불빛이 눈부신 탓인지는 알 수 없었다.

그녀는 침대에 앉아 고개를 숙였다. 소리 없는 한숨이 느껴졌다.

나는 그녀의 손 위에 내 손을 겹쳤다.

"나와 결혼하는 거, 생각해 주면 좋겠는데."

마유코의 눈썹이 꿈틀했다. 그리고 숨을 크게 몰아쉰 후 이쪽을 보지 않고 말했다.

"그럴 수는…… 없어."

"어째서?"

그녀가 다시 일어섰다. 나이트 스탠드의 불빛이 닿지 않는 현관 언저리까지 걸어가 이쪽을 돌아보았다.

"오늘 밤 일은 잊자. 나도 잊을 테니까."

"무슨 소리야."

"처음이자 마지막이라는 말을 하는 거야."

"도모히코를 선택하겠다는 뜻이야?"

"나는,"

그녀는 고개를 살랑살랑 흔들며 말했다.

"선택할 권리 같은 거 없어."

"무슨 뜻이지?"

"미안해. 더는 아무 말 하고 싶지 않아."

마유코가 현관으로 내려서서 신발을 신기 시작했다.

"마유코……."

"좀 걷고 올 테니까 그동안 나가 줘. 부탁이야."

"자, 잠깐만, 우리 좀 더 얘기를……."

하지만 그녀는 내 말을 무시하고서 현관문을 열고 나가 버렸다. 나는 침대에서 벌떡 일어나 벗어던진 옷을 허둥지둥 걸쳤다.

현관을 나섰을 때, 그녀의 모습은 없었다. 그녀가 돌아오기를 기다려야 하나 어쩌나 생각하다가 결국 나는 엘리베이터 버튼을 눌렀다. 내가 기다리는 한 그녀는 돌아오지 않는다, 그런 기분이 들었기 때문이다.

아파트에서 나온 후에는 마유코를 찾아 밤길을 마구 돌아다녔다. 화끈했던 얼굴과 머리를 겨울 공기가 싸늘하게 식혀 주었다. 그런데도 겨드랑이에서는 식은땀이 흘렀다.

마유코는 아무 데도 없었다. 그러나 포기할 수는 없다. 나는 한없이 밤길을 헤매 다녔다. 어딜 가든 어두운 밤길이 나를 맞을 뿐이었다.

내 머릿속에 도모히코에 대한 증오심이 생겨났다. 그것은 부글부글 들끓어 급기야 모든 사고를 지배하기에 이르렀다.

마유코는 그 녀석에게 얽매여 있는 것이다.

그 녀석 몸이 정상이라면 그녀도 녀석과 헤어질 결심을 굳힐 수 있었을 것이다. 그런데 그녀는 장애가 있는 녀석을 도저히 버리지 못하는 것이다.

녀석은 그런 그녀의 착한 마음을 이용하고 있다.

그것을 최대한 활용해서 그녀를 얻으려 하고 있다.

그 녀석만 없으면.

도모히코만 없으면.

검은 마음이 내 가슴을 뒤덮어 갔다. 자신 속에 있는 암흑의 심연을 깨닫고 나는 경악했다.

아니, 그렇지 않다.

그때의 나에게 자신을 직시할 냉철함은 없었다. 경악한 것은 그때의 내가 아니다. 나를 보고 있는 다른 '나'이다.

나는 걸음을 멈추고 주위를 돌아보았다.

'나'는 어디에 있는가. 여기는 어디인가.

갑자기 모든 것이 이해되었다.

여기는 과거다. 기억 속에 있는 세계다. '나'는 기억 속에 있는 나 자신을 보고 있다.

마음의 경종이 울렸다. 무언가가 '돌아가야 한다'고 경고하고 있었다. '내' 마음속에 있는 무엇이다.

'나'는 몸부림치며 허공으로 손을 허우적거렸다.

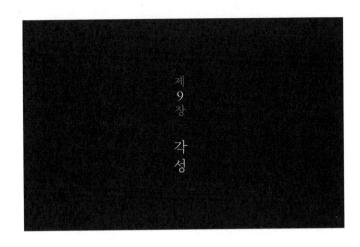

제
9
장

각
성

하얀 어둠이 있었다. 그 어둠의 한가운데가 천천히 벌어지더니 뿌연 영상이 눈앞에 펼쳐졌다. 그것이 느릿느릿 윤곽을 지니기 시작했다. 처음 눈에 들어온 것은 자기 자신의 오른손이었다. 공기를 잡기라도 하려는 것처럼 허우적거리는 손. 손끝이 파르르 떨렸다.

마침내 그는 자신이 침대에 누워 있다는 것을 인식했다. 누운 채 오른손만 움직이고 있었다.

"쓰루가 씨, 쓰루가 씨."

누군가 그의 이름을 불렀다. 그는 베개 위에서 머리를 움직였다. 하얀 옷을 입은 중년의 남자가 침대 옆에서 다카시의 얼굴을 들여다보고 있다. 남자 뒤에는 야윈 간호사가 서 있다.

의사인 듯한 하얀 옷의 남자는 손을 다카시의 얼굴 앞에 대고 흔들었다.

"보이세요?"

"네."

"이름이 뭐죠?"

"쓰루가 다카시입니다."

의사는 간호사와 눈을 마주쳤다. 다카시에게는 두 사람이 안도하는 것처럼 보였다.

"저, 제가 지금……."

몸을 일으키려다 머리에 뭐가 들러붙어 있다는 것을 알았다. 머리에서 튀어나온 코드 몇 줄이 머리맡에 있는 계기에 연결되어 있었다. 그것이 뇌파 측정기라는 것은 다카시도 알고 있었다.

"이제 종료하죠."

의사가 말하자 간호사가 다카시의 머리에서 코드를 떼어냈다. 다카시는 얼굴을 비비면서 윗몸을 일으켰다.

"기분은 어떻습니까?"

"그냥 그런데요. 좋지도 나쁘지도 않고. 저……, 무슨 일이 있었던 겁니까? 왜 내가 이런 곳에 있는지……, 여기는 병원 같은데."

그는 실내를 둘러보았다. 하얗고 썰렁한 독실이었다.

"무슨 일이 있었는지는 저희들도 궁금하군요."

의사는 손바닥을 마주 비비면서 말했다.

"가족 분 얘기를 들으니 환자 분이 방에 쓰러져 있었다더군요. 그런데 처음에는 선잠이 든 줄 알았답니다. 그래서 그냥 내버려 두었는데 다음 날 아침이 되어도 일어나지를 않더래요. 어머님이 깨워도 전혀 일어날 기미가 없었다고 합니다. 그렇게 밤이 되었는데도 계속 잠을 자는 터라 무슨 이상이 있는 것은 아닐까 걱정스러운 나머지 부모님께서 저희 병원으로 연락을 하신 겁니다."

"계속 잠을……, 그랬군요."

희미하게 기억이 났다. 시즈오카 집 2층에서 종이 박스에 뭐가 들었는지 보다가 도모히코의 안경을 발견했다. 그다음부터 기억이 끊겼다.

"환자 분의 신체를 전부 조사해 봤지만 아무 이상이 없었어요. 그런데 왜 그렇게 잠을 오래 잤는지 도무지 짚이는 게 없습니다. 환자 분이 잠잔 시간이 약 40시간입니다. 영양 보급에 대해 고려하고 있는 참에 깨어나고 있다는 연락을 받고서 이렇게 달려온 겁니다."

"40시간이라고요? 믿을 수가 없군요."

다카시가 고개를 절레절레 흔들며 말했다.

"과거에도 이런 일이 있었습니까?"

"아니요, 한 번도……."

"흐음."

의사는 영문을 모르겠다는 표정이었다.

"저, 정말 아무 데도 이상이 없었나요?"

"없어요. 맨 먼저 뇌 장애를 의심했는데 전혀……."

그렇게 말하고서 의사가 뇌파 측정기 쪽을 힐금 쳐다보았다.

"왜요?"

"아니, 이건 이상이랄 것까지는 없는데,"

의사가 그렇게 전제하고서 말을 이었다.

"뇌파의 상태가 조금 남다르다는 인상을 받았습니다."

"남다르다는 건?"

"간단히 말해서, 꿈을 아주 많이 꿨다고 할 수 있죠."

"잠을 자는 중에도 정신은 활동을 계속했다는 말입니까?"

다카시의 말에 의사가 고개를 위아래로 크게 끄덕거렸다.

"바로 그렇습니다. 물론 이는 보통 사람들에게도 흔히 보이
는 현상이죠. 하지만 환자 분의 경우에는 그것을 나타내는
뇌파가 아주 빈번하게 나타났습니다."

"네에……."

"하지만 아까도 말씀드렸듯이 이상이라고 할 수는 없습니
다. 사실 잠에 대해서는 아직 모르는 것이 많은 터라."

다카시가 고개를 끄덕였다. 그것은 그도 잘 알고 있는 부분이다.

"그래서, 이제 집에 가도 되는 겁니까? 이상이 없다고 하시니⋯⋯."

"몇 가지 검사를 더 해 보고 이상이 없으며 돌아가셔도 괜찮습니다. 다만,"

의사가 팔짱을 꼈다.

"당분간은 신중하게 행동하는 편이 좋겠습니다. 가령 운전을 피한다든지."

"기면증 환자처럼 말이죠."

"아, 기면증 환자는 갑자기 잠에 빠지지만 불과 몇 분에서 몇십 분 동안입니다."

"알겠습니다. 주의하죠. 그런데 오늘이 무슨 요일이죠?"

"일요일입니다. 환자 분이 잠자기 시작한 것은 금요일 밤이고요."

다행이라고 다카시는 생각했다. 무단결근은 피할 수 있기 때문이다.

"어머님 어디 계시지?"

의사가 간호사에게 물었다.

"밖에요. 아까부터 계속 기다리고 계세요."

간호사가 대답했다.

"그렇다면 검사에 들어가기 전에 먼저 건강한 모습을 보여 드리는 게 좋겠군."

그렇게 말하면서 의사가 다카시에게 웃음 지었다.

병실에 들어온 어머니는 다카시를 보고서 울음을 터뜨리고 말았다. 영원히 잠에 빠지는 것은 아닐까, 걱정이 이만저만 아니었다고 한다. 원인을 알 수 없다는 의사의 설명에 그녀는 같은 일이 또 벌어질 가능성을 상상했는지, 얼굴을 찡그리며 불안한 기색을 보였다.

"일단은 집에서 지내면서 상태를 지켜보는 게 좋겠다. 내일 아침 일찍 회사로 연락하면 무단결근은 아니지 않겠니?"

집으로 돌아가는 택시 안에서 어머니가 말했다.

"그건 상관없지만 언제까지 여기 있을 수는 없어."

"그래도 이삼 일은 쉬어야지. 일 때문에 너무 지친 거야. 그래서 이런 일이 생긴 거래."

입씨름을 해 봐야 물러설 어머니가 아니라는 생각에 다카시는 잠자코 있었다.

집에서는 아버지가 기다리고 있었다. 원인을 잘 모르는 것 같더라는 어머니의 말에 아버지는 불만스럽다는 표정을 지었다.

"더 큰 병원에 가서 진찰을 받아 보는 편이 좋지 않겠어?"

"그래도 이 부근에서는 가장 큰 병원이야."

"그런데 아무것도 모른다니, 참 한심한 노릇이군."

"그런 소리 해 봐야……."

말다툼이 시작될 것 같은 분위기였다. 그 상황을 수습하느라 다카시는 애를 먹었다.

잠에 빠진 동안 영양 보급이 전혀 없었음에도 배는 별로 고프지 않았다. 그래도 어머니가 만들어 준 간단한 식사를 그는 천천히 시간을 들여 먹었다.

저녁때가 되어 자기 방으로 돌아간 다카시는 몰래 짐을 쌌다. 그리고 긴 끈으로 묶어 창문 아래로 살며시 떨어뜨렸다. 그다음 짧은 편지를 써서 책상에 놓았다. 일이 있어서 도쿄로 돌아간다, 걱정하지 마라, 그런 내용이었다.

잠시 산책을 다녀오겠다고 하자 아니나 다를까, 부모님은 반대하고 나섰다.

"오늘만큼은 집에 가만히 있어라."

어머니가 간곡하게 부탁한다는 투로 말했다.

"너무 오래 자서 그런지 온몸이 뻐근해서 좀 걷고 싶어요. 괜찮아, 멀리 가지 않을 거니까."

"그렇지만……."

"상점 거리까지만 갔다 올게요."

걱정하는 부모님을 뒤로하고 다카시는 집을 나섰다. 그리고 집 뒤쪽으로 돌아가 아까 떨어뜨린 짐을 집어 들었다. 버스가 다니는 길까지 나가자 때마침 지나가는 택시가 있어서 대뜸 손을 들었다.

도쿄로 향하는 '메아리' 안에서 다카시는 가방을 열었다. 맨 위에 도모히코의 망가진 안경이 담긴 봉투가 있었다. 그것을 바라보면서 열차 안에서 파는 맥주와 샌드위치를 먹었다.

캔 맥주 두 개를 마시고 난 다카시는 등받이를 뒤로 넘기고 편안하게 기댔다. 눈을 감자 마지막 본 도모히코의 모습이 되살아났다.

도모히코는 눈을 감고 미동도 하지 않은 채 누워 있었다.

그리고 귓가에 맴도는 자신의 목소리. 내가 도모히코를 죽인 거였어.

그것은 착각도 환영도 아닌 사실이라는 것을 그는 인식하고 있었다.

도모히코는 죽었다. 그러니 어디에도 없는 것이다.

동시에 다카시는 자신이 도모히코에게 살의를 품었다는 사실을 떠올렸다. 그만 없으면 된다고 생각했다. 그때 자신의 내면에 꿈틀거렸던 추악함도 지금은 확실하게 떠올릴 수 있다.

도쿄에는 8시 조금 넘어 도착했다. 와세다에 있는 집으로 돌아가 보니 어머니의 목소리가 자동 응답기에 남겨져 있었다. 도착하면 바로 연락해 달라는 내용이었다. 그러나 다카시는 녹음된 목소리만 삭제하고 전화는 걸지 않았다. 전화기 코드를 뽑아 던진 후 그는 옷도 갈아입지 않은 채 침대에 누웠다. 40시간을 잤는데도 머리가 아직 묵직했다. 어쩌면 너무 자서 그런 건지도 몰랐다.

12시가 조금 넘어 그는 집에서 나왔다. 지금도 자신에게 감시가 붙어 있는지는 알 수 없었지만, 만일을 위해 일부러 복잡한 골목길을 골라 걸었다. 도중에 몇 번이나 뒤돌아보았지만 미행당하고 있는 듯한 기미는 없었다.

다카시는 걸어서 MAC 건물 앞까지 갔다. 건물 전체가 고요했다. 일요일 밤이니만큼 철야로 일하는 사람도 없을 것이다.

다카시는 안으로 들어갈 방법을 궁리했다. 이런 시간이라도 경비에게 바이테크 사의 신분증을 보이고 적당히 둘러대면 들어가기가 어렵지는 않겠지만 그 방법은 택하고 싶지 않았다. 자신이 여기 온 것을 사람들이 알아서는 안 되기 때문이다.

결국 그는 도로 옆에 서 있는 트럭의 짐칸으로 기어 올라가 거기에서 MAC의 담을 넘어 부지 안으로 들어갔다.

건물 안으로 들어간 그는 도모히코의 연구실이 있는 층까지 계단을 걸어 올라갔다. 인기척 하나 없는 어두컴컴한 복도를 걸어가자니 작년 가을에도 이렇게 숨어든 일이 있다는 기억이 났다. 도모히코와 스토 교관이 '관'을 옮겼던 그 밤의 일이다.

그때와 마찬가지로 다카시는 도모히코의 연구실 앞에 섰다. 손잡이를 돌려 보았지만 문은 잠겨 있었다. 그 점도 그때와 똑같았다.

다카시는 문을 올려다보았다. 문이 닫힐 때의 충격을 완화하기 위한 댐퍼가 부착되어 있었다. 그는 손을 뻗어 그 위를 더듬었다. 손끝에 닿는 것이 있었다. 테이프로 붙여 놓은 것이다. 그것을 확인한 그는 안도했다. 정확하게 기억하고 있다.

테이프를 떼어 내니 거기에 열쇠가 붙어 있었다. 그는 그 열쇠를 열쇠 구멍에 꽂고 오른쪽으로 돌렸다. 잠금장치가 아무런 저항 없이 돌아가면서 찰칵, 소리를 냈다.

문을 열고 안으로 들어가자 먼지 냄새가 풍겼다. 그는 준비해 온 펜 라이트를 켰다. 그리 밝지 않은 빛의 고리가 앞쪽 벽에 비쳤다.

실내에는 아무것도 없었다. 불과 몇 달 전까지만 해도 철제 선반과 캐비닛, 책상, 각종 기기들이 들어차 있었는데 그 모든 것이 철거되어 있었다. 쓰레기통도 없고 종이 한 장 떨어져 있지 않았다.

연구실 안쪽에 문이 또 하나 있어 다카시는 그쪽으로 다가갔다. 이 문 너머는 도모히코 연구반의 연구실일 것이다.

그 문은 잠겨 있지 않았다. 그럴 필요조차 없었는지도 모르겠다. 그 방 역시 텅 빈 공간에 지나지 않았다.

다카시는 과거 실험실이었던 텅 빈 방 한가운데 서서 회색 벽과 바닥을 둘러보았다. 그의 기억 속에 있는 이 방은 거대한 장치와 기기들이 들어차 있었다. 처음 그것들을 봤을 때의 충격이 너무 컸기 때문에 그 방과 이 텅 빈 공간이 같은 곳이라 여겨지지 않았다.

다만 이 방의 냄새는 익숙했다. 기름과 약품이 섞인 냄새. 틀림없다고 다카시는 생각했다. 도모히코는 이 방에서 죽었다. 그리고 그를 죽인 사람은 나다.

다카시는 펜 라이트를 아래로 향하고 방 구석구석을 꼼꼼히 살피기 시작했다. 그때의 흔적이 뭐라도 남아 있지 않을까 싶었던 것이다. 그 악몽 같은 밤이 실제로 존재했다는 것을 증명하는 무언가.

그러나 증거는 완벽하게 인멸된 것 같았다. 다카시의 애매한 기억을 뒷받침할 만한 재료는 무엇 하나 발견되지 않았다. 누가 인멸한 것인가. 그 점에 대해서는 심각하게 생각할 필요성을 느끼지 않았다.

그는 실험실에서 나와 원래 있던 방으로 돌아왔다. 여기서도 그는 펜 라이트를 비추며 바닥을 샅샅이 살폈다. 하지만 결과는 마찬가지였다. 왁스 냄새가 희미하게 남아 있었다. 대걸레로 왁스칠을 했다고 봐도 무방할 듯했다.

그런데 그 방을 나서기 직전, 다카시는 펜 라이트 불빛을 바닥 한 곳에 집중시켰다. 몸을 쭈그리고서 그가 손가락으로 주워 올린 것은 머리카락 한 올이었다.

누구의 머리카락일까. 도모히코? 아니면?

잠시 그는 머리카락의 주인이 누구일지 심각하게 추리했다. 그러다가 이래 봐야 아무 도움도 안 된다는 것을 깨닫고 어둠 속에서 혼자 피식 웃고 말았다. 이것이 가령 도모히코의 머리카락이라 해도 이상할 게 전혀 없었다. 이곳은 그들의 연구실이었으니 머리카락 한두 올쯤 떨어져 있는 건 당연한 일이다.

그는 그 머리카락을 버리고 일어섰다. 그리고 문을 살며시 열어 밖에 아무도 없는 것을 확인한 후 복도로 나갔다.

뭔가 이미지가 떠오른 것은 바로 그때였다. 그것은 갑작스럽게 떠오른 듯하지만 실은 '머리카락'이라는 말에서 연상된 것이 틀림없었다.

다카시는 10여 초 동안 그 말에서 파생된 생각에 몰두했다. 생각을 정리하는 데 그 정도 시간이면 충분했던 것이다. 문을 잠그고 열쇠를 원래 자리에 돌려놓았을 때 이미 하나의 가설이 성립되어 있었다. 어느 모로 보나 그 가설에는 모순이 없는 듯했다.

숨어들었을 때와 똑같은 길을 반대로 더듬어 그는 MAC에서 나왔다. 그리고 같은 길을 걸어 아파트로 돌아가는데, 도중에 전화 부스를 발견하고는 걸음을 멈췄다.

시계를 보니 새벽 2시였다. 잠시 망설이다가 그는 전화 부스의 문을 열었다. 청바지 주머니에서 수첩을 꺼내 나오이 마사미의 전화번호를 찾았다.

다음 날 오후 1시, 다카시는 JR 신주쿠 역 동쪽 출구 언저리에 있었다. 그는 오늘도 회사에 출근하지 않았다. 몸 상태가 안 좋다는 이유에 대해 그의 상사는 아무런 토를 달지 않았다. 다카시는 상사의 그런 태도가 부하 직원이 휴가를 내는 이유에 대해 질문해서는 안 된다는 회사 방침 때문만은 아닐 것이라고 생각했다. 그는 상사가 자신을 피하고 있다고 추리했다. 그리고 그 추리에 자신이 있었다.

머리를 하나로 묶은 나오이 마사미가 지하도에서 올라온 것은 1시에서 10분쯤 지났을 때였다. 하얀 블라우스에 검은색 짧은 치마를 입은 모습이었다. 저 차림은 아르바이트하는 곳의 유니폼일 것이라고 그는 짐작했다.

두 사람은 '고장'이라는 표시가 붙어 있는 전철표 판매기 앞에 섰다.

"미안해요. 빠져나올 틈이 없었어요."

뛰어왔는지 마사미의 얼굴이 발갛게 달아올랐고 목덜미에

는 땀이 살짝 배어 있었다.

"괜찮아. 그보다 어젯밤에는 미안했어. 괜히 겁을 준 것 같
아서."

한밤중에 전화벨이 울리자 마사미는 히로시마의 집에 무슨
일이 생겼나 싶어 놀랐다고 한다. 그러다 다카시의 목소리를
들었을 때는 수상한 장난 전화인가 의심했다고 한다.

"아니에요. 고로 씨에 대해 뭐라도 알 수 있다면."

그렇게 말하고서 그녀는 고개를 끄덕거렸다. 아직도 숨을
약간 헉헉거리는 것은 뛰어와서만은 아닌 듯했다.

"말했던 물건이 그거지?"

그녀가 들고 있는 종이봉투를 가리키며 다카시가 물었다.

"네. 손대면 안 된다고 해서 그대로 가져왔어요."

"잘했어. 고마워."

다카시는 종이봉투를 받아 들었다.

"저, 그걸로 고로 씨의 행방을 알 수 있을까요?"

마사미가 눈을 조금 치켜뜨고 다카시를 쳐다보았다. 그 눈
에 진심이 담겨 있었다.

"아직 뭐라 단언할 수는 없지만, 이게 중요한 실마리가 되
지 않을까 해."

다카시는 종이봉투를 톡톡 두드리며 말했다.

그녀의 진지한 눈길이 다카시의 얼굴에서 종이봉투로 옮겨

갔다.

"그렇군요."

"아무튼 새로 알게 되는 사실이 있으면 바로 연락하지."

"네, 부탁드릴게요. 어제처럼 밤늦게라도 괜찮아요."

"알았어."

"그럼 전 일이 있어서."

마사미는 고개를 꾸벅 숙이고는 몸을 돌려 잰걸음으로 사라졌다.

만약 그녀가 사실을 알게 된다면 어떤 반응을 보일까. 연민과, 경박한 생각이지만 약간의 호기심을 품고 다카시는 마사미의 뒷모습을 바라보았다.

저녁때가 되자 그는 전철을 타고 나가다초 역으로 갔다. 그리고 걸어서 근처의 한 찻집으로 들어갔다. 한 시간쯤 전에 그는 기리야마 게이코와 만나자고 약속을 해 두었다. 그보다 한 시간 전에 그는 어떤 장소에 가 있었다. 그곳에 시노자키고로의 작업복을 들고 가 자신의 추리가 맞는지 아닌지를 확인했다. 그는 결과에 만족했다.

다카시가 커피를 절반쯤 마셨을 즈음, 기리야마 게이코가 자동문을 지나 가게 안으로 들어섰다. 그가 가볍게 손을 들었다.

"요즘은 툭하면 불러내네."

그녀가 의자에 앉자마자 가방에서 담배를 꺼냈다. 그리고 종업원에게 레몬티를 주문했다.

"부탁할 사람이 달리 없으니까."

"무슨 그런 농담을. 들리는 소문에 멋진 애인이 있다던데."

그리고 하얀 연기를 내뿜으면서 다카시를 보던 그녀는 그의 표정이 달라졌다는 것을 알아차렸는지 놀리는 눈빛을 거뒀다.

"애인 얘기는 금기인 모양이지?"

"그런 건 아니야. 그리고 지금 너에게 부탁하려는 일과 관계가 없지도 않고."

"대체 무슨 일을 꾸미고 있는 거야?"

"진실을 밝히고 싶을 뿐이지."

다카시가 그녀 쪽으로 몸을 들이밀었다.

"전에 내가 기억 패키지에 대해 얘기한 적이 있는데, 기억해?"

"그럼. 기억이 개편된 사람이 있다는 얘기였잖아."

그녀가 고개를 끄덕이며 대답했다.

"그 정보의 속편이야. 기억이 개편된 게 틀림없었어. 방법도 이미 개발되어 있고."

게이코는 재빨리 주위를 살피더니 다카시 쪽으로 얼굴을 가까이 가져갔다.

"확실한 정보야?"

"응, 확실해."

"왠지 믿기지 않는데. 만약 그게 사실이라면 왜 회사는 그걸 대외적으로 공표하지 않는 거지? 적어도 우리 차기형 리얼리티 연구자들에게는 알릴 수 있잖아."

그녀가 몇 번이나 눈을 깜박거리며 말했다.

"공표할 수 없는 사정이 있어."

"무슨 사정?"

"그건 아직 얘기할 수 없어. 좀 더 확인해 볼 게 남아 있어서 말이지."

"쳇, 답답하게 구네."

게이코의 말투가 다소 삐딱했다.

"그런 게 아니야. 확인되지 않은 정보를 흘렸다가 게이코에게 해를 끼치고 싶지 않아서 그래."

"그럴싸한 변명이네."

게이코가 담배를 입술에 물었을 때 마침 종업원이 그녀의 레몬티를 가져왔다. 잠시 두 사람의 대화가 끊겼다.

"모든 게 분명해지면 꼭 얘기해 줄게."

종업원이 멀어지자 다카시가 말했다.

"그러기 위해서라도 나를 좀 도와줘."

게이코는 레몬티를 한 모금 마시고 새 담배에 불을 붙였다.

"그야 내가 할 수 있는 일이 있으면 돕겠지만, 대단한 일은 해 줄 수 없을 거야. 연줄도 전혀 없고, 회사 상층부와 애인 관계에 있는 것도 아니니까."

그녀 특유의 농담에 다카시는 피식 웃었다.

"연줄은 없어도 상관없어. 네가 아니면 할 수 없는 일이야."

그리고 그는 자신의 생각을 털어놓았다. 게이코가 얘기를 듣는 순간 미간을 찡그렸다.

"무슨 소리야, 왜 그래야 하는데?"

"모든 게 다 해결된 다음에 얘기하겠다니까."

게이코는 한숨을 쉬고서 다카시의 얼굴을 멀뚱멀뚱 쳐다보았다. 난감함과 놀라움과 의혹이 뒤섞인 눈빛이었다.

"뜬금없는 부탁이라는 건 알아. 하지만 이렇게 하지 않으면 진실을 파악할 수가 없어."

"발각되면 어쩌려고?"

"발각되지 않도록 할게. 절대 발각되면 안 되니까. 아니, 만에 하나 발각되는 일이 있어도 절대 게이코에게는 해가 미치지 않도록 할게."

"말은 그렇게 하지만 발각된다면 나도 모르는 척 시치미를 뗄 수는 없어."

반박할 말이 없는 다카시는 고개를 숙였다. 그리고 다시 새삼스럽게 그녀를 보았다.

"미와 도모히코, 알지?"

"이름은 들어 봤어. 우수한 사람이라며. MAC에서는 쓰루가 군이랑 우열을 가리기 힘들었다던데."

"지금은 미국 본사에 가 있는 것으로 되어 있어."

"되어 있다고? 무슨 뜻이야?"

다카시의 미묘한 말투에 게이코는 대번에 반응했다.

"사실은 미국에 있지 않아."

"그럼 어디 있는데?"

죽었어. 그렇게 말하면 이 지적인 미녀는 어떤 표정을 지을까. 그러나 물론 말은 하지 않았다.

"그걸 확실히 하기 위해서도 게이코의 도움이 필요한 거야."

다카시는 기리야마 게이코의 눈을 쳐다보았다. 그녀는 한 손에 찻잔을 든 채 담배를 조급하게 뻑뻑 피워 댔다. 그녀도 그의 눈을 마주 쳐다보았다.

"실행한다고 하면 내일이야. 내일이 아니면 기회가 없어."

"해 줄 거야?"

"어쩔 수 없잖아. 그런데 정말 할 생각이야?"

게이코가 다리를 바꿔 꼬았다.

"그래."

"거기에 뭐가 있는데 그래?"

"그건,"

말을 꺼내려다 그만두었다.

"그것도 나중에 얘기할게."

"또 그러네."

기리야마 게이코가 희미하게 웃으며 고개를 저었다.

"내일은 회사에 나올 거지? 그럼 자세한 수순에 대해서는 오후에 내가 전화로 알려 줄게."

"고마워."

다카시가 테이블에 놓인 계산서로 손을 뻗었다. 그 순간 게이코가 그것을 가로챘다. "아니야." 하고 그가 조그맣게 소리를 질렀다.

"찻값 정도는 내가 내도 돼. 그 대신 정말 다 얘기해 줘야 해."

"약속할게."

다카시는 단호하게 말했다.

다음 날 다카시는 평소대로 출근했다. 그리고 특허 라이선스부의 자기 자리에서 생소한 일을 계속했다. 주변의 동료들은 그가 연휴를 끼고 이틀이나 휴가를 더 썼다는 사실에 대해 아무것도 묻지 않았다. 뿐만 아니라 그에게는 아예 아무 말도 하지 않았다. 모두들 그를 피했고, 관련되는 것을 두려워하는 듯 보였다. 아마 자신이 그렇게 봐서 그럴 거라고 그는 생각했다.

오후 1시 정각에 왼쪽으로 대각선 자리에 있는 전화가 울렸다. 수화기를 든 사람은 그 자리에 앉아 있는 마나베였다. 마나베는 한두 마디 하더니 불길한 사건이라도 당한 표정으로 다카시 쪽을 보았다.

"그쪽한테 전화가 왔는데."

"감사합니다."

다카시는 예를 표하고 수화기를 받아 들었다.

기리야마 게이코에게서 온 전화였다.

"준비는 다 해 놓았어. 5시 반에 이쪽으로 오면 돼. 조금이라도 늦으면 안 되니까 그렇게 알고."

"알았어."

그렇게만 대답하고 그는 전화를 끊었다.

통화가 너무 짧았던 탓인지 마나베가 미심쩍다는 표정으로 다카시를 보았다. 주변의 다른 사원들도 귀를 쫑긋 세웠던 눈치였다. 다카시가 주위를 돌아보자 그들은 일제히 고개를 돌리고 자기 일에 열중하는 척했다.

5시까지 다카시는 자기 자리에 앉아 따분한 업무를 처리했다. 5시가 되자 일을 마무리하고 퇴근하는 사원들이 생겨났다. 그 역시 이제 퇴근하겠다는 듯이 책상을 정리하고 윗도리를 걸쳤다.

5시 25분에 특허 라이선스부 방을 나왔다. 그리고 최대한 사람들에게 얼굴이 보이지 않게 조심하면서 엘리베이터를 타고 7층으로 올라갔다. 복도에서 맨 앞쪽에 있는 문이 바로 며칠 전까지 그의 일터였던 리얼리티 시스템 개발부 섹션 9의 입구다.

문 옆에 카드를 꽂는 슬릿이 있지만 지금 그는 카드를 갖고 있지 않다. 시계를 보고서 정확하게 5시 반이 되기를 기다려 슬릿 옆 버튼을 눌렀다.

찰칵 소리가 나면서 문이 열렸다. 금테 보안경을 쓴 기리야마 게이코가 얼굴을 내밀었다.

"아무도 없는 거지?"

재빨리 복도를 살펴본다.

"그래."

"들어와."

그녀가 다카시를 안으로 들이고 곧바로 문을 닫았다.

방 안에는 게이코 외에 아무도 없었다.

"다른 사람은?"

"두 사람은 출장. 나머지 사람들은 조금 전에 퇴근했어."

"그렇군."

다카시는 실내를 휘돌아보았다. 얼마 전까지 다카시가 연구를 하던 곳이 지금은 완전히 빈 공간이 되어 있었다. 그는 방 한가운데 서서 고개를 저었다.

"다 치워 버렸군."

"쓰루가 군이 다른 부서로 옮겨 간 직후에 여기 있던 기기들을 전부 실어 갔어."

"그런 것 같군."

"지금 그렇게 감상에 젖어 있을 때가 아니야. 시간이 별로 없어."

게이코가 침팬지 우리를 실은 손수레를 밀고 왔다. 다카시가 허둥지둥 거들었다.

우리 주위에 알루미늄 판을 대어 안이 보이지 않았다. 게이코가 뚜껑을 여니 안은 비어 있었다.

"냄새가 좀 나지만 참아. 꼼꼼하게 청소할 시간이 없었어."

"추이는 어디 있는데?"

다카시가 이 우리의 원래 주인인 침팬지의 이름을 말했다.

"방구석에 있는 아크릴 케이스 안. 하룻밤쯤은 견딜 수 있을 거야."

"울음소리가 안 들리는데."

"괜찮아."

게이코가 고개를 끄덕였다. 다카시는 윗도리를 벗고 넥타이를 풀어 가방과 함께 게이코에게 내밀었다.

"어디다 숨겨 줘. 귀찮으면 버려도 되고."

"내 사물함에 넣어 둘게."

"부탁해."

다카시는 그렇게 말하고 구두를 신은 채 우리 안으로 오른발을 넣었다. 그러자 게이코가 그를 불렀다.

"쓰루가 군, 해답을 꼭 찾아내야 하는 거야?"

다카시가 돌아보았다.

"무슨 뜻이지?"

"그러니까 해결하지 않는 편이 좋은 문제도 세상에는 있다고 생각하니까."

그녀가 다카시의 옷과 가방을 껴안은 채 얼굴을 약간 기울이고 말했다.

"나도 그렇게 생각해."

"그렇다면……."

"그래도 안 돼. 이건 반드시 해결해야 하는 문제야."

게이코는 고개를 숙이고 한숨을 쉬었다.

"알았어. 그럼 들어가."

다카시는 우리 안으로 들어가 무릎을 껴안고 쭈그려 앉았다. 게이코가 그의 머리 위로 뚜껑을 닫았다. 그는 머리를 한껏 깊이 숙였다. 뚜껑이 완전히 닫혀도 군데군데 빛이 들어오는 구멍이 있었다. 공기구멍인 듯했다.

"괜찮아?"

"그럭저럭."

"한 가지 물어도 돼?"

"응."

"기억이 개편되었다는 사람 말인데……그거 혹시 쓰루가 군 아니야?"

다카시는 대답하지 않았다. 그러나 대답하지 않은 것이 오히려 대답이 된 듯했다. 게이코는 그 이상 묻지 않았다.

부저 소리가 났다. 게이코가 걸어가 문을 여는 소리.

"수고가 많네요."

그녀가 방문자에게 말했다.

"우리를 맡아 두기만 하면 되는 건가요?"

다카시도 기억에 있는 남자 목소리였다. 자재부의 젊은 담당 직원이다.

"그래요. 내일 아침 맨 먼저 여기로 다시 갖다 줘요. 그 전에 내가 와 있을 테니까."

"알겠습니다. 그런데……, 왜 이렇게 해 놓은 거죠?"

우리 주위를 알루미늄 판으로 막아 놓은 것을 말하는 듯했다.

"잡음 방지. 침팬지에게 특수한 장치를 부착했거든요. 이 상태로 하룻밤 재워야 하기 때문에 조용한 장소로 보내는 거예요."

과연, 하고 다카시는 그녀의 연기력에 감탄했다. 이 정도면 의심받을 걱정은 없을 듯하다.

"도중에 뚜껑을 열면 안 되나요?"

"그건 절대 안 돼요. 한 달 걸린 실험이 물거품이 되니까."

"그래도 만약 침팬지가 소란을 피우면……."

"그럴 염려는 없겠지만, 만에 하나 뚜껑을 열 필요가 있을 때는 내게 연락해 줘요. 아무튼 함부로 열지 않도록 부탁해요."

"알겠습니다. 하룻밤 정도는 아무 문제 없겠죠, 뭐."

수레가 움직이기 시작했다.

"꽤 무거운데요."

"장치가 무거워서 그래요. 그럼 조심하고."

"걱정 마세요."

자재부 직원이 대답했지만, '조심하고'가 자신에게 한 말이라는 걸 다카시는 알고 있었다.

옹색한 자세로 다카시는 옮겨져 갔다. 목덜미가 서서히 아파 왔지만 움직일 수는 없었다. 수레가 턱이 있는 곳을 지날 때에는 허리에서 등뼈까지 충격이 전해졌다. 게다가 몹시 더워서 이마에서 줄줄 흐르는 땀이 눈으로 들어갔다.

하지만 이 수레가 가는 곳에 다카시가 찾고 있는 해답이 있을 것이다. 그는 그 점을 조금도 의심하지 않았다.

실마리는 시노자키의 작업복에 붙어 있던 털이다. 다카시는 어제 나오이 마사미와 헤어지자마자 동물 병원으로 향했다. 그리고 그 털이 무엇인지 알아보았다.

답은 금방 나왔다. 다카시가 예상했던 대로 그것은 침팬지의 털이었다.

동물 실험에는 관여하지 않는 시노자키의 작업복에 왜 침팬지의 털이 붙어 있는지 의아했다. 게다가 MAC에서는 애당초 침팬지를 사육하지 않는다.

작년 가을, 도모히코와 스토 교관이 MAC에서 관처럼 생긴 상자를 옮기는 장면을 목격했고, 그 안에 시노자키가 들어 있지 않을까 추측했다. 그리고 시노자키가 옮겨 간 장소에 침팬지가 있지 않았을까 하는 것이 다카시의 추리였다. 그곳에서 어쩌다 털 몇 오라기가 시노자키의 작업복에 붙은 것이다.

그러나 '놈'들은 그런 것을 모르고 그 작업복을 그대로 시노자키의 아파트에 갖다 놓았다. 그가 모습을 감추기 전에 아파트로 돌아간 것처럼 위장하기 위해서였을 것이다.

그것이 무덤을 파는 꼴이 되고 말았다. 다카시는 그렇게 생각하고 있다.

수레는 때로 멈췄다가 엘리베이터를 타기도 하고 모퉁이도 돌면서 목적지를 향해 가고 있는 듯했다. 그리고 몇 번을 정지한 후에 목소리가 들렸다.

"섹션 9에서 맡긴 겁니다. 내일 아침까지라고 합니다."

자재부 젊은 직원이 말했다.

"뭐야, 이건. 안이 안 보이잖아."

다소 나이가 들어 보이는 목소리다. 자재 창고나 실험동물
관리실 출입을 관할하는 담당자인 듯했다.

자재부 직원은 조금 전에 게이코에게 들은 말을 전했다.

"흐음, 다른 동물에게 피해가 가지는 않겠지?"

"그런 건 없을 겁니다. 잠을 잘 뿐이라고 했으니까요."

"거참, 이상한 실험도 다 하는군."

다카시의 머리 위에서 알루미늄 판이 카랑카랑 울렸다. 담
당자가 두드린 모양이다.

"그럼 안 됩니다. 침팬지가 깨면 어쩌려고."

"사육실에 갖다 놔."

다시 수레가 움직이기 시작했다. 어디로 어떻게 이동하고
있는지 다카시는 전혀 몰랐다.

수레가 멈추고 문이 열리는 소리가 났다. 자재부 직원은 휘
파람을 불어 댔다. 수레가 어떤 방인가로 들어가는 것 같았
다. 잠시 후 문이 닫히고 주위가 고요해졌다.

다카시는 몇 분간 기다렸다가 우리의 덮개를 밀어젖혔다.
어두워서 아무것도 보이지 않고 동물의 분뇨 냄새가 난다는
것만 느낄 수 있었다.

다카시는 조심조심 우리에서 나와 주머니에 들어 있던 펜

라이트를 켰다. 그곳은 다섯 평 정도의 방으로, 동네 동물 병원마냥 크고 작은 우리와 케이스가 죽 놓여 있었다. 그러나 동물류라고는 침팬지와 생쥐, 두 종류밖에 없는 듯했다.

출입문에 조그만 창문이 나 있어서 그곳으로 바깥 동정을 살폈다. 복도에는 아무도 없고, 사람 말소리도, 그 밖의 어떤 소리도 들리지 않았다. 그는 재빨리 밖으로 나갔다.

복도를 사이에 두고 양쪽으로 똑같은 모양의 창문이 달린 문들이 죽 이어졌다. 거기에는 '계측 기기 보관실', '광학 기기실' 같은 팻말이 붙어 있었다. 불이 켜져 있지 않은 것으로 보아 사람은 없는 듯했다.

그 표시들을 차례로 확인하는데, 복도 한 모퉁이에서 말소리가 들려왔다. 다카시는 얼른 가까운 문을 찾았다.

'실험동물 해부, 치료실'이라는 표시가 눈에 들어온 것은 바로 그때였다. 그는 잽싸게 문을 열고 몸을 들이민 후 소리 나지 않게 문을 닫았다.

펜 라이트를 켰다. 해부나 치료를 하는 곳이라기보다 주방이 연상되는 곳이었다. 싱크대가 있고, 식기 건조기 비슷한 것과 냉장고가 있었다. 그러나 벽 쪽에 죽 진열돼 있는 방대한 양의 해부 표본을 보니 어린 생명이 희생된 장소가 분명했다.

방 안쪽에 또 다른 문이 있었다. 그 문에는 창이 없다. 다카시는 천천히 손잡이를 돌리면서 문을 당겨 보았다. 잠겨 있는지 열리지 않았다. 별다른 표시도 없었다.

이 안이다. 확실해. 그는 확신했다. 이 문 너머에 진실이
있다.

그는 해부대 밑으로 기어 들어갔다. 입구에서는 보이지 않
는 위치다. 그 좁은 장소에서 그는 기회가 오기를 기다리기
로 했다. 오늘 밤 안으로 기회가 한 번도 찾아오지 않으면 어
쩌나 하는 생각은 하지 않았다.

무릎을 껴안은 자세로 그는 때를 기다렸다. 기다리면서 무
수한 생각을 했다. 마유코, 도모히코, 그리고 자신의 앞날에
관한 것.

그 모든 것에 결별을 고하리라고 그는 결심했다.

불이 켜졌을 때, 다카시는 아주 잠깐 자신이 지금 여기에서
뭘 하고 있는지 생각했다. 자신도 모르게 움직이려는 몸을
겨우 통제했다. 꾸벅꾸벅 졸았던 모양이다.

그는 귀를 쫑긋 세웠다. 누군가 방에 들어와 있었다. 자신
이 발견되었을 때 대처할 행동을 그려 보았다. 다소 강압적
인 방법을 취할 생각이었다.

그런데 그럴 필요가 없었다. 들어온 사람이 그대로 안쪽 문
으로 향했기 때문이다. 다카시는 얼굴을 낮추고 그 사람의 발
치를 보았다. 여자 다리였다. 하얀 가운을 입고 있는 듯했다.

여자는 잠금장치를 풀고 문 안으로 들어갔다. 이제 문은 잠겨 있지 않다.

다카시는 해부대 밑에서 기어 나와 일어섰다. 몸을 뒤로 쭉 폈다가 문 쪽으로 걸어갔다.

손잡이를 잡고 몇 센티미터 정도 당겼다. 그 틈으로 안을 들여다보았다.

진실이 그의 눈앞에 펼쳐져 있었다.

그는 문을 활짝 열었다. 하얀 가운의 여자가 돌아보았다. 중년의 여자였다. 순간 그녀가 당황한 표정을 지었다. 그리고 볼에 경련이 일었다.

"어떻게 여길……."

그녀가 신음하듯이 말했다. 다카시는 방 안으로 발을 들여놓았다.

"이런 거였군. 역시 이런 일이었어."

하얀 가운의 여자는 다카시의 몸을 피해 지금 그가 들어온 문으로 황급히 빠져나갔다. 그녀 따위는 안중에도 없는 그는 그대로 앞으로 걸어갔다.

거기에는 침대 두 개가 놓여 있고, 각각에 사람이 누워 있었다. 볼품없이 야위어 인상이 완전히 바뀌긴 했지만, 한쪽은 시노자키 고로이고 다른 한쪽은 미와 도모히코가 틀림없었다. 두 사람의 몸에는 뇌파 측정기와 생명 유지 시스템으로 보이는 장치가 연결되어 있었다.

뒤에서 발소리가 들렸다. 그 발소리가 다카시 뒤에서 멈췄다.

"기억이 완전히 되살아난 모양이군."

돌아보니 스토가 서 있었다.

"완전히요."

다카시가 대답했다.

"이 두 사람은 아직 죽어 있는 거죠?"

"응, 그러니 자네가 되살려 내야지."

스토가 말했다.

SCENE 10

"……즉, 이 MAC 출신들은 거의 예외 없이 바이테크 사에서 눈부신 성과를 올리고 있다는 말입니다. 여러분도 그런 선배들의 뒤를 이어 주기 바랍니다. 물론 이어 줄 것이라고 나는 믿습니다."

바이테크 사에서 나온 인사 부장이 힘이 들어간 말투로 얘기하고 있다. 그러나 듣는 쪽으로서는 졸지 않고 고개를 똑바로 쳐들고 있는 것이 고작이었다. 한두 사람이 해야 인사말도 얌전히 들어 주지 세 사람, 네 사람으로 이어지면 짜증이 나고 고생스럽다. 왜 일본 사람들은 이렇게 인사말을 좋아하는 것일까. 젊은 사람을 상대로 격려하는 자리에서는 특히나 말이 많아지는 노인네가 많아 난감하다.

나는 눈동자만 움직여 주위를 살폈다. 왼쪽 앞에 있는 등이 흔들흔들 좌우로 움직이고 있다. 다른 이들도 하품을 참느라 힘들어하는 눈치다. 보통 학교 졸업식 같으면 사람이 많기 때문에 한 명쯤 졸아도 눈에 띄지 않는다. 그러나 오늘 여기 모여 있는 졸업생은 불과 몇십 명이다. 이런 자리에서 혹시나 인사 부장에게 찍히면 인사 발령에 나쁜 영향을 미칠 수도 있으니 다들 눈이 감기는데도 죽을힘을 다해 참고 있는 것이다.

인사말이 한 차례 끝나자 각 졸업생에게 수료증이 전달되었다. 그것도 일반 학교에서 받는 커다란 종이와는 다르다. 달랑 엽서 크기만 한 종이 한 장이다. 자기만족을 위한 증명서이니 이 정도로 충분하다는 뜻일 것이다.

"그럼 이것으로 수료식을 마치겠습니다."

사회자가 밋밋한 목소리로 식을 종료했다.

식장인 교실을 나왔을 때 누가 어깨를 툭 쳤다. 도모히코였다.

"어, 어디 앉아 있었어? 안 온 줄 알았잖아."

실제로 수료식이 시작되기 전에 몇 번이나 그를 찾았다.

"응, 좀 늦어서 맨 끝자리에 앉아 있었어."

"네 녀석이 이런 자리에 늦다니, 웬일이야."

다리가 불편한 도모히코는 옛날부터 남들보다 시간을 넉넉하게 잡고 행동한다.

"응, 실험실에 일이 좀 있어서."

"실험실? 이런 날에?"

"아무튼 그보다."

그렇게 운을 떼고 그가 주위를 돌아보며 조금 작은 소리로 말을 이었다.

"송별회에 나올 거지?"

"응, 그럴 생각이야."

나와 도모히코가 소속된 리얼리티 공학 연구실 전체가 송별회 자리를 마련하기로 되어 있다. 장소는 이 근처에 있는 이탈리언 레스토랑이다.

"송별회 끝나고 나서 무슨 일 있어?"

그가 물었다.

"아니, 없는데."

"그럼."

그가 입술을 핥았다.

"잠시 나랑 얘기 좀 할래?"

"그러지, 뭐. 무슨 얘긴데?"

"응, 조금 복잡한 일이야."

도모히코가 오른손을 바지 주머니에 쑤셔 넣고 왼손으로 코 옆을 긁작거렸다.

　"단둘이 얘기하고 싶어. 조용한 곳에서."

　도모히코의 말투는 담담했지만 나는 왠지 가슴이 술렁거렸다. 마유코 일이 틀림없을 거라고 생각했다.

　"알았어. 어디로 가면 되지?"

　"우리 연구실 앞에서 만나면 어떨까?"

　"좋아."

　송별회는 오후 5시부터 시작되었다. 리얼리티 공학 연구실을 졸업한 사람은 우리를 포함해 모두 여섯 명이었다. 그 여섯 명을 중심으로 모여 대화가 한껏 달아올랐다. 맥주병도 줄줄이 땄다.

　마유코는 조금 늦게 나타났다. 나는 곧장 그녀 옆으로 가고 싶었지만 이 사람 저 사람이 말을 걸어 오는 통에 좀처럼 마음대로 움직일 수 없었다. 화장실에 가는 척하면서 빠져나와서야 겨우 그녀에게 다가갈 수 있었다.

　내 얼굴을 보자 마유코는 살짝 긴장하는 듯했다. 그러나 피하지는 않고 그 자리에 서 있었다.

　"안 오나 했어."

　"안 오기는. 신세 진 사람들을 위한 송별회인데."

　그렇게 말하면서도 그녀는 내 시선을 마주 보지 않았다.

나는 고개를 끄덕이고는 그녀의 얼굴을 비스듬히 옆에서
바라보았다.

"건강해 보이는군."

"응, 아주 좋아."

작년 말 이후로 우리는 얼굴을 마주친 적도 없고 대화를 나
눈 적도 없었다. 그녀가 나를 피했기 때문이다. 전화도 언제
나 자동 응답기가 받았다.

"송별회 끝난 후에 도모히코를 만나기로 했어."

나는 작은 소리로 말했다. 그녀의 얼굴이 미묘하게 굳어지
는 것을 느낄 수 있었다. 그것을 확인한 후에 말했다.

"그 전에 얘기를 하고 싶은데. 잠깐이라도 좋으니까 시간을
좀 내 줘."

하지만 마유코는 대답하지 않았다. 갑자기 웃음을 머금더
니 내 옆을 쓱 지나 조금 떨어진 곳에서 얘기를 나누고 있는
남자 쪽으로 걸어갔다. 그러고는 짐짓 커다란 목소리로 그에
게 말을 걸었다.

"야마모토 씨, 졸업 축하드려요. 야마모토 씨가 없으면 허
전할 것 같아요."

"여, 쓰노 군. 무슨 의미지, 그 말은? 놀이 담당이 없어진다
는 뜻인가?"

야마모토라는 남자는 장난스러운 말투로 그녀에게 대꾸했다.

418

나는 한숨을 쉬고서 화장실로 갔다.

송별회는 7시에 끝났다. 교관인 오사나이 씨가 2차에 같이 가자고 했지만 중요한 볼일이 있다며 거절했다.

레스토랑에서 나온 나는 그들 눈에 띄지 않도록 좀 먼 길을 돌아 MAC로 돌아갔다. 문을 통과할 때 경비가 "잊은 물건이라도 있는 겁니까?" 하고 묻기에 그렇다고 대답했다.

날이 날이어서인지 오늘은 남아 있는 이들이 거의 없는 듯했다. 아직 그렇게 늦은 시간도 아닌데 연구동 전체가 잠잠했다. 나는 혼자서 엘리베이터를 타고 내 발소리를 들으면서 도모히코의 연구실 쪽으로 걸어갔다. 도모히코는 아직 와 있지 않았다.

나는 그가 무슨 얘기를 하려는 것인지 생각했다. 어쩌면 마유코를 포기하라고 할는지도 모른다. 혼자 미국에 가야 하는 도모히코에게는 그녀가 가장 큰 근심거리일 것이다. 그녀를 원하는 내 마음을 눈치채지 못할 정도로 둔감할 리 없었다.

다만, 하고 나는 다른 가능성에 대해서도 생각했다. 도모히코와 마유코의 관계가 어떻게 돌아가고 있는 걸까. 지금도 여전히 연인이라 할 수 있는 사이일까.

엘리베이터 문이 열리는 소리가 났다. 나는 복도 끝을 바라보았다. 도모히코의 호리호리한 몸이 나타났다. 그는 보통 사람과는 다른 리듬의 발소리를 내며 이쪽으로 걸어왔다.

"밤에 여기 있다 보면 그런 생각이 들어."

걸으면서 도모히코가 말했다.

"여기는 현실과는 다른 공간이 아닐까, 하고 말이야. 시간적으로나 공간적으로나 바깥세상과는 단절돼 있으니까."

"그럼 오늘로서 그런 세계에서 해방된 셈이로군."

"글쎄, 과연 그럴지. 우린 어쩌면 영원히 이 세계에서 빠져나갈 수 없지 않을까."

도모히코는 연구실 문 앞에 서서 오른손을 위로 쭉 뻗었다. 그의 손이 문 위의 댐퍼에서 뭔가를 떼어 냈다. 그것은 열쇠였다. 테이프로 붙여 놓았던 것 같다.

그가 그것을 열쇠 구멍에 꽂고 돌리자 찰칵, 소리가 나며 잠금장치가 풀렸다.

"들어와."

그가 문을 열면서 말했다.

도모히코가 벽에 붙은 스위치를 켜자 하얀 형광등 빛이 연구실을 밝혔다. 연구가 일단락된 것을 알리듯 책상과 캐비닛 위가 말끔하게 정리돼 있었다. 몇 대 있는 컴퓨터의 키보드에도 커버가 씌워져 있었다.

복도는 써늘한 데 반해 실내에는 그나마 따스한 공기가 남아 있었다. 그래서 나는 도모히코가 오늘 한 번은 이 방에 왔는지도 모르겠다고 생각했다.

"2년은 금방이겠지."

도모히코가 창문 옆에 놓인 책상 위에 엉덩이를 살짝 걸치고 앉아 바지 주머니에 두 손을 넣고서 말했다.

"그렇겠지. 정신없이 지나갈 거야, 아마."

나도 가까이에 있는 의자를 끌어다 그와 마주하는 모양으로 앉았다.

"하지만 지금부터가 시작이야. 열심히 해."

"그건 내가 할 말이지. 너야말로 미국 본사 근무잖아."

만약 도모히코가 내가 미국행을 거절했다는 것을 모른다면 이 순간 놀란 표정을 지을 것이다. 그러나 그의 표정은 그다지 바뀌지 않았다. 한 번 고개를 숙였다 들고는 내 얼굴을 쳐다보았다.

"너는 거절했다고 하더군."

"응."

이유를 묻겠거니 했다. 적당히 둘러댈지, 아니면 마유코에 대한 마음을 털어놓을지 아직도 나는 결정하지 못한 상태였다.

그런데 도모히코는 이유를 묻지 않았다.

"아쉽다. 이번에도 같이할 수 있을 줄 알았는데."

도모히코는 그렇게 말함으로써 후련해졌다는 듯이 몇 번이나 고개를 끄덕거렸다.

이 녀석답지 않군, 하고 나는 생각했다. 왜 내가 미국행을
거절했는지 알고 싶지 않은 것일까.

"다카시, 이 방에 들어온 거 오랜만이지?"

실내를 돌아보며 그가 물었다.

"지난 1년 동안 들어오고 싶어도 들어올 수 없었지."

나는 고개를 끄덕이며 대답했다.

"스토 씨의 명령이 있어서 그랬어. 불쾌했겠지만, 나로서는
교관의 방침을 거스를 수 없으니까."

"연구 내용이 극비였다면서."

"다카시 너에게는 얘기해도 괜찮지 않을까 했는데, 스토 씨
가 이런 일은 철저하게 지키지 않으면 비밀이 유지되지 않는
다고 하는 바람에."

"그럴지도 모르지."

"미안하다, 소외시킨 것 같아서."

"괜찮아. 이제 끝난 일인데, 뭐."

"그렇게 말해 주니 내 마음이 조금은 편해진다. 원망할 거
라고 생각했거든."

"원망해, 내가? 농담이겠지."

나는 웃으면서 허풍스럽게 몸을 뒤로 젖혔다. 그러나 그 몸
짓은 마음의 혼란을 감추기 위한 것이었다. 다른 의미에서

나는 줄곧 도모히코를 원망해 왔으니까.

"실은 오늘 여기 오라고 한 이유가 있어. 지금까지 비밀로 해 온 연구 내용을 너에게 얘기해 주려고."

"뭐?"

조금 뜻밖이었다. 틀림없이 마유코 얘기를 할 거라고 생각하고 있었기 때문이다.

"그래도 괜찮은 거야? 이제 비밀로 하지 않아도 되는 거야?"

"물론 아직은 톱 시크릿이야. 하지만 너에게는 얘기해 주고 싶어."

"흐음."

어떤 표정을 지으면 좋을지 몰라 나는 애매하게 고개를 움직였다.

"너도 궁금할 테지. 내가 어떤 연구를 해 왔는지."

"그야 궁금하지."

도모히코가 고개를 끄덕이고는 안경을 고쳐 썼다.

"미국에 가는 거 말인데, 네가 거절한 기분은 충분히 이해해. 어쩔 수 없었을 거야. 만약 내가 네 입장이었어도 거절했을 거야."

나는 도모히코를 보았다. 무슨 소리를 하는 거지. 마유코 얘기는 아닌 듯했다.

"무슨 뜻이야?"

"그러니까,"

도모히코가 또 안경을 만지작거리며 위치를 바꿨다. 초조할 때면 그가 보이는 버릇이다.

"이왕에 가는 거, 자신의 연구를 인정받으며 가는 게 이상적이겠지."

그런 말을 듣고서도 나는 여전히 그가 하고 싶은 말이 무엇인지 알지 못했다. 도모히코가 덧붙였다.

"나 역시 타인의 보좌역이라는 걸 알면 미국에 가고 싶지 않을 거야."

그 말로 나는 간신히 그의 진의를 깨달았다. 도모히코는 내가 미국행을 거절한 이유가 자신의 보좌역에 지나지 않는다는 걸 알았기 때문이라고 생각한 것이다.

무수한 생각이 내 머릿속을 마구 오갔다. 그렇게 생각한다면 그렇게 알도록 내버려 두자, 마유코 얘기는 하지 않아도 되겠다, 하고 생각했다. 그런데 그다음 순간 내 입에서 나온 말은 그런 생각과는 전혀 다른 곳에 뿌리를 두고 있었다.

"그래, 난 너의 보좌역에 지나지 않았어. 미국에 갈 마음이 있냐는 의사 타진이 있었을 때 멋도 모르고 좋아했는데, 지금 생각하면 정말 멍청한 짓이었지."

스스로도 참 고약하게 말한다고 생각했지만 나 자신을 통제할 수 없었다.

"그렇지 않아. 보좌역도 중요하니까. 난 바이테크 사는 과연 사람 보는 안목이 있다고 생각했어. 아무튼 내 연구를 도와야 하니까 나름 실력이 있어야지, 안 그러면 곤란해."

"참 대단한 연구인가 보군."

"그렇다고 할 수 있지. 난 자신이 있어. 리얼리티 공학의 근본을 완전히 뒤집게 될 거야."

자신만만하게 말하는 도모히코의 얼굴을 나는 묘한 기분으로 쳐다보았다. 도모히코는 옛날부터 절대 허세를 부리지 않는 사람이었다. 늘 자신을 과소평가하며 살아온 인간이다. 그런데.

내가 아무 말 하지 않는 것을 도모히코는 다른 의미로 해석했는지 당황하며 이렇게 말했다.

"아니, 물론 다카시의 연구도 대단하지. 그건 그것대로 훌륭한 일이라고 생각해."

"괜찮아. 그렇게 치켜세우지 않아도 돼."

나는 입술을 삐죽거렸다. 불쾌감이 가슴으로 퍼져 나갔다.

"아니야, 정말이야. 이번에는 어쩌다 내 연구가 인정받았지만, 다카시의 연구도 조만간 평가받을 수 있을 거야. 꾸준하게 노력하는 것도 중요하니까."

꾸준한 노력? 내 연구가? 나 자신은 최첨단의 연구를 하고 있다고 여기는데?

얼굴이 불쾌감으로 일그러지는 것을 나 자신은 자각하고 있는데 도모히코는 내 속마음을 전혀 알아차리지 못하는 듯 얘기를 계속했다.

"로스앤젤레스 본사에 가면 최대한 빨리 다카시의 연구를 그쪽 사람들에게 알리려고 해. 그리고 다카시를 미국으로 불러오도록 부탁해 볼게. 어때, 좋은 생각이지?"

"그러지 않아도 돼."

나는 고개를 저었다.

"왜? 언젠가는 미국 본사에 가는 게 너의 꿈이잖아."

"물론 그렇지. 하지만 내 힘으로 갈 거야."

"자기 힘으로 할 수 있는 건 그렇게 많지 않아. 내게 맡겨. 머지않아 너도 네 연구를 내세워 미국에 갈 수 있도록 할게. 그렇게 되면 보좌역이 아니니까 자존심 상할 일도 없잖아."

"자존심?"

"그런 거잖아."

도모히코 말투가 약간 딱딱해졌다.

"내 보좌역으로 미국에 가기 싫다는 건 그런 뜻 아냐? 그래서 자존심 상하지 않을 방법을 제안한 거야."

거의 토하고 싶을 만큼 불쾌감이 목구멍까지 치밀어 올라왔다. 감정의 기복을 억제하려던 무언가가 덧없이 날아가고 말았다.

"아니야. 그런 게 아니야."

"그런 게 아니라고?"

"자존심 따위는 아무 관계 없어. 그런 건 상관없다고. 내가 미국행을 거절한 건 그런 이유 때문이 아니야."

"그럼 무슨 이유인데?"

도모히코가 책상에서 엉덩이를 들고 똑바로 나를 내려다보았다.

"달리 무슨 이유가 있다는 거야."

"짐작이 안 가?"

내가 물었다.

"전혀."

도모히코가 대답했다. 눈빛이 험악했다.

내 마음속에서 일단 제어 장치가 작동하기 시작했다. 그러다 툭 하는 소리를 내며 스위치가 꺼지고 말았다.

"마유코 때문이야."

"마유코?"

도모히코가 미간을 찡그렸다.

"그녀가 어쨌다는 건데."

나는 멀뚱멀뚱 도모히코의 얼굴을 쳐다보았다. 어쨌다는 거냐……고? 내 마음을 눈치채지 못했을 리 없는데.

"좋아해, 그녀를."

나의 그 말을 그는 가면 같은 얼굴로 들었다. 싸늘한 공기가 순간적으로 흔들린 듯한 기분이 들었다. 우리는 말없이 서로의 눈을 보았다. 멀리서 달리는 자동차 소리가 들린다.

도모히코의 목울대가 움직였다. 그다음 그가 입을 열었다.

"무슨 뜻이야, 그 말은?"

"무슨 뜻이고 말고 할 게 없어. 말 그대로 난 그녀를 좋아해. 그래서 미국에 가지 않기로 한 거야."

입속이 바짝바짝 말라 가는 것을 느끼면서 나는 말을 계속했다.

"내가 그녀를 어떻게 생각하는지 너도 알고 있었을 텐데."

도모히코는 천천히 고개를 가로저었다. 비틀거리듯 뒷걸음질을 치면서 손으로 책상을 짚었다.

"몰랐어. 그런 줄은 전혀 몰랐어."

"거짓말."

"거짓말이 아니야. 어떻게…… 다카시 네가 마유코를…… 믿을 수가 없군."

믿을 수 없는 것은 내 쪽이었다. 도모히코가 눈치채지 못했을 리 없다고 생각했다.

"아무튼 그래."

도모히코는 한 손으로 책상을 짚은 채 한동안 창문 쪽을 바라보았다. 그러나 창문 밖으로 무엇이 보일 리 없다. 창문에는 블라인드가 쳐져 있다.

"모르겠군."

마침내 그가 중얼거리듯 말했다.

"만약 그렇다 해도, 그 때문에 다카시가 미국행을 포기하다니, 나는 이해할 수 없어. 그녀는…… 마유코는…….'

인형 같은 움직임으로 그가 이쪽으로 고개를 비틀었다.

"마유코는 내 사람인데."

"어떻게든 그녀를 얻고 싶었어. 그러기 위해서는 너와 그녀가 떨어져 지내는 때가 기회라고 생각했지. 그리고 덧붙여서 말하면."

나는 숨을 들이쉬었다가 천천히 내뱉으면서 말을 이었다.

"그녀는 누구의 것도 아니야. 네 것이 아니라고."

"내 사람이야."

도모히코가 작은 목소리로, 그러나 날카롭게 말했다.

"나만의 사람이야."

"아니야."

"설령 다카시가 그런 마음이었다 해도,"

도모히코가 이쪽으로 몸을 틀었다. 거칠어진 호흡 때문에 야윈 어깨가 들먹거렸다.

"마유코는 절대 응하지 않을 거야. 그녀는 나만을, 그래, 나만을."

그가 침을 삼켰다.

"나만을 사랑할 거야. 다카시 너 따위는 절대, 절대 상대하지 않을 거야."

그의 얼굴이 벌겋게 달아올랐다. 그런 모습을 보면서 나는 일어섰다. 의자에 가만히 앉아 있기가 힘들었다.

"그래, 지금 그녀는 내게 마음을 열지 않고 있어."

"그렇겠지."

"하지만 그건 네가 있기 때문이야."

"뭐라고?"

"너에게 상처를 주면 안 된다고 생각하고 있어. 친구와 연인을 동시에 잃게 만들고 싶지 않아서라고. 그래서 그녀가 나를 만나 주지 않는 거야."

도모히코는 두 주먹을 불끈 쥐고 있었다. 안경 속 눈이 이쪽을 쏘아본다.

"마유코가 정말 좋아하는 사람이 너라는 말인가?"

나는 턱을 아래로 당겼다.

"난 그렇게 믿고 있어."

"난 못 믿어. 무슨 근거로 그런 말을 하는 거야?"

"내게는 있어."

내가 나지막이 말했다.

도모히코가 뭔가를 알아챈 듯이 눈을 부릅떴다. 그리고 눈을 몇 번 깜박이더니 오른 주먹을 가슴 언저리까지 들어 올렸다. 주먹을 부들부들 떨고 있었다.

　"그녀와…… 잔 거야?"

　잘 들리지 않는 목소리로 도모히코가 물었다.

　잠시 망설이다가 나는 대답했다.

　"그래."

　어금니를 악물고 있는지 그의 턱살이 푸르르 움직였다.

　"그런 거짓말을."

　"거짓말이 아니야. 작년 말의 일이야."

　"작년……."

　도모히코가 입을 반쯤 벌린 채 숨을 거칠게 몰아쉬었다. 얼굴이 하얬다.

　그가 다소 허망한 시선을 주위로 향하고는 책상 위의 전화기로 손을 뻗었다. 주머니에서 메모지를 꺼내 거기에 적혀 있는 번호를 누르기 시작했다.

　"어디에 전화를 하는 거지?"

　그러나 내 물음에 도모히코는 대답하지 않았다. 잠시 후 전화가 연결되었는지 그가 상대에게 말했다.

　"쓰노라는 여자가 있을 텐데요. 좀 바꿔 주시죠."

　잠시 기다리던 도모히코가 수화기를 향해 다시 말했다.

"지금 다카시와 같이 있는데, 여기로 와 줬으면 좋겠어. 지금 바로. 중요한 얘기가 있어."

전화를 끊은 그가 이쪽을 보지 않고서 말했다.

"지금 이 근처 찻집에 있으니까 10분이면 올 거야."

"약속이 있었나?"

"그래."

"그녀를 여기로 불러서 어쩌자는 거지?"

"그녀의 진심을 들어 봐야지."

그렇게 말하고서 그가 의자에 앉았다.

"너도 듣고 싶을 텐데."

나는 대답하지 않고 그와 조금 떨어진 곳에 있는 의자에 앉았다.

마유코에 대한 마음을 털어놓은 것이 과연 잘한 일인지 잘못한 일인지 나는 자신이 없었다. 도모히코가 모르고 있었다는 것은 전혀 예상치 못한 일이었다. 그러나 어차피 언젠가는 말해야 할 일이었다고 다카시는 자신을 납득시켰다.

"아까 그거 말인데,"

도모히코가 말을 꺼냈다.

"너는 어떻게 생각하는데?"

"아까 그거라니, 뭐?"

"내가 친구와 연인을 동시에 잃는다는 거. 너는 어떻게 생

432

각하는데?"

나는 한숨을 푹 쉬고서 말했다.

"어쩔 수 없다고 생각한다. 나도 괴로웠어. 하지만 마유코를 포기할 수는 없었어."

"그렇군……."

그리고 도모히코는 침묵했다. 나도 입을 다물었다. 공기가 아까보다 더 싸늘해진 느낌이 들었다.

한참이 지나 도모히코가 불쑥 말했다.

"나는."

나는 도모히코 쪽으로 얼굴을 돌렸다. 그가 고개를 숙인 채 말했다.

"그녀와 잔 적이 없어."

나는 시선을 떨어뜨리고 침묵을 지켰다.

복도를 울리는 구둣발 소리가 다가왔다. 송별회 때 마유코가 하이힐을 신고 있었다는 것이 떠올랐다. 시간이 꽤나 흘렀다고 생각했는데 시계를 보니 도모히코가 전화한 지 12분밖에 지나지 않았다.

조심스럽게 문이 열리고 마유코가 들어왔다. 그녀의 불안정한 눈빛을 보니 우리가 여기서 무슨 얘기를 나눴을지 이미 짐작하고 있는 듯했다.

"오라고 해서 미안하군."

도모히코가 먼저 말했다.

"무슨 일이야?"

마유코가 우리 둘의 얼굴을 번갈아 보며 물었다.

"묻고 싶은 말이 있어. 너와 다카시에 대해서."

마유코가 내 쪽을 보았다. 화도 나고 슬프기도 한 표정이었다.

"다카시에게서 얘기 다 들었어. 너의 진심을 알고 싶다. 네가 좋아하는 사람이 어느 쪽이지? 나야, 아니면 다카시야?"

마유코가 선 채로 핸드백 끈을 꽉 잡았다. 눈동자가 촉촉해지면서 흔들렸다.

"그런……"

그녀가 힘겹게 입을 열었다.

"어떻게 그런 걸……. 대답하고 싶지 않아."

그녀를 보고 있기가 괴로워 도모히코 쪽으로 고개를 돌렸다. 지금 그녀가 한 말로 그녀가 이미 도모히코의 연인이 아니라는 것을 그도 알았을 것이다.

"그렇군. 대답하고 싶지 않은 거로군."

도모히코의 눈빛이 어두웠다. 순간 입술이 미소라도 머금은 것처럼 일그러졌다. 빈정거리는 웃음인지, 아니면 자조적인 것인지. 그런 표정을 한 채로 그가 훌쩍 일어섰다. 그리고 걸음을 내디뎠다.

"어디 가는 거야?"

도모히코가 걸음을 멈추고 고개를 이쪽으로 약간 비틀었다.

"내가 어디를 가든 지금의 너와 무슨 관계가 있지?"

나는 대답할 말이 없었다.

"잠시 혼자 있고 싶다. 나중에 다시 얘기하자."

그렇게 말하고서 도모히코는 안쪽에 있는 실험실로 사라졌다.

나는 닫힌 문을 한참이나 쳐다보았다. 안에서 붕, 하는 소리가 들렸다. 냉각 팬이 돌아가는 소리였다.

"어쩌다 일이 이렇게 된 거야?"

뒤에서 목소리가 들렸다. 돌아보니 마유코가 나를 노려보고 있었다. 눈가는 빨갛게 물들고 볼에서는 눈물이 반짝이고 있었다.

"소중한 걸 왜 그렇게 함부로 망가뜨리는 거야. 돌이킬 수 없는 일은 하지 말라고 그렇게 부탁했잖아. 나는 모르겠어. 다카시 씨가 대체 무슨 생각인지 전혀 모르겠어."

"나는 너를 좋아해. 도무지 나를 어떻게 할 수 없을 정도로 좋아한다고. 도모히코도 소중하지만 양쪽을 다 가질 수는 없잖아. 나는 그와의 우정은 깨져도 상관없다고 생각했어. 어쩔 수 없다고 말이야. 전부 각오하고서 말한 거야."

"나는,"

외치듯 말하고서 마유코는 기분을 가라앉히려는 듯 두세

번 숨을 크게 쉬었다.

"나는 오늘부로 두 사람을 다시는 만나지 않을 생각이었어."

"아니, 왜?"

"그렇게 하는 게 최선이니까. 어느 쪽을 선택해도 모두가 불행해져."

"만약 네가 나를 선택한다면 나는 바이테크 사를 그만둬도 괜찮아. 그러면 도모히코와는 영원히 안 만날 수 있잖아."

마유코는 잘래잘래 고개를 저었다.

"다카시 씨는 정말 아무것도 모르네. 그게 모두가 불행해지는 일이란 말이야. 혼자 남은 그 사람 기분을 생각하지 못할 정도로 머리가 어떻게 된 거 아니야?"

날카로운 화살처럼 그녀의 말이 내 가슴에 꽂혔다. 나는 아무 대꾸도 하지 못하고 그저 그녀의 입술을 보고 있었다.

"결국 다카시 씨도 깨닫게 될 거야."

마유코가 나직하게 말을 이었다.

"그와의 우정을 희생하는 거, 절대 불가능하다는 걸."

나는 시선을 떨어뜨렸다. 안타깝게도 그녀의 말에 강하게 반발할 마음이 일지 않았다. 그렇지 않다고 생각하면서도 내 안에 있는 무언가가 말을 밖으로 나가지 못하게 가로막고 있었다.

내가 잘못하고 있는 것일까, 그런 생각이 가슴에 번지기 시작했다.

등 뒤에서 찰칵, 소리가 났다. 실험실 문이 열려 있었다. 윗도리를 벗은 도모히코가 창백한 얼굴을 이쪽으로 향하고 있었다.

"다카시, 이쪽으로 좀 와 줘야겠어."

"나만?"

"응. 단둘이 다시 한 번 얘기를 하고 싶어."

나는 마유코 쪽을 힐끗 보고 나서 실험실 문으로 들어갔다.

실내는 실험 기기로 꽉 차 있었다. 벽 한쪽 면에는 해석 장치가 죽 설치되어 있고, 거기에서 뻗어 나온 동축 케이블이 〈인디애나 존스〉에 등장하는 뱀 떼처럼 바닥을 메우고 있었다. 방 한가운데에는 치과에서 환자가 앉는 의자 같은 것이 놓여 있었다. 그곳이 피험자의 위치인 듯했다.

"아까 한 약속을 지키려고. 내 연구 내용에 대해 말해 줄게."

"아니, 그런 건 이제 안 들어도 돼. 그보다 더욱 중요한 일이……."

"들어 주지 않으면 곤란해."

도모히코가 내 말을 막았다.

"이 얘기를 들어 주지 않으면 다음 얘기를 할 수 없어. 아무튼 들어 줘."

"하지만……."

"부탁이다."

도모히코가 진지한 눈빛으로 나를 쳐다보았다.

"내 얘기를 들어 줘."

나는 팔짱을 끼고서 다시 한 번 실험실 안을 둘러보았다. 도모히코의 마음을 이해할 수 없었다.

"알았어. 들을게."

벽에 세워 둔 파이프 의자를 펼치고 거기에 앉았다.

도모히코는 고개를 끄덕인 후 피험자용 의자에 걸터앉았다.

"아주 오래전에 한 번 얘기한 적이 있을 텐데, 계기는 아주 사소한 거였어. 그 무렵 피험자였던 시노자키 군의 기억에 사소한 오차가 발생했지. 초등학교 때 선생을 얘기하면서, 실제로는 중년 남자인데 젊은 여자 선생이라고 한 거야."

아닌 게 아니라 그 얘기는 들은 적이 있어서 나는 잠자코 고개를 끄덕였다.

"왜 그런 일이 생겼는가, 그 원인을 찾는 것이 연구의 첫걸음이었어. 마침내 나는 답을 찾았지. 알고 보니 아주 간단한 거였어."

도모히코가 다리를 꼬았다. 그리고 무릎 위에 깍지 낀 두 손을 올려놓았다.

"무의식적 혹은 의식적인 소망에서 생겨난 공상이 기억에 영향을 미치는 거였지."

"공상이 기억에?"

"이건 특별한 게 아니야. 일상적으로 누구든 경험하는 일이지. 예를 들어서, 시간이 흐르면서 불쾌한 일을 잊어버리는 경우가 있잖아. 나중에 돌아볼 때는 그것도 좋은 추억이었지, 하고 말이야. 사실 그건, 자신이 받아들이기 쉬운 형태로 기억을 무의식중에 가공한 것이라고 할 수 있어. 당시의 고통이 기억 속에서는 상당 부분 깎여 나가고 없는 거지."

"그건 뇌 내 마약의 작용이라는 설이 있는데."

"그래, 맞아. 나도 그렇게 생각해. 뇌 내 마약은 기억의 개편에 깊이 관련돼 있지. 또 한 가지 예를 들어 볼게. 다카시도 이런 경험 있지 않나? 무언가를 사람에게 전할 때, 자신에게 유리하도록 내용을 조금 각색하는 것 말이야."

"없다고는 할 수 없지."

잠시 생각하고서 나는 대답했다.

"그렇지? 나도 있어. 가령 길거리에서 불량배가 시비를 걸어 와 용돈을 빼앗겼다고 치자. 나중에 그 사건을 타인에게 얘기할 때, 불량배가 실은 두 명밖에 없었는데 다섯 명이 있었던 것처럼 얘기하는 거야. 그다음 얘기도 그 설정과 모순되지 않게 앞뒤를 맞추고."

나는 도모히코의 얘기를 들으면서 그런 경험이 있었는지

생각해 보았다.

"그 얘기를 여러 사람에게 여러 차례 하는 동안 자신의 머릿속 이미지가 더욱 견고해져. 그 이미지 속에서 상대의 수는 물론 다섯 명이야. 그리고 얘기를 하면 할수록 스토리는 논리 정연하게 자리를 잡아 가지. 그리고 어느 정도 시간이 흐른 후 그 사건을 다시 떠올렸을 때, 뇌리에 떠오르는 것은 실제 있었던 일이 아니라 나중에 자신이 만들어 낸 이미지 쪽이야. 그런데 본인은 그걸 '확실한 기억'이라고 믿어. 자신 있게 그는 말하지. 상대 불량배는 다섯 명이었다고 말이야. 거짓말을 하고 있다는 자각은 전혀 없지."

"즉, 기억의 개편이로군."

"이건 어느 책 속에 실려 있는 예인데, 경찰에 체포된 후에도 무혐의를 주장하는 범인들 중에는 점차 그런 착각에 빠지는 자들이 적지 않은가 봐. 실제로 범죄를 저질렀으면서 몇 번이나 거짓 진술을 반복하다 보면 그것을 사실처럼 믿게 되는 거지."

"들어 본 적이 있는 것 같군."

"그런 예는 인간의 자기 방어 본능으로 해석될 수도 있지. 그래서 나는 그 본능을 이용하자는 발상을 했어. 인위적으로 그런 상황을 만들어 낼 수는 없을까 하고 말이야. 지난 1년 동안 내가 계속한 연구는 바로 그런 거였어."

도모히코가 일어나 옆에 놓여 있던 종이 다발을 나에게 건넸다. 그것은 리포트 용지 묶음이었다.

나는 그것을 죽 훑었다. 아니, 훑었다는 표현은 적절하지 않다. 나는 거기 적힌 모든 내용에 충격을 받았다.

"거기에도 쓰여 있지만, 시발점이 되는 이미지는 한 가지로 족해. 본인이 그 한 가지를 떠올릴 때 나타나는 뇌 기능 패턴을 기록해 두었다가 그것을 다시 기억 영역에 입력하는 거지. 기본적으로는 그게 다야."

"그다음은 잠재의식이 자주적으로 처리한다……는 거로군."

"그래, 기억의 오차를 보충하도록 본인이 무의식중에 기억을 변경해 가는 거야. 자신에게 가장 유리한 형태로 말이지. 잇따라 기억이 변하기 때문에 도미노 효과라고 이름 붙였어."

"놀랍군. 굉장해."

리포트에서 얼굴을 들며 말했다.

"운이 좋았던 거지."

나는 다시 한 번 리포트로 눈길을 돌렸다. 도미노 효과의 발견과 응용 제1보.

운이 아니라고 나는 생각했다. 가령 비슷한 상황에 놓여 있었다 해도 나는 이런 발견을 하지 못했을 것이다. 미와 도모히코는 천재다.

"바이테크가 너를 선택한 이유를 알겠다. 당연한 선택이었어."

"그렇게 말해 주니 고맙군."

"진심이야."

나는 리포트를 옆에 있는 기기 위에 올려놓았다. 몸이 몹시 무거운 느낌이 들었다. 패배감이 기력을 앗아 간 것이다.

"다카시, 이 도미노 효과를 실험해 보고 싶지 않나?"

나는 도모히코를 보았다. 무슨 소리를 하는 것인지 알 수 없었다.

"나를…… 실험 대상으로 해서 말이야."

"무슨 소리를 하는 거야!"

"농담 아니야."

도모히코의 얼굴에 긴박감이 감돌았다.

"개편해 줬으면 좋겠어, 내 기억을."

"도모히코."

"그래서 이 장치에 대해 설명한 거야."

그는 안경을 벗어 옆에 있는 선반에 놓았다.

"이제 마유코를 잊고 싶다. 처음부터 그녀는 나의 연인이 아니었던 거야. 그렇게 만들고 싶어. 그러지 않고는 앞으로 살아갈 수 없을 것 같아."

"그런…… 생각인가."

"다카시, 부탁이야. 나를 도와준다고 여겨."

과연 멋진 해결책 같은 기분도 들었다. 마유코와의 추억을 없애는 것이 그를 위한 길이라면 그것도 좋은 방법 아닐까.

"마유코의 의견을 들어 볼 필요는 없을까?"

"그녀에게는 나중에 네가 설명해 줘. 내가 얘기할 수는 없으니까."

"그렇지만……."

"부탁한다."

도모히코가 말했다. 애원하는 듯한 눈빛이었다.

"기억은 때로 사람을 속박해. 지금 나를 괴롭히고 있는 것은 바로 기억이야. 그것을 제거해 줬으면 해."

나는 양쪽 눈가를 꾹 누르고 한참을 생각했다. 기억을 버리는 것은 비겁한 짓이다, 현실로부터의 도피다, 등등 이런 장면에 흔히 등장할 법한 대사가 몇 가지 떠올랐지만 그 어느 것도 말할 기분이 아니었다. 세상에는 어쩌면 이리도 성의 없는 말이 많은 것인지.

"알았다. 해 볼게. 그런데 내가 할 수 있을까?"

고민 끝에 나는 말했다.

"할 수 있고말고. 컴퓨터 게임보다 쉬운데, 뭐."

도모히코가 손으로 쓴 매뉴얼을 내게 보여 주면서 조작 순서를 설명해 주었다. 어렵지는 않았다. 중요한 것은 타이밍이었다.

한 차례 설명을 하고 나자 도모히코는 장치를 전부 세팅한 후 한가운데에 있는 피험자용 의자에 앉았다. 우선 허리 벨트로 몸의 위치를 고정하고, 머리에 브레인 네트라 불리는 전극이 부착된 망을 씌웠다. 그리고 그 머리를 의자 등받이에 벨트로 고정했다.

"됐어."

그가 내게 신호를 보냈다.

나는 첫 번째 스위치를 켰다. 위쪽에서 거대한 원통형 헬멧이 내려와 도모히코를 거의 가슴 언저리까지 덮어씌웠다. 네트는 뇌의 활동을 감지하는 것이고, 헬멧은 자기의 힘으로 그것을 조정하는 기기이다. 또 이 헬멧은 외부 전자파를 차단하는 역할도 한다.

"우선 하나씩 체크를 해 볼게."

그렇게 말하고 나는 각 기기가 정상적으로 작동하는지 점검했다. 문제는 없는 듯했다.

"체크 완료. 이상 없어."

"좋아. 그럼 시작하지."

"어떤 기억을 시작으로 할래?"

"그렇지. 그걸 생각해야 하는군."

도모히코는 잠시 생각한 후에 대답했다.

"마유코를 처음 너에게 소개했을 때의 기억으로 할게. 그럼 되겠지?"

"좋아. 그럼 시작한다."

"응."

나는 우선 뇌에서 보내는 출력 신호를 모니터링 했다. 넉 대의 컴퓨터 화면에 각기 다른 삼차원 그래프가 나타났다.

"질문 1."

매뉴얼에 따라 나는 질문을 시작했다.

"당신은 지금 어디에 있습니까?"

"……찻집. 신주쿠에 있는 찻집. 이름은 잊었어."

헬멧 안에서 도모히코가 대답했다.

"질문 2. 그것은 언제 일입니까?"

"1년 전. MAC에 들어간 지 꼭 1년이 지난 봄. 3월이었어."

"질문 3. 거기에서 무엇을 했습니까?"

"다카시를…… 쓰루가 다카시를 만났어."

"질문 4. 왜 만났습니까?"

"친구를 소개하기 위해서. 쓰노 마유코를 쓰루가 다카시에게……."

넉 대의 컴퓨터 화면이 모두 큰 변화를 보였다. 그중 한 대는 입체 화면이 평면 도형으로 바뀌어 있었다. 'ERROR'라는 글자가 떴다.

"에러야, 도모히코."

도모히코가 한숨을 쉬었다.

"처음부터 다시 시작하자."

"알았어."

나는 장치를 다시 리셋 했다.

에러의 원인은 도모히코가 말한 '친구'라는 단어가 틀림없었다. 마유코를 친구라고 소개하는 장면을 쉽게 이미지화할 수 없는 것이다.

두 번째 시도에서도 역시 똑같은 현상이 나타났다. 이 부분이 사실과 다르기 때문에 무리인지도 몰랐다.

"잘 안 되는군."

도모히코가 답답해하는 기색이었다.

"잠깐 쉬었다 할까?"

"아니, 계속하자. 저, 다카시."

"응, 왜?"

"남자와 여자가 친구가 될 수 있을까? 실제로 그럴 수 있을까?"

나는 움찔했다. 도모히코 쪽을 보았다. 그러나 헬멧에 덮여 있어 얼굴이 보이지 않는다.

그 점이 걸리는 거로구나, 하고 수긍했다. 그러니 이미지가 잘 구성되지 않는 것이다.

"어떻게 생각해?"

도모히코가 재차 물었다.

어려운 질문이었다. 나도 잘 모르겠다. 옛날부터 많은 사람이 왈가왈부했던 문제다.

마침내 나는 지금 필요한 것은 이 의문의 해결이 아니라 도모히코의 마음에서 혼란을 제거하는 것임을 깨달았다.

"마음을 품고서도 그냥 친구로 지내는 일도 있어."

"어떻게?"

"자기 마음을 감추고 친구 이상으로 발전하지 않게 하는 거야. 적어도 표면적으로는."

"그렇군……."

도모히코의 오른손이 톡톡톡, 의자 팔걸이를 두드렸다.

"내가 그녀에게 내 마음을 고백하지 않으면 친구인 채로 지낼 수 있다는 거군. 일단 표면적으로는."

"그렇게 생각할 수도 있다는 말이야."

"아니, 알겠어. 이제 이미지화할 수 있을 것 같다. 처음부터 다시 해 보자."

도모히코의 그 말에 나는 처음부터 되풀이하기로 했다. 컴퓨터 자료를 모두 초기화했다.

그런데 왠지 가슴이 죄어드는 것처럼 불길한 기분이 들었다. 마음을 고백하지 않고 친구로 지낸다? 원래 그건 내 쪽에서 해야 하는 일이었다. 1년 전 내가 그렇게 했다면 지금의 이 같은 상황은 벌어지지 않았을 것이다. 그리고 이 상황을 해결하기 위해 나는 내가 할 수 없었던 것을 도모히코에게 요구하고 있다. 그렇게 하는 것이 얼마나 큰 고통인지를 누구보다 잘 알면서.

"질문 1. 당신은 지금 어디에 있습니까?"

그러나 나는 이 시도를 중단하자는 말은 하지 않았다.

세 번째 시도에서 도모히코의 기억을 개편하기 위한 첫 이미지를 만들어 내는 데 성공했다. 또 그때 그의 사고를 컴퓨터에 기억시키는 데도 성공했다. 그다음은 이 기억을 그의 기억 중추에 입력하고 정착시키면 된다.

"한 가지 묻고 싶은 게 있는데, 이 실험 후 네가 처음 마주치게 될 기억의 모순은 '지금 내가 여기서 뭘 하고 있는 것인가' 일 텐데, 그때는 어떻게 하면 되지?"

"아, 그건."

이미 고려하고 있었다는 투였다.

"실험 종료 후에는 아마 경미한 기억 상실 상태에 있을 거야. 그러다 서서히 사태를 파악하면서 자신에게 가장 유리한 방향으로 기억을 개편하게 되겠지. 그것이 어떤 기억일지는 예상할 수 없어. 그러니까 너는 그런 내게 적당히 입을 맞춰 주면 될 거야."

거의 도박이로군, 하고 나는 생각했다.

"마유코는 어떻게 하고? 그녀는 너의 기억이 개편된다는 걸 모르는데."

"나중에 네가 설명해 줘."

"하지만……."

그가 내 말을 가로막았다.

"네가 간직해 줬으면 하는 게 있어. 내 윗도리가 거기 의자 에 걸쳐져 있지?"

"응."

말쑥한 감색 양복 윗도리가 있었다.

"그 안주머니에 액자가 하나 들어 있을 거야."

나는 그것을 꺼냈다. 얇고 조그만 액자다. 사진에는 마유코 혼자 찍혀 있었다. 검은 티셔츠에 데님 재킷. 귀에는 빨간 피 어스.

"디즈니랜드에 갔을 때 찍은 거야. 내가 가장 좋아하는 사 진이지."

"이걸 왜 내게?"

"네가 받아 줬으면 해. 괜찮지?"

씁쓸한 부탁이었다. 이 사진을 지니고 있는 한 내 마음은 편하지 않을 것이다. 하지만 그것이 도모히코가 할 수 있는 최소한의 복수일지도 모르겠다는 생각도 들었다.

"알았어. 받을게."

"그 액자, 너무 낡았으니까 새걸로 바꿔."

세심한 도모히코다운 말이었다. 나는 알겠다고 대답했다.

"자, 그럼 다시 시작할까. 방법은 이미 다 알지?"

"응, 좋아."

내가 하는 일은 키보드를 몇 개 두드리는 것뿐이다. 그다음은 기계가 알아서 할 것이다.

"저, 도모히코. 정말 괜찮은 거야?"

"괜찮아. 정말 괜찮아."

그가 나직하게 말했다.

"그럼."

"그래, 시작하자."

나는 눈을 감고 심호흡을 한 번 했다. 그런 후 눈을 뜨고 키보드를 두드렸다.

첫 이미지를 입력하는 데는 약 1분이 필요하다. 1분이 걸린다고 해야 할지, 1분이면 끝난다고 해야 할지는 모르겠다. 아무튼 나는 그 1분을 도모히코에게 받은 사진을 보며 보내기로 했다. 사진 속의 마유코는 무척 아름다웠다. 찬란하게 빛나고 있었다.

450

나 자신의 태도가 옳다고는 생각지 않았다. 비열하다는 느낌도 들었다. 하지만 달리 어떤 해결책이 있을까. 이상론이나 바람직한 도의로는 아무것도 해결되지 않는다.

그런데 도모히코의 비감한 결의를 두 눈으로 보면서 내 안에 한 가지 생각이 움트기 시작했다. 그것은 '나 역시 마유코를 잊어야 하는 게 아닐까' 하는 생각이었다. 어느 쪽이 뭘 얻는 것이 아니라 어느 쪽이나 아무것도 얻지 못하는 상황으로 가야 하는 것 아닐까.

치졸한 발상은 아닐 것이다. 나는 잠시 그 점에 대해 진지하게 검토했다. 그러고는 고개를 저었다. 꽁무니를 빼려는 마음이 있다는 것을 부정할 수 없었다.

도모히코, 너는 강한 놈이다. 얼굴을 들고 중얼거렸다.

이상을 감지한 것은 바로 그때였다. 넉 대 가운데 두 대의 화면에 뇌 기능 이상을 나타내는 표시가 떠 있었다. 남은 두 대의 한쪽 화면에도 에러 표시가 떠 있었다.

나는 시계를 보았다. 3분 이상이나 지나 있었다. 나는 허둥지둥 매뉴얼 페이지를 넘겨 비상시의 대응책을 찾았다. 그러나 현재 직면한 사태를 상정하고 대응책을 기술한 부분은 어디에도 없었다.

문을 열고 고함을 질렀다.

"마유코!"

마유코는 의자에 앉아 멍하니 생각에 잠겨 있는 듯, 눈빛에 약간 초점이 없었다.

"빨리, 빨리 와 봐! 큰일 났어!"

그녀는 잠시 머뭇거리다 재빨리 이쪽으로 걸어왔다.

"무슨 일인데?"

나는 뭐라 설명하면 좋을지 몰라 실험실 안을 보여 주었다. 피험자 의자에 앉은 도모히코를 본 마유코의 몸이 굳었다.

"왜 저 사람이……."

"자세한 얘기는 나중에 할게. 그보다, 뇌 기능이 이상해."

마유코는 모니터를 보고서 눈을 부릅떴다.

"이런 일은……."

"뭐야, 어떻게 된 거야?"

"전에 똑같은 화면을 도모히코 씨가 보여 준 적이 있어. 이건 슬립 상태야. 영원히 잠에서 깨어나지 않아."

"뭐라고……? 어떻게 하면 좋지?"

"모르겠어. 시뮬레이션 상의 사례라고 했을 뿐이라서."

"하는 수 없군."

나는 재빨리 키보드를 두드렸다. 긴급 정지 방법은 매뉴얼에 적혀 있었다.

시스템을 정지시키고, 도모히코의 두부를 덮고 있는 헬멧을 올렸다. 그는 눈을 감고 있었다. 얼굴에 표정이 없다.

나는 그에게로 뛰어가 그의 머리와 몸을 고정한 벨트를 풀었다. 그리고 소리쳤다.

"도모히코, 도모히코, 대답해 봐!"

하지만 그는 아무런 반응이 없었다. 몸을 흔들어 보았지만 인형처럼 반응이 없었다.

"도모히코, 왜 이렇게 된……"

그 순간 나는 모든 것을 이해했다.

도모히코는 이렇게 될 것을 예상하고 있었던 것이다. 연인을 잃고 친구에게 배신당한 끝에 그가 선택한 길은 영원히 잠을 자는 것이었다. 영원한 잠, 그것이야말로 죽음이 아닌가. 가령 숨을 쉬고 있고 뇌파가 움직인다 해도 그것은 바로 죽음이다.

나는 비틀거리며 뒤에 있는 장치에 몸을 기댔다. 그 바람에 옆에 놓아둔 도모히코의 안경이 바닥으로 떨어졌다. 그것을 한참 바라보다 주워 들었다. 한쪽 렌즈가 깨져 있었다.

후회와 슬픔이 해일처럼 무시무시하게, 그리고 끔찍한 속도로 밀려왔다.

"내가, 도모히코를, 죽였어."

그렇게 외치는 소리가 목구멍에서 터져 나왔다.

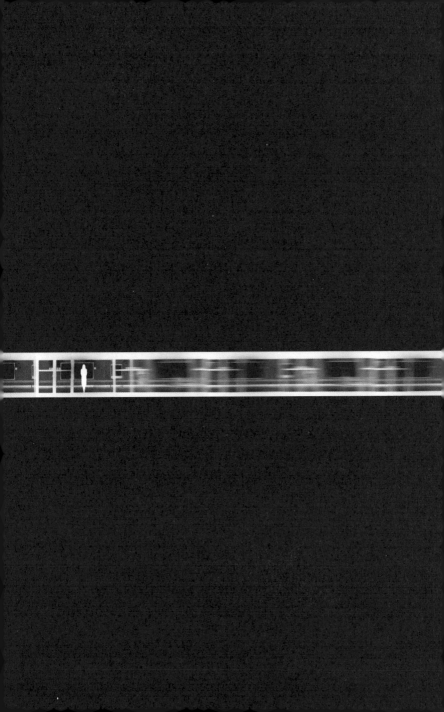

제
10
장

귀
환

"그 후에 바로 도모히코를 여기로 옮겨 온 건가요?"

침대 위의 도모히코를 보면서 다카시는 스토에게 물었다.

스토가 고개를 끄덕였다.

"그래. 두 번째 사고여서 비교적 빨리 대응할 수 있었지."

다카시는 황급히 스토에게 연락을 취해 도모히코가 슬립 상태에 빠졌다는 것을 알렸다. 파랗게 질린 낯빛으로 달려온 스토는 이 일에 대해 누구에게도 알리지 말 것을 다카시와 마유코에게 명령했다.

그다음에 도모히코는 차로 옮겨졌다. 그 차가, 시노자키의 모습이 사라지기 전 다카시가 목격한 승합차였기 때문에 그는 확신을 얻었던 것이다. 시노자키 역시 도모히코와 같은 상태에 있을 것이라고.

"그 후의 상황에 대해선 자세한 것을 전혀 듣지 못했습니다. 도모히코가 어디에 있으며 어떻게 되었는지, 잠에서 깨어날 가능성은 있는지. 아무도 가르쳐 주지 않았어요."

"자네는 알 필요가 없었기 때문이야. 아니, 오히려 우리는 자네가 모든 것을 잊어 주었으면 했지. 기억이 개편된 것도, 미와 군이 슬립 상태에 있다는 것도 말이야."

"바이테크 사의 일급비밀이었다는 말이군요."

다카시의 말에 스토는 천천히 고개를 저었다.

"이미 바이테크 사만의 문제가 아니야. 벌써 전 세계 연구 기관이 기억 개편에 관한 정보를 얻기 위해 분주하게 움직이고 있어. 불필요한 것을 알고 있어 봐야 자네에게 좋을 일이 없었지."

"그래서 마유코를 이용한 거군요."

"협력한 거야. 자네를 살리는 일에."

"그야 갖다 붙인 말일 테고."

"하지만,"

스토가 다카시를 똑바로 쳐다보며 말했다.

"자네도 동의를 하지 않았나. 본인의 동의 없이 기억 개편은 성공할 수 없어."

다카시는 어금니를 꽉 물었다. 부정할 수 없는 사실이었다. 다카시의 기억을 개편하는 것은 마유코가 제안한 일이었다.

모든 것을 잊고 다시 시작해요.

다카시는 그 제안을 받아들였다. 받아들이지 않을 수 없을 정도로 괴로웠던 것이다.

"마유코는 기억을 개편하지 않았죠?"

"할 계획이었지. 그런데 사정이 바뀌었어."

"무슨 뜻이죠?"

"그것을 설명하려면 얘기가 그 전으로 더 거슬러 올라가야 하는데."

스토는 시노자키가 누워 있는 침대 옆에 섰다.

"자네도 어느 정도는 알아차렸던 것 같은데, 작년 가을 우리에게 첫 시련이 찾아왔지. 바로 시노자키 군이 혼수상태에 빠진 거였어. 모든 실험이 순조롭게 진행되었는데 어느 시기를 경계로 그의 기억이 혼란을 일으키기 시작한 거야. 그리고 끝내는 의식이 없어지고 말았어. 기억의 모순에서 사고 회로를 지키려는 자기 방어 본능이 작동한 거지. 나와 미와 군은 시노자키의 뇌를 원래 상태로 되돌릴 방법을 필사적으로 모색했어. 그러려면 우선 슬립 상태를 야기한 조건을 찾아내야 했지. 그걸 알게 되면 해결책도 찾아낼 수 있으리라는 게 우리 생각이었어. 그런데 일이 그렇게 간단하지 않았어. 조건이 한 가지가 아니라는 게 밝혀진 거야. 수많은 우연, 아니 수많은 불행이 겹치지 않고는 슬립 상태는 발생하지 않아. 참 아이러니컬한 일이지. 그런 의미에서 시노자키 군은 정말 운이 나빴어."

"그런데 도모히코는 그런 상태에 빠지지 않습니까."

잠자는 도모히코를 가리키며 다카시가 말했다.

"그래. 그러니까 그는 그 조건을 발견한 거지. 그리고 자신의 몸을 사용해 증명하려 했던 거야."

"자살을 겸해서 말입니까?"

"그건 알 수 없지. 자네가 그렇다고 하면 그런 건지도 모르겠지만. 아무튼 우리에게 중요한 건 슬립 상태가 재현되었다는 점이었어. 그래서 미와 군의 연구 기록을 샅샅이 살펴보았는데, 묘하게도 슬립에 관한 자료는 전혀 나오지 않았어. 그의 방도 철저하게 뒤져 봤지만 역시 찾을 수 없었지."

"그래서 도모히코의 방이 그 꼴을 하고 있었던 거군요."

다카시는 어지럽게 흐트러져 있던 도모히코의 방을 떠올렸다. 플로피 디스크, 테이프, MD, 모든 저장 매체가 사라지고 없는 방을.

"그러나 없을 리 없었지. 어딘가에는 반드시 있어야 했어. 적어도 마지막 실험 때 그는 그 자료를 필요로 했을 테니까. 그래서 나는 이렇게 생각했지. 그는 그 자료를 마지막 실험

전에 누군가에게 건넸을 것이라고."

그 누군가는 한 명밖에 없다.

"제게…… 말인가요?"

"그래, 가능성은 자네밖에 없었어. 그러나 때는 이미 지나 간 후였지."

"그때 저는 이미 기억 개편이 끝난 상태였군요."

스토가 고개를 끄덕였다.

"자네의 기억이 변한 직후였어. 개편된 기억을 원래대로 복원하는 기술은 아직 완전하지 않은 부분이 많아. 무리하게 진행하다가 세 번째 피해자가 나올 위험성도 있었지. 결국 우리에게 남은 길은 딱 한 가지였어. 미와 군이 발견한 조건, 즉 슬립 상태에 빠지는 조건을 우리 손으로 직접 발견해서 잠에 빠진 두 사람을 구하는 것이지. 대외적으로는 전혀 공표되지 않았지만, 올해 바이테크 사의 최대 연구 테마는 바로 그것이었어."

"다른 프로젝트의 예산이 삭감된 이유가 있었군요."

기리야마 게이코가 했던 말이 떠올라 다카시가 말했다.

"아무튼 필사적이었어. 수도 없이 실험을 반복하고 무수한 자료를 해석했지. 극비리에 말이야. 그 작업에는 사실 자네 도 참가했어."

"제가요?"

그 순간 다카시의 머릿속에 퍼뜩 생각나는 게 있었다.

"그럼 침팬지 우피를 사용한 그 실험도……."

"그 실험 역시 기억 개편 기술의 일환으로 진행된 것이었지. 자네를 연구에 참가시킨 이유는 두 가지가 있어. 한 가지는 리얼리티 공학에 관한 자네의 재능이 필요해서였고, 한 가지는 기억이 개편된 자네 상태를 체크하기 위해서였어."

"그런 거였군요."

모든 것이 아귀가 맞는다. 왜 이런 연구를 하는지 정확하게 파악할 수 없었던 것은 진짜 목적을 알려 주지 않았기 때문이었다.

"마유코가 저와 생활한 것도 저를 감시하기 위한 거였습니까?"

"다행히 그녀는 기억을 개편하기 전이었어. 그러나 오해는 말게. 자네 옆을 지킨 건 그녀가 바란 일이었으니까."

"하지만 그녀가 제 행동을 지켜본 건 사실이죠."

"그런 식으로 말하면 안 되지. 그녀도 무척 괴로웠을 텐데."

마유코와의 생활을 상징하는 몇 가지 장면이 다카시의 뇌리를 스쳤다. 하지만 그는 지금은 그 생각을 하지 않기로 했다.

"……그런데 제가 기억을 되찾기 시작했던 거군요."

"마유코에게 처음 보고를 들었을 때는 깜짝 놀랐어. 기억이 저절로 돌아올 가능성은 생각도 못했으니까 말이야. 기억 개편 기술이 지금 단계에서는 여러모로 완벽하지 않은 듯해. 하지만 자네의 경우가 두 사람을 살릴 기회라는 점은 분명했지. 그날부터 자네의 모든 행동을 감시하고 체크했어. 우리에게 중요한 것은 자네가 미와 군에게 건네받은 자료를 언제 기억해 내느냐, 그거였지."

"모르겠군요."

다카시가 고개를 좌우로 흔들었다.

"그렇게 골치 아픈 방법을 써야 했습니까. 제게 사실을 말해 줬으면 그걸 계기로 기억이 되살아났을 수도 있는데."

"그럴 수 있다면 왜 고생을 하겠어. 그러나 아까도 말했듯이, 지금 자신의 기억이 진실이라고 믿고 있는 피험자에게 억지로 기억의 모순을 자각하게 하는 것은 아주 위험한 일이야. 시노자키 군이 이렇게 된 것도 바로 그 때문이잖아."

파티 때 무척 혼란스러워하던 시노자키의 모습이 떠올랐다. 역시 그 사건은 불미한 사태의 전조였다. 또 고향에 내려갔을 때 도모히코의 마지막 모습을 기억해 낸 직후부터 몇십 시간이나 계속 잠잤던 일도 생각났다. 그것도 일종의 징후였다고 생각되었다.

"자네는 자연스럽게 기억을 되찾아야 할 필요가 있었어. 제삼자가 가르쳐 줘서가 아니라 자신의 힘으로 기억의 모순을 자각하고, 정확하게 과거를 기억해 내야 할 필요가. 알겠나?

그래서 자네에게는 아무것도 가르쳐 주지 않았던 거야."

"그래서 마유코가 모습을 감춘 거군요. 스토 씨와 도모히코의 부모님도."

"그래, 그런 거였어. 하지만 아주 조마조마하게 마음 졸였던 적도 있었지. 그중에서도 자네가 나오이 마사미라는 여자와 직접 접촉했을 때는 식은땀이 다 나더라고."

"그녀에게도 이 상황을 알려야죠."

"그건 우리가 알아서 할 거야. 그러니 자네는 아무 걱정 하지 않아도 돼."

스토는 다카시 쪽으로 다가와 그의 어깨에 손을 얹었다.

"지금까지 말한 게 진실이야. 다른 건 이제 얘기할 필요도 없겠지. 모든 기억을 되찾았을 테니까. 자, 이제 얘기해 봐. 미와 군이 자네에게 자료를 건넨 게 맞지?"

다카시는 어깨에서 스토의 손을 밀쳐냈다.

"네, 맞습니다."

"어디 있지?"

"제가 안내하죠."

"말해 주면 우리가 가지러 가겠어."

"제가 간다고 하잖습니까!"

다카시가 스토의 얼굴을 쏘아보며 말했다. 스토가 어깨를 움찔했다.

"알겠어. 그럼 자네가 앞장서지."

스토가 운전하는 차를 타고 다카시는 자신의 아파트로 갔다. 뒷좌석에 잘 모르는 남자 둘이 타고 있었다. 한 남자의 얼굴은 다카시도 본 적이 있었다. 도모히코의 집에 들어갔을 때 건너편 건물에서 다카시 쪽을 엿보던 남자가 틀림없었다.

집에 들어선 다카시는 곧장 침실로 향했다. 그리고 책상 위에서 그것을 집어 들었다.

그것은 마유코의 사진이 담긴 액자였다. 도모히코에게서 받은 것이다.

다카시는 액자의 뒤 뚜껑을 빼냈다. 몇 번 접힌 종이와 조그만 카드 같은 것이 나왔다. 카드는 마이크로 디스크였다. 도모히코의 말대로 액자를 바꿨더라면 좀 더 빨리 이걸 찾아낼 수 있었을 것이다.

"이게 스토 씨가 찾는 것인 모양입니다."

다카시는 디스크를 스토에게 건넸다.

"그런 곳에 숨겼을 줄은 전혀 몰랐군."

스토가 입을 삐죽거렸다.

"그 종이는?"

"제게 쓴 편지 같은데요. 설마 이거까지 달라고 하는 건 아니겠죠."

스토는 고개를 옆으로 약간 비틀고서 동행한 두 사람에게 눈짓을 했다. 두 사람이 방을 나갔다.

"수고 많았어. 다시 연락하지."

스토도 문밖으로 사라졌다.

혼자 남은 다카시는 침대에 걸터앉아 도모히코의 편지를 읽었다. 읽으면서 눈시울이 시큰해졌다. 그는 오랜만에 뜨거운 눈물을 흘렸다. 눈물에 글자가 번졌지만 몇 번이나 다시 읽었다.

작년 가을부터 난 두 가지 일로 고민에 빠졌다. 한 가지는 시노자키 군의 일, 한 가지는 마유코.

시노자키 군에게는 몹시 나쁜 짓을 했다고 생각한다. 연구를 진전시키고 싶다는 일념에 안전을 고려하지 않은 채 한 사람의 귀중한 미래를 빼앗고 말았으니. 내 몸을 희생해서라도 그를 구하는 것이 나의 의무라고 여긴다.

마유코에 관해서는, 하루빨리 포기하자고 줄곧 생각해 왔다. 그녀의 마음이 다카시 쪽으로 기울고 있다는 것을 전부터 알고 있었기 때문이지. 하지만 도저히 포기할 수 없었다. 그녀 같은 여자는 앞으로 평생 다시 만날 수 없을 거야. 아니 만난다 해도 그녀만큼 나를 좋아해 주지는 못하겠지.

이 두 가지 고민을 안고서 지난 몇 달을 지내다가 마침내 두 가지를 한꺼번에 해결할 수 있는 방법을 찾았다. 나 자신을 실험 대상으로 해서 시노자키 군이 당한 사고를 재현하는 것이지. 그 실험의 결과를 참고해서 스토 씨 등의 연구진은 시노자키 군을 구해 낼 방법을 개발하겠지. 그리고 내가 조금 긴 잠에 빠져 있는 동안 다카시는 마유코와 맺어지는 게 좋겠다. 내 계산에 따르면 나의 기억은 개편되었을 것이다. 그러니 다시 눈을 떴을 때는 너희 두 사람을 진심으로 축복해 줄 수 있겠지.

내가 걱정스러운 것은 다카시, 너의 마음이었다. 마유코에 대한 네 마음을 꼭 확인하고 싶었다. 그래서 일부러 너에게 불쾌한 말을 한 거야. 그 점에 대해서는 사과한다. 하지만 네가 진심으로 그녀를 사랑한다는 것을 알고는 안심했다. 아무쪼록 나 대신 그녀를 행복하게 해 주었으면 좋겠다.

기억 개편 시스템은 정상적으로 작동되기만 하면 아무 문제가 없다. 그리고 이건 나의 희망 사항인데, 너희 두 사람도 지난 1년의 기억을 바꿔 줄 수는 없을까. 그렇게 하면 예전처럼 친구로 지낼 수 있을 테니까.

지난 1년의 과거가 바뀐다 해도 우리의 우정에는 아무런 영향을 미치지 못할 것이다.

그럼 눈을 뜨는 날 다시 만나자. 그때까지, 안녕.

숨이 차오를 정도의 감동과 자책감이 다카시의 가슴을 메웠다. 도모히코는 자신이 잠에 빠진 후 바로 이 편지가 발견될 것이라 여겼던 것이다. 극한의 상황에 있으면서도 그는 최후의 순간까지 다카시와의 우정을 지키려 애썼다. 그 때문에 기억을 바꿔 달라고까지 했다.

그런 그에 비하면 나는, 하고 다카시는 자신을 질책했다. 나는 나의 슬픔과 고통에서 헤어나기 위해 기억 개편의 길을 선택했다.

무슨 소리가 들려 다카시는 얼굴을 들었다. 침실 문 앞에 마유코가 서 있었다.

두 사람은 잠시 서로를 쳐다보았다. 하고 싶은 얘기, 묻고 싶은 말이 다카시의 머릿속에서 소용돌이쳤지만 아무 말도 나오지 않았다. 대신 그는 손에 들고 있던 편지를 그녀에게 내밀었다.

그녀는 말없이 그것을 받아 들고 읽기 시작했다. 눈이 점차 빨개지는 것을 다카시도 알 수 있었다.

"나는…… 나약한 인간이야."

다카시가 간신히 말을 뱉었다.

마유코는 그 앞에 서서 그의 손을 잡았다.

"그때도 그런 말을 했는데."

그녀의 눈물이 두 볼을 타고 흘러내려 다카시의 손에 떨어졌다.

기억 속의 마지막 장면이 그의 마음의 스크린에 비쳤다.

LAST SCENE

실험실에 들어간 후에도 나는 여전히 결심이 서지 않았다.

슬프고, 괴롭고, 혐오스러운 경험 때문에 쌓인 마음의 아픔을 모두 잊는 방법으로 해결하는 것이 과연 바람직한 일일까. 오히려 인간은 그런 마음의 아픔을 평생 안고 살아가야 하는 것 아닐까.

친구를 배신하고 그 연인을 빼앗다 못해 자살이나 다름없는 상황으로 몰아갔다는 사실을 나는 싹 잊으려 하고 있다. 없었던 일로 하려고 한다. 그것은 비겁한 짓이 아닐까.

하지만 반대로, 내가 그런 일들을 기억한다면 거기에는 어떤 이점이 있는가.

나는 마유코와 맺어지는 것을 이미 단념했다. 도모히코가 그렇게 된 이상 그녀와 아무 거리낌 없이 사귀는 것은 불가능할 테고, 그녀도 같은 생각일 것이다.

즉 우리는 무엇 하나 얻은 것이 없다. 그저 친구를 잃었을 뿐이다.

기억을 버리려 하지 않는 것도 어쩌면 자기만족에 불과하지 않을까, 그런 기분도 들었다.

마유코가 기억 개편을 제안한 후로 나는 계속 그런 생각을 해 왔다. 그러나 결론은 나지 않고 생각만 제자리를 맴돌 뿐이었다.

그녀는 기억 개편을 원했다. 모든 것을 백지상태로 돌리고 다시 시작하고 싶다고 했다.

나는 주저하면서도 동의했다. 그리고 오늘, 이렇게 여기 온 것이다. 나와 마유코, 그리고 바이테크 사의 기술자가 함께 하고 있다.

"미안하지만 잠시 단둘이 있고 싶은데요."

나는 바이테크 사 기술자에게 말했다. 그는 고개를 까딱 숙이고는 옆방으로 갔다.

"아직도 망설이는 거야?"

마유코가 물었다.

"이런 방법은 옳지 않다는 생각이 들어."

"뭐가 옳지 않은데?"

"글쎄, 자신에 대해서랄까."

그렇게 대답하자 마유코는 고개를 저었다.

"자신 따위는 없어. 있는 것은 자신이 있었다는 기억뿐. 모두들 거기에 얽매여 있는 거야. 나나 다카시 씨나."

"그러니까 기억을 바꾼다는 것은 자신을 바꾼다는 뜻이 되겠군."

"그래. 바꿨으면 좋겠어, 자신을."

마유코가 내 눈을 쳐다보았다. 내 안의 무언가에 호소하려는 듯이.

나는 그녀에게서 눈길을 돌려 피험자 의자를 보았다. 순간, 거기에 도모히코가 앉아 있는 듯한 착각이 들었다.

"그냥 여기 앉으면 되는 건가."

"그래, 몸을 편안히 하고."

내가 의자에 앉자 마유코가 고정 벨트를 묶고 머리에 네트를 씌워 주었다.

"마지막으로 한 가지 묻고 싶은데."

"뭘?"

"그때, 너도 건너편 전철에서 나를 보고 있었지?"

마유코가 천천히 눈을 한 번 깜박였다.

"보고 있었어."

"역시……."

나는 숨을 내쉬었다.

"그게 묻고 싶었어."

"이제 헬멧 내릴게."

"잠깐만 기다려 줘."

나는 한 손을 올리며 그녀를 제지했다.

"왜 그러는데?"

마유코가 걱정스럽게 물었다.

나는 그녀를 똑바로 보았다. 그리고 말했다.

"나는 나약한 인간이야."

그녀는 눈을 아래로 내리깐 채 잠시 아무 말이 없었다. 그
러다 고개를 든 그녀의 속눈썹이 젖어 있었다.

"나도 그래."

마유코가 헬멧을 내렸다.

내 시야가 어둠에 싸였다.

해설

아라이 모토코(소설가)

세상에서 가장 무서운 것은 무엇일까.

호러 소설을 쓰고 싶은 나는 잠이 오지 않는 밤이면 때로 침대 속에서 그런 생각을 하며 시간을 보낸다.

괴물에게 습격당한다. 성격 이상자가 쫓아다닌다. 본의 아니게 누군가의 원한을 산다.

소설이라면 이런 소재가 대표적이겠지만, 건강 검진을 받고 나서 '재검사' 통보를 받는 쪽이 현실적으로는 더 무서울 것 같다는 생각도 든다.

그런데 최근의 호러물에서는 이런 경향도 보인다.

'나라는 존재가 불확실해진다.'

내 경우에는 그런 것도 정말 무섭다(술을 마시고 난 다음 날 아침이면 그런 상태에 빠지는 터라⋯⋯).

예를 들면, 기억 상실.

완전한 기억 상실도 겁나지만, 밤에 침대에 들어간 기억은 있는데 아침에 일어나 보니 영문을 알 수 없는 상태에 있다면(손발이 흙투성이라든지) 정말 무서울 것 같다.

그렇다. 세계는 대다수가 인정하는 물리적인 법칙하에 어느 정도 확고하게 존재하는데, '나'라는 것은 실로 애매모호하다. 자신을 인식할 수 있는 것은 어차피 의식일 뿐이다. 그런데 그 의식은 기억이라는 종잡을 수 없는 것에 근거를 두고 있다.

인식이든 의식이든 기억이든, 그처럼 적당하고 애매모호하고 어중간한 것이 없다고 나는 생각한다.

'흔들리는 나'는 내 경우 재검사 통보에 대항할 수 있는 유일하고도 리얼하며 호러적인 상황이라고 할 수 있다.

히가시노 씨가 그런 생각을 하고 있는지 어떤지는 모른다. 하지만 히가시노 씨 역시 '나'라는 것에 상당히 집착하고 있는 듯하다.

리얼한 호러적 상황은 관점을 약간 바꾸면 리얼한 미스터리적 상황이 된다.

히가시노 씨 작품에는 '나'를 테마로 한 것이 몇 권 있는데, 하나같이 재미있다. 나는 개인적으로 『변신』 『분신』 『패럴렐월드 러브 스토리』를 히가시노의 '나 삼부작'이라고 부른다.

『변신』은 뇌 이식 수술을 받은 후 자신의 성격에 큰 변화가 생겼다고 여기는 주인공이 자신에게 이식된 뇌의 수수께끼를 풀어 가는 이야기. 『분신』은 가족과 함께 자살하려 했던 어머니의 심리가 어떻게 변화했는지 그 궤적을 조사하던 주인공이 자신에게 쌍둥이 자매가 있다는 사실을 알고 복제 인간이라는 명제를 추궁해 나가는 이야기. 『패럴렐 월드 러브 스토리』는……. 이 세 소설은 다양한 방향에서 '나'에 접근한 이야기군이라고 생각한다.

『패럴렐 월드 러브 스토리』는 이렇다.

이 소설의 주인공은 혼란을 겪고 있다.

그는 자신이 좋아하는 연구에 종사하고 있으며, 사랑하는 여자와 신뢰할 수 있는 친구가 있다. 그런데 그 여자와 친구는 그와 같은 회사에서 일하고 있다. 학생이라면 친구와 연인이 같은 학교에 다니는 일도 흔하겠지만 사회인으로서는 상당히 드문 환경이라 할 수 있다.

그런데 그는 혼란스러워한다. 고뇌하고 있다는 말로 표현해도 좋다.

꿈, 때로 문득 떠오르는 기억, 그것들이 왠지 좀 이상하다. 그 기억 속에서는 그녀가 그의 연인이 아니다. 친구의 연인이다. 그런 여자를 사랑한 주인공은 애끓는 심정으로 그녀를 포기했다.

그런데 그런 터무니없는 일은 있을 수 없다. 지금 주인공은 그녀와 동거하고 있고, 둘의 갖가지 추억도 있으며, 나와 그녀는 줄곧……. 언뜻언뜻 떠오르는 기억의 거품. 그 기억 속에 있는 것은 나와 그녀가 아니라 친구와 그녀의 추억이다. 그리고 주인공이 현재 진행하고 있는 연구는 버추얼 리얼리티.

대체 내 기억이 어떻게 된 거지? 하고 자각하고 보니 친구가 사라지고 없다. 자신은 알지도 못하는 사이에 미국에 갔다고 한다.

왜? 언제? 어떻게? 나는 왜 녀석이 미국에 갔다는 것을 기억하지 못하나?

나는 그 녀석에게 무슨 짓을 했나?

아무튼 『패럴렐 월드 러브 스토리』는 그런 스토리로, 아주 흥미롭다. 또 사뭇 애틋한 이야기이다.

'나'가 불확실해졌을 때, 그 상황을 타개할 수 있는 것은 '너'뿐이다. 나의 연인인 너. 나의 친구인 너. 이 세상에서 '나'라는 존재를 증명해 줄 수 있는 사람은 '너'라는 존재뿐이다.

그런 '너'가, 연인이, 친구가, 내게 소중한 사람이 '나'와 함께 흔들리고 만다면 이미 '나'를 이 세상과 이어 줄 수 있는 것은 없다는 뜻이다. 게다가 그렇게 된 것이 '나' 때문이라고 하면.

히가시노 씨가 그런 얘기만 썼을 거라고 여겨지면 곤란하니까 보충한다. 히가시노 씨는 다음에는 어떤 얘기를 들고 나타날지 전혀 예측할 수 없는 다재다능한 작가이다.

데뷔작은 『방과후』. 에도가와 란포상 수상작이며, 학원 미스터리이다. (하기야 이 분류법에 나 자신은 이의가 있지만. 무대가 학원이라는 사실은 미스터리의 본질과 아무 관계가 없을 듯한데).

최근 작품인 『천공의 벌』은 띠지에 '크라이시스 서스펜스'라고 적혀 있다. 이 작품은 그야말로 손에 땀을 쥐게 하는 서스펜스다. 자위대에 납품될 예정인 헬리콥터가 공중 납치 당한다. 폭발물을 실은 헬리콥터가 원자력 발전소 위에서 정지 비행을 한다. 범인의 요구는 '원자력 발전소의 운행을 언제 언제까지 정지하라, 그러지 않으면 헬리콥터를 원자력 발전소 위에 추락시키겠다.'는 것이다. 물론 일본 정부는 범인의 요구에 응하지 않는다. 그런데 원격 조종기로 헬리콥터를 납치한 범인 측도 예기치 못한 일이 있었다. 헬리콥터에 어린 아이가 타고 있었던 것이다. 과연 정해진 시간까지 정부는 사태를 해결할 수 있을까? 또 헬리콥터에 탄 아이를 구할 수 있을까? 그런 스토리이다.

『명탐정의 규칙』 시리즈는 완전히 본격 미스터리 패러디. 신 나게 웃을 수 있다.

그 밖에 '이렇게 엄밀하게 논리와 추리만으로 소설을 구축

할 수 있을까' 하는 의문이 들 정도로 오직 '추리'만을 추구한 이야기 『둘 중 누군가 그녀를 죽였다』와 유머 미스터리 시리즈 『나니와 소년 탐정단』, SF 『무지개를 조종하는 소년』 등등.

세상에는 다양한 종류의 스토리를 구사하는 작가가 있다. 하지만 넓은 뜻의 '미스터리' 세계에서 이렇듯 맛이 다른 작품을 잇따라 써내는 작가는 그리 흔치 않다.

서점에 가서 '히가시노 게이고'라는 이름이 찍힌 책을 찾아서 산다.

그럴 때마다 나는 생각한다.

'이번에는 어떤 이야기일까.'

안정적인 완성도를 자랑하며 여느 때의 친숙한 세계로 이끌어 주는 작가의 작품도 매력적이지만, 다양한 맛을 즐기게 해 주는 작가도 매력적이다.

과연 히가시노 씨의 다음 작품은 어떤 이야기를 들려줄까.